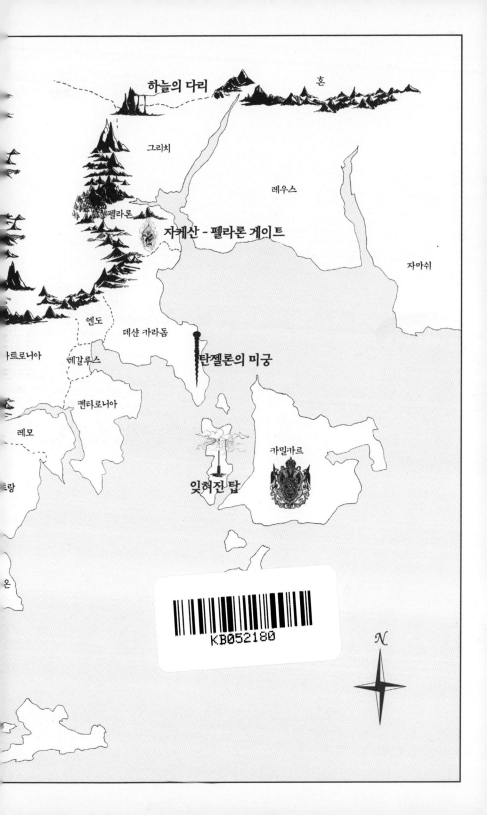

하늘의 다리

혼

그리치

레우스

펠라론

자케산 - 펠라론 게이트

자마쉬

엔도

데샨 카라돔

아트로니아

레갈루스

탄젤론의 미궁

켄타로니아

레모

카밀카르

잇혀진 탑

온

N

폴라리스
랩소디

1

이영도 판타지 장편소설

폴라리스
랩소디

1 제국의 공적 제1호

황금가지

프롤로그

나는 돛대에 매달린 평수부.

선장님의 파이를 훔쳤다네.

노발대발한 선장님은 매달린 나에게 외쳤지.

이놈! 이놈! 키 드레이번에게 잡혀갈 놈!

키 드레이번이 우리 배를 덮쳤다네.

키 드레이번은 현상 붙은 대해적.

바다 위에 떠다니는 모든 것을 훔친다네.

대해적 키 드레이번은 붙잡힌 선장님에게 외쳤지.

하! 히! 호! 널빤지를 가져와 뱃전에 걸어라!

불쌍한 선장님은 새파래졌다네.

갑판에 길쭉이 놓인 널빤지.

선장님, 주춤주춤. 그러나 키 드레이번이 등을 쿡 찔렀지.

비명 소리만 남기고 선장님은 바다에 빠졌네.

하! 히! 호! 배는 선장을 따라가라!

가련한 우리 배.

바다에 구멍이 뚫렸지.

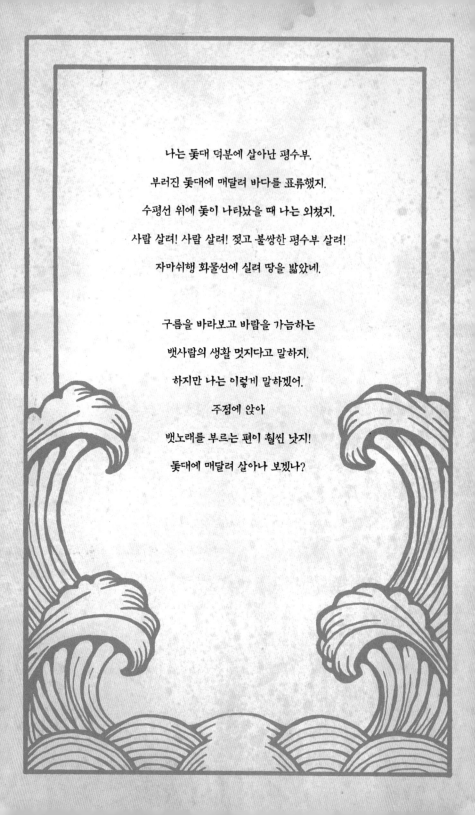

나는 돛대 덕분에 살아난 평수부.

부러진 돛대에 매달려 바다를 표류했지.

수평선 위에 돛이 나타났을 때 나는 외쳤지.

사람 살려! 사람 살려! 젖고 불쌍한 평수부 살려!

자마쉬행 화물선에 실려 땅을 밟았네.

구름을 바라보고 바람을 가늠하는

뱃사람의 생활 멋지다고 말하지.

하지만 나는 이렇게 말하겠어.

주점에 앉아

뱃노래를 부르는 편이 훨씬 낫지!

돛대에 매달려 살아나 보겠나?

제국력 1024년.

1000년제를 지난 지도 4반세기가 지난 이 해는 제국을 살아가는 이들에게 많은 기억을 남긴 해이기도 하고 동시에 많은 것이 불확실한 해이기도 했다. 대마법사 하이낙스와의 오랜 전쟁을 끝낸 직후의 제국에게 있어 이 시기는 부흥의 손길로 분주한 희망 찬 시기였다. 하지만 각국의 함대가 파괴되어 권력 공백 상태가 된 바다에서는 대해적 키 '노스윈드' 드레이번이 제국의 배들을 무차별적으로 사냥하여 제국에 암운을 드리우고 있었다. 키 드레이번의 행패는 이제 아무도 손을 댈 수 없을 지경이 되어 있었다.

하지만 그 때문에 수부의 임금과 화물선의 운임이 폭등하여 뱃사람들에게는 좋은 시절이기도 했다. 잘 알려져 있듯 뼛속 깊이 미신적인 수부들은 오히려 정체가 확실한 위험, 즉 태풍이나 해적 등에 대해서는 겁내지 않는다. 수부들을 겁나게 하려면 수천 척의 군함을 끌고 가기보다는 뒤집어쓸 하얀 시트 한 장을 가져가는 편이 훨씬 낫다는 농담처럼. 이상한 일이지만, 키 드레이번의 행패 때문에 남양 항로는 그 이전에는 결코 상상할 수 없는 황금기를 구가하고 있었다.

1024년 봄. 아름다운 공주가 먼 나라의 기사단장에게 시집가기 위해 이 황금의 항로를 항해하고 있었다. 여성으로 불리기조차 쑥스러운 나이였을 때부터 그 아름다운 용모 때문에 제국 각국의 사교계에 파다한 소문을 퍼뜨리고 있던 공주의 이름은 율리아나 카밀카르. 카밀카르 왕국의 국왕 라힘턴 3세의 셋째 공주였다. 그녀가 마침내 결혼한다는 소문은, 그것도 신성 필마온 기사단의 기사단장에게 시집간다는 소문은 전대미문의 뉴스 거리가 되어 제국 전체에 파다하게 퍼졌다. 그리고 그 소문은 어떤 사나이의 귀에도 당연하다는 것처럼 들어가게 되었다.

차례

제1장
제국의 공적 제1호

고대로부터 수많은 자칭 타칭 천재들이 대륙 제패의 열쇠가 되는 땅으로 지적해 온 땅이 있었으니 바로 이곳, 다벨과 록소나, 그리고 다케온과 팔라레온 지방을 잇는 거대한 사각형 모양의 땅이 그것이다. 그래서 전략가들은, 그들로서는 드문 일이지만 약간의 문학적 재치를 발휘하여 이곳을 '왕자의 땅'이라고 불러왔다. '오 왕자의 검이 하나로 모이면 왕이 탄생하리라.' 전략가들이 꿈에서라도 잊을 수 없는 말이다. 여기서 말하는 오 왕자의 검이란 다케온의 다이아몬드, 록소나의 말, 팔라레온의 밀, 다벨의 강철의 네 가지의 현실적인 검과 역사상 한번도 나타나지 않았던 다섯 번째의 검을 더하여 말하는 것이다. 수많은 불우한 천재들이 갈망과 비탄을 담아 노래해 왔던 다섯 번째의 검은 시운, 재능, 그리고 행운을 가진 '인간'을 말한다. 왜 현실적인 네 개의 검이 존재함에도 불구하고 비현실적인 다섯 번째의 검이 필요한 것일까? 오 왕자의 검이라는 말은 양면적인 의미를 가진다. 전략가들이 그 말을 통해 표현하고 싶었던 것 중에는 군주국의 정기 행사와도 같은 형제 살해를 비꼬는 일도 포함된다. 비슷한 능력의 왕자가 넷 있다면 왕위 계승이 얼마나 어려울지를 생각해 보라. 마찬가지로, 이 왕자의 땅에서도 현실적인 네 검은 서로가 서로에 대한 억제력으로 작용하기 때문에 하나로 모아질 수 없다. 그렇기에 다섯 번째의 검, 나머지 네 개의 검을 그 자신에게로 모을 수 있는 천재가 있어야 한다.

— 서 슈마허가 키 '노스윈드' 드레이번에게 설명한 '오 왕자의 검' 전설, 본문에서 발췌.

"이것 좀 보시겠어요?"

율리아나 공주는 '하나뿐인 신으로부터 인정받은 법황의 가호가 함께하는 카밀카르의 율법 수호 책임자'(간단히 말해서 법무대신)에게 몇 장의 종이로 된 리포트를 건네었다. 라스 카밀카르 법무대신은 점잖은 동작으로 리포트를 받아들었고, 다른 손으로는 기품 있는 동작으로 외눈 안경을 착용했다.

자유 : 1) 타인에게 구속되거나 얽매이지 않은 채 마음대로 하는 것. 2) 극악무도한 해적이자 제국의 공적 제1호 키 '노스윈드' 드레이번의 불측한 해적 함대의 사악한 기함의 함명. 전장 250피트, 3단 갤리어스, 승선원 450명, 대포 50문 탑재. 이 사악에 물든 배의 피겨헤드에는 필마온 기사단, 사트로니아 공화국 해양청, 레갈루스 왕국 선주

연합이 각자 2,000만 데리우스씩의 자금을 출자하여 공탁한 6,000만 데리우스의 현상금이 걸려 있다. 이 현상금은 제국 수도 란셀의 제국 공탁소에 보관중이며 제국인과 비제국인을 구분하지 않고 자유호의 피겨헤드를 가져오는 자에게 지급되도록 되어 있다. 이 사악에 물든 배의 건조는…… (『제국백과사전』 7권 220쪽에서 발췌)

복수 : 1) 해를 입은 본인이나 그 친척, 혹은 친구들이 똑같은 방법으로 가해자에게 해를 돌려주는 행위. 2) 극악무도한 해적이자 제국의 공적 제1호 키 '노스윈드' 드레이번이 소지한 명검의 이름. 크기는 대략 4피트로 추정. 무게는 알 수 없음. 일설에 의하면 타락한 엘핀 장인에 의해 벼려졌다고 하나 확인된 바 없다. 놀라운 세공과 믿을 수 없는 강도, 예리함을 자랑한다. 다케온 백작 네그리파 다케온이 다케온 지방 전체의 다이아몬드 채굴권을 대가로 구입을 희망하였으나 키 드레이번이 '그렇게 싼 가격으로는 팔지 않는다'고 대답한 일화는 유명하다. 수많은 선장과 제독의 피를 마셔온 이 명검 '복수'는…… (『제국백과사전』 2권 105쪽에서 발췌)

해류 : 바닷물의 흐름. 다종다양한 요인들에 의해 야기되는 해수의 운동 중 비교적 긴 주기에 걸쳐 대규모로 일어나는 해수의 운동을 가리켜 해류라고 부른다. 극악무도한 해적이자 제국의 공적 제1호 키 '노스윈드' 드레이번이 저술한 『해양학 입문』을 보면 해류란…… (『제국백과사전』 14권 329쪽에서 발췌)

라스 법무대신은 그만 킬킬거리고 말았다. 덕분에 외눈 안경이 떨어졌지만, 다행히도 그것은 대신의 무릎 위에 걸쳐졌다. 라스 법무대신은 키들거리며 외눈 안경을 주워 올렸고, 그런 법무대신을 보던 율리아나 공주는 어깨를 으쓱했다.

"이건 편집증이에요. 그렇죠?"

"하하하. 편집증이라. 예. 그렇게 말할 수도 있겠군요. 공주님. 그런데 이런 리포트는 어떻게 만드셨습니까? 이 배에 『제국백과사전』이 실려 있지도 않을 텐데."

"『제국백과사전』이라면 저의—짐에 있어요."

율리아나 공주는 하마터면 혼수품이라고 말할 뻔했다. 하지만 늙은 대신은 무심하게 말함으로써 젊은 공주의 볼이 발갛게 달아오르게 만들었다.

"공주님의 혼수품이에요? 아니, 궁인들이 백과사전을 포함시켰을 리는 없을 것 같습니다만?"

"제가 포함시키라고 말했어요."

"공주님께서요?"

"예. 아무래도 검독수리의 성채에 서책 같은 것이 있을 것 같지는 않아서요. 그 외진 곳에서 책 구하기도 쉽지 않을 것 같고. 그래서 즐겨 보는 책 몇 권을 골라서 싣게 했어요."

"몇 권이나?"

"얼마 되지 않아요. 한—." 그리고 공주가 천연덕스럽게 말한 숫자는 법무대신을 질겁하게 만들었다. "1,200권 정도?"

라스 법무대신은 잠시 신음을 토했다. 1,200권이라고? 법무대신은 고개를 돌려 배가 가라앉는 징후가 없는지 살펴보고는 입을 열었다.

"엘리엇 선장에게는 말씀하셨죠?"

율리아나 공주는 다시 어깨를 으쓱였고 라스 법무대신은 정신적으로 고개를 가로 저었다. 좋지 않은데. 뱃사람들에게 이상한 버릇을 배운 것 같군.

"아무리 선장님이라고 해도 레이디의 소지품에 대해 궁금해하실 권한은 없다고 생각합니다만."

라스 법무대신은 이번에는 실제로 고개를 가로 저었다. "검독수리의 성채에 도달할 때까지 배가 가라앉지 않기만을 바랍니다." 그리고 라스 법무대신은 탁자 위에 놓여 있던 찻잔을 들어올렸다.

제국력 1024년, 남해가 청자색으로 물드는 화창한 봄날이었다.

세 척의 카밀카르 갤리어스로 이루어진 카밀카르의 선단은 청자색 바다 위로 유유히 흰 선을 그리고 있었다. 기함 레보스의 뱃머리에 부딪히는 파도는 희디흰 찬미로 바뀌어 남청색의 바다 위로 떨어지고 있었다.

그리고 율리아나 공주와 라스 카밀카르 법무대신은 레보스의 선상에 마련된 테이블에 앉은 채 한가로운 오후와, 바다와, 차를 즐기고 있었다. 하지만 셋 중 어느 것에도 특별히 관심을 두지는 않았다. 그야말로 한가로운 티 타임이다. 이 항해에 있어야 할 엄숙함을 생각해 본다면 좀 지나친 한가로움일지도 모른다. 하지만 햇살이 노곤한 봄날의 바다 위에서 이 항해의 목적을 되풀이 상기하는 것은 무리가 있을 것이다. 그러나 이 항해의 목적은 제국의 정치 관계, 혹은 제국의 가십거리를 좋아하는 사람들이라면 누구나 알고 있다.

율리아나 카밀카르 공주는 필마온 기사단의 기사단장 발도 로네스와 결혼하기 위해 필마온 섬에 소재한 검독수리의 성채로 향하고 있었다. 율리아나 공주는 시니컬한 농담 삼아 이 항해를 '불가사리와 갈매기를 하객 삼아 이루어지는 가장 긴 신부 입장'이라고 표현했다. 그러나 시리어스한 농담을 하고 싶을 때는 율리아나 공주는 다른 방식으로 표현했다. 해운국인 카밀카르는 남해를 주름잡는 필마온 기사단에게 막대한 뇌물을 줄 필요가 있다고 결정했고, 따라서 뇌물을 보내기로 결정했고, 그래서 그녀가 필마온으로 가는 것이다. 신부가 따라가면 뇌물도 혼수품으로 둔갑하는 법이니까.

"그건 너무 비참한 해석이군요. 공주님."

신부측 입회인이자 보호자로서 배 위에 동승했던 라스 카밀카르 법무대신은 눈살을 찌푸리며 말했다. 하지만 율리아나 공주는 아랑곳하지 않았다.

"그럼 이 배에 가득한 선물들은 다 뭔가요? 그건 누가 보더라도 혼수품이라기보다는 뇌물이라고 할 거예요. 함대의 돛으로 써도 될 만큼 실려 있는 자마쉬 비단, 배의 바닥짐으로 써도 될 만큼 실려 있는 다케온 다이아몬드, 아, 그래요, 특별 화물실에는 싱잉 플로라도 실려 있더군요. 그건 도스 계곡에서만 나는 거 아니었어요? 아주, 아주, 아주, 한번만 더 할게요, 아주 비싼 꽃."

"아니, 특별 화물실에 어떻게 들어가셨습니까?"

"들어간 적 없는데요."

"그럼?"

"예? 당연히 노래를 들었죠. 슬픈 노래였어요. 싱잉 플로라는 무서워하고 있는 거 같더군요. 하긴 제가 꽃이라고 해도 이런 바다에 나오게 되면 무서울 거예요. 아무리 멋진 화분에 심겨 있다 해도 꽃은 땅에서 자라야 되는 것 아닐까요."

"노래요?"

"그럼요. 싱잉 플로라가 노래를 부른다는 것이 뭐가…… 이상한 건가요?"

율리아나 공주는 고개를 갸웃하며 법무대신을 바라보았다. 법무대신은 눈살을 잔뜩 일그러트리고 있었던 것이다.

"공주님. 정말 들으셨습니까?"

"그럼요."

"싱잉 플로라가 노래 부른다는 것이야 이상할 것이 없지만, 공주님께서 싱잉 플로라의 노래를 들었다는 것은 퍽 이상하군요. 싱잉 플로라의 노랫소리는 남자에게만 들립니다. 그래서 그 꽃의 다른 이름이 템프테이셔너입니다."

"네?"

율리아나 공주는 동그래진 눈으로 라스 법무대신을 바라보았다. 그녀는 이해할 수 없다는 듯이 고개를 살짝 갸웃거렸다.

"하지만 제게는 들렸어요. 이런 노래였어요."

율리아나 공주는 눈을 감고 허밍을 시작했다.

낮고 부드러운 허밍이었다. 늙은 법무대신은 순간 등골을 스치고 지나가는 전율을 느꼈다. 공주가 부르는 허밍은 깊은 밤이면 특별 화물실에서 새어나오는 싱잉 플로라의 낮은 노랫소리와 똑같았다.

배에 오른 이후 법무대신은 자주 잠을 설쳤다. 그 자신은 익숙하지 못한 배의 흔들림 때문이라고 말하고 있었다. 물론 그런 이유도 있었다. 하지만 익숙지 못한 배의 침대에 누워 뒤척일 때마다 귓가를 쓰다듬고 지나가는 싱잉 플로라의 노랫소리는 법무대신에게 애잔한 슬픔과 에로틱한 환상을 보내주었다.

대륙 9대 불가사의 중 하나인 도스 계곡에서만 자라나는 싱잉 플로라의 노랫소리가 법무대신의 늙은 몸에 일으키는 반응은 실로 놀라운 것이었다. 마법사 하이낙스는 평생 동안 어떤 여자도 가까이 하지 않고 오로지 한 떨기 싱잉 플로라만을 사랑했다고 한다. 라스도 이제는 그 전설을 믿을 수 있었다. 싱잉 플로라의 노랫소리에 침대 속을 뒤척이면서 법무대신은 자신의 주책없음에 어쩔 줄 몰라해야 했다. 그러면서도 그는 이 노랫소리가 여자에게는 들리지 않는다는 사실에 크게 안도했다. 어쨌든 어린 신부에게 권할 만한 노래는 아니었으니까.

그런데 지금 그 안도감이 무너지고 있었다. 공주의 허밍을 듣던 법무대신은 자신의 얼굴이 지나치게 붉어지지 않기만을 바라며 말했다.

"아, 예. 알겠습니다. 그만하셔도 됩니다. 그런 허밍은 천한 광대들이나 하는 것입니다."

"예? 하지만 예쁘고 슬픈 노래였어요. 천하다고는 생각되지 않는걸요."

"그렇더라도 일국의 공주께서 허밍 같은 것에 관심을 두실 필요는 없습니다. 더군다나 성스러운 결혼식을 앞둔 신부시라면 몸가짐이 좀더 단정해야 할 겝니다."

"네……"

율리아나 공주는 이해할 수 없다는 얼굴이었지만 어쨌든 허밍은 중단했다. 라스는 안도의 한숨을 내쉬고 싶었지만 그런 행동은 적절치 못할 것 같았다. 그래서 라스는 차게 식은 찻잔을 들어올렸다. 공주는 다시 아까의 화제를 들먹였다.

"어쨌든, 그렇게 비싼 꽃까지 실려 있다는 것은 제 주장의 좋은 증거가 될 거예요. 저는 꽃을 그다지 좋아하지 않아요."

"책은 좋아하시지 않습니까?"

율리아나 공주는 잠시 어리둥절한 표정으로 라스를 바라보았다. 하지만 명석한 율리아나 공주는 곧 라스의 말 속에 숨은 의미를 찾아내었다.

"법무대신님! 저는 책의 내용을 좋아하는 것이지, 책갈피에 꽃을 끼우기 위해 책을 들고 다니는 것은 아니에요."

"하하. 농담이었습니다."

꽃보관첩으로 이용하기 위해 비싼 책을 구매하곤 하는 귀족가의 영애들에 견주어 공주를 놀렸던 라스는 웃으며 사과했다. 율리아나 공주는 턱을 조금 들어올렸다가 다시 내리며 말했다.

"그리고 발도 로네스 기사단장이 화훼 애호가라는 말은 듣지 못했어요. 그 꽃을 실은 것은 그것이 비싸기 때문이겠죠. 저는 뇌물에 혼수품이라는 이름을 부여하기 위해 따라가는 거라고요."

"공주님. 정말 잘못 생각하신 겁니다. 공주님은 대륙에서 손꼽히는……"

율리아나 공주는 작게 웃음을 터뜨렸다.

"푸홋! 손꼽히는 미인이라고요? 제가 공주가 아니라도 그렇게 말하는 사람이 있을까요?"

말을 마친 율리아나 공주는 놀라버렸다. 라스 법무대신은 그야말로 진지한 표정으로 고개를 끄덕였던 것이다.

"물론입니다. 필마온 기사단 따위의 해적 녀석들에게는 너무도 아까운 미인이십니다."

바다 위이기 때문이다. 라스 법무대신은 자신의 말에 스스로 놀라며 황급히 그런 변명거리를 찾았다. 육지와 단절된 바다 위이기 때문에 이렇게 주책없는 말도 꺼낼 수 있는 것이겠지. 게다가 밤마다 들어온 싱잉 플로라의 그 고약한 노래도 원인일 것이다. 그렇더라도 조카이기도 한 공주 앞에서 이 무슨 망발일까. 아아, 라스여. 너는 나이를 헛 먹었나 보구나.

율리아나 공주 역시 삼촌인 법무대신에게서 이토록 원색적인 칭찬을 듣고는 얼굴을 붉게 물들이고 말았다. 잠시 대화는 무거운 정적에게 자리를 내줬고, 두 사람은 찻잔을 테이블에 올렸다 내려놓았다 하는 일에 열중했다. 한참 후 율리아나 공주는 다시 어깨를 으쓱이며 말했다.

"싱잉 플로라도 필마온 기사단에게는 아까워요."

"하긴, 그렇습니다."

"정말…… 혼수품이 너무 많고 너무 비싸요. 저를 혼수품에 끼워 팔려 한다는 느낌이 드는 것이 당연해요. 라스 님? 제가 방금 무슨 생각했는지 아세요?"

"무슨 생각을 하셨습니까?"

율리아나 공주는 방긋 웃으며 말했다.

"제가 그러면 이런 배는 절대로 가만 놔두지 않을 거예요."

"그러니오?"

"사전을 바꾼 사나이. 키 노스윈드 드레이번."

라스 법무대신은 공주의 말에 맞장구를 쳐줄 수 없었다. 바로 그때 세 개의 마스트 위에서 길게 꼬리를 끄는 독특한 고함 소리가 동시다발로 들려왔던 것이다.

"세일호—!"

"세일호—!"

마스트 위의 감시대에 있던 선원들이었다. 라스 법무대신이 고개를 돌리자, 멀리 이물 쪽에 있던 갑판장이 두 손을 입에 모으고 고함 지르는 모습이 보였다.

"어디? 종류가 뭐야?"

"이물, 바람 불어가는 쪽 1마일! 종류는……"

까마득한 감시대 위에서 들려오던 선원들의 목소리가 느닷없이 침묵했다. 라스 법무대신은 의아한 표정으로 고개를 들어올렸지만 마스트 위의 선원들의 얼굴은 알아볼 수 없었다. 갑판장은 짜증 섞인 목소리로 재촉했다.

"감시대! 이봐, 감시원! 뭐야?"

갑판을 오가던 선원들도 발걸음을 멈추고는 의아한 얼굴로 마스트 위를 올려다보았다. 갑판장의 재촉이 있고서도 한참 지난 후, 마스트 위

에서는 숨막히는 비명이 들려왔다.

"오, 신이여! 자유, 자유호! 노스윈드다앗!"

라스 법무대신은 경악으로 부릅뜬 눈으로 마스트 위를 보다가 천천히 고개를 내렸다. 그곳에는 자신의 입을 틀어막은 채 하얗게 질려 있는 율리아나 공주의 얼굴이 있었다.

뒷갑판의 선교에 앉아 있던 엘리엇 선장은 튀어나올 듯한 눈으로 수평선 위로 떠오른 여덟 개의 돛을 바라보았다.

"신이여!"

갑판 위를 달리던 선원들이나 제자리에 굳어 부지런히 성호를 그어대던 선원들도 그 장면에는 숨이 막히는 기분을 느꼈다. 해운국 카밀카르의 억세고 거친 선원들도 여덟 개의 돛대가 동시에 나타나는 장면에는 공포에 가까운 감정을 느낄 수밖에 없었다. 여덟 척이라는 숫자 때문은 아니다. 그 돛대가 동시에 수평선 위로 나타났다는 것은, 그 해적 함대의 선원들이 어느 정도의 실력을 가지고 있는지를 단적으로 보여주는 것이기 때문이다. 웬만한 실력을 가진 뱃사람들이라면 여덟 대의 배들로 하여금 뱃머리를 나란히 하여 항해하는 것이 얼마나 어려운 것인지 잘 알고 있다.

게다가 그 함대는 제국의 공적 1호 노스윈드의 함대인 것이다.

순식간에 배 위를 점거해 버린 공포의 기류는 레보스호의 선원들을 패닉 상태로 몰아갔다. 엘리엇 선장이 명령을 내리기도 전에 선원들 사이에서 고함이 튀어나왔고, "선수 돌려! 배 돌리라고!" 그 고함보다 먼저 공포에 질린 조타수가 타륜을 세차게 돌려버렸다.

선체가 격심한 진동을 일으켰다. 배가 옆으로 크게 기울어지며 갑판 위의 선원들이 우당탕 소리를 내며 나뒹굴었다. 뱃전 가까이 있던 선원 하나는 날카로운 비명과 함께 바다로 떨어져 갔다. 엘리엇 선장은 무시무시한 욕지거리를 뱉어내었지만 그 역시 나동그라지지 않기 위해서는 선교의 난간을 부여잡아야 했다. 난간에 매달린 채 엘리엇 선장은 조타수에게 죽일 듯한 시선을 쏘아보냈다.

"네 이놈! 이 튀겨 죽일 놈! 타륜 제자리로 돌리지 못해!"

넋이 나가버린 조타수는 선장의 명령에 화들짝 놀라면서 타륜을 부여잡았다. 선장은 다시 갑판을 향해 고래고래 고함 질렀다.

"네놈들이 누구냐! 네놈들이 누구냐!"

선원들은 혼란에 빠져 있었기에 엘리엇 선장은 몇 번씩 고함을 질러야 했다. 선원들은 얼빠진 얼굴로 선교를 바라보았고 그런 선원들을 향해 엘리엇 선장의 추상같은 외침이 퍼부어졌다.

"네놈들이 그러고도 카밀카르의 뱃놈들이냐! 이 찢어 죽일 놈들, 내 말을 들어라! 갑판장! 종범 모두 접는다. 종범 모두 접는다! 노예장! 노예장! 최고 전투 속도로 우회 기동, 우회 기동!"

선원들은 그제서야 우르르 돛대를 향해 달려갔다. 갑판 아래의 노예장은 채찍을 집어들 겨를도 없이 주먹을 휘둘러 가며 노예 노삽이들을 다그쳤다. 레보스호의 우측 노들이 거대한 역진을 시작하며 동시에 좌측 노들이 어지럽게 수면을 가르자 레보스호는 제자리에서 빙글 돌기 시작했다.

엘리엇 선장은 재빨리 다른 두 척의 배를 돌아보았지만 기함의 움직임을 본 다른 배들도 똑같은 움직임을 보이기 시작했다. 세 척의 배는 이제 완전히 반 바퀴 선회하여 다가오는 해적 함대에게 함미를 보이게 되었다.

"무기고 개방! 전투병은 전투 위치로! 포수장, 대포 모두 장전! 후방 대포는 장전되는 대로 겨냥할 필요 없이 모두 발사!"

전투병들의 발소리가 갑판을 요란하게 울리는 가운데 포수들은 재빨리 대포의 장전에 들어갔다. 하지만 엘리엇 선장의 의도는 포수장에게 명쾌하게 이해되었기에 포수장은 모든 포수로 하여금 후방 대포에 우선적으로 달려들도록 명령했다. 경이적인 속도로 장전이 완료되자 포수장은 지체없이 발사를 명령했다.

"발사!"

쾅쾅쾅! 자욱하게 피어오른 포연 사이로 겨냥도 없이 발사된 포탄들은 모두 제멋대로 날아갔다. 삽시간에 거대한 물기둥들이 수면 위에 치솟아 올랐지만 해적선에 명중하는 포탄은 하나도 없었다. 포격의 사정거리가 아닌 것이다. 얼핏 보기엔 무모하고 쓸모없는 짓처럼 보이지만 여기엔 노련한 뱃사람들의 지혜가 그대로 담겨 있다. 후방으로 발사된 대포는 우선 물기둥과 파도로 적의 추격을 방해한다. 그리고 동시에 그 반작용으로 자함에 추진력을 더한다. 대포의 발사 반동이 그대로 배에 전달되는 것이다.

다른 두 척의 배에서도 똑같은 의도 하에 발사가 시작되었기에 해상에서는 거대한 카밀카르 갤리어스 세 척이 용틀임을 하며 연속 발사를 시도하는 일대 장관이 펼쳐졌다. 쾅쾅쾅쾅쾅! 잠시 동안 포성이 숨쉴 사이도 없이 울려퍼졌고 치솟아 오른 수십 개의 물기둥들은 수평선을 가려버렸다.

배가 크게 기울어질 때 라스 카밀카르는 덱체어에서 나가떨어졌다. 아픈 무릎을 움켜쥐고 일어나기는 했지만 라스 법무대신은 졸도할 듯한 공포 외엔 아무것도 느끼지 못한 채 멍하니 서 있었다. 갑판 위를 질타하는 비명과 연달아 울려퍼지는 포성은 늙은 법무대신의 청각을 무자비하게 유린하여 그의 정신을 온통 뒤흔들어놓았다. 그때 라스 법무대신의 눈에 승강구로부터 달려오는 호위대장 슈마허의 모습이 들어왔다.

"서 슈마허!"

손에 든 검집을 절렁거리며 달려온 슈마허를 향해 라스 법무대신은 거의 매달릴 듯한 동작으로 달려갔다. 그때 슈마허가 외쳤다.

"로드 라스! 공주님께서는 어디에 있습니까?"

슈마허의 질문을 받은 라스는 바야흐로 자신에 대한 냉혹한 평가를 내려야 할 시점에 도달했다.

"공주님? 오오, 이런 벼락 맞을 늙은이 같으니! 율리아나 공주님! 공주님!"

라스는 비명을 지르며 주위를 둘러보았다. 그러나 당황한 그의 눈에 들어오는 것은 노성을 지르며 미친 듯이 달리는 선원들과 떨어져내리는 돛, 그리고 치솟아 오르는 물기둥들과 자욱히 피어오르는 포연뿐이었다. 그 광경을 보며 라스는 다시 혼란에 빠졌다. 기사 슈마허는 그런 법무대신을 내버려두고 스스로 공주를 찾기 시작했다. 그의 첫 번째 임무는 공주의 호위였다.

"공주님! 공주님!"

그때 누군가가 슈마허의 등을 두드리며 말했다.

"같이 찾아드릴까요?"

"예. 부탁드립니…… 공주님?"

슈마허는 얼빠진 표정으로 율리아나 공주를 바라보았다. 율리아나 공주는 슈마허를 향해 살짝 미소 짓고는 치마를 툭툭 털어내렸다. 마치 포성과 연기, 그리고 물기둥과 선원들의 광란은 자신과는 아무런 관련도 없다고 말하는 듯한 태연한 모습이었다. 슈마허는 그런 율리아나 공주를 바라보다가 퍼뜩 정신을 차리고는 말했다.

"공주님! 어서 안으로 피하십시오. 로드 라스, 로드! 정신 차리십시오!"

그때 율리아나 공주는 다시 기사 슈마허를 놀라게 만들었다. 율리아나 공주는 라스 법무대신의 손목을 움켜쥐고는 그대로 승강계단 쪽으로 달려가기 시작한 것이다. 말보다 행동이라는 격언에 인용되면 아주 적절할 듯한 장면. 슈마허는 감탄한 표정으로 율리아나 공주에게 끌려가는 라스 법무대신을 바라보았다. 그러나 그에게 감탄을 위한 시간이 많이 허락되지는 않았다. 슈마허는 몸을 돌려 전투병들의 지휘를 위해 선수로 달려가기 시작했다.

무기고는 이미 개방되었고 전투병들은 석궁에 활을 걸고 있었다. 이물 쪽에 도열하는 전투병들을 바라보던 엘리엇 선장은 돛대를 올려다보며 외쳤다.

"감시대, 감시대! 적선과의 거리는?"

"1마일입니다! 줄어들지도 늘어나지도 않았습니다!"

엘리엇 선장은 목구멍까지 올라온 욕지거리를 간신히 삼켰다. 제기랄, 놈들이 우리를 몰아붙이고 있군! 고개를 돌려 노의 움직임을 본 엘리엇 선장은 뒤통수가 욱신거리는 것을 느꼈다. 레보스의 노는 마치 해파리의 다리처럼 제멋대로 움직이고 있었다. 노잡이 노예들도 그들을 추적하는 것이 노스윈드라는 것을 알아차리고는 공포에 빠진 모양이다. 노예장 녀석, 뭐하는 거야? 그때 그의 눈에 선교 쪽을 향해 달려오는 호위대장 슈마허의 모습이 들어왔다.

엘리엇 선장은 슈마허가 선교에 올라서기도 전에 질문했다.

"서 슈마허! 전투병들은 준비되었습니까?"

"준비되었습니다. 그런데 추격을 뿌리칠 수 없습니까?"

그 순간 엘리엇 선장은 상대방을 공주의 호위대장을 맡을 정도로 전노양양하고 우수한 자질을 갖춘 총명한 기사로 대우하기보다는 바다 위의 일은 도통 모르는 땅개로 대우하기로 결심했다. 즉, 얼간이 취급한 것이다.

"추격은 시작되지도 않았소!"

"예?"

엘리엇 선장은 슈마허에게 설명하는 대신 고개를 들어 하늘을 바라보았다. 바람이 불어야 해. 바람이! 해적선은 바닥짐도 없고 화물도 없다. 쾌속 추적을 위해서 해적선에는 며칠 먹을 식량과 생필품 이외엔 아무것도 싣지 않는다. 그렇게 해서 가벼워진 배를 전속력으로 몰아서 불행한 희생자의 배에 가져다 붙이고는 지근 거리 사격 후 벌떼처럼 덤벼드는 것이 해적의 방식이다.

선창이 미어터질 정도로 화물을 실은 카밀카르의 선단이 해적을 뿌리칠 수 있는 유일한 가능성이 있다면 그것은 지금 당장 순풍이 불어주는 것이다. 해적들은 돛을 다루는 솜씨가 떨어지기 때문에 맹렬한 추격전이 벌어질 때는 대개 노만 사용한다. 노만 사용하는 방식은 돛을 병용하는 것보다 월등히 기동성이 높기에 전투에 적합한 추진 방식이기도 하다. 하지만 순풍이 불어준다면! 육지에서 멀미를 느낀다는 카밀카르의 뱃사람들은 어떤 바람이라도 자유자재로 이용할 수 있다. 엘리엇 선장은 모든 갈망을 담아 풍향과 풍속을 가늠했다.

그러나 잠시 후 엘리엇 선장은 욕설을 내뱉고 말았다.

역풍이 불고 있었다. 게다가 오랜 경험으로 엘리엇 선장은 이 바람이 쉽게 사그라들지 않을 거라는 점도 알아차릴 수 있었다. 그렇다면 남은 방법은…… 엘리엇 선장의 눈이 사나워졌다.

레보스호 갑판 아래의 노예장은 기어코 채찍을 찾아내었다. 하지만 노예장은 겨우 찾아낸 채찍을 미련 없이 걷어차 버리고는 대신 그 옆에

30

있던 북채를 집어들었다. 지금은 채찍을 휘두르는 것은 별 효과가 없다. 노예들 역시 그들을 추적하는 것이 저 노스윈드라는 것을 잘 알고 있었던 것이다. 지금 채찍을 휘두르면 노예들을 패닉 상태에 빠트릴 뿐 아무런 성과도 얻을 수 없을 것이다. 그래서 노예장은 채찍을 휘두르는 대신 북채를 잔뜩 부여잡고는 있는 힘껏 고함 질렀다.

"이 빌어먹을 놈들아! 힘내라! 노스윈드는 밥 먹이기 귀찮아서 노예 장사는 하지 않는다. 알겠냐! 우리 배가 나포되면 너희들도 모두 바다에 처넣어질 거란 말이다! 10데리우스도 나가지 않을 썩어문드러질 몸이지만, 네놈들에게는 귀한 몸이겠지? 이 개같은 놈들, 힘내라!"

노예장은 다리 사이에 북을 끼우고는 그것을 두드리기 시작했다.

포성 때문에 북소리는 잘 들리지 않았지만, 폭언 속에 담긴 노예장의 마음을 잘 짐작할 수 있었던 노예들은 노예장의 손만 보면서도 노의 움직임을 정렬시킬 수 있었다. 카밀카르 갤리어스의 노는 모두 160개. 40개의 노가 2단으로 좌우에 배치되어 있다. 그리고 카밀카르 갤리어스는 다른 나라의 갤리어스보다 월등히 긴 노를 사용하며 그래서 노 하나에 노잡이 둘을 배치한다. 320명의 노잡이들이 뿜어내는 열기와 땀만으로도 갑판 아래에는 안개가 서릴 지경이었다. 가지런히 정렬된 160개의 노는 해수면을 완강하게 할퀴기 시작했고, 선체 옆으로 포말이 튀어오르며 레보스호는 무서운 속도로 물마루를 치솟아 오르기 시작했다.

"오오, 이놈. 드디어 해내었구나!"

엘리엇 선장은 노의 움직임을 보며 춤이라도 추고 싶어졌다. 정렬된 노들은 마치 하나의 노처럼 움직이며 레보스호를 앞으로 밀어붙이기 시작했다. 삽시간에 레보스호는 다른 두 배의 앞쪽으로 죽죽 나아갔다. 엘리엇 선장은 모자가 바람에 날려가지 않도록 꽉 누르며 다시 고함을 질렀다.

"기수! 기수! 다른 배에 신호를 보내라. 모두 산개한다!"

마치 단검을 품에 안고 달리는 암살자 같았다. 기수는 두 개의 깃발을 품에 안고는 혼란스러운 갑판 위를 사슴처럼 달려서는 고물 위에 우뚝 섰다. 깃발이 현란하게 움직이기 시작하자 다른 두 척의 배의 진로가 서서히 바뀌기 시작했다. 세 척의 배는 이제 약 30도의 각을 이룬 채 세 방향으로 흩어져 나아갔다.

엘리엇 선장은 비통한 마음으로 기원했다.

'제발, 부탁이다. 가장 느린 배 하나를 따라가라. 이 배에는 카밀카르의 공주가 타고 계시다.'

그러나 그때 그의 눈이 슈마허 호위대장의 눈과 맞부딪쳤다.

기사 슈마허는 어금니를 꽉 깨문 채 엘리엇 선장을 바라볼 뿐 아무 말도 하지 않았다. 슈마허는 말하고 싶었다. 다른 배를 미끼로 탈출하겠다는 겁니까? 그러나 슈마허는 엘리엇 선장의 결정이 합리적이라는 것도 알고 있었다. 그래서 슈마허는 아무 말 없이 몸을 돌려서는 선교를 내려갔다. 계단을 내려가는 슈마허의 등을 바라보며 엘리엇 선장은 자신의 판단을 수정했다. 저 기사놈은 겉으로 보기만큼 얼간이는 아닌 모양이군. 엘리엇 선장은 앞으로 10년쯤 후 기사단장이 되어 있는 슈마허를 보더라도 크게 놀라지는 않기로 결심했다.

10년 후까지 살아 있을 수 있다면 말이지.

레보스호의 공포의 원인인 자유호의 선교에서는 한 사내가 조용하면서도 엄격한 표정으로 전방을 주시하고 있었다. 주위의 다른 해적들이 추격자의 입장임에도 불구하고 욕지거리를 내뱉고 사나운 고함을 질러대고 있는 것에 비해 볼 때 사내의 조용한 태도는 이질적으로까지 보였다. 하지만 사내는 다른 해적들의 난동을 말리지는 않았다. 해적들이 사납게 구는 이유는 다가올 전투를 대비하여 전투 의욕을 고취시키기 위한 행동이기 때문이다. 그때 그의 뒤편으로 다른 사내가 다가서며 말했다.

　"이보세요, 식스. 놈들이 흩어지고 있는데요?"

　식스는 순간 울화통이 치미는 것을 느꼈다. 하마터면 그의 주위를 감도는 엄격함이 깨질 뻔했지만 식스는 간신히 자신을 자제하며 고개를 돌렸다. 그리고 식스는 노스윈드의 함대에서 그로 하여금 울화통을 터뜨리게 만들 수 있는 유일한 사내를 향해 말했다.

　"여러 번 말했지만, 다시 말하겠네. 1등 항해사님이라고 부르게. 라이온 갑판장."

　라이온 갑판장은 히죽 웃으며 말했다.

　"알겠습니다. 적 함대는 산개하고 있습니다. 식스 1등 항해사님."

　식스는 거의 라이온의 멱살을 붙잡아 바다로 던질 뻔했다. 하지만 품위 없는 행동을 경멸하는 그의 뿌리 깊은 근성이 다시 한번 라이온의 목숨을 구했다. 식스는 그 상황에서 구사할 수 있는 가장 온화한 말투로 말했다.

"미안하군. 다시 말하겠네. 직함만으로 충분하네."

"아아, 그렇습니까? 잘 알겠습니다. 1등 항해사님."

앞니가 몽땅 드러나는 큼직한 미소를 지은 채 자신을 바라보는 라이온을 향해 식스는 소리 없이 악담을 퍼부어대었다. 망할 놈. 누구는 여섯 번째 아들로 태어나고 싶었는 줄 아냐? 줄줄이 다섯 명의 아들을 뽑아대다가 여섯 번째의 아들을 낳게 되자 그만 이름을 지어내기 귀찮아진 우리 부모님이 그런 이름을 붙여버린 것이 내 잘못이냐? 사십 평생을 그런 이름으로 불린 것으로 족하거늘 네놈까지 내 이름을 가지고 놀아?

그러나 식스는 그런 자기 변명을 하는 자신을 용납할 수 없었다. 그래서 식스는 엄격한 어투로 라이온에게 명령했다.

"중앙의 적선을 추격한다."

라이온의 눈이 휘둥그레졌다.

"예? 저 배가 가장 빠른데요?"

"나는 지금 자네에게 조언을 하는 것이 아니네. 명령하는 것이야. 복창, 전속력으로 중앙 적선을 추격한다!"

"……가운데 배를 X빠지게 따라간다."

라이온은 시큰둥한 표정으로 복창하고는 분노에 미친 식스가 검을 휘둘러대기 전에 재빨리 앞갑판으로 도망쳤다.

분명한 목표물이 정해지자, 여덟 척의 해적선은 이제 본격적인 전투 태세를 갖추기 시작했다. 해전에 대비하여 돛은 모두 접혀지고 대포에는 포탄이 장전되었다. 그리고 자유호 갑판 아래의 노예장은 히스테릭한 기성을 질러대기 시작했다.

"자, 돌격이다! 우물쭈물거리는 놈은 살을 발라놓겠다!"

최고로 격앙된 자유호의 노예장은 레보스의 노예장과는 전혀 다른 방법으로 노예들을 격려했다. 공기를 가르는 파열음에 이어 가죽 채찍이 살에 감기는 그 형언할 수 없이 끔찍한 소리가 울려퍼지자 노예들은 죽을힘을 다해 노를 끌어당겼다. 노예들의 발목에 매어진 쇠사슬들은 격심한 배의 움직임과 노예들의 몸놀림으로 마치 살아 있는 뱀처럼 절그렁거렸다. 예리한 채찍 소리와 둔중한 쇠사슬의 절그렁거림, 그리고 노를 끌어당기며 용을 쓰는 노예들의 입에서 흘러나오는 신음들이 한데 뒤섞여 자유호의 갑판 아래쪽을 괴기스럽고 끔찍한 분위기로 물들였다.

"당겨! 당겨! 이 빌어먹을 놈들, 덥냐? 더워? 좋아! 너희 인자한 노예장님의 특별 선물이다."

노예장은 채찍을 집어던지고는 옆에 놓아두었던 물통을 집어들었다. 그러고는 바가지로 물을 퍼 노예들에게 뿌려대기 시작했다. 거대한 노를 당기느라 후끈 달아올랐던 근육과 피부 위로 느닷없이 찬물이 쏟아지자 노예들은 뼛속까지 파고드는 고통을 느끼며 신음을 뿜어내었다. 하지만 감히 비명을 지르는 자는 아무도 없었다. 고통과 한기로 경련을 일으키면서도 노예들은 거의 무의식적으로 노를 끌어당겼다. 그러나 비명이 나오지 않는 이상 독려는 실패라고 생각하고 있던 노예장은 더욱 그악스럽게 물을 뿌려대고 고함을 질렀다.

"당겨! 당겨!"

노예들은 이제 몽환 상태에 빠진 채 기계적으로 노를 끌어당겼다. 희미해져 가는 의식 속에서 그들이 생각하는 것은 한 가지밖에 없었다. 상대방이 침몰하든 이 배가 침몰하든, 어서 이 추격이 끝났으면. 그래서 더 이상 노를 젓지 않아도 되게 된다면…….

그때 좌현에 앉아 있던 노예 하나가 노를 놓았다.

갤리어스의 노는 전체가 하나가 되어 움직였을 때 최고의 성능을 발휘하지만, 최고 가속 상태에서 하나의 노라도 그 움직임이 흩어지면 상당히 치명적일 수도 있는 파급 효과를 가져오게 된다. 노예가 놓아버린 노는 당장 앞에서 당겨지는 노에 부딪히고 뒤에서 다가오는 노에 걸리며 큰 소동을 일으켰다. 노예들의 얼굴은 사색이 되었고 노를 놓아버린 노예 바로 옆에 앉아 있던 노예는 겁먹은 표정으로 외쳤다.

"오스발? 오스발! 무슨 짓이야?"

그러나 오스발의 얼굴을 본 순간, 노예는 그가 노예장의 폭력에 맞서 단호한 이상주의에 입각한 만민평등의 구호를 몸으로 외치거나, 혹은 치명적 허무주의에 입각한 자살 충동을 행동으로 표현하고 있는 것이 아니라는 사실을 깨달을 수 있었다. 선창을 쿵쿵 울리며 다가온 노예장이 시뻘게진 얼굴을 한 채 채찍을 높이 들어올렸을 때 그 점이 명확해졌다.

오스발의 상체가 앞으로 스르르 기울어지기 시작했다. 풀썩. 오스발은 두 팔을 펼친 채 자신의 노 위에 쓰러졌다. 높이 들어올려진 노예장의 채찍은 이 갑작스러운 사태에 멈칫했다. 그 옆에 앉아 있던 노예는 온힘을 끌어모아 간신히 말했다.

"노예장님. 오스발 이놈, 기절한 거 같은데요……"

자유호의 선교 위에 우뚝 서 있던 1등 항해사 식스는 좌현에서 일어나는 노의 움직임을 보며 대로했다. 어찌나 대로했는지, 식스는 평소에는 구사하지 않는 격한 언사도 마다하지 않았다.

"이 나쁜 놈들!"

식스가 자신이 구사한 언어의 폭력성에 질려 굳어 있는 동안, 라이온 갑판장은 보다 직접적인 행동을 선택했다. 라이온은 당장 갑판 위로 몸을 날려서는 승강구의 해치를 열어제치고 머리를 갑판 아래로 들이밀었다. 그러고는 그 포악성이나 다채로움에 있어 식스가 구사한 폭언과는 상대도 되지 않는 폭언들을 폭포수처럼 쏟아내었다. 식스는 그런 라이온을 보며 고개를 가로저었지만, 갑판 아래에 있던 노예장은 귀를 틀어막고 싶었다. 라이온은 그렇게 우선 노예장에게 지옥 같은 욕설부터 한참 퍼붓고 난 후에야 이 사태에 대한 해명을 요구했다.

"이 개놈의 자식아! 도대체 어떻게 된 거야?"

"아, 저, 라이온 갑판장님. 노예 하나가 갑자기 기절해서……"

"기절? 너 지금 기절이라고 했냐? 그게 어느 나라 말인지는 모르겠지만 내가 아는 말은 아냐! 나는 그 말 몰라! 이 자식, 네놈이 대신 노를 잡아서라도 당장 원상복구햇! 그렇잖으면 이 해역의 상어들은 오늘 저녁 식사로 머저리 노예장을 포식하게 될 거다! 아, 그리고 난 상어놈들과의 오랜 근린 관계를 고려해서 그 노예장을 '요리'한 후 가져다 바칠 것이라는 점을 명심해!"

오스발을 기절한 상태대로 해체하기로 마음 먹고 있었던 노예장은 라이온의 다그침 때문에 그 결심을 행동으로 옮기지 못했다. 노예장은 황급히 오스발의 쇠사슬을 풀고는 그의 몸을 질질 끌어내었다. 그러고는 그 스스로 오스발을 대신하여 노를 젓기 시작했다. 그 모습을 보던 라이온은 그제서야 만족한 표정으로 머리를 들어올렸다. 콰앙! 라이온이 걷어찬 해치가 요란한 소리를 내며 닫혔다.

익숙하지 않은 노역 때문에 노예장은 당장 숨이 가빠지는 것을 느꼈다. 꽉 다문 그의 입술 사이로 해괴한 신음이 흘러나왔다. 그 모습을 보는 노예들의 눈에는 결코 동정심이라고는 볼 수 없는 흥미로운 눈빛이 반짝거렸다. 땀을 비오듯이 흘리면서, 노예장은 가물거리는 정신 속에서 결심했다. 으아아, 오스발 이놈! 깨어나기만 해봐라! 그러나 노예장의 그런 살기 어린 눈빛을 받으면서도 오스발은 묵묵히 맡은 바 기절의 소임을 다하고 있었다.

해적 선단과 레보스호의 거리가 반 마일 이내로 좁혀지는 순간, 마지막의 마지막까지 차분히 기다리던 식스의 오른팔이 섬광처럼 움직였다. 식스는 팔 전체를 휘두르며 벼락처럼 지시를 내렸다.

"질풍, 좌측으로! 페가수스, 우측으로! 합류를 방해하고 멀리 쫓아버려! 흑기사 전속 전진! 물수리와 바다사자는 감속 후 밀집 대형 형성! 할아버지 할머니는 노 세우고 포격 준비 후 대기!"

식스의 명령은 기수의 빠른 손놀림에 의해 다른 일곱 척의 배로 전달되었고 곧 수면 위로 드라마틱한 움직임이 펼쳐졌다.

나란히 달리던 배들이 마치 군무를 추는 것처럼 움직였다.

해적 함대의 최좌익을 맡고 있던 질풍호, 그리고 최우익을 맡고 있던 페가서스호는 흩어지는 카밀카르의 두 배를 따라 선체를 돌렸다. 그리고 중앙을 달리고 있던 자유호와 흑기사호는 앞쪽으로 죽죽 뻗어나갔다. 물수리호와 바다사자호는 자유호와 흑기사호가 빠져나간 자리로 들어오며 후위를 형성했다. 곧 가운데를 달리던 네 척의 배는 한 덩어리가 되어 달리기 시작했다.

좌우익이 빠져나가고 본대의 네 척이 한 곳으로 모이자 함열에는 빈 공간이 두 개 생겼다. 그 빈 공간 속으로 해적선들 중 가장 큰 두 척의 배가 천천히 흘러들어왔다. 그랜드파더호와 그랜드머더호.

그랜드파더호와 그랜드머더호는 넓게 빈 해역을 이용하여 거대한 선체를 천천히 회전시켰다. 곧 지금까지의 진로와 직각으로 서게 된 그랜드파더호와 그랜드머더호는 선체 옆의 포문을 모두 열었다. 쿠르르르! 레일 위로 대포가 움직이며 묵직한 소리가 울려퍼졌다. 두 척의 배에 40문씩, 모두 80문의 대포가 치명적인 정확성으로 레보스호를 조준하기 시작했다. 그 모습을 본 레보스호의 감시자는 목이 찢어져라 외쳤다.

"적함, 사격 태세!"

"뭐? 이 거리에서?" 엘리엇 선장은 재빨리 몸을 돌렸다. 수평선 위로 해적선들이 움직이는 모습이 한눈에 들어왔다. 그리고 엘리엇 선상은 해적선 사이에서 옆모습을 보이고 있는 두 척의 배를 알아볼 수 있었다.

그의 얼굴에서 핏기가 가셨다.

터릿 갤리어스. 왕국 레갈루스의 이름을 지도상에서 존속하게 만드는 바로 그 유명한 배다. 레갈루스의 조선소에서만 건조되는 이 거대한 배는 '강철의 레이디'를 탑재한 대륙 유일의 함종이다. '강철의 레이디'는 그 경이적인 사정 거리와 지독한 파괴력 때문에 법황의 칙령에 의해 모든 땅에서 사용이 금지된 대포지만, 레갈루스의 함선 설계가들은 법황의 칙령이 '모든 땅'에서의 사용을 금한다는 점에 주목했다. 오로지 레갈루스의 설계가만이 설계할 수 있는 특수 포가, 반동력 분배 기술 등은 마침내 강철의 레이디를 탑재한 '배'를 만들어내었다. 제국의 다른 해양국과 해양 세력들은 한숨을 쉬고, 이를 갈고, 법황청을 향해 목청껏 항의를 외쳐대었지만, 법황청은 조그마한 왕국 레갈루스의 자주 독립을 간접 지원한다는 의미에서 보완 칙령을 발표하지 않기로 결정했다.

저 거대한 터릿 갤리어스는 커다란 덩치 때문에 느리기 짝이 없지만, 대신 강철의 레이디를 이용하여 다른 배는 엄두도 낼 수 없는 장거리 사격을 장기로 삼는다. 바다 위의 성채라 불러야 할 그런 배들이 선체를 옆으로 돌린 채 레보스호를 조준하고 있었던 것이다. 엘리엇 선장의 머리 한편에서 키 드레이번이 레갈루스 왕국의 사략함대로 활동하던 시절, 두 척의 터릿 갤리어스를 공여받았다는 소문이 떠올랐다. 물론 그에게 그 소문이 사실로 확인되는 잔잔한 즐거움을 만끽할 여유는 없었다.

"충격에 대비하라! 미친 언니가 날아온다!"

엘리엇 선장은 강철의 레이디를 카밀카르 뱃사람 식으로 불렀다. 마치 그런 호칭에 대해 화를 내는 것처럼, 해적 선단 쪽에서 수십 개의 화

40

염이 폭발했다.

넓은 해원 전체가 진동했다. 터릿 갤리어스 두 척의 일제 사격에 비해 보면 조금 전 레보스호의 사격은 연인들의 밀어로 느껴질 정도였다. 포탄이 공기를 가르는 소리가 수면 위로 요란하게 울려퍼진 것도 잠시, 수면에 작렬한 포탄은 물기둥을 일으켰다. 하늘을 찌를 듯이 솟구쳐 오른 물기둥은 레보스호의 선상에 비말이 되어 쏟아졌다.

엘리엇 선장은 선교 난간을 붙잡고 늘어짐으로써 볼품없이 쓰러지는 꼴을 간신히 면했다. 하지만 선 채로 고문당하는 것이나 마찬가지였다. 물보라는 폭포처럼 쏟아져 숨을 막히게 하고 있었고 전후좌우 사방에서 터지는 폭음은 고막을 찢어놓지 않았나 의심스러울 정도였다. 흠뻑 젖은 데다가 폐가 끊어지는 고통 속에서도 엘리엇 선장은 간절히 빌었다.

'제발 빗나가라!'

해적들의 포술 실력은 조악하다. 게다가 레보스호는 좁은 고물 쪽을 보이고 있는 상태. 그러나 80발이나 되는 포탄 중 한 발도 맞지 않기를 바라는 것은 아무래도 현실성이 없다. 현실은, 물기둥과 파도로 휘청거리고 있는 레보스호에 명중탄이 날아들기 시작하는 것으로서 나타났다.

콰아앙! 좌현을 뚫고 들어온 포환은 순수한 운동 에너지만으로 불행한 노잡이 세 명의 몸을 갈가리 찢어놓은 다음 텅텅거리며 배 안을 굴러다녔다. 선체는 진저리 치고 선원들은 나가떨어졌다. 엘리엇 선장은 기어코 난간을 놓치고는 갑판으로 곤두박질쳤다.

"으아아악!"

짧은 비행 후 엘리엇 선장은 선교에서 갑판으로 추락했다. 쾅! 등부터 떨어지면서 숨통이 턱 막히는 느낌이 엘리엇 선장을 급습했다. 그러나 엘리엇 선장은 자신의 몸이 질러대는 비명에 귀기울이기에 앞서 등으로 배의 움직임을 느끼려 애썼다. 키는? 다행이다. 키는 맞지 않았다. 용골의 뒤틀림도 없다. 돛대의 경우에는 눈으로 확인했다. 빌어먹을 바람! 엘리엇 선장은 드러누운 채 욕지거리를 뱉어내었다. 그때 혼란과 진동을 꿰뚫고 슈마허가 다가오며 선장의 팔을 잡아당겼다.

"괜찮으십니까, 선장님?"

"안 괜찮소! 저 빌어먹을 역풍, 저 바람을 어떻게 해야……!"

엘리엇 선장의 말이 갑자기 잦아들었다. 그의 뇌리 속으로 이 역풍을 순풍으로 바꿀 방법이 생각났던 것이다. 엘리엇 선장은 벌떡 일어섰고 덕분에 슈마허는 하마터면 턱을 가격당할 뻔했다. 그러나 엘리엇 선장은 슈마허에게 사과할 틈도 없이 외쳤다.

"돛을 모두 펴라!"

"어라? 저놈들 돌고 있잖아?"

자유호의 선상에서 해적들은 당황한 얼굴로 말했다. 레보스호는 갑자기 멈추더니 배의 진로를 완전히 바꾸기 시작했다. 범선으로선 절대로 불가능한, 좌우에 노가 있는 갤리어스만이 가능한 반전 동작이었다. 그 모습을 보던 라이온 갑판장은 호탕하게 외쳤다.

"좋았어! 그래야 바다의 사나이답지. 싸워보겠단 말이지? 으하하, 하지만 만용은 바다 사나이의 사망 원인 1호렷다. 전대포 장전! 갈고리 준비하라! 모든 갑판원 대접근전 태세로—."

"미안하지만 내가 지휘자인 것 같은데."

"—라고 1등 항해사님께서 말씀하실 것이다! 그렇죠, 1등 항해사님?"

자유호의 1등 항해사 식스는 사용할 수 있는 가장 거친 어휘로 라이온 갑판장을 꾸짖었다.

"아니다, 이 바보야!"

라이온은 입을 다물고 말았고, 주위의 해적들은 낄낄거렸다. 식스는 불쾌한 표정으로 라이온을 쏘아보고는 그대로 지시를 내리기 시작했다.

"적선은 할아버지 할머니의 재장전 시간 동안 반전, 아군 함열을 돌파하려는 속셈이다. 사수는 돛을 겨냥하라. 돛줄을 끊어야 한다. 놈들이 순풍을 이용하게 해서는 안 된다!"

석궁을 쥔 해적들이 재빨리 쿼렐을 먹이기 시작했다. 해상에서 사용되는 폭이 넓은 화살촉이 달린 쿼렐로서, 이 넓은 화살촉은 단검처럼 날아가 돛줄을 끊는다. 해적 궁수들은 이물 쪽으로 우르르 몰려가서는 발사 자세를 갖추었다. 식스는 그런 궁수들을 바라보다가 라이온을 흘끔 바라보고는 외쳤다.

"전대포 장전! 갈고리 준비하라! 모든 갑판원은 대접근전 태세로!"

라이온의 얼굴에 떠오른 억울함은 필설로 형언키 어려운 것이었지만, 식스는 그런 라이온을 못 본 척하며 엄격한 사나이다운 근엄한 동작으로 팔짱을 끼었다.

레보스호는 카밀카르 뱃사람들이 보았다면 박수를 아끼지 않을 선회 동작을 성공시켰다. 서너 발의 대포를 맞아 노의 일부를 잃었음을 감안한다면 더욱 놀라운 일이었다. 그랜드파더호와 그랜드머더호가 일제 사격 후의 재장전을 위해 잠시 주춤하는 동안, 레보스호는 진로를 180도로 바꿨다. 곧 역풍은 순풍이 되었고 바람을 가득 안은 돛은 찢어질 듯이 펼쳐졌다.

엘리엇 선장의 속셈은 단순명쾌하다. 해적 함대는 좌우가 갈려나가고 중앙은 밀집하는 바람에 함열에 구멍이 생긴 상태였다. 레보스호는 그 구멍을 혈로로 삼아 바람을 가득 안고는 단숨에 돌파하는 것이다. 그랜드파더와 그랜드머더가 구멍을 가로막고 있긴 하지만 재장전을 위해 꾸물거리고 있으므로 방해가 되지는 않을 것이다. 설령 재장전이 되더라도 레보스호가 먼저 뛰어들면 아군이 맞을 위험이 있으므로 쏘지 못한다.

그래서 해상에는 한 척의 배가 여덟 척의 함대를 향해 돌진하는 진풍경이 벌어지게 되었다.

"돌파하면 못 쫓아온다! 해적놈들은 배를 돌리는 것이 느리다! 전속 전진!"

엘리엇 선장은 목청껏 외쳤다. 순풍을 받아 굉장한 속도를 내고 있는 레보스호의 뱃머리에서는 파도가 양단되며 치솟아 올랐다. 그리고 해적 함대 쪽에서는 식스 1등 항해사가 낮게 그르렁거렸다.

"절대로 돌파시키지 않는다. 사수, 발사 준비!"

해적들의 석궁이 일제히 올라갔다. 각양각색의 색깔을 가진 눈동자들이 오직 하나의 적의만으로 불타오르며 레보스호의 돛줄을 겨냥했다.

아홉 척의 배들은 점점 거리를 좁혀갔다. 뱃사나이들의 가슴이 거세게 쿵쾅거리는 것에 비례해서 그들의 얼굴은 더욱 빠르게 굳어갔다. 욕설과 함성을 지르던 해적들도 숨을 죽였다. 그래서 아홉 척의 배들이 생사의 갈림길을 확인하고자 돌격하고 있음에도 불구하고 해원은 고요하기 짝이 없었다. 정적 어린 수면 위로 격렬한 노 젓는 소리만이 울려퍼졌다. 이 정적을 깨기 두렵다는 듯이, 엘리엇 선장과 식스 1등 항해사 모두 소리 없이 팔만 휘둘러 명령을 내렸다.

사수들은 경련하듯 석궁의 방아쇠를 당겼다.

곧 해적 함대와 레보스호에서는 무수한 쿼렐이 발사되었다. 양쪽에서 무더기로 발사된 쿼렐은 일순간 수면 위에 덤불숲이 생긴 듯한 착각을 불러일으켰다. 그리고 괴괴하게 흐르고 있던 정적은 핏빛 비명에 의해 얼룩졌다.

"크어억!"

"헉!"

양측 모두 상대방의 기동력을 감소시킬 목적으로 돛과 돛줄을 겨냥하고 있었으므로 쿼렐에 맞은 자들은 상당히 운수가 사나운 자들이었다. 해적들의 인원이 더 많았지만, 정규병을 태우고 있는 레보스호는 해적 사수들과 비슷한 숫자의 궁병을 데리고 있었으며 기량의 경우에는 월등히 뛰어났기에 일차 사격의 피해는 비슷했다. 양측 모두 밧줄이 몇 개 끊어지고 돛대와 돛에 쿼렐을 맞았지만 돌진을 저해할 정도는 아니었다. 레보스호의 이물에 서 있던 기사 슈마허는 빈 석궁을 휘두르며 소리 높이 외쳤다.

"전열 후퇴하고 후열 전진! 2차 사격 목표는 적 궁병이다!"

정규병의 경우 또 하나 유리한 점이 있었다. 엄격한 훈련을 받은 카밀카르의 정규병들은 궁병을 2열로 배치하고 있었다. 사격을 끝낸 전열이 물러나서 석궁을 재장전하는 동안 후열이 일제 사격에 들어갔다. 석궁을 당기느라 꾸물거리고 있던 해적 사수들은 2차 사격에 맞아 고꾸라지기 시작했다. 자유호의 식스는 격노했지만, 사격을 끝낸 레보스호의 후열이 다시 물러나며 재장전을 끝낸 전열이 3차 사격을 시작하는 것을 보자 고함칠 겨를도 없이 머리를 숙여야만 했다. 다른 해적들도 모두 기겁하며 갑판에 엎드렸다. 그 사이를 틈타 레보스호는 해적 함대 사이로 무턱대고 돌입했다. 레보스호가 자유호와 그랜드머더 사이의 공간으로 끼여드는 순간, 자유호와 레보스호의 선상에서 거의 동시에 같은 명령이 터져나왔다.

"대포 발사!"

노끼리 서로 부딪힐 정도의 근접 거리다. 겨냥이고 뭐고 필요없이 발사하면 무조건 맞는 사격에서, 승부의 관건은 장전 속도와 발사 속도다. 레보스호의 포수들은 배워 익힌 대로 심지에 불을 붙이자마자 방화 방패를 세워들고 몸을 숨겼다. 그러나 자유호의 포수들은 전혀 다른 방식으로 발사했다. 그리고 그 방식의 차이는 두 배의 포격 대결에서 자유호의 포구가 먼저 불을 뿜는 것으로 나타났다.

콰아앙! 스무 발 남짓한 포환이 레보스호의 우현을 난타했다. 자유호와 레보스호 사이에 시커먼 포연이 물결치는 가운데 목재와 의장들이 하늘로 치솟아올랐다. 레보스호의 우현이 무너지듯 파괴되며 선원들은 애처로운 비명을 지르며 바다로 떨어져갔다. 레보스호의 용골을 타고 흐르는 충격은 배 전체를 뒤흔들었고 엘리엇 선장은 악에 받쳐 외쳤다.

"빌어먹을, 단심이다!"

해적식의 짧은 심지다. 대포가 깨지거나 오폭하기라도 하면 그대로 죽게 되는 위험하기 그지없는 수법이지만 해적들은 아랑곳하지 않았다. 선제 공격을 허용한 레보스호는 그 대가로 우측 대포의 절반 가량을 잃고 우현 곳곳이 파괴되는 참사를 입었다. 포탄 몇 발은 노잡이석으로 뛰어들어 노 몇 개와 그 노잡이들을 가루로 만들어놓았다. 해적들은 환호를 지르며 갈고리를 집어들었고 레보스호의 선원들 사이에는 지독한 공포의 악취가 뿜어져나오기 시작했다. 그러나 그들의 머리 위로 엘리엇 선장은 목이 터져라 외쳤다.

"신경 쓰지 마! 궁병, 계속 사격! 갈고리가 걸리면 끝장이다. 피해를 돌보지 말고 돌파해야 한다!"

발 아래에서 박살난 포수와 노잡이들의 몸이 바다로 떨어지는 모습을 보며, 레보스호의 궁병들은 미칠 듯한 분노를 느끼며 석궁을 세워들었다. 단심을 이용한 해적들의 포격 때문에 레보스호는 대포의 40퍼센트 가량을 잃었지만, 자유호와 레보스호가 서로 반대 방향으로 움직이고 있었으므로 상대 속도가 워낙 빨라서 두 번째의 사격을 맞을 염려는 없었다. 재장전이 끝나기도 전에 두 배는 서로 엇갈릴 것이다. 그러나 쿼렐은 그 사이에 몇 대라도 쏘아붙일 수 있다. 곧 레보스호의 선상에서 빗발 같은 화살들이 자유호를 향해 날기 시작했다.

"크허헉!"

기세좋게 갈고리와 사다리를 들어올리던 해적들이 가슴을 부여잡은 채 나동그라졌다. 엘리엇 선장은 선원들 전부에게 들으라는 듯이 고함 질렀다.

"갈고리만 걸리지 않으면 도망칠 수 있다! 계속 쏴라!"

자유호의 식스도 그 소리를 들을 수 있었고, 그래서 그는 이를 갈았다.

"대담한 사내로군! 저 말 들었나? 무슨 일이 있어도 갈고리를 걸어!"

그러나 식스의 불호령에도 불구하고 해적들은 감히 뱃전 너머로 머리를 들지 못했다. 레보스호의 궁병들은 기계 같은 정확함으로 교차 사격을 퍼부어대고 있었고 화살은 영원히 계속될 것처럼 날아들었다. 식스는 다시 불호령을 내리기 위해 입을 벌렸다. 그러나 그의 입은 열렸던 것만큼이나 빠르게 다시 닫혔다.

어느새 석궁을 챙겨든 라이온 갑판장이 뱃전으로 달려가고 있었다. 라이온은 싱긋 웃으며 중얼거렸다.

"가슴을 펴라! 죽음은 양해를 구하지 않고 찾아오는 불청객이나, 우리 모두는 태어난 것으로 이미 그 손님의 방문 예고를 받은 셈이지."

라이온은 휘파람을 불며 석궁을 장전했다. 날아온 쿼렐 하나가 그의 귓가를 스치며 귀밑머리들을 떠오르게 만들었음에도 불구하고 라이온은 뱃전에 다리 하나를 올리기까지 했다. 식스와 해적들은 모두 탄복하는 표정으로 라이온을 바라보았다. 무릎에 팔꿈치를 얹은 라이온은 한쪽 눈을 감았다. 그러고는 눈앞으로 성큼 다가온 레보스호의 뱃전을 쏘아보며 외쳤다.

"지금, 이 세상에서의 자네의 방랑을 끝내주지."

라이온은 방아쇠를 당겼다. 갈고리를 벗어난 시위가 진저리를 쳤다.

슈마허는 머리 바로 위로 날아가는 쿼렐에 기겁했다. 젠장! 맞을 뻔했군. 그러나 라이온은 슈마허를 겨냥한 것이 아니었다. 한치의 오차도 없이 날아간 쿼렐은 레보스호의 선교 위에서 키를 잡고 있던 조타수의 가슴에 명중했다.

철판도 뚫는 석궁 화살이다. 조타수는 해머에 맞은 것처럼 뒤로 나가떨어졌다. 쿼렐이 폐를 관통했기에 비명도 지르지 못했다. 갑판에 쓰러진 조타수는 입을 뻐끔거렸지만 그의 입에서는 말 대신 피거품만이 흘러나왔다. 조타수가 나가떨어지며 타륜이 팽그르르 돌았다. 거대한 속력 때문에 키의 반작용도 거대했다. 레보스호는 곧 비틀거리기 시작했다.

해저의 악마들이라도 수면 위로 뛰쳐나와 박수를 쳐줄 만한 사격을 성공시켰지만, 라이온은 통쾌하게 웃는 대신 빈 석궁을 옆으로 던지고는 갑판으로 몸을 날렸다. 레보스호의 거대한 선체가 옆으로 기우뚱하더니 곧 자유호 쪽으로 기울어져 왔다. 레보스호의 선원들과 해적들 모두 핏기가 가신 얼굴이 되어 무의미하게 입을 뻐끔거리는 가운데 라이온의 외침이 길게 울려퍼졌다.

"충격에 대비하라! 충돌한다!"

배수량 56만 파운드에 달하는 레보스호의 육중한 선체가 전속력 질주의 관성을 유지한 채 자유호와 충돌했다.

뒤얽힌 노들이 먼저 비명을 지르며 산산조각 났다. 노의 얽힘으로 속력이 줄어들었지만 그래도 레보스호와 자유호가 부딪혔을 때의 상대 속도는 굉장했다. 부딪힌 뱃전은 귀에 거슬리는 소음을 내며 비비적거렸다. 끼기기—긱! 진동으로 양쪽 배의 선원들은 모두 주저앉았거나 쓰러졌다. 뱃전 아래에서는 노예들의 애타는 비명이 들려왔다. 그때 반대쪽에 있던 그랜드머더호가 참으로 해적답지 않은 행동을 시도했다.

"하하하! 좋았어, 라이온 군. 자, 이젠 우리 차례다! 전속 전진!"

그랜드머더호 선상에 서 있던 짙푸른 눈의 남자가 통쾌하게 웃으며 외쳤다. 선장의 빠른 명령이 떨어지자 그랜드머더호는 곧 전속 질주하기 시작했다. 워낙 느린 터릿 갤리어스인 데다가 가속할 거리도 없었지만, 그랜드머더호의 선장 킬리는 일반 갤리어스의 두 배에 달하는 자함의 중량을 믿고 있었다. 그리고 그랜드머더호는 그 선장의 신뢰에 보답했다. 일제 사격을 위해 옆으로 서 있던 그랜드머더호는 그대로 레보스호의 좌현에 선수를 들이박은 것이었다.

그랜드머더호의 선수에 있던 충각이 레보스호의 선체를 종잇장처럼 꿰뚫었다. 충격으로 쓰러져 있다가 간신히 일어났던 슈마허는 두 번째의 충격에 대비하지 못하고 있었다. 다시 쓰러질 뻔하다가 간신히 돛줄을 움켜쥔 슈마허는 얼떨떨한 눈으로 주위를 둘러보았다. 슈마허의 안색이 확 변했다.

"신이여!"

레보스호는 이제 자유호와 그랜드머더호 사이에 완전히 끼어 있었다. 레보스호의 노와 자유호의 노는 서로 뒤얽혀 있었고 좌현에서는 그랜드 머더호가 레보스호의 심장을 후벼 파듯 충각으로 밀어오고 있었다. 더 이상 배가 움직일 수 없게 되었다는 사실을 깨달은 슈마허는 검을 뽑아 들고는 검집을 내팽개쳤다.

"카밀카르 만세!"

레보스호의 전투병들도 사태를 파악했다. 자유호의 해적들은 이미 갈고리와 그물, 사다리 등을 걸치고는 함성을 지르며 뱃전을 뛰어넘어 달려오고 있었다. 레보스호의 전투병들과 선원들은 각자의 무기를 들어 올리며 해적들을 향해 달려갔다.

이제는 육상전이나 다름없다. 자유호의 해적들은 짧은 커틀러스와 나이프, 대거, 그리고 탐욕스러운 광기만으로 달려들고 있었지만 카밀카 르의 정규 전투병들은 롱 소드로 해적들을 때려눕혔다. 레보스호의 뱃 전에 뛰어오른 해적 하나는 다리에 칼을 맞고는 그대로 저 아래의 바다 로 떨어졌다. 풍덩! 카밀카르의 병사들의 선두에서는 기사 슈마허가 악 귀 같은 얼굴을 한 채 두 손으로 검을 휘두르고 있었다.

"공주님의 이름에 걸고, 한 놈도 살려두지 않겠다!"

"저놈을 잡아!"

해적들도 슈마허가 지휘자인 것을 알아차리고는 그를 향해 쇄도해 들어왔다. 날아드는 커틀러스를 받아낸 슈마허는 숨쉴 사이 없이 허리 를 베어 들어오는 도끼를 피해 몸을 돌려야 했다. 카밀카르의 병사들도 그들의 지휘자를 구하기 위해 달려들었다. 자유호와 레보스호의 뱃전이 맞닿은 지점에서 치열한 난투극이 벌어졌다.

다가오는 메이스를 피한 슈마허는 상대방의 팔목을 쳐내렸다. 해적은 잘린 손목을 움켜쥔 채 비명을 질렀고 그 사이에 슈마허는 상대방의 복부를 걷어찼다. 해적은 쓰러졌고 슈마허는 그 등을 밟으며 몸을 빼내었다. 조금이라도 제자리에 서 있으면 당장 포위될 테니까. 그때 또 한 명의 해적이 롱 소드를 세워 든 채 그의 앞을 가로막았다. 슈마허는 공격에 대비했지만 그의 앞을 가로막은 해적은 엉뚱하게도 검을 휘두르는 대신 말을 걸어왔다.

"이름이 뭐지?"

"슈마허!"

슈마허는 자신의 이름을 기합처럼 말하며 상대방을 찔러 들어갔다. 그러나 상대방은 슈마허의 롱 소드를 내리쳤다. 콰가가각! 해적은 슈마허의 검 끝이 갑판에 박힐 정도로 내리눌렀고, 잠시 둘은 검을 아래로 향한 채 서로의 얼굴을 마주보게 되었다. 해적은 싱긋 웃었다.

"나는 라이온. 날씨 이야기나 좀 나눌까?"

"이긱!"

슈마허는 잇소리를 내며 검을 뽑아들었다. 라이온은 뒤로 몇 발자국 물러나서는 야유 섞인 휘파람을 불며 검을 똑바로 잡았다. 그러고는 슈마허를 향해 검을 몇 번 위협적으로 휘두르며 말했다.

"날씨에 관심없나 보군. 하지만 보라구. 죽기에 좋은 날씨잖나?"

"유언은 끝났나?"

슈마허는 곧장 검을 휘둘러 들어갔고 라이온은 기세좋게 응수했다. 곧 두 사람은 주위의 어떤 자도 끼여들 수 없을 만큼 맹렬한 검격을 교환했다.

"저 얼간이 녀석! 반대쪽은 비워둬야 우리가 들어가지!"

흑기사호의 1등 항해사 매슈가 사나운 목소리로 외쳤다. 그 욕설과 외침은 전부 레보스호에 충돌을 감행한 그랜드머더호의 킬리 선장에게 집중된 것이었다. 감탄스러운 일격이었고, 덕분에 레보스호를 묶어두고 있기는 했지만, 그랬기에 그랜드머더호는 레보스호의 좌현을 막아주는 방패 역할을 하고 있기도 했다. 매슈 역시 그랜드머더호의 충돌에 감동을 받았기에 욕설의 수위를 낮게 유지하고 있긴 했지만, 그랜드머더호가 레보스호의 좌현을 가리고 있다는 사실에는 변함이 없었다.

터릿 갤리어스인 그랜드머더호에는 전투병의 숫자가 상대적으로 적었다. 그랬기에 그랜드머더호의 해적들은 자유호의 해적들과 싸우고 있는 레보스호의 선원들의 등뒤를 공격할 수 없었다. 으르렁거리고 있던 매슈는 문득 고개를 돌려 자신의 선장을 바라보았다.

흑기사호의 선교에는 검은 갑옷을 걸친 장신의 사내가 우뚝 서 있었다. 두툼한 왼손은 허리에 얹고 오른손에는 자루 길이만 해도 3피트는 될 것 같은 큼직한 배틀 엑스를 느슨하게 들고 있었다. 흑기사호의 선장 오닉스 나이트는 비어 있던 왼손을 천천히 들어올려 빠르게 어떤 손짓을 보내었다. 매슈의 눈이 커졌다.

"선장님?"

자신의 1등 항해사가 주춤하는 것을 본 오닉스는 똑같은 손짓을 훨씬 격렬하게 보내었다. 매슈는 이를 악물고는 선장의 손짓을 말로 바꿔 조타수에게 전달했다. 곧 흑기사호의 선체는 옆으로 천천히 움직였다.

자유호의 선상에서 레보스호를 보던 식스는 문득 등뒤로부터 오는 이상한 느낌을 받았다. 식스는 고개를 돌렸고 흑기사호의 검은 선체가 자유호를 향해 다가오는 것을 보았다. 식스는 갑자기 섬뜩한 기분을 느꼈다.

"오닉스? 무슨 짓을?"

흑기사호는 곧 자유호에 뱃전을 가져다대었다. 오닉스는 명령을 내리는 대신 직접 배틀 엑스를 들어올리며 자유호의 선상에 뛰어들었고, 그러자 흑기사호의 해적들 역시 그 뒤를 따라 자유호로 넘어왔다. 식스는 기성을 질렀다.

"오닉스 선장! 허가 없이 자함에 승선하다니―!"

다음 순간 식스는 말문이 탁 막히는 것을 느꼈다. 달려가던 오닉스는 식스 쪽은 쳐다보지도 않은 채 손짓만 보내어왔다. 그리고 식스는 그 손짓의 의미를 알고 있었다.

"나, 나, 나에게…… 엿먹으라고 했……어?"

식스 주위에 있던 자유호의 해적들은 거의 동시에 하늘을 쳐다보았다. 눈물을 글썽거리고 있는 그들의 1등 항해사를 보고 싶지 않았기 때문이다. 식스를 그런 끔찍한 지경에 빠트려놓은 오닉스는 자유호의 갑판을 곧장 가로질러 레보스호의 뱃전으로 넘어갔고, 그 모습을 보고서야 식스는 충격에서 헤어나올 수 있었다. 그리고 역시 오닉스의 행동을 이해한 흑기사호의 해적들 역시 환호성을 지르며 그들의 선장의 뒤를 따랐다.

곧 레보스호를 향한 공격은 두 배가 되었고, 레보스호의 카밀카르 병사들은 파도처럼 밀고 들어오는 해적들의 기세에 밀려 뒤로 물러나기 시작했다. 단순히 숫자의 문제가 아니었다. 흑기사호로부터 자유호를 넘어 레보스호로 건너온 해적들의 선두에는 얼굴까지도 검은 마스크로 가린 전사가 아무 말도 하지 않고 카밀카르 병사들을 장작 패듯 내려찍고 있었다. 그리고 그 모습은 카밀카르 병사들의 눈에는 심해에서 기어 나온 악마처럼 보였다. 슈마허와 칼을 교환하고 있던 라이온은 그 모습을 보며 고함 질렀다.

"오닉스 나이트! 이놈은 내 거요, 가까이 오지 마시오!"

오닉스 나이트는 아무 말 없이 그들을 지나쳐 승강구 쪽으로 뛰어갔다. 슈마허는 이를 부득부득 갈며 검을 세웠다.

"네놈이 죽을 때가 가까워 헛소리가 심하구나!"

라이온은 검을 오른쪽으로 눕히며 한쪽 눈을 찡긋했다.

"사랑하는 자기, 내가 성심 성의껏 준비한 거야. 마음에 들지 않아도 이거나 맞고 뻗어줘!"

그리고 라이온은 그대로 왼발로 슈마허의 다리를 걸어찼다. 오른쪽의 검에 집중하고 있던 슈마허는 불의의 일격에 무릎이 꺾이는 것을 느꼈고 그때 라이온의 검이 그의 어깨를 노리고 날아들었다.

승강구로 뛰어든 오닉스는 계단 전부를 뛰어넘어 단숨에 중갑판에 내려섰다. 육중한 몸이 떨어지자 갑판이 요란한 소리를 내며 울렸다. 오닉스는 잠시 멈춰서 주위를 둘러보거나 하지도 않았다. 그는 여러 형태의 배의 구조에 대해 완벽하게 알고 있었다. 바람처럼 움직인 오닉스의 몸은 잠시 후 노잡이석의 입구 쪽에 나타났다.

노잡이들은 공포에 질려 비명을 질렀다. 컴컴한 노잡이석에 나타난 완전무장의 검은 전사는 말로 표현되는 것보다 더한 박력을 뿜어내고 있었다. 노예석 한쪽에 서 있던 노예장은 껄껄거리는 불쾌한 목소리로 외쳤다.

"오닉스 나이트!"

오닉스의 마스크에 뚫린 구멍 속에서 눈만이 번쩍이며 노예장을 뚫어지게 쏘아보았다. 오닉스는 한손을 들어 간략하게 손짓을 보내었다. 노예장과 노예들 모두 알아볼 수 있는 손짓이었다. '모두 노를 놓고 엎드려라.' 그러나 노예장은 그 손짓을 거부했다. 대신 노예장은 레보스호에 오른 이후로 한번도 하지 않았던 행동을 했다.

"돼! 웃기지 마라! 나는 너처럼 목숨이 아까워 노스윈드의 개가 되지는 않는다!"

오닉스의 눈에서 불똥이 튀었다. 이것은 뱃사람이 할 수 있는 모욕 중에선 최상급의 모욕 중 하나이다. 배는 목숨을 빼앗기 위해 달려드는 바다로부터 뱃사람을 보호하는 유일한 피난처이며 그들의 어머니다. 따라서 뱃사람들은 절대로 배에 침을 뱉지 않는다.

오닉스는 아무 말 없이 노예장을 향해 걸어가기 시작했고, 노예장은 급한 대로 옆에 던져두었던 채찍을 들어올려 마구 휘두르기 시작했다. 공기를 가르는 날카로운 소리가 울려퍼졌다. 오닉스의 걸음이 잠깐 멈추었지만 그야말로 잠깐이었을 뿐이다. 오닉스는 눈앞을 어지럽게 날아다니는 채찍이 보이지 않는 것처럼 곧장 걸어갔다. 노예장은 자포자기하는 심정으로 대해적의 손목을 겨냥했다.

'저 도끼를 떨어트려야 돼!'

차아악! 노예장이 휘두른 채찍이 오닉스의 손목에 감겼다. 노예장의 얼굴에 희색이 떠올랐다. 하지만 잠시 후 그 얼굴은 감당할 수 없는 공포와 의심에 일그러졌다. 오닉스는 손목에 감긴 채찍채로 손을 위로 들어올렸고, 그래서 노예장은 앞으로 확 끌어당겨졌다. 중심을 잃고 비틀거리는 노예장의 정수리를 향해, 오닉스는 세심하다 싶을 정도로 침착하게 도끼날을 가져다 박았다.

뼈와 금속이 맞부딪치는 소리라고 생각되지 않을 만큼 가벼운 소리가 났을 뿐이었다. 하지만 머리가 쪼개진 노예장의 몸은 오닉스의 배틀엑스 아래로 무너져내렸다. 불쾌하다는 듯이 노예장의 시체를 내려다보던 오닉스는 손을 들어올려 조금 전의 손짓을 다시 보내었다. '모두 노를 놓고 엎드려라.'

노예들의 즉각적인 반응이 오닉스를 기쁘게 했는지는 확실치 않다. 오닉스는 노를 팽개치고 화다닥 머리를 숙이는 노예들을 무표정한 눈으로 바라보았기 때문이다.

노가 멈춰지며 레보스호는 이제 완전히 움직임이 봉쇄되었다. 그런 레보스호를 향해 그랜드파더호와 물수리호, 바다사자호도 주위를 포위해 들어왔다. 그리고 먼 바다에서는 질풍호와 페가서스호가 포신이 녹아버릴 정도의 포격을 가해 두 척의 카밀카르 배를 멀리 쫓아내고 있었다. 기함 레보스호가 완전히 무력화된 이상 다른 두 척의 배도 노려봄직하건만, 질풍호와 페가서스호는 해적에게는 어울리지 않는 냉정함으로 두 척의 배를 쫓아내기만 했다.

레보스호의 갑판에 쓰러진 슈마허는 다 끝장났다는 심정이었다. 배는 포위되었고, 몰려든 해적선들에서는 해적들이 끝도 없이 달려들고 있었다. 노는 완전히 정지했고 돛은 찢어졌다. 그러나 그 모든 총체적 절망 속에서도, 슈마허를 가장 괴롭히고 있는 것은 바로 옆에 앉아서 끊임없이 이야기를 걸어오는 라이온의 존재였다.

"이봐. 서 슈마허라고 했던가. 탁 깨놓고 대화 한번 해보자. 죽어가는 기분이 어때? 난 그게 항상 궁금했어. 물론 나도 죽을 테니까 언젠가는 알게 될 기분이지만, 그래도 궁금하잖아. 그러니 이왕이면 죽어가는 자네가 동정을 베풀어 내게 자네 기분을 설명해 주면 좋겠구먼. 뭐라더라. 살아온 나날이 휙 지나간다던가? 정말 그래? 응? 정말 옛날 일들이 빠르게 지나가나? 아, 그래. 손발이 차가워진다고도 하던데. 그건 어때? 응? 자네 죽어가고 있잖아. 죽고 나면 말 못하니까 상세하게 설명해 봐. 집중력을 가지고. 약간만 주의를 기울여보란 말이야."

라이온은 아주 편한 자세로 앉아서는 이런 돼먹지 않은 말을 끊임없이 주절거려 슈마허를 반쯤 돌아버리게 만드는 만행을 저지르고 있었다. 그래서 어깨가 끊어지는 아픔 속에서도 슈마허는 고통을 거의 느끼지 못했다. 그의 머릿속에는 라이온이라 불리는 이 미친 녀석의 입을 뭉개버릴 수만 있다면 악마와 거래하는 것도 크게 나쁠 것 같지는 않다는 생각만 무럭무럭 피어올랐다. 슈마허는 간신히 입술을 움직였다.

"너 미쳤지?"

"응? 우리가 전에 언제 만났던가?"

"내가 너 따위 녀석을 언제 만났다는 거냐."

"그럼 내가 미친 거 어떻게 알고 있지?"

슈마허는 자신이 왜 아직도 졸도하지 않을 정도의 굵은 신경을 가지고 있는지를 원망했다. 졸도했다면 이 미친놈의 종알거림을 듣지 않아도 되었을 텐데. 그때 엄청난 깨달음이 슈마허를 엄습했다. '아니다. 이놈은 내가 졸도하면 깨워놓고 중얼거릴 놈이다.' 슈마허가 자신의 깨달음에 아연해하는 동안에도 라이온은 신기하기 그지없다는 투로 중얼거렸다.

"신기한데. 아, 자네 점도 칠 줄 아나? 잘됐군! 죽기 전에 내 올해 운수가 어떨지 좀 봐주지 않겠어? 나도 자네 운수를 봐주겠어. 뭐, 바보라도 짐작할 수 있겠지만, 자네 운수는 볼장 다 봤지. 배는 격침되고 부하는 모두 잃고 자네는, 오, 맙소사. 난 사랑에 빠졌어!"

슈마허는 순간 소름 끼치는 기분으로 라이온을 바라보았다. 이놈이 설마? 그러나 라이온의 눈은 그가 아니라 다른 쪽을 향하고 있었다. 갑자기 참을 수 없는 불안함이 슈마허를 엄습했고, 그래서 슈마허는 이를 악물며 고개를 돌렸다.

"고, 공주님! 이 발칙한 놈!"

승강구 쪽에서 나타난 오닉스는 겨드랑이에 율리아나 공주를 끼운 채 나타났다. 율리아나 공주는 감히 반항할 엄두도 내지 못한 채 짐짝처럼 취급당하는 것을 감수하고 있었다. 라이온은 손가락을 튕겼다.

"아하! 필마온 기사단장에게 시집 가신다는 카밀카르의 그 공주님이신가 보군?"

라이온은 오닉스의 겨드랑이에 끼어 있는 율리아나 공주를 향해 화려한 동작으로 머리를 숙여보였다.

"반갑습니다! 저는 자유호의 갑판장 라이온이라고 합니다. 설마 대륙에 소문이 자자한 공주님을 뵐 줄은 몰랐군요."

율리아나 공주는 성심 성의껏 대답함으로써 라이온을 놀라게 만들었다.

"반가워요, 라이온 씨. 제 몸가짐이 이상한 것에 대해 너무 허물치 말아주세요. 불가항력이랍니다."

라이온은 그만 킬킬거리고 말았다. 죽을 때도 농담을 할, 마치 노련한 사내 같은 공주님이로군. 라이온은 오닉스를 향해 시선을 보내었다.

'내려드리죠.'

그러나 오닉스는 그런 라이온의 시선에는 아랑곳하지 않고 뱃전을 향해 뚜벅뚜벅 걸어갔다. 라이온은 당황한 목소리로 오닉스를 제지했다.

"어? 이봐요, 오닉스 선장! 뭐하는 거요?"

오닉스는 잠시 라이온을 바라보았지만 아무 말 없이 뱃전 끝으로 다가갔다. 그때 선교 위에서 건장한 해적 서너 명에게 깔려 있던 엘리엇 선장이 고함 질렀다.

"아, 안 돼! 저놈, 공주님을 바다에 던지려고……"

율리아나 공주가 가장 먼저 엘리엇 선장의 말에 반응했다.

"꺄아악!"

그제서야 오닉스가 뭣 때문에 뱃전으로 다가가는지를 깨달은 율리아나는 발버둥을 치며 반항했다. 하지만 그녀의 허리를 부둥켜안고 있는 오닉스의 굵은 팔은 꼼짝도 하지 않았다. 라이온은 황급하게 외쳤다.

"멈춰요!"

오닉스는 부릅뜬 눈으로 라이온을 바라보았다. 일단 오닉스를 정지시키기는 했지만 라이온은 앞이 막막해지는 것을 느꼈다. 저 시골뜨기 뱃놈을 어떻게 말린다? 흑기사호 한 척으로 사트로니아 해양청을 공황상태에 빠트렸던 전력을 가지고 있던 대해적 오닉스 나이트였지만 그는 본질적으로 구식 뱃사람이었다. 노스윈드의 휘하에 소속된 후에도 그의 미신적인 성격은 바뀌지 않았고, 그래서 오닉스는 지금 배에 여자가 타면 재수 없다는 미신에 따라 공주를 바다에 던지려들고 있는 것이다. 라이온은 거친 목소리로 외쳤다.

"제기랄, 당신은 키 드레이번 선장님의 허락 없이는 이 배의 어떤 것도 건드릴 수 없어!"

오닉스는 키 드레이번이라는 이름에 확실히 반응했다. 그의 검은 마스크 뒤에서 끔찍한 신음이 터져나온 것이다.

"끄흐으음!"

그러나 오닉스는 공주를 내려놓으려 들지는 않았다. 두 눈으로 한층 격렬한 분노의 불길을 피워대며, 오닉스는 보라는 듯이 뱃전에 한쪽 발을 척 올렸다. 라이온은 입술을 깨물며 칼자루를 움켜쥐었다. 스르릉. 검이 울리자 오닉스의 눈에 의혹이 스치고 지나갔다. 라이온은 그런 오닉스를 향해 차갑게 웃어주었다.

"해볼 테면 해봐."

오닉스는 아무 말 없이 라이온을 바라보았다. 라이온은 칼날을 세워 오닉스의 마스크를 겨냥하며 말했다.

"언젠가는 당신의 그 잘난 마스크를 찢고 살려달라고 고래고래 고함지르게 만들어주고 싶었지. 그 여자를 던져봐. 맹세컨대, 당신 몸에서 그 여자 몸무게만큼 잘라내어 그 여자를 뒤따르게 하겠어."

슈마허는 조금 전까지도 자신을 돌아버리게 만들고 있던 사내에게 박수를 쳐주고 싶은 기분을 느끼며 당혹했다. 그리고 배틀 엑스를 거머쥔 오닉스의 손은 하얗게 변했다. 오닉스는 입매를 푸들푸들 떨고 있었지만, 라이온은 그런 오닉스의 얼굴을 보며 무시무시하게 웃었다. 그때 율리아나 공주가 의혹이 가득한 말투로 말했다.

"저, 미안하지만 라이온 씨. 한 가지 물어보고 싶은 게 있는데요."

라이온은 오닉스의 동작을 세심하게 바라보며 대답했다.

"잠깐만요, 공주님. 지금 상황이 급한지라……"

"저도 급해요. 당신이 제 체중을 어떻게 아세요?"

오닉스는 하마터면 율리아나 공주를 놓칠 뻔했고, 혀를 깨문 라이온은 고통스러운 표정을 지었다. 라이온은 손으로 입을 틀어막은 채 힘없이 웃으며 말했다.

"하, 하하…… 저, 공주님. 실례였군요. 사과드립니다. 물론 저는 공주님의 체중을 모르죠. 하지만, 그 왜 눈대중이라는 것이 있잖습니까?"

"당신 눈이니까 눈대중하는 것은 자유겠지만, 입 밖으로 말하는 건 안 돼요!"

"물론입니다. 예. 지당하지요. 어찌 그런 무례를. 음음."

라이온은 그렇게 말하며 고개를 숙여 슈마허에게 낮게 속삭였다.

"이보게, 슈마허. 자네 공주님도 만만찮군. 거의 나만큼은 제정신이 아닌 것 같은데?"

차마 고개를 끄덕일 수 없었던 슈마허는 대신 침묵으로 라이온의 말에 찬성했다. 그때 식스 1등 항해사가 레보스호의 선상으로 건너왔다. 식스는 오닉스와 라이온을 쳐다보고는 불만스러운 어조로 말했다.

"둘 다 그만두시오. 오닉스 선장, 라이온 갑판장."

퍽이나 우스운 입장에 빠져버린 오닉스는 잠시 어쩔 줄 모르는 표정으로 겨드랑이에 낀 공주와 라이온을 번갈아 쳐다보았다. 그러나 그의 결심은 확고했고 오닉스는 다시 엄격한 표정을 지으며 한 손을 들어올렸다. 식스는 오닉스가 보내는 손짓을 보고서는 관자놀이를 꿈틀거렸다. 오닉스는 먼저 검지로 식스를 가리켜보인 다음, 엄지손가락을 세워보였다가, 다시 검지를 좌우로 까딱거렸다. '너는 내게 명령할 권한이 없다.' 식스는 격노한 나머지 뭐라고 말할지도 모르게 되어버렸고, 그 틈을 타 오닉스는 율리아나 공주의 몸을 번쩍 들어올렸다. 라이온은 잇소리를 내며 돌격 자세를 취했고 공주는 소리 높이 비명을 질렀다.

"안 돼에!"

"멈춰라, 오닉스 선장."

율리아나 공주의 비명 끝에 허스키한 남자의 목소리 하나가 연결되듯이 들려왔다. 오닉스는 움찔하며 고개를 돌렸고 오닉스의 허리를 향해 태클하려던 라이온 역시 황급히 멈춰 섰다.

자유호의 선교에서 한 사내가 오닉스를 내려다보고 있었다.

검은색 외투로 몸을 감싼 키 큰 남자였다. 외투 아래에서 거대한 칼자루의 끝이 비죽 튀어나와 있었지만 이 사내의 경우라면 자신의 힘을 보여주기 위해 검을 뽑아들 필요는 없을 것처럼 보였다. 사내는 그저 두툼한 왼손을 칼자루 끝에 얹어둔 채 오닉스를 쏘아보고 있을 뿐이었지만 그 눈매에는 광기와 열정, 그리고 이글거리는 욕망이 조용히 타오르고 있었다. 엘리엇 선장은 뱃사람이라면 꿈에서도 만나고 싶어하지 않을 인물을 실제로 보게 되자 신음을 토했다.

"노스윈드…… 키 노스윈드 드레이번."

오닉스는 주춤한 자신에 대해 분노했다.

그의 손이 급격하게 움직이며 키 드레이번에게 손짓을 보내었다. 슈마허나 율리아나 공주는 거의 알아볼 수 없는 동작이었지만, 해묵은 뱃사람인 엘리엇 선장은 쉽게 알아볼 수 있었다. 재수 없음, 불길함을 뜻하는 손짓이 몇 번이나 반복되었고 그 중간 중간 오닉스는 턱으로 율리아나 공주를 가리켰다. 레보스호를 점거하고 있던 해적들은 오닉스의 손짓에 불안한 표정을 띠워올렸다. 이들도 뱃사람들의 오랜 미신에서 자유로울 수는 없었다.

그러나 키 드레이번은 오닉스의 손짓이 끝날 때까지 묵묵히 기다린 다음, 다시 조금 더 침묵했고, 그리고 다시 침묵했다. 그래서 오닉스는 굴욕감을 삼키며 초조한 심정으로 키 드레이번의 대답을 기다려야 했다. 조금 후, 키 드레이번은 나직하게 말했다.

"그녀가 두렵나."

오닉스는 거의 고함을 지를 뻔했다. 평생의 맹세가 깨어질 뻔한 순간, 오닉스는 입술을 깨물었다. 목구멍까지 올라온 욕설과 저주들은 오닉스를 상당히 힘들게 만들며 도로 아래로 내려갔다. 덕분에 몇 년 후 위궤양에 시달리게 될지도 모를 일이지만 오닉스는 그런 데까지 신경 쓸 여유는 없었다. 그러나 키 드레이번은 충분히 여유 있는 목소리로 말했다.

"당신이 그녀를 자유호로 에스코트해 주면 좋겠군."

그리고 키 드레이번은 몸을 돌렸다. 오닉스는 '키 드레이번!' 하고 고함 지르는 대신 오른발로 갑판을 쾅 굴렀다. 키 드레이번은 멈춰 서서는 고개만 돌려 오닉스를 바라보았다. 오닉스의 손이 다시 바쁘게 움직였다. '내 말에 대답해라! 여자는 바다에 던져야 한다!'

키는 씁쓸한 어조로 말했다.

"나는 여자가 필요하다. 더 이상 설명하고 싶진 않군."

율리아나 공주의 얼굴이 하얗게 굳었다. 갑판에 쓰러진 채 피를 흘리고 있던 슈마허는 키 드레이번의 말에 분통을 터뜨리며 일어나려 했다. 하지만 마음뿐, 그의 몸은 그의 명령을 거부했다. 그래서 슈마허는 쓰러진 채 상대를 위협하려 드는 꼴불견을 연출하고 말았다.

"닥쳐라, 더러운 해적놈!"

그러나 키는 쓰러진 상대의 위협에는 아랑곳하지 않았다. 키는 그대로 몸을 돌려 걸어갔다. 창백해진 얼굴로 키의 등을 바라보던 율리아나 공주는 갑자기 고개를 돌리며 딱딱하게 말했다.

"오닉스 씨라고 했죠? 원하시는 대로 하세요. 저를 바다에 던져요."

오닉스는 그만 겨드랑이에 끼고 있는 여자를 어떻게 처리해야 될지 알 수 없게 되었다. 그러나 라이온은 오닉스의 겨드랑이에 끼어 있는 여자를 어떻게 처리할지에 대해 확고한 대책을 가지고 있었고, 그래서 오닉스의 가슴을 떠밀며 재빨리 율리아나 공주를 안아들었다. 공주는 작게 비명을 질렀고 뒤로 주춤거리며 물러난 오닉스는 잇소리를 내며 배틀 엑스를 쥐어올렸다. 하지만 라이온은 웃으며 뒷걸음질쳤다.

"어이, 어이! 진정해요. 당신도 들었지요? 선장님께서는 이 레이디를 필요로 하고 계십니다. 그런데 공주님. 아까 체중 어쩌고 하셨는데, 의외로 상당하십니다. 하하하!"

"나를 내려놓아요!"

"아아, 걱정해 주실 필요 없습니다. 이 팔이 비록 연약해 보일지는 몰라도 이 정도 무게는 감당할 수 있습니다."

"다, 당신을 걱정하는 것이 아니에요! 나를 걱정하는 거죠!"

"그거라면 더욱 걱정하실 필요 없습니다. 안전하게 모셔다드리지요."

그리고 라이온은 그대로 자유호를 향해 걸어갔다. 슈마허는 일어나려 애쓰면서 고함 질렀지만, 라이온은 아무 행동도 하지 않음으로써 슈마허의 필사의 외침을 개소리로 만들어버렸다. 오닉스는 입매를 떨면서 라이온의 등을 쏘아보았다.

자유호의 선상에 올라선 라이온은 율리아나 공주를 갑판에 내려놓았다. 공주는 비틀거리며 뒷걸음질쳤고, 그런 공주를 향해 라이온은 허리를 깊이 숙여보였다.

"더럽고 야비하고 무례하고 냉혹한 해적놈들의 소굴에 오신 것을 환영합니다!"

율리아나 공주는 치맛자락을 쓸어내리고는 라이온을 똑바로 쳐다보았다.

"고마워요. 답례로 비밀을 하나 알려드리죠."

"비밀?"

"당신이 운반한 짐짝에는 손이 달려 있어요."

쫘악! 라이온은 따귀를 맞은 볼을 움켜쥐고는 동그래진 눈으로 공주를 바라보았다. 율리아나 공주는 새침하게 미소 지으며 말했다.

"받기 싫은 선물이나 되는 것처럼 이 사람 손에서 저 사람 손으로 마구 옮겨다닌 것에 대한 대가예요. 마음에 심한 상처나 입지 않았으면 좋겠네요."

라이온 갑판장은 자신의 볼을 움켜쥔 채 얼빠진 얼굴로 율리아나 공주를 바라보았다. 그러나 공주는 이제 하고 싶은 일을 마쳤다는 듯한 얼굴로 몸을 홱 돌렸다.

"어어어?"

라이온은 얼빠진 비명 소리를 내는 것 외엔 아무것도 할 수 없었다. 몸을 돌린 공주는 그대로 뱃전을 향해 달음박질치기 시작했다. 라이온은 다급하게 외쳤다.

"잡아! 빠질 생각이야앗!"

그러나 그 순간 해적들은 뼛속까지 스며 있는 미신적 믿음 때문에 주춤거렸다. 갑판장이나 오닉스 선장 같은 사람이면 모르지, 우리 같은 놈들이 여자를 만지면? 해적들은 몇 년 동안 횡액을 만날지도 모른다는 생각에 주춤거렸다. 그래서 율리아나 공주는 아무 방해 없이 갑판을 가로질러갔다.

거의 그랬다는 말이다. 느닷없이 갑판 해치가 열리지만 않았다면 얼마든지 그럴 수 있었을 것이다.

공주의 진로에 있던 갑판 해치가 느닷없이 열리며 아래로부터 사내의 머리 하나가 불쑥 올라왔다. 율리아나 공주는 해치 바로 앞에서 가까스로 멈춰 섰고, 그래서 사내는 공주의 치마 속으로 머리를 들이민 형국이 되어버렸다. 공주는 기겁성을 지르며 치맛단을 여몄다.

"꺄아아악!"

뒤로 물러나던 공주는 그대로 갑판에 주저앉았고 치맛자락이 치워지자 그곳에서는 한 노잡이 노예의 멍한 얼굴이 나타났다. 갑판 위의 모든 사람들이 굳어 있는 가운데, 가장 먼저 정신을 차린 노예는 후다닥 갑판 위로 뛰어올라왔다. 그러나 노예는 멀리 도망가지 못했다. 급히 달려온 라이온 갑판장의 손아귀가 노예의 팔목을 나꿔채어 뒤로 꺾어올리자 노예는 비명을 내질렀다. 일단 노예를 붙잡긴 했지만, 라이온 역시 당황하여 노예의 뒤통수를 향해 무턱대고 호통을 쳤다.

"어? 이놈! 너 누구냐?"

그때 노예장의 찢어지는 고함이 아래로부터 튀어올라왔다.

"오스발, 너 이 자식! 거기 안 서? 제발 서란 말이다! 안 때릴 테니까 거기 서! 너 이 자식, 잡히면 죽어!"

노예장의 앞뒤 맞지도 않는 고함에는 거의 애걸하는 감정이 담겨 있었다. 노예가 갑판 위까지 뛰어올라온다는 것은 그 노예의 목을 쳐버리는 것만으로 해결될 문제가 아니다. 노예를 감독해야 할 노예장 자신도 무사하기 어려운 대사건이다. 잠시 후, 오스발이 뛰어나온 구멍으로부터 만인의 황당한 시선을 받으며 노예장의 벌겋게 변한 얼굴이 불쑥 올라왔다. 씨근거리며 사다리를 올라서던 노예장은 눈앞의 광경을 보자 그만 굳어버리고 말았다.

"가, 갑판장님……!"

라이온은 자신이 붙잡은 노예를 턱으로 가리키며 말했다.

"이놈 노잡이야?"

"그, 그렇습니다만."

"아! 그렇지. 아까 기절했던 그놈이구먼?"

라이온 갑판장은 껄껄거리며 오스발을 놓아주었다. 오스발은 팔을 주무르며 황급히 무릎을 꿇었고 그러자 라이온은 다시 싱긋 웃었다. 라이온은 주저앉은 공주를 부축하며 오스발에게 말했다.

"찢어 죽일 놈이다만, 덕분에 나도 살고 공주님도 살았다. 감히 갑판 위까지 뛰어올라온 것은 용서해 주지."

오스발은 이마를 갑판에 부딪히며 라이온에게 감사를 표했다. 미소를 지으며 오스발을 보던 라이온은 고개를 돌려 갑판 위로 올라온 노예장을 싸늘한 시선으로 바라보았다.

"하지만 네녀석은 용서 못해. 노예 관리를 어떻게 하면 노잡이를 기절시키고 갑판 위까지 도망치게 만들 수 있는 거냐? 조금 있다가 나한테 찾아와!"

노예장의 얼굴이 노랗게 바뀌었지만 그 역시 아무 말 없이 이마를 바닥에 댄 채 무릎 꿇었다. 라이온은 그런 노예장을 무시하며 율리아나 공주의 팔을 힘주어 붙잡았다. 하지만 율리아나 공주는 그때까지도 충격에서 헤어나지 못한 채 갑판에 주저앉아 있었기에 그렇게 힘을 쓸 필요는 없었다.

"공주님. 선장실로 안내하겠습니다."

키 드레이번은 자신의 책상 뒤에 앉은 채 두 손에 턱을 고이고는 율리아나 공주를 바라보았다. 공주는 방 가운데 서서 키의 시선을 참아내고 있을 수밖에 없었는데, 왜냐하면 키는 그녀에게 앉으라는 말을 하지 않았던 것이다. 앉으라는 말뿐만 아니라 키는 공주가 선장실에 들어온 이후로 한 마디도 하지 않았다.

율리아나 공주는 많은 감정을 동시에 느꼈다. 조금 전까지 공주는 불안감과 공포 쪽에 많이 사로잡혀 있었다. 하지만 지금 공주는 솔직한 호기심으로 제국의 공적 제1호를 바라보았다. 키는 그 호기심 어린 시선에 조금 놀랐다. 그리고 그 놀람 때문에 키는 조용히 입을 열었다.

"불쾌해할 줄 알았는데. 독특한 아가씨군."

"말했어! 어, 그런데 무슨 말을 하셨죠?"

"……거기 앉으시오."

"아, 예."

공주 역시 그제서야 생각났다는 투로 의자를 바라보았다. 그러고는 곧 자신을 꾸짖기 시작했다. 멍청하긴. 왜 해적의 말을 기다린 거야. 그냥 앉으면 되는 걸 가지고. 율리아나 공주는 자신에 대해 비웃으며 의자를 끌어와 키의 책상 앞에 놓았다. 잠시 두 사람은 아무 말 없이 묵묵히 서로를 응시했다. 그리고 키는 두 번째로 항복하는 기분을 느껴야 했다. 그에겐 익숙한 일은 아니었다.

"소개해야 되는 거겠지. 키 드레이번이오."

"율리아나입니다. 이곳은 궁전이 아니니 길고 복잡한 이름 다 부르지 않아도 되겠지요?"

"다 기억하기는 하오?"

"딜비움 그랜다이 레보라 아크 리 바레린 길리데아 율리아나 카밀카르라고 말한다면 자기 이름을 말할 줄 아는 것이 무슨 자랑거리냐고 되물을 거죠?"

고풍스러운 엘프식 작명법에 따른 길고 긴 이름을 들은 키는 미소를 짓고 말았다. 그 미소를 본 율리아나 공주는 고개를 갸웃했다.

"웃으시네요?"

"입이 있으니까."

대답하며 키는 의자에서 일어났다.

율리아나 공주의 손이 팔걸이를 꽉 움켜쥐었고 그녀의 동공은 잔뜩 팽창된 채 키의 움직임을 좇았다. 책상 옆을 돌아 공주 앞에 온 키는 책상 귀퉁이에 걸터앉아서는 공주를 바라보았다. 공주는 키의 턱을 올려다보는 대신 고개를 숙여 자신의 무릎을 보며 말했다.

"말해 두겠어요. 라이온 씨는 말하지 않았지만 나는 자살 미수범이에요. 바다로 뛰어들려고 했었지요."

"왜 그랬소?"

"당신에게 나를 제공할 의사는 별로 없으니까. 지금도 그 결심은 그대로예요."

말을 마치는 율리아나 공주는 표독해 보이는 표정을 지으려 애쓰면서 키를 올려다보았다. 하지만 공주의 커다란 눈은 크게 떠지자 더욱 둥글게 바뀌었을 뿐, 소기의 목적 즉 키를 위협하려는 목적에는 조금도 도움이 되지 못했다. 키는 고개를 조금 가로저었다.

공주는 입을 앙다문 채 키의 얼굴을 바라보았다. 제국의 공적 제1호. 제국의 8할을 휩쓸고 열한 개의 왕관과 여섯 개의 지팡이를 파괴한 대마법사 하이낙스 이후 두 번째로 그런 칭호를 받은 사내. 그것은 키 드 레이번의 강력함을 나타내는 증거이기도 하지만, 동시에 하이낙스가 제국에게 어느 정도의 타격을 주었는지를 나타내는 증거이기도 하다. 제국의 최전성기라면, 아무리 강력하다 해도 해적에게 제국의 공적 1호라는 칭호를 주지는 않았을 것이다. 물론 제국이 그 정도로 처절한 타격을 입었기에 이런 해적의 발호도 가능한 일이었지만.

그 이름만으로 제국의 모든 뱃사람을 진감케 하는 사나이가 말했다.

"당신, 착각하고 있군."

"착각이라고요?"

"당신은 나에게 자신을 제공할 필요가 없소. 당신을 기다리는 자는 따로 있으니."

공주는 순간 아직 결혼하지도 않은 미래의 남편 때문에 어깨가 으쓱해지는 기분을 느꼈다.

"그럼, 몸값을 받으실 건가요?"

"뭐요?"

공주는 고개를 끄덕였다.

"발도 로네스 경에게." 일단은 이렇게 불러야 할 것이다. 아직은 남편이라고 부를 수는 없으니까. "날 보내주시고 몸값을 받으시려는 것 아닌가요?"

키는 빙긋 웃었고 율리아나 공주는 그 웃음이 마음에 들었다. 키는 웃는 얼굴을 바꾸지 않은 채 말했다.

"그런 것이 있을지 의심스럽지만, 만일 필마온의 갈가마귀들에게 받을 것이 있다면 직접 검독수리의 관문을 열고 들어가 받아낼 거요."

율리아나 공주는 어이가 없는 얼굴로 말했다.

"누구도 강제로 열 수는 없었던 문을 새장 문이나 여는 것처럼 말씀하시는군요?"

"새장의 문을 열어본 적이 있소?"

"예?"

키는 책상머리에서 몸을 일으켰다. 그는 공주의 무릎 바로 앞에 선

채로 공주를 내려다보았고, 공주는 팔걸이를 단단히 쥔 채 목을 꺾어 키를 올려다보았다.

"새장의 문을 열어 새로 하여금 그 메마른 날개에 자유의 공기를 적시도록 해본 적이 있소?"

너무 현학적인 질문을 들은 율리아나 공주는 입을 조금 벌린 채 키의 어두운 얼굴을 올려다보았다. 키는 갑자기 몸을 숙였다. 그러고는 의자의 팔걸이를 짚으며 공주에게 얼굴을 바싹 가져다대었다. 해적과 공주의 얼굴은 1피트 정도의 거리만을 두고 서로를 쳐다보게 되었다. 공주의 심장이 가슴 밖으로 튀어나올 정도로 고동쳤지만 키는 여상하게 속삭였다.

"새장의 문을 여는 것이 그렇게 쉬운 거요? 그 새가 누려온 안락과 안전 대신 무자비한 자유를 주는 것이 과연 그 새를 위한 일이오?"

"모르…… 몰라요. 하, 하지만 한 가지는 말할 수 있어요."

"말해 보시오."

얼굴 바로 앞에 키의 두 눈이 있었기에 그럴 수는 없었지만, 공주는 입술을 핥고 싶었다. 율리아나 공주는 힘들게 말했다.

"당신, 당신은 내게 질문하고 있지만, 대답을 바라는 것은 아니라는 것."

키의 눈에 묘한 빛이 지나갔다.

키는 갑자기 몸을 일으켰다. 그러고는 책상을 돌아 다시 자신의 자리로 돌아갔다. 율리아나 공주가 한숨을 내쉴 사이도 없이 키는 곧장 말했다.

"나가보시오."

공주는 떨떠름한 얼굴로 키를 바라보았지만, 키는 말을 마치자마자 의자를 뒤로 돌렸다. 공주는 일어나서 키의 등을 한번 바라본 다음 문으로 걸어갔다. 그때 키가 등을 돌린 채 나지막하게 말했다.

"문을 강하게 잡아당기시오."

공주는 영문을 모르는 얼굴로 키를 바라보았지만, 키는 여전히 창 밖만 바라보고 있었다. 하지만 총명한 공주는 곧 키의 말을 이해했고, 그래서 얼굴을 붉히며 문을 확 잡아당겼다. 덕분에 선장실의 문에 귀를 바싹 가져다댄 채 엿듣고 있던 라이온 외 몇몇 해적들이 선장실 안으로 일제히 나동그라졌다.

늦은 오후의 햇살이 수면으로 미끄러졌다.

수평선 곳곳에서 전투가 벌어진 해역으로 날아든 갈매기들은 탐욕스러운 노래를 부르며 자맥질을 해대었다. 물론 배의 파편들을 주워모아 유족들에게 전달해 주기 위해서는 아닐 것이다. 그리고 바닷속에서는 탐욕스러움에 있어 갈매기에 절대로 뒤지지 않는 남해의 상어들이 허연 몸을 뒤집어가며 시체들을 공격하고 있었다. 가끔 애처로운 비명이 들려왔지만, 해적들이 던진 구명 부이를 붙잡고 올라오는 이들은 적었다. 그들 대부분이 전투에 의해 부상을 입은 채로 바다에 떨어진 자들이었기 때문이다.

자유호의 1등 항해사 식스는 자유호의 선교에 우뚝 선 채 레보스호를 바라보고 있었다.

레보스호에 실려 있는 엄청난 양의 화물은 도저히 자유호로 옮겨실을 수가 없었다. 그래서 식스는 레보스호를 통채로 끌고가기로 결정했다. 레보스호를 끌고가기 위해선 레보스호의 선원들이 필요했고, 그래서 라이온에게 그 일을 맡긴 지금 식스는 분통이 터지는 것을 참으며 입술을 꾹 다문 채 레보스호를 쏘아보고만 있었다.

라이온은 자신을 바라보며 분을 삭히고 있는 식스의 눈길을 충분히 느꼈고, 그래서 더욱 즐거운 마음으로 식스의 비위를 박박 긁는 일을 수행했다. 라이온은 기세좋게 외쳤다.

"다음 녀석!"

꽁꽁 묶인 채 갑판에 무릎 꿇려 있던 카밀카르 전투병들 중 한 명이 해적들의 손길에 의해 일으켜세워졌다. 병사는 증오가 담긴 눈으로 라이온을 바라보고는 해적들의 손길을 뿌리치고 직접 뱃전을 향해 걸어갔다. 레보스호의 오른쪽 뱃전에는 라이온이 '감별사'라고 부르는 판자가 바다를 향해 길게 내밀어져 있었다. 당당하게 걸어간 병사가 판자 위에 발을 올리자, 라이온은 그 병사의 등을 향해 지금껏 몇 번이나 반복했던 질문을 지겨워하는 기색도 없이 말했다.

"자, 묻겠다. 친구. 상어가 될 텐가, 상어밥이 되겠는가?"

병사는 고개를 돌려 라이온을 향해 싱긋 웃어주었다.

"지옥에서 만나지."

라이온은 실망한 기색도 없이 고개를 끄덕였다. 자신의 마지막은 자

신의 취향대로 걸어가도록 배려한다는 원칙을 세워두었기에 라이온은 포로의 등을 칼로 쑤셔대는 짓은 하지 않았다. 병사는 천천히 판자 위를 걸어갔다. 뱃전에 와 부딪히는 잔물결 소리와 늦은 오후의 햇살만이 고요히 떨어져내리는 가운데 병사는 뒤로 팔이 묶인 채 수평선을 향해 걸어갔다.

판자 끝에 선 외로운 병사는 마지막으로 고개를 들어 붉은 하늘을 바라보았다.

짧은 정적 후 병사는 마지막 걸음을 내디뎠고, 곧 판자 위에서 병사의 모습은 사라졌다. 풍덩! 물소리가 들려올 뿐, 배 위의 아무도 뱃전으로 머리를 내밀어 수면 위에 그려지는 파문이나 물보라를 보지는 않았다. 해적들은 각자의 무기를 짚은 채 묵묵히 고개를 숙였고, 라이온 역시 고개를 숙여 사내의 저승길이 편안하기를 기도했다. 짧은 기도를 마친 라이온은 곧 표정을 바꾸며 외쳤다.

"다음!"

해적들에 의해 일으켜세워진 병사의 얼굴은 어려보였고, 게다가 얼굴 근육 전체를 푸들푸들 떨고 있었다. 라이온은 혀 차는 소리를 내며 병사를 바라보았다. 젊은 병사는 걸음을 떼지 못했다. 해적들은 라이온을 한번 쳐다본 다음 젊은 병사의 겨드랑이에 팔을 쑤셔넣었다. 젊은 병사는 발을 질질 끌면서 판자 쪽으로 끌려왔다.

"젊은 친구. 상어가 될 텐가, 상어밥이 될 텐가?"

젊은 병사는 애처로운 표정으로 라이온을 바라보았다. 그의 입이 몇 번 움직였지만 말이 나오지는 않았다. 다만 가쁜 숨소리만이 새어나올 뿐이었다. 그러나 라이온은 그 말을 짐작할 수 있었다. 라이온은 고개를 끄덕였다.

"집어넣어."

"아, 아냐—."

"집어넣어!"

라이온은 젊은이의 목소리가 묻힐 정도로 크게 고함 질렀다. 해적들은 재빨리 사내의 등을 떠밀었고, 젊은 병사는 비명을 지르며 바다에 빠졌다. 갑판에 남아 있던 병사들의 얼굴 위로 무서운 공포와 침묵이 동시에 흘렀다. 라이온은 고개를 숙였다. 하지만 이번에 그의 입에서 새어나온 것은 기도가 아니었다.

"죽는 것까지 도와줘야 되는 자네에겐 삶의 대가가 너무 무거울 걸세, 친구. 자네가 방랑하기에 이 세상은 너무 황량해."

짧은 침묵 후 고개를 든 라이온은 다시 명랑한 목소리로 외쳤다.

"어라? 슈마허로군."

슈마허는 일그러진 표정으로 라이온을 바라보고 있었다. 상처입은 어깨에선 피가 엉겨붙어 끔찍한 꼴을 하고 있었고, 얼굴은 창백해진 채 다리를 떨고 있었다. 그러나 슈마허를 바라보는 라이온의 눈에는 아무런 동정심도 없었다. 라이온은 오로지 기대감만을 담은 채 슈마허를 바라보았고, 그 시선 속에 슈마허는 다리를 끌면서도 힘겹게 뱃전을 향해 걸어갔다. 슈마허가 떨리는 다리로 판자 위에 서자, 라이온은 담담하게 말했다.

"자, 용맹한 서 슈마허. 상어가 되겠는가, 상어밥이 되겠는가?"

피를 많이 흘린 슈마허는 몽롱한 정신 속에 판자를 내려다보았다. 바다는 붉었다. 먼저 떨어져간 병사들은 익사하기도 전에 포악한 남해의 상어들의 습격을 받았고, 그래서 바다는 오후의 햇살 속에서 더욱 붉은 빛깔을 띠고 있었다.

슈마허는 고개를 들어올렸다. 햇살은 따스했지만 슈마허는 어깨를 떨고 있었다.

"상어가…… 되겠다."

"그래. 잘 알겠—뭐라고?"

고개를 끄덕이던 라이온은 당황하며 되물었다. 슈마허는 판자 위에서 몸을 돌려 라이온을 바라보며 말했다.

"상어가 되겠다."

라이온은 어처구니없는 표정으로 슈마허를 보았지만 역광 때문에 그 얼굴을 잘 볼 수 없었다. 라이온의 입술이 일그러지며 갑작스럽게 폭언이 튀어나왔다.

"이런 개같은 새끼를 봤나, 섬겨야 할 레이디를 강탈당한 기사가 목숨을 구걸하는 거냐?"

"그렇다."

"좋아, 이 자식아. 넌 특별 대우다. 내 밑에 넣어서 귀여워해 주지. 그놈 당장 판자 위에서 끌어내!"

해적들은 슈마허를 판자 위에서 끌어내렸다. 그때까지 간신히 버티던 슈마허는 판자 아래로 내려오자마자 갑판 위에 쓰러졌다. 바닥에 나뒹구는 슈마허를 경멸스럽게 내려다보던 라이온은 턱짓을 했다.

"저놈 데리고 가서 치료해. 반드시 살려놔야 돼. 알겠냐?"

슈마허는 다시 거칠게 일으켜졌고 해적들의 손에 의해 선실로 끌려갔다. 침을 뱉으려던 라이온은 이 배를 끌고가야 된다는 것을 떠올리고는 도로 침을 삼켰고, 그래서 기분이 더욱 지저분해졌다.

"제기랄, 다음!"

그러나 잠시 후 라이온은 탄복할 수밖에 없었다.

겉으로 드러내지는 않았지만 라이온은 속으로 슈마허에게 경의를 보내었다. 지금까지 줄곧 바다로 뛰어들던 카밀카르 병사들이 동요하기 시작한 것이다. 지휘자의 변절을 본 병사들은 목숨을 걸고 자신의 충성을 지켜야 할 필요를 의심하기 시작했고, 많은 수의 병사들이 판자 위에서 도로 내려왔다. 라이온은 판자 위에서 내려오는 병사들의 얼굴에서 아주 뚜렷한 두 개의 문장을 읽을 수 있었다. 지휘관인 슈마허도 변절했다. 내가 왜 개죽음을 당해야 하나?

더 이상 판자 건너기가 필요없게 되었다. 카밀카르 병사들은 앞다투어 해적이 될 것을 맹세했다. 라이온은 이마를 싸쥐고는 남은 병사들을 모두 풀어줄 것을 명령했다.

풀려나는 병사들을 보던 라이온은 몸을 돌려 판자 쪽으로 걸어갔다.

해적들과 병사들이 의심스러운 시선으로 바라보는 가운데 라이온은 판자 끝까지 걸어갔다. 마치 빠져들기라도 하려는 것처럼. 판자 끝에 선 라이온은 저물어가는 서녘 하늘을 바라보며 중얼거렸다.

"망할 놈. 나는 죽어가면서도 객기 부릴 줄 아는 놈이 싫어."

라스 법무대신은 선실을 거닐면서 초조한 표정으로 선실문을 바라보았다. 좌로 세 걸음, 우로 세 걸음. 무의식중에 선실의 넓이를 재고 있던 라스는 한숨을 내쉬며 침대에 앉았다.

라스와 공주가 숨어 있던 선실로 느닷없이 들이닥친 시커먼 갑옷의 해적은 라스를 한 주먹에 기절시켰다. 정신을 차린 라스는 세 가지 사실을 깨닫게 되었다. 율리아나 공주가 사라졌다는 사실과, 그는 이곳에 감금되어 있다는 사실과, 아무래도 코뼈가 내려앉은 것 같다는 사실. 마지막 사실이 그를 지속적으로 괴롭히고 있기는 했지만 라스는 절망적인 표정으로 머리칼을 쥐어뜯으며 첫 번째 사실에 집중했다. 공주는 어떻게 된 것일까.

그때 문이 벌컥 열렸다. 깜짝 놀란 라스가 바라보는 가운데, 선실로 들어선 해적들은 아무런 말도 없이 데리고 온 사내를 바닥에 집어던지고는 몸을 돌렸다. 라스는 해적들의 등을 향해 외쳤다.

"여, 여보게. 이봐!"

그러나 해적들은 무정하게 문을 닫았다. 철컹. 밖에서 빗장 채우는 소리가 들리자 라스는 좌절하며 바닥을 내려다보았다. 그러고는 바닥에 쓰러진 사람이 슈마허인 것을 알고는 다시 놀랐다.

"서 슈마허?"

라스는 황급히 슈마허를 부축하여 침대에 눕혔다. 슈마허의 어깨에는 붕대가 매어져 있었고 갑옷이나 무기는 모두 없어진 상태였다. 침대에 눕혀진 슈마허는 눈을 떠 라스를 바라보고는 힘들게 웃으며 말했다.

"로드…… 라스. 로드와 감방 동기가 될 줄은 꿈에도……"

"말하지 말아요, 말하지 말아. 이런 큰 상처라니. 묻고 싶은 것이 많지만 일단은 좀 쉬도록 하오, 서 슈마허."

"서……가 아닙니다."

"뭐요?"

"서가 아닙니다…… 저는 해적이 되었습니다."

라스는 이맛살을 찌푸린 채 슈마허를 바라보았지만 반문을 하거나 재촉하지는 않았다. 슈마허는 천장을 올려다보며 말했다.

"판자 건너기…… 아십니까?"

라스의 눈이 크게 떠졌다. 슈마허는 피식피식 웃으며 말했다.

"예…… 그렇게 되었습니다. 해적이 되기로…… 해적 슈마허라고 불러주십시오."

"이유를 말해 보시오."

슈마허는 하얗게 웃었다.

"부하들…… 마음 편하게……"

잠시 기다리던 라스는 슈마허가 이미 실신했다는 것을 알아차렸다. 라스는 고개를 가로저으며 슈마허에게 시트를 덮어주고는 의자에 앉았다.

판자 건너기라. 그런 것을 시켰단 말이지. 라스는 입술을 깨물었다. 젊은 청년에겐 너무 가혹한 일이었겠군. 라스는 슈마허의 말에서 생략된 부분을 거의 정확하게 추측해 낼 수 있었다. 부하들이 마음 편하게 변절하여, 그들 자신의 목숨을 보존할 수 있도록 저 스스로 먼저 변절했습니다.

골똘히 생각하던 라스는 한 가지 의문을 떠올렸다. 그런데 왜 내게는 판자 건너기를 시키지 않은 거지? 아아, 그렇군. 라스의 얼굴이 밝아졌다. 그의 노회한 머릿속으로 해답이 떠올랐다.

몸값이군. 그렇다면 공주께서도 무사하실 가능성이 높군.

라이온의 상당히 거친 해적 선발이 호위대장 슈마허의 자발적인 변절에 도움을 받아 간단히 마무리되었을 때, 태양은 이미 수평선을 넘었고 하늘은 부드러운 검붉은색으로 물들어가고 있었다. 그리고 판자 위에 서 있던 라이온은 벼락출세의 본보기가 되어 있었다.

"선장? 내가?"

"물론 임시직입니다. 따라서 취임식 같은 것은 없습니다."

판자 끝으로 걸어갈 때 자유호의 갑판장이었던 라이온은, 그래서 판자 끝에서 돌아올 땐 레보스호의 임시 선장이 되어 있었다. 비록 그 안에 실린 화물을 다 팔아치우는 순간 침몰시킬 배였지만, 어쨌든 선장은 선장이다. 석양을 바라보던 라이온은 노련한 선장 같은 표정을 지어보려다가, 그런 자신을 비웃어준 다음 고개를 돌려 레보스호의 선장으로서의 업무를 시작했다.

피탄에 의해 선체에 구멍이 몇 개 나고 충각에 꿰뚫리기도 했지만,

라이온은 레보스호가 웬만한 파도를 만나지 않는 이상 가라앉을 것 같지는 않다고 판단했다. 그래서 배의 보수에 앞서 사상자들의 시체를 바다에 던지는 작업이 먼저 시작되었다. 해적이 되기로 맹세한 카밀카르의 병사들은 아무 말 없이 전우의 시체를 바다에 던졌다. 그들 중 많은 수가 가슴속으로 통곡하고 있을지는 모르지만 풍덩거리는 물소리만이 들릴 뿐 밤바다는 고요했다. 다른 해적선들 역시 침묵 속에 레보스호를 바라보고 있었다.

사체 처리와 부상자 격리가 끝났을 때 밤은 이미 깊어 별빛이 아롱거렸다.

레보스호의 선원들은 격렬한 전투와 그 뒷처리로 정신이 몽롱할 정도의 피로를 느꼈다. 노잡이 노예들 역시 마찬가지인지라, 라이온은 자유호로 전갈을 보내었다. 고요한 어둠 속에서 나직한 지시와 명령들이 오갔다. 잠시 후 해적 선단과 레보스호는 밤바람에 몸을 맡긴 채 조용히 떠내려가는 식의 항해를 시작했다. 배들 간의 간격을 나타내기 위해 선수와 선미에 밝혀든 등불만이 장난스럽게 까불거릴 뿐 아홉 척의 배는 정적의 해원을 소리 없이 미끄러졌다.

흔히 육지 사람들이 상상하곤 하는 해적들의 미친 듯한 잔치—술통이 바닥날 때까지 퍼마시고 고래고래 노래를 부르고 불운한 포로들을 상어에게 던져주는 식의—는 없었다. 격심한 전투 직후에 그런 짓을 했다가는 아무리 강인한 해적들이라 해도 모두 혈관이 파열되고 말 것이다. 게다가 노스윈드의 해적들은 기율이 꽤나 엄하다. 다만 해적선 곳곳에선 레보스호에서 슬쩍한 고급 술병으로 조촐한 잔치를 벌이는 해적들이 있었지만, 엄격한 식스도 눈감아줄 정도의 작은 잔치였다.

사건은 그런 고요함 때문에 일어났다.

자정을 조금 넘긴 시각, 몇 시간 전까지만 해도 엘리엇 선장의 소유였던 침대에서 사지를 제멋대로 던진 채 잠들어 있던 라이온은 섬뜩한 느낌을 받으며 일어났다. 침대에 앉은 채 라이온은 어리둥절한 눈으로 사방을 훑어보았다. 무엇 때문에 잠에서 깨었더라?

시각, 어둡다. 후각, 별 냄새 없군. 촉각, 매끄러운 시트의 감각. 아아, 이 맛에 선장이 되는 건가. 청각, 뱃전에 부딪히는 물소리와 노랫소리. 별 이상이 없는…… 잠깐. 노랫소리라고?

라이온은 자신의 등뼈가 타다다닥 소리를 내며 곧추서는 느낌을 받았다. 밤바다 위에서, 특히나 해적 선단에서는 절대로 들릴 리가 없는 노랫소리가 들려왔다.

여자의 낮은 허밍.

"우와아악!" 라이온이 비명을 지른 바로 그 순간, 선단 곳곳에서 머리카락이 쭈뼛 설 것 같은 비명들이 터져나왔다. 비명들은 서로 공명하여 더욱 처절해졌고, 갑판을 쿵쾅거리는 발자국 소리와 덜거럭거리는 소리가 연달아 울려퍼졌다. 고요한 밤항해는 순식간에 아수라장 같은 소란 속으로 빠져들어갔다.

해적선 곳곳에서 랜턴 불빛이 어지럽게 춤을 추었다. 목적을 잃고 달리던 해적들은 서로에게 부딪히며 놀랐고, 돛에 비치는 자신들의 괴물 같은 그림자를 보고도 놀라 주저앉아서는 목이 찢어져라 비명을 질렀다. 자유호의 주승강구에서 갑판 위로 뛰어올라온 식스는 당황하며 고함 질렀다.

"모두 정신차려! 조용히 햇!"

그때 짧은 정적이 찾아왔다. 모든 사람들이 숨을 몰아쉬기 위해 잠시 입을 다물었기에 발생한 극히 짧은 정적 속에서, 식스는 바람결을 타고 들려오는 부드러운 허밍을 들었다.

음…… 음음…… 음……

식스는 그만 얼어붙고 말았다.

"신이여!"

해적선 곳곳에서 듣는 사람으로 하여금 정신착란에 빠지게 만드는 비명이 높아지는 가운데, 흑기사호의 주승강구에서 오닉스가 뛰쳐나왔다. 바지만 걸친 모습이었지만 얼굴의 마스크만은 완고하게 착용하고 있었다. 그리고 손에는 돛대라도 찍어넘길 듯한 그 어마어마한 배틀 엑스를 꽉 쥐고 있었다.

흑기사호의 상황도 다른 배의 상황과 별 다를 바가 없었다. 선원들은 서로의 얼굴에 놀라고 자신의 발걸음에 놀라고 심지어 자기 머리카락을 스스로 잡아당기며 '귀신이 내 머리를 잡아챈다!' 등의 고함을 질러대고 있었다. 어이없어하는 한숨 소리 한번 뱉어볼 만하건만, 대신 오닉스는 갑판에 주저앉아 있던 해적들의 덜미를 붙잡아 일으켰다.

해적들은 질겁했지만 오닉스는 그들에게 공포에 자신을 맡기는 사치를 허락하지 않았다. 공포에 손을 떨면서도 해적들은 오닉스의 손짓에 따라 보트를 내렸다. 오닉스는 뱃전에서 그대로 보트로 뛰어내렸다. 하마터면 배가 뒤집어질 뻔했지만 오닉스는 아무런 동요도 보이지 않은 채 왼손을 들어 자유호를 가리켰다. 노들이 물결을 때렸고 보트는 자유호로 흘러갔다.

보트원들은 노를 젓는 단순하고 격렬한 동작이 가져다준 평온함 속에서 괴기스러운 기분을 감추지 못했다. 오닉스의 기세는 분명히 누군가를 때려 죽일 기세였고, 아무리 해적이라도 동료 선박을 방문하는 몰골로는 최하급이었다. 웃통은 벗어붙이고 오른손의 도끼는 그 자체가 오른팔의 연장인 것처럼 단단히 움켜쥔 채 사트로니아의 대해적은 보트의 뱃머리에서 자유호를 무섭게 쏘아보고 있었다.

흑기사호의 보트가 자유호로 흘러가는 동안에도 다른 배들에서는 비명이 끊임없이 터져나왔다.

"제기랄, 도대체 뭘 들었다고 이 지랄들이야, 응? 오닉스 선장? 어디 가는 건가!"

그랜드머더호의 선장 킬리는 자유호로 향하는 오닉스의 보트를 발견하고는 뱃전으로 상체를 내밀어 외쳤다. 그러나 오닉스는 대답하지 않았고, 킬리 역시 자신이 멍청한 짓을 했음을 깨달았다. 킬리가 다른 방식의 질문을 궁리하는 사이에, 오닉스의 보트는 자유호의 뱃전에 닿았다. 오닉스는 배틀 엑스를 허리춤에 꽂은 다음 재빠른 동작으로 건현을 기어올라갔다. 쿵! 오닉스의 거구가 갑판에 서자 요란한 소리가 났다.

갑판에 얼어붙어 있던 식스는 그 소리에 놀라 고개를 돌렸다. 그러고는 오닉스의 모습에 더욱 놀랐다.

"오닉스 선장? 뭐하자는 거요, 그 도끼는 또 뭡니까?"

오닉스는 아무 말도 하지 않은 채 두 눈만을 붉게 불태우며 식스를 향해 걸어갔다. 소름이 돋는 것을 애써 억누르며 식스는 엄한 어조로 말했다.

"여기는 당신의 배가 아니오, 오닉스 선장! 동료 선장에 대한 예의를 갖추시오."

오닉스는 경멸스러운 눈빛으로 식스를 보며 왼손을 천천히 들어올렸다. 식스는 어두운 밤에 오닉스의 빠른 손짓을 봐야 한다는 생각에 눈을 크게 떴지만, 예상과는 달리 오닉스는 매우 간단한 손짓 두 개만을 보내었다. 오닉스는 먼저 새끼손가락을 펴보이고는, 손을 뒤집어 자신의 목을 치는 시늉을 했다.

"여자, 율리아나 공주? 그건 안 됩니다!"

발끈한 오닉스는 더 이상 손짓을 보내지도 않았다. 오닉스는 그대로 식스를 향해 걸어왔다. 의혹 속에 오닉스를 바라보던 식스는 오닉스가 막을 테면 막아보라는 태도를 보이고 있다는 것을 깨달았다. 그리고 식스는 성난 오닉스의 앞을 막는 것은 맨손으로 범고래의 돌진을 막는 것과 비슷하다는 것을 잘 알고 있었다.

무의식중에 식스는 옆으로 비켜서고 말았다.

오닉스는 거리낌없는 태도로 식스의 옆을 지나쳐 자유호의 승강구 앞에 섰다. 그러나 오닉스는 승강구의 계단을 내려가지는 않았다. 식스와 자유호의 선원들은 그런 오닉스의 등을 의아하게 바라보았다. 잠시 후 오닉스는 앞이 아니라 뒤로, 즉 뒷걸음질을 쳤다.

그때 식스는 계단에서 가벼운 발자국 소리가 들려오는 것을 깨달았다. 그의 귀에 너무나 익숙한 가벼운 발자국 소리. 식스는 승강구를 통해 올라선 남자를 향해 반가움을 담아 말했다.

"키 선장님!"

키 드레이번은 서두르지 않는 걸음걸이로 갑판에 올라섰다. 비명이 요란하던 자유호의 갑판은 거짓말처럼 고요해졌다. 마치 키의 펄럭이는 외투 자락이 모든 공포와 소란을 삼켜버린 것처럼. 하지만 조금 떨어진 다른 배에서는 여전히 고함이 들려왔고 그래서 식스는 속으로 한탄했다. 저 선장들께서는 제 부하 간수도 못하시나. 삼엄한 눈으로 주위를 둘러보던 키가 말했다.

"잠꼬대라면 너무 시끄럽고, 반란이라면 너무 멍청하군. 네놈들은 뭘 하고 있는 거지."

고요한 선원들 사이에서 오닉스가 재빨리 손을 내밀었다. 조금 전 취했던 동작이 다시 반복되었다. 키는 오닉스의 마스크를 물끄러미 바라보다가 말했다.

"율리아나 공주를 죽이겠다고?"

'이 귀신 소리를 들어보라! 함대에 귀신이 붙었다. 바다는 여자를 싫어한다. 지금이라도 바다에 여자를 던져 해신께 사죄드려야 한다'에 해당하는 의미를 담아 오닉스는 빠르게 손짓했다.

"귀신이라고 했나?"

오닉스는 고개를 끄덕였다. 키는 싱긋 웃고는, 오닉스가 미처 예상치 못했던 질문을 했다.

"귀신에 대해 알고 싶나?"

오닉스는 주춤했다. 그리고 주위의 해적들도 의아한 표정으로 키를 바라보았다. 키는 설명하는 대신 앞으로 걸어갔다. 오닉스는 키가 자신을 향해 걸어오고 있다는 것을 알아차리고는 재빨리 배틀 엑스를 두 손으로 쥐었다. 하지만 키는 맨손이었다. 게다가 두 손은 버클에 얹은 채 걸어왔다.

"응? 말해 봐. 귀신에 대해 알고 싶나? 귀신을 보고 싶나?"

어느새 키는 오닉스의 바로 앞까지 걸어왔다. 손을 뻗으면 닿을 거리였지만, 오닉스는 비무장인 키를 상대로 도끼를 들어올릴 수도 없었고 뒤로 물러날 수도 없었다. 마스크 때문에 오닉스의 표정은 알 수 없었지만, 그 아래에서 뿜어져나오는 다급한 숨소리는 오닉스의 긴장 상태를 잘 나타내고 있었다. 키는 오닉스의 얼굴을 똑바로 바라보며 말했다.

"네 눈이 귀신을 보게 하고 싶은가? 죽음을 보고 싶나?"

퍼―억. 잔인한 소리와 함께 키의 주먹이 오닉스의 복부에 꽂히자 오닉스는 급하게 허리를 숙였다. 하지만 키는 오닉스의 큼직한 턱을 붙잡아 천천히 끌어올렸다. 키는 오닉스의 얼굴을 자기 얼굴 바로 앞까지 끌고 와서는 두 눈을 부릅뜬 채 오닉스를 바라보았다.

"말해 봐라, 이 후레자식아. 귀신을 보고 싶나? 귀신을 보고 싶나? 내 눈을 봐!"

오닉스는 자신의 손에 도끼가 들려져 있다는 사실도 거의 잊어버렸다. 그는 어깨를 부들부들 떨며 키의 두 눈을 바라보았다. 그러곤 헛바람을 삼켰다.

밤인데도 불구하고 키의 동공은 축소되어 있었다.

"나는 매일 귀신을 본다. 이 눈동자에 붙어 있기 때문에, 눈을 감아도 피할 수 없지. 내 눈을 봐라, 오닉스 나이트. 귀신이 보고 싶다고 했나? 내 눈을 봐라. 수천 마리의 귀신이 바글거리는 것이 보이지 않아? 봐라, 오닉스 나이트!"

오닉스는 키의 눈 속에서 귀신을 보았다고 생각했다. 키가 죽인 뱃사람들, 그가 침몰시킨 배, 화염이 불타오르는 돛대와 폭풍에 찢겨지는 돛, 포연과 피바람 속에 으르렁거리는 해골들의 군무. 오닉스는 키의 눈 속에서 그것들을 보았다. 그의 입이 힘없이 벌어졌다.

그러나 오닉스가 말을 토해놓기 직전 키는 오닉스를 놓아주었다.

오닉스는 무의식중에 뒤로 물러나서는 가쁜 숨을 몰아쉬었다. 하지만 키는 이미 오닉스에 대한 흥미를 잃어버린 채 오닉스의 턱을 움켜쥐고 있던 자신의 손을 뚫어지게 바라보았다. 하나씩 손가락들이 천천히 굽혀지고, 키는 손이 하얗게 변하도록 주먹을 감아쥐었다. 키는 그 주먹을 옆으로 뿌리면서 말했다.

"일항사(1등 항해사)!"

"예!"

"라이온 선장에게 전해라. 레보스호의 화물실을 뒤져라. 노래를 부르고 있는 꽃이 있을 것이다."

"아아, 싱잉 플로라군요!"

"그렇다. 내게로 가져와라."

"오닉스 선장도 좀 덜 뻣뻣해질 때가 되었는데."

식스는 고심 어린 표정으로 말했다. 하지만 라이온은 코방귀를 뀔 뿐이었다.

"그 작자가요? 설마. 나는 저주가 무서워서 평생 말을 안하기로 맹세한 다음 그것을 그대로 실천할 수 있는 사람이라는 것을 상상할 수가 없습니다. 그런 타입의 녀석은 평생 바뀌지 않는 법이지요."

"하긴, 그렇지."

"게다가 그 흉물스러운 마스크 좀 보십시오. 아마 지금 그 마스크를 벗기면 녀석의 얼굴은 바닷물에 표백된 바다사자 뼈만큼이나 하얗겠지요. 놈이 얼마나 오랫동안 햇빛을 안 받았는지 짐작 가십니까? 그건 뭐 때문이라더라. 아, '네 얼굴에 그림자가 없어질 때 너는 죽으리라'는 예언 때문이라지요? 병신 자식."

고개를 끄덕이던 식스는 라이온이 유달리 신경질적이라는 사실을 깨달았다.

"신경질 그만 부리게. 나도 아까는 등골이 오싹했어."

라이온은 입을 다물었다. 라이온이 비명을 지른 것을 창피스러워하고 있다는 식스의 판단은 정확했던 모양이다. 라이온은 잠시 후 다시 입을 열었다.

"미신적인 성격과 완고함이 결합되면 키 드레이번 같은 사람도 감당할 수 없는 작자가 태어나는 법이란 말입니다. 놈은 끝까지 뻣뻣할 겁니다. 그러니까……"

"됐네, 좀 조용히 해보게!"

식스는 조금 거칠게 말했고 이번에는 라이온도 입을 다물었다. 라이온이 조용해지자 노랫소리가 보다 정확하게 들려왔다. 잠시 귀를 기울이던 식스는 여러 개의 문 중 하나를 가리켰고, 라이온은 고개를 끄덕였다.

"예. 이 안쪽인 거 같군요."

문을 열려던 라이온은 그 문이 잠겨 있는 것을 발견했다. 특별 화물실이니만큼 당연한 일이다. 라이온은 어깨를 으쓱인 다음 칼을 뽑아 자물쇠를 내리치려고 했다. 하지만 식스는 고개를 가로저은 다음 주머니 속에서 엘리엇 선장에게서 뺏어둔 열쇠 꾸러미를 꺼내었다. 라이온은 조금 궁시렁거렸지만, 식스는 들은 척도 하지 않고 열쇠를 맞춰나가기 시작했다. 몇 번의 시도 후 식스는 올바른 열쇠를 찾아낸 다음 특별 화물실의 문을 열었다.

문이 열리자마자 두 사내는 기겁하며 귀를 틀어막았다.

싱잉 플로라의 노랫소리가 느닷없이 크게 들려왔던 것이다. 게다가 지금까지의 흐느끼는 듯한 노랫소리와 달리 싱잉 플로라는 거의 비명을 지르듯이 노래했다. 식스와 라이온은 귀를 머릿속으로 집어넣을 듯이 꽉꽉 틀어막았지만 싱잉 플로라의 노래는 머릿속에서 울려나오는 듯 낮아지지 않았다. 라이온은 비틀거리는 식스의 어깨를 잡아끌며 방 밖으로 뛰쳐나왔다. 쾅! 라이온은 문을 걷어차고는 통로의 벽에 기대어 헉헉거렸다. 식스는 머리를 절레절레 흔들며 허리를 깊이 숙였다.

"토할 거 같아."

"해적이 멀미를 하면 삼대가 망신입니다, 헉헉."

"뭐라고? 잘 안 들려."

식스는 귓속에서 울려나오는 이명 때문에 정신이 하나도 없는 표정이었다. 라이온 역시 머리가 띵할 정도로 아팠다. 그는 똑바로 서려 애쓰다가 고함을 내질렀다.

"1등 항해사님! 제발 비명 좀 그만 질러요! 머리가 울린단 말입니다."

"뭐? 어, 난 비명 안 질렀는데?"

라이온은 의아한 표정으로 식스를 보다가 혀를 내찼다. 비명이 아스라하게 들려오고 있었다. 하지만 그것은 식스가 아니라 싱잉 플로라의 노랫소리에 놀란 해적들이 내지르는 비명이었다. 라이온은 씁쓸한 표정으로 말했다.

"오닉스가 또 발작을 일으키겠군. 젠장."

키 드레이번은 분노했다.

그는 빈손으로 돌아온 라이온과 식스를 무시무시한 시선으로 바라보았고, 시끄러워서 못 가져왔다는 설명에는 더욱 험악한 표정을 지어보였다. 라이온은 심히 억울하다는 투로 키 드레이번을 보았지만 그가 말한 변명들은 키를 이해시키기는커녕 더욱 분노하게 만들 뿐이었다.

"그러니까, 에, 그게 꼭 시끄러워서만은 아니지요. 에, 저는 포성 속에서도 잠을 잘 수 있단 말입니다. 어, 음. 그런데 그 비명이라는 것이, 흠. 흠. 참, 거 뭐랄까……"

"뭐?"

라이온은 두 눈을 질끈 감았다.

"목 졸린 여자 같단 말입니다. 어떻게 손을 댈 수가 없어요."

키는 한참 동안 라이온을 바라보다가 한숨을 내쉬고는 그 옆에 있던 식스에게 말했다.

"일항사. 율리아나 공주를 데려가."

"예?"

"하나부터 열까지 전부 가르쳐줘야 하나! 여자는 싱잉 플로라의 소리를 못 듣는다. 그러니 율리아나 공주가 듣고 오게 하란 말이다!"

식스와 라이온은 황급히 고개를 숙여보이고는 선장실을 빠져나왔다. 선장실을 빠져나온 라이온은 으르렁거리며 눈에 들어오는 어떤 선원이라도 붙잡아서 반드시 시비를 걸어—너 이 새끼, 왜 눈은 깜빡거리는 거야!—화풀이를 하려고 마음 먹었지만 율리아나 공주가 감금되어 있는 선실까지 걸어가는 동안 한 사람의 선원도 만나지 못했다. 라이온은 기가 막히다는 표정으로 말했다.

"허, 이놈들이 다 어디 처박혀 있는 거죠?"

"전부들 메인 마스트 아래에 모여 앉아 벌벌 떨고 있을 걸세."

"젠장. 이번에 붙잡은 것은 너무 골치 아픈 재물이라는 생각이 들지 않습니까?"

"싱잉 플로라가 있을 줄은 몰랐지."

"아니, 그것만 말하는 것은 아닙니다."

식스는 라이온의 옆얼굴을 바라보았다. 라이온은 얼굴을 찌푸려 미간에 세로 주름을 만들고 있었다.

"일단, 여자가 있다는 것 때문에 오닉스가 발작을 일으키고 있습니다. 듣자니 놈은 무기를 휴대하고 자유호에 올라왔다면서요? 그것도 두 번씩이나. 비록 낮엔 레보스호를 습격하기 위해서였고 밤엔 율리아나 공주가 목표이긴 했지만, 어쨌든 이곳은 키 드레이번의 배입니다. 얼렁뚱땅 넘어가긴 했어도 그건 예삿일이 아닙니다."

식스는 라이온의 표정을 흉내내기 시작했다. 얼굴을 잔뜩 찌푸린 것이다. 라이온은 계속 말했다.

"그리고, 그 여자라는 것이 카밀카르의 공주고 필마온 기사단장의 아내가 될 여자입니다. 카밀카르의 해군이나 필마온의 갈가마귀들을 무서워하는 것은 아닙니다만, 그 둘과 원한 관계를 만들었다는 것, 기분이 썩 좋지는 않군요."

"그만. 키 드레이번이 결정한 일이야. 그리고 바다의 신사가 원한을 두려워하나. 교수대에 걸려서도 껄껄 웃으며 죽는 것이……"

"제기랄, 여―론이라는 것이 있잖습니까, 여―론!"

라이온은 여론이라는 단어를 말할 수 있는 것이 퍽 자랑스럽다는 듯이 그 단어를 길게 발음했다. 그러고 싶지 않았지만, 식스는 감탄스러운 표정으로 라이온을 바라보았다. 라이온은 우쭐거리며 말했다.

"필마온은 신부를 뺏긴 얼간이 취급당할 겁니다. 여―론이 그렇게 될 거라고요. 놈들은 단순한 원한이 아니라 그런 여―론에 시달리게 되는 것에 더 화를 낼 겁니다. 카밀카르도 마찬가지지요. 자국의 공주를 빼앗긴 국민들의 여—론이 어떨지 생각해 보시라고요."

"그만해. 다 왔네. 공주가 듣겠어."

식스는 방문을 가리켜 보였고 라이온은 입을 다물었다. 식스는 방문의 열쇠를 연 다음, 퍼뜩 생각난 것처럼 라이온을 바라보고는 근엄한 동작으로 방문을 노크했다. 라이온이 잠시 감탄한 표정으로 바라보았다. 그런 예절도 아슈? 그래서 '여론'이라는 단어를 말할 줄 아는 라이온과 신사의 예절에 밝은 식스는 퍽 자랑스러운 태도로 공주의 방에 들어갔다.

그리고 잠시 후, 율리아나 공주의 방으로부터 식스의 난감해하는 고함 소리가 터져나왔다.

"고, 공주님도 그 소리를 들을 수 있다고요?"

자유호와 해적 선단은 총체적인 공포 속으로 빠져들어갔다. 매끄러운 밤바다 위로 주름을 잡듯 가볍게 물결치는 파도 이외에 아무런 소리도 들리지 않는 고요한 해원에서, 싱잉 플로라의 노랫소리는 밤이 깊어갈수록 더욱 음산함을 더해 갔다. 레보스호의 선실에 갇혀 있던 라스 법무대신과 슈마허도 놀랄 정도의 노랫소리였다. 그들은 항해 동안 싱잉 플로라의 노랫소리를 들어왔지만 이토록 기분 나쁜 노랫소리는 듣지 못했었다. 싱잉 플로라의 노랫소리는 약간 슬프고, 동시에 약간 낯부끄러운 노랫소리였을 뿐이다. 하지만 이 밤바다를 새하얀 공포로 물들이고 있는 노랫소리는…….

"고스트 송(Ghost song, 鬼哭聲)이야."

라스 법무대신은 무의식중에 말했다.

"이건 고스트 송이라고."

슈마허는 고개를 가로저었다. 그는 불편한 몸을 간신히 일으키며 말했다.

"저는 싱잉 플로라가 고스트 송을 부른다는 이야기를 듣지 못했습니다. 로드 라스."

"서 슈마허. 저 꽃은 지금 낮의 전투에서 죽은 이들을 대신해서 노래를 부르고 있는 걸세."

라스 법무대신은 자신의 말에 찬성하는 것처럼 고개를 끄덕였다. 슈마허는 그런 라스를 미심쩍은 눈으로 바라보았지만 음산한 노랫소리가 갑자기 커지자 찔끔하며 어깨를 움츠렸다.

자유호의 갑판에서는 키 드레이번이 끔찍한 표정을 짓고 있었다. 그는 눈에 들어오는 모든 선원들을 사나운 시선으로 노려보았지만 선원들은 고개를 돌리거나 발끝을 바라보는 식으로 키의 시선을 외면했다. 그들은 이렇게 말하는 듯했다. '아무리 선장의 명령이라도, 저는 저 꽃 가까이 가고 싶지 않습니다.' 키는 그런 그들을 이해하면서도 동시에 증오했다. 함대 내에 있는 유일한 여자인 율리아나 공주조차도 저 소리를 들을 수 있다면, 도대체 저 꽃을 어떻게 해야 되는가. 키는 레보스호를 격침시키라는 명령을 내리고 싶어졌다.

오닉스는 심술궂은 표정을 지은 채 그런 키를 바라보고 있었다. 물론 마스크 때문에 아무도 그의 얼굴을 볼 수 없었지만, 오닉스는 캡스턴에 기대어 앉아서는, 팔짱을 끼고, 다리를 까딱거리고 있었으며, 불량스럽게 고개를 조금 기울인 상태였다. 그 얼굴에 어떤 표정이 떠올라 있을 것인지는 뻔하다. 키는 낮게 말했다.

"한 놈도 없는가. 내 부하들 중에 나를 위해 저 꽃을 가져올 놈은 하나도 없단 말인가."

선원들은 모두 키의 중얼거림을 못 들은 척했다. 고지식한 식스는 차마 그런 행동을 취하지는 못했지만 대신 매우 송구스러워하는 표정으로 키를 바라봄으로써 키를 미치게 만들었다. 키는 걸음을 떼기 시작했다.

"내가 직접 가지."

"안 됩니다!"

식스는 비명처럼 외쳤다. 그는 키의 허리를 잡기라도 할 듯한 모습으로 말했다.

"안 됩니다, 선장님. 저 꽃에 가까이 가시면 어떻게 될지 모릅니다. 저는 이렇게 멀리 떨어진 곳에서 들어도 정신이 이상하게 되는 것 같습니다. 그런데 가까이 가시고 그것을 만지시면, 오오, 무슨 일이 일어날지 두렵기만 합니다."

"한 놈도 없잖은가!"

"아침까지, 아침까지만 기다려주십시오. 낮이 되면 노래를 멈출 겁니다. 그럼 그때 제가 직접 가져다 바치겠습니다."

"웃기지 마! 아침이 오면 아마도 난 혼은 악마의 꽃에 빼앗기고 육신만 남은 껍데기 유령들이 모는 배의 선장이 될 것이다. 그렇잖으면 그들의 선장을 위해 꽃 하나 가져다줄 수 없는 너희 덜떨어진 해적놈들이 모두 바다에 빠져들든가!"

"제가 가도 될까요?"

목소리는 엉뚱한 곳에서 들려왔다. 키와 식스, 그리고 각자 다른 표정으로 그들의 대화를 듣고 있던 라이온과 오닉스는 동시에 고개를 돌렸다.

갑판 해치 쪽이었다. 해치는 조금 열려 있었고 그 아래에서 사람의 머리처럼 보이는 것이 올라와 있었다. 하지만 어두운 밤이라 해치 아래의 얼굴은 잘 보이지 않았다. 키는 삼엄하게 말했다.

"누구냐, 노잡이인가? 올라와서 말해라!"

해치 아래에서 말하던 자는 머뭇거리며 갑판 위로 올라와서는 얌전히 무릎을 꿇었다. 그가 입을 떼기도 전에 라이온이 먼저 그를 알아보았다.

"아, 너. 오스발이라고 했지?"

무릎을 꿇고 있던 오스발은 고개를 조금 들었다.

"예. 그렇습니다. 허락하신다면 제가 그 꽃을 가져오겠습니다."

키 드레이번은 오스발을 뚫어지게 바라보았다. 식스는 어처구니없는 얼굴로 말했다.

"일개 노잡이 노예 주제에…… 네가 할 수 있단 말이냐?"

오스발은 다시 송구스러워하는 표정으로 고개를 숙였다. 하지만 그의 발음은 명확했으며 공포에 질려 있는 것처럼 들리는 부분은 없었다.

"저, 아무도 없지 않습니까? 어떻게 들으실지 모르겠습니다만, 저희들도 낮의 전투 때문에 몹시 피곤합니다. 그런데 저 노래 때문에 친구들이 잠들지 못하고 있습니다. 노예장님도 몹시 무서워하고 계시고요. 저는 낮에 노예장님께 심려를 끼쳐드린 점이 많은지라 어떻게든 사과드리

102

고 싶습니다. 그리고 저까짓 꽃이 문제라면 저 같은 미천한 작자도 어떻게 해볼 수 있을 것 같습니다만."

식스는 고개를 갸웃거리며 뭐라고 말하려 했다. 하지만 그 전에 키가 먼저 말했다.

"너는 저 노래가 들리지 않느냐?"

오스발은 노스윈드가 직접 말을 걸어왔다는 것에 대해 크게 황송해하며 말했다.

"저, 이상합니다. 아주 가느다란 노래 비슷한 것이 들리기도 합니다만, 저런 작은 소리에 왜…… 아, 절대로 귀하신 분들을 욕보이려는 것은 아닙니다. 하지만 저는 이해가 되지 않습니다."

라이온은 눈을 껌뻑거리며 중얼거렸다. "저 녀석, 가는귀가 먹었나?" 하지만 아무도 라이온의 짐작에 동의하지 않았다. 오스발은 키나 식스의 말에는 또박또박 대답하고 있었던 것이다. 라이온은 다시 한번 주위의 시선을 끌어들이려고 시도했다. "저 녀석, 여자인가 봐." 라이온은 기어코 주위의 시선을 끌어들이는 데 성공했다. 주위의 해적들이 그를 때려 죽일 듯한 시선으로 바라보았던 것이다. 키가 말했다.

"오스발이라고 했나? 좋다. 만일 네가 이 얼간이들을 대신해서 저 꽃을 가져온다면 평수부로 승격시켜 주겠다."

식스와 라이온, 오닉스, 그리고 갑판 이곳저곳에서 부들부들 떨고 있던 해적들은 키의 이런 파격적인 제안에 대해 각자의 방식으로 놀라움을 표시했다. 그들은 일개 노예가 그들과 같은 신분이 된다는 것에 대해 거부감까지도 느꼈지만, 키의 선언에 대해 반대 의사를 표시할 수는 없었다. 어쨌든 그들은 도저히 싱잉 플로라에 다가갈 수 없었으니까. 하지만 잠시 후 그들의 놀라움은 경악으로 바뀌었다.

오스발은 고개를 가로저었다.

"사양하겠습니다."

"뭐라고?"

키는 의아한 얼굴이 되었고, 그 표정은 주위를 둘러선 해적들의 얼굴 대부분에도 떠올라 있는 것과 같았다. 오스발은 키의 얼굴을 힐끔 바라보고는 다시 머리를 조아리며 말했다.

"죄송합니다만, 해적을 교수대에 매다는 나라는 많아도 노잡이 노예를 교수대에 매다는 나라는 없습니다. 저, 그러니 그런 끔찍한 승격은 바라지 않습니다."

키는 잠시 말을 잃은 채 오스발을 바라보았다. 그리고 식스와 라이온 역시 경악을 가누지 못한 채 굳어버렸다. 그래서 오스발의 발언에 대해 가장 먼저 실감 넘치는 반응을 보여준 것은 의외로 과묵한 오닉스였다.

오닉스는 발을 쾅 굴렀다. 그는 옆에 세워둔 도끼를 집어들고는 오스발을 향해 성큼성큼 걸어왔다. 마스크 아래 오닉스의 눈이 붉게 타오르고 있는 것은 모든 사람의 눈에 확실히 보였다. 오닉스는 아무 말 없이—원래 말을 안하지만—도끼를 집어올렸다. 키가 재빨리 손을 들었다.

"멈춰라, 오닉스!"

키의 목소리에 식스는 간신히 제정신을 되찾으며 외쳤다.

"저런 발칙한 놈이!"

그리고 라이온 역시 얼굴 근육의 대부분을 수축시킨 표정으로 말했다.

"저놈이 지금 우리를 놀린 거야?"

그리고 다른 해적들 역시 살벌한 표정을 지은 채 저마다 한 마디씩 내뱉었다. 해적들이 내뱉은 말의 주된 내용은 감히 교수대가 어쩌니 한, 저 건방진 노예의 소화기관이나 순환기 계통의 구조를 감상하고 싶다는 내용이었다. 내장을 끄집어내 목을 졸라줘…… 어쩌고 하는 표현은 너무 온화하다는 이유로 배척되는 분위기가 계속되는 가운데, 그러나 키는 아무 말 없이 오스발을, 정확하게는 고개를 숙이고 있는 오스발의 정수리를 바라보았다.

"그럼, 네가 바라는 것은 무엇이냐."

"바라는 것은 없습니다. 그냥 조용히 잠자고 싶을 뿐입니다. 그래야 내일도 노를 저을 수 있을 테니까요."

말을 마친 오스발은 다시 머리를 조아렸다. 키는 잔뜩 찌푸린 눈으로 오스발을 바라보았고 그 동안 해적들은 몹시 씨근거렸다. 키의 입이 다시 열렸다.

"일항사, 라이온 임시 선장. 저 노예를 데리고 가서 싱잉 플로라를 가져와라. 내 방에서 기다리겠다."

식스와 라이온은 못마땅한 표정을 지었지만 아무 말도 하지 않았다. 오스발은 주춤거리며 일어섰고 키는 그런 오스발을 향해 말했다.

"네가 내일도 자유호의 노를 저을 수 있을지 두고보지. 만약 네가 싱잉 플로라를 내게 가져오지 못한다면 너는 다른 배의 노를 저어야 될 것이다."

지옥의 강을 건너기 위해, 라는 말은 생략되었지만 대부분의 해적들과 오스발은 그 말을 알아들었다. 오스발이 다시 고개를 숙인 사이에 키는 몸을 돌려 승강구로 내려갔다. 남겨진 오스발은 잠시 주저하는 눈으로 라이온을 바라보았다. 라이온은 '내가 너를 혼내주고 싶어한다는 것을 잘 알겠지?'라고 물어보는 듯한 눈으로 오스발을 바라보다가 말했다.

　"따라와."

　해적들은 살벌한 시선으로 바라보면서도 길을 틔워주었고 식스와 라이온, 그리고 오스발은 보트에 올라 레보스호로 향했다.

　레보스호에 도달하여 특별 화물실까지 걸어가는 동안 식스와 라이온은 아무런 말도 하지 않았고 오스발은 그런 두 사람의 등뒤를, 역시 아무 말도 하지 않은 채 따라갔다. 라이온은 얼핏 고개를 돌려 오스발에게 물어보고 싶은 생각이 들었다. 지금, 한 걸음씩 떼어놓을 때마다 점점 더 크게 들려오는 저 노랫소리가 진짜 들리지 않는지. 하지만 고개를 돌린 라이온의 눈에 들어온 것은 어두운 통로 속에 시커멓게 보이는 오스발의 얼굴뿐이었다. 최소한 겁을 집어먹은 것처럼 보이지는 않았다. 오스발은 태연한 자세로 예의 바르게 그들의 뒤를 따라오고 있었다.

　'저 녀석은 어떻게 된 녀석이지?'

　라이온은 식스의 얼굴을 훔쳐보았다. 랜턴을 들고 있기에 그의 얼굴은 잘 보였으며, 안타깝게도 근엄한 식스의 얼굴에는 숨길 수 없는 초조함으로 진땀이 배어나오고 있었다. 문득 라이온은 손을 들어 이마를 만져보았다. 자신의 이마를 만진 손에 느껴지는 축축함이 라이온을 우울하게 만들었다. 하지만 듣는 이의 뼈까지도 흐느끼게 만들 것 같은 노랫소리는 점점 커져만 갔다.

세 사람은 다시 특별 화물실 앞에 섰다.

식스는 내키지 않는 동작으로 열쇠를 연 다음 라이온을 쳐다보았다. 그리고 라이온 역시 식스를 쳐다보았다. 어쨌든, 두 사람 모두 그 안으로 들어가고 싶지는 않았던 것이다. 라이온은 약간 쉰 목소리로 오스발을 불렀다.

"오스발. 안에 들어가서 꽃을 들고 나와."

오스발은 이해할 수 없다는 표정으로 두 사람을 보았다. 두 분은 안 들어가십니까? 식스는 갑자기 천장을 바라보기 시작했고 라이온은 거칠게 말했다.

"꽃만 가지고 나와야 한다. 금붙이나 보석 따위를 삼킬 생각은 안 하는 것이 좋을걸. 화물 목록이 하나라도 맞지 않으면 난 제일 먼저 네 녀석의 뱃속부터 조사하겠다."

오스발은 고개를 끄덕였다.

"그럴 생각은 없습니다. 노예에게 금붙이나 보석은 아무 소용이 없습니다."

오스발은 싱긋 웃기까지 했다. 라이온은 그 여유 있는 웃음이 싫었지만 아무 말 없이 길을 틔워주었다. 두 사람 사이를 지나친 오스발은 식스가 열어둔 문을 느닷없이 열었다.

싱잉 플로라의 노랫소리가 갑자기 커졌다. 식스와 라이온은 모두 오스발을 쳐다보았고, 그래서 가까스로 비명을 지르지는 않았다. 오스발은 태연한 모습이었던 것이다. 게다가 오스발은 잠시 멈춰 서서 식스를 돌아보기까지 했다.

"저, 죄송합니다만 그 랜턴을 주시지 않겠습니까? 안이 어둡군요."

입을 열기만 하면 비명이 터져나올 것 같았기에 식스는 아무런 대답도 하지 못했다. 그는 믿을 수 없다는 눈으로 오스발을 바라보기만 했다. 오스발이 다시 말하려 할 때 라이온이 잔뜩 쉰 목소리로 거칠게 외쳤다.

"빌어먹을 놈아, 네 녀석이 이 안에 불이라도 지르면 어쩌라고! 밖에서 불을 비춰줄 테니 어서 들어가!"

오스발은 어깨를 움츠리고는 문 안으로 들어섰다. 식스는 덜덜 떨리는 손을 힘들게 들어올려 방 안으로 불을 비춰주었다.

키 드레이번은 자신의 책상에 앉은 채 앞에 서 있는 세 사람을 바라보았다. 좌로부터 라이온, 오스발, 식스의 순서였다. 라이온은 그냥 두 손으로 귀를 틀어막고 있었지만, 고지식한 식스는 차렷 자세를 유지한 채로 졸도할 것 같은 표정을 짓고 있었다. 그리고 오스발은 부드럽게 시선을 내리깔고 있었다. 그의 두 손은 꽃 한 송이가 피어 있는 화분을 공손하게 받쳐들고 있었다.

키는 싱잉 플로라를 바라보았다.

독특하게 생긴 꽃이었다. 튤립처럼 긴 줄기 위에는 얼핏 보기에 공처

108

럼 보이는 꽃이 달려 있었다. 자세히 바라보던 키는 그 둥그스름한 꽃이 수백 개의 작은 꽃이 모여서 이루어진 것이라는 사실을 깨달았다. 키는 그쯤에서 관찰을 멈추었다. 더 자세히 관찰해 볼 시간은 많이 있을 테니. 그래서 키는 관심의 대상을 오스발에게로 옮겼다.

오스발은 그저 얌전히 서 있는 것만으로 자유호의 1등 항해사와 레보스호의 임시 선장을 창피스럽게 만들고 있었다. 식스는 자신이 노예보다 못할 수는 없다는 결심으로 꿋꿋하게 차렷 자세를 유지하고 있었고 그 결과로 입가에 걸죽한 액체를 조금 분비하고 있었다. 대범한 라이온은 그냥 귀를 막고 있었고 게다가 몸은 사정없이 비틀어대고 있었다. 그의 얼굴은 키에게 빨리 나가게 해달라고 고함 지르고 있는 것 같았다. 역시 싱잉 플로라의 노랫소리를 듣고 있던 키는 라이온의 심정을 거의 이해할 수 있었다.

키는 책상 가장자리에 걸터앉아서는 오스발에게 말했다.

"그 노래가 들리지 않느냐."

말을 꺼내던 키는 흠칫했다. 자신의 목소리가 조금 흔들렸던 것이다. 하지만 오스발은 차분한 태도로 말했다.

"들립니다. 저, 퍽 신기합니다. 노래를 부르는 꽃이 다 있군요."

"신기하다고 했느냐. 다른 것은 느끼지 못하나?"

"예? 다른 것이라뇨?"

키는 잠시 기다렸고, 이번엔 떨림없는 목소리로 말했다.

"그 노래를 따라 불러보아라, 오스발."

오스발은 눈을 동그랗게 뜬 채 키를 바라보았다. 하지만 키는 엄한 얼굴로 마주볼 뿐이었다. 잠시 주춤거리던 오스발은 내키지 않아하는 태도로 허밍을 시작했다. 식스는 고개를 돌렸고 라이온도 한쪽 귀를 열어 오스발의 허밍을 들었다. 오스발은 더듬거리며 한참 동안 허밍했다.

키는 고개를 가로저었다.

"많이 더듬거리는군. 넌 그걸 들을 수는 있지만, 잘 듣지는 못하는군."

"예. 그렇습니다. 선장님."

"이리 다오."

오스발은 화분을 키에게 건네었다. 키는 한 손으로 화분을 받아서는 책상 위에 올려놓고 말했다.

"일항사, 노예장에게 전해라. 오스발은 그대로 노예 신분으로 두지만 쇠사슬은 더 이상 착용하지 않는다. 그리고 오스발이 매를 맞을 필요가 있을 때는 내게 직접 맞게 한다. 노예장 자신이 아니라. 알겠나?"

오스발과 식스는 동시에 두 눈을 커다랗게 떴다. 노예 신분으로 두지만 쇠사슬은 착용하지 않는다는 것은 달아나고 싶으면 달아나라는 뜻이나 다름없다. 매도 마찬가지다. 노예장이 무슨 배짱으로 오스발을 선장에게 끌고 와서 저 대신 좀 때려주십시오, 라고 말한단 말인가. 이건 매를 대지 않겠다는 뜻이다. 식스는 뒤의 것은 양보하더라도 앞의 것은 도저히 불가능하다는 결론을 세웠다.

"선장님. 쇠사슬을 착용하지 않는다는 것은 곤란합니다. 저놈이 혹시라도 불측한 마음을 먹고 달아난다면 어쩌시겠습니까. 아니, 달아난다면 차라리 낫습니다. 저놈이 다른 노예들의 족쇄까지 풀어줘 반란이라도 일으킨다면 어쩌시겠습니까."

키는 식스를 바라보았다.

"일항사. 새장의 문을 열어본 적이 있나?"

"새장이오? 무슨 말씀인지 모르겠습니다만?"

식스는 얼떨떨한 눈으로 키를 바라보았다. 키는 고개를 돌려 책상에 놓인 싱잉 플로라를 내려다보았다.

"모두들 나가보게. 그리고 일항사. 내 말은 그대로 실행되어야 할 것이다."

식스는 불만스러웠지만 두 번 되묻지는 않았다. 식스는 키에게 머리를 숙여보이고는 몸을 돌렸고, 라이온은 이제서야 살았다는 표정으로 부리나케 선장실을 빠져나갔다. 오스발은 더듬거리며 감사의 인사를 한 후 마지막으로 선장실을 나온 사람이 되었다.

자유호의 넓은 선장실 안에는 해적 선장과 노래 부르는 꽃만이 남았다.

키는 책상 옆을 돌아 의자에 앉았다. 그러고는 책상 위에 두 손을 얹은 채 화분을 바라보았다. 싱잉 플로라의 괴기스러운 노래는 계속되고 있었다. 키는 조용히 말했다.

"너는 이상한 꽃이군."

키의 탁한 목소리는 싱잉 플로라의 노랫소리 속에서 더욱 두드러졌다.

"나는 너를 가졌다. 싱잉 플로라. 나를 소개할까? 나는 제국의 공적 제1호 키 '노스윈드' 드레이번이라고 한다. 너를 처음 가졌던 제국의 공적 1호는 위대한 마법사였지만 나는 해적이지. 실망할 것은 없어. 나와 하이낙스를 비교해 보려 한다면 너는 크게 뉘우치게 될걸."

싱잉 플로라의 노래는 계속되었고 키의 혼자말도 계속되었다.

"그렇지만 너는 정말 이상하군. 정확하게 말해서 네 노래는 이상하군. 싱잉 플로라의 노랫소리는 남자에게만 들린다. 그런데 내 함대에 있는 유일한 여자는 네 노래를 들을 수 있다. 게다가 내 함대에는 네 노래를 제대로 듣지 못하는 남자도 있다. 어떻게 된 거지? 네가 이상한 싱잉 플로라인가, 아니면 그들이 이상한 남녀인가?"

싱잉 플로라의 노랫소리는 끝없이 고조되었다. 키는 피식 웃었다.

"대답이 없군. 노래하는 꽃이여. 그 대답은 내가 찾아야 되는 것인가."

키는 몸을 일으켰다. 그는 문득 자신이 피곤하다는 생각을 떠올렸다. 낮의 전투에서부터 지금까지 그는 온몸의 긴장을 늦추지 않고 있었다. 싱잉 플로라의 괴이하면서도 아름다운 노랫소리 속에서, 키는 자신이 항상 그러했다는 사실을 떠올렸다. 해적이 된 이후로 지금껏.

키는 두 자리가 넘는 햇수의 피로를 한꺼번에 느꼈다.

"나는 이제 자야겠다. 조용히 해라. 그렇지 않으면……"

키는 싱잉 플로라의 꽃봉오리를 향해 손을 뻗었다.

"너를 꺾겠다."

싱잉 플로라의 노래는 멎었다.

키는 손을 멈췄다가, 다시 끌어당겼다. 선장실은 이제 고요했다. 키는 그 고요 속을 조금 방황하다가 책상 위에서 불타던 촛불을 껐다. 고요에 이어 선장실에는 암흑이 찾아왔다.

대해적은 고요와 암흑 양쪽에 만족하며 잠이 들었다.

제2장
미노─대드래곤의 성지

수평선은 상쾌할 정도로 맑은 선을 그으며 시야의 끝에서부터 끝까지 이어져 있었다. 남해가 자랑하는 꿈결 같은 봄바다인 것이다. 하늘은 맑고, 가장 조심스러운 뱃사람도 신경 쓰지 않을 뭉게구름 몇 조각만이 아스라한 하늘 어딘가를 정처없이 헤매고 있었다. 태양은 내일 다시 떠오르지 않아도 좋다는 듯이 이글거리며 타오르고 있었지만 봄바다의 어느 한 부분에서도 상쾌함을 빼앗지는 못했다.

그 상쾌한 바다 위로, 순풍을 받아 찢어질 듯 팽팽해진 돛을 오만하게 곤두세운 채 파도를 가르며 미끄러지는 배들의 궤적이 눈부시다. 바람이 너무 좋아 노를 저을 필요가 없기 때문에 노예를 구박하는 즐거움을 만끽할 수 없어 불행해하는 노예장 이외엔 모든 선원들이 행복해하는 날씨다.

배들은 모두 아홉 척이다.

최전방에는 두 척의 롱 갤리어스가 앞서고 있다. 한 척의 갤리어스는 모든 것이 검다. 완전한 칠흑의 돛. 역시 검정색의 선체. 선체의 의장들도 검정색으로 통일되어 있었으며 심지어 갑판을 오가는 선원들의 셔츠나 바지, 머릿수건 같은 것들도 대부분 검정색이다. 뱃전을 장식하고 있는 것은 검은색의 병장기들이었고 그 선수에는 검은 갑옷으로 온몸을 감싼 기사가 검은색의 랜스를 앞쪽으로 쭉 뻗은 모양의 피겨헤드가 자랑스럽게 서 있다. 함명은 흑기사.

그 왼쪽에 나란히 나아가는 배는 오른쪽의 검은 배에 비한다면 초라해 보일 정도로 단순한 모양이다. 지금 막 처녀 항해를 나서는 배라 하더라도 이만큼이나 단순하지는 않을 것이다. 하지만 한 베테랑 선원이 이 배를 본다면 그는 먼저 이 배의 특이할 정도로 커다란 앞돛과 기이하게 보일 정도로 긴 선수부에 고개를 갸웃할 것이다. 그 다음 그는 이 배의 폭이 이상할 정도로 좁다는 것―긴 전장에 비해 볼 때―에 당혹해할 것이다. 그리고 마지막으로 이 배의 선수에 적힌 함명을 볼 정도로 접근하게 된다면 그는 자유라는 함명에 고개를 끄덕임과 동시에 공포를 느낄 것이다. 그제서야 선원은 이 배가 제국의 공적 제1호 키 '노스윈드' 드레이번의 자유호라는 것을 알아차릴 것이며, 가지고 있는 모든 기술을 동원해 배를 돌려 도망치려 할 것이다. 물론 그가 배에 타고 있을 경우라면.

자유호와 흑기사호 뒤편으로는 네 척의 배가 따르고 있었다. 좌우로 롱 갤리어스가 한 대씩, 그리고 가운데에는 두 척의 헤비 갤리어스가 위치해 있었다. 왼쪽에서부터 차례대로 질풍호, 물수리호, 바다사자호, 페가서스호의 함명을 확인할 수 있다. 각자 트로포스, 알버트, 두캉가, 하리야 선장의 지휘를 받고 있다.

그리고 그 뒤쪽으로는 정직한 수병이라면 사기라고 외치며 분노할 배 두 척이 뒤따르고 있었다. 세상의 모든 땅과 바다를 통틀어 강철의 레이디가 실제로 사용되는 유일한 장소인 터릿 갤리어스가 그 엄청난 위용을 뽐내고 있었다. 함명은 각각 그랜드파더와 그랜드머더, 그 선장은 돌탄과 킬리.

그리고 함대의 최후방에는 한 척의 카밀카르 갤리어스가 따르고 있었다. 그러나 이 배가 카밀카르식으로 설계되었다는 사실을 알아보기 위해선 꽤나 날카로운 눈이 필요할 것이다. 왜냐하면 카밀카르 갤리어스는 방금 전 전투를 끝낸 전함의 모습을 하고 있기 때문이다. 부러진 돛대와 부서진 뱃전, 배의 좌우현에는 커다란 구멍이 몇 개씩이나 뚫려 있다. 하지만 그 구멍들은 모두 흘수선 위에 있었고 폭풍이라도 만나지 않는 이상 당장 침몰하지는 않을 것 같았다. 그리고 노련한 뱃사람은 다들 잘 아는 사실이지만 봄철의 이 바다에는 폭풍이 치지 않는다. 그래서 반파된 카밀카르 갤리어스는 안전한 항해를 할 수 있었다.

물론 율리아나 카밀카르를 태우고 필마온 성채로 향하던 레보스호다. 이 배의 선주인 카밀카르 해군은 절대 인정하지 않았지만, 어쨌든 현재 레보스호를 지휘하는 것은 원래 자유호의 갑판장이었던 라이온이다. 그래서 라이온은 레보스호의 선장실에 앉아 있을 수도 있었고, 식스가 가져온 항해 계획표를 옆으로 조금 밀어내며 퉁명스럽게 말할 수도 있었다.

"미노 만에 드래곤이 있다는 것이 사실입니까?"

라이온은 방자한 태도로 질문했다. 마치 이 숲에는 사슴이 많다지요? 라고 물어보는 듯한 태도였지만, 식스는 등골이 서늘해지는 것을 느꼈다. 드래곤의 이름이 완고한 뱃사람에게 야기하는 반응으로서는 퍽 모범적인 반응이었다. 식스는 무서운 눈으로 라이온을 쏘아보았다.

"라이온 임시 선장. 그런 무서운 이야기는 하지 마시게."

"임시 선장이라는 말은 좀 뺍시다. 낯 간지럽게시리. 어쨌든 그 이야기가 사실입니까?"

식스는 못마땅한 표정으로 라이온을 바라보다가 마지못해 말했다.

"사람들은 그렇게 말하곤 하지. 슬픔의 해역 미노는 대드래곤의 성지라고. 하지만 그건 노선원이 견습선원을 놀리고 싶을 때나 하는 이야기야. 실제로 거기서 드래곤을 봤다는 선원은 한번도 못 봤네. 자네가 왜 그런 허무맹랑한 이야기에 관심을 가지나?"

"흐음. 관심을 가질 이유가 있다면?"

"무슨 말인가?"

식스는 천진스러워 보이는 표정으로 되물어왔다. 라이온은 잇소리를 조금 내고는 준비했던 말들을 쏟아내기 시작했다.

"그건 허무맹랑한 이야기가 아닙니다. 제국력 238년, 대드래곤 라오코네스는 제국을 상대로 미노 만이 자신의 영토임을 선언했습니다. 제국기록보관소에는 관계 서류가 남아 있습니다. 당시 황제는 미노 만을 제외한 제국의 다른 모든 장소에 대한 황가의 통치권을 인정받는 조건으로 라오코네스의 선언을 받아들였습니다. 그 이후로 라오코네스는 전혀 움직이지 않았고 사람들은 대드래곤의 존재를 잊었지만, 서류는 남아 있는 겁니다. 무려 800년 전의 서류가 말입니다. 그래서 미노 만은 아직껏 어떤 제후에게도 하사되지 않았고 어떤 나라의 영토로도 편입되지 않은 거지요. 그런데 절 유혹하실 생각입니까?"

"뭐라고?"

"그렇잖으면 왜 그렇게 입술을 육감적으로 꿈틀거리시는 겁니까?"

놀람으로 입술을 꿈틀거리고 있던 식스는 그것을 꽉 깨물었다. 그리고 라이온은 씩 웃었다.

"사람들이 이름까지 잊어버린 드래곤에 대해 좔좔 외울 정도로 제가 똑똑할 리야 있겠습니까. 하지만 이 레보스호에는 카밀카르의 법무대신이 타고 있지요. 게다가 『제국백과사전』도 있고. 화물 목록을 보다가 까무러칠 뻔했습니다. 먹지도 못할 책을 1,200권이나 싣다니."

"아, 그렇군. 그럼 그게 헛소리가 아니었군. 진짜 드래곤의 성지인가 보지."

라이온은 잠시 속으로 투덜거렸다. 이렇게 느리단 말인가.

"이 시점에서, 우리는 결코 유쾌할 수는 없는 상황에 봉착합니다."

"뭐?"

라이온은 책상 한구석에 치워두었던 해도를 좌악 펼치며 말했다.

"여기 해도가 있습니다. 가지고 오신 그 항해 계획표와 함께 좀 보시죠. 이대로라면 나흘 후 이 함대는 이보레 열도를 빠져나가게 될 겁니다. 맞죠? 예. 그런데 1년 중 이 시기에는 이보레 열도의 주민늘이 하눈치일이라고 부르는 바람이 분단 말입니다."

"그런데?"

"젠장, 하눈치일은 남동풍이란 말입니다. 여기서 바람을 받으면 우리 선단이 어디로 가겠습니까?"

식스는 얼떨떨한 표정으로 라이온이 가리켜 보이는 해도를 바라보았다. 대륙에서 뚝뚝 흘러 떨어진 물방울들 같은 모습의 이보레 열도를 바라보던 식스의 눈은 해도의 좌상단, 즉 북서쪽으로 이동했다. 그리고 한 지점에 멈춰 섰다. 해도의 그 지점에 적혀 있는 짧은 글자를 본 식스는 마치 막 글자를 배우기 시작한 어린아이처럼 더듬거리며 그 글자를 읽었다.

"미―노―만."

노스윈드의 해적 함대는 남해의 미풍과 잔잔한 파도를 헤치며 순조로운 항해를 계속한 끝에 이보레 열도로 접어들었다. 이보레 열도에 산재한 많은 섬들은 기항지로서나 보급지로서 모두 우수하며, 남해를 오가는 배들은 반드시 거쳐가는 장소다. 따라서 해적들에게도 훌륭한 사냥터라고 할 수 있다. 이보레 열도의 작은 섬들의 뒤에 배를 숨겼다가 느닷없이 나타나서는 지나가는 배를 급습하는 것이 해적들의 상투 수단이다.

하지만 키 드레이번은 식수의 보급과 같은 꼭 필요한 경우가 아니고서는 함대의 정박을 허락하지 않은 채 이보레 열도를 지나쳤다. 해적들은 레보스호라는 혼수품으로 꽉꽉 들어찬 보물창고를 가지고 있는 이상, 작은 상선이나 어선 따위를 공격할 필요는 없을 것이라 추측하며 키의 지시에 수긍했다.

하지만 레보스호의 임시 선장을 맡고 있는 라이온은 점점 심사가 사나워지는 것을 느꼈다.

이보레 열도를 빠져나오자마자 불어닥친 국지 지역풍 하눈치일은 해적 함대를 북서쪽으로 몰아갔다. 그리고 이보레 열도의 북서쪽에는 어떤 배도 가지 않는 해역 미노 만이 있다. 1년 중 이 시기에만 부는 바람을 맞으며, 라이온은 바람에 의해 강제로 끌려가는 듯한 기분까지도 느꼈다. 그래서 라이온은 자유호로 전령을 보내었다. 그의 편지에서 장황한 수식어를 빼면 내용은 다음과 같다.

'우리는 어디로 갑니까?'

자유호에서는 역시 품격 있고 우아한 회신이 돌아왔다.

'잔말 말고 따라와.'

그래서 라이온은 머리에 핏대를 세운 채 고민에 빠졌다. 오닉스의 흉내를 내어 칼을 뽑아든 채 자유호로 올라갈 것인가? 하지만 그런 짓은 그의 취향이 아닐뿐더러 오닉스나 되니까 할 수 있는 행동이다. 그렇다면 레보스호를 정선시키고 농성할 것인가? 그러나 라이온은 이 또한 마음에 들지 않았다. 반란과의 구분이 애매모호하기 때문이다.

끙끙거리고, 낑낑거리고, 심지어 깽깽거리기까지 하던, 그래서 레보스호의 다른 해적들을 당혹하게 만들던 라이온은 간신히 좋은 생각을 떠올렸다. 그는 선실에 감금되어 있던 라스 법무대신을 불러들였다.

"보쇼, 법무대신님. 대드래곤은 얼마나 오래 삽니까?"

라스 카밀카르 법무대신은 초췌한 모습이었다. 몸단장은 꿈도 꿀 수 없는 감금 생활 때문에 옷매무새는 거칠었고, 얼굴과 머리도 지저분했다. 하지만 라스는 꼿꼿하게 서서 말했다.

"나는 법무대신이지 박물학자가 아니오, 라이온."

"그럼 제 추리에 동참해 주시겠습니까? 그, 뭐? 아, 라오코네스. 그 대드래곤은 800년 전에 살았다지요? 그리고 대드래곤이라고 했으니 그때도 이미 많이 늙었을 겁니다. 그렇죠?"

"그럴 테지."

"그럼 지금쯤은 미노의 바다 아래에서 뒹구는 백골이 되어 있을 가능성이 높겠지요?"

"모르겠소. 뱃사람은 당신 아니오? 해적도 뱃사람은 뱃사람이지. 그러니 미노를 오가는 배들에게서 소식을 들었을 거 아니오. 드래곤을 보았다거나 하는 이야기."

라이온은 미심쩍은 얼굴로 라스를 바라보다가 말했다.

"법무대신 나리. 미노 만에는 배가 가지 않습니다. 거긴 어장도 아니고 정규 항로도 아닙니다. 육지로 치면 황무지 같은 곳이죠."

"그렇소? 그럼 나로선 이런 질문을 하고 싶소. 왜 미노 만을 들먹이는 거요? 당신네들은 이대로 페리나스 해협으로 가서 필마온 기사단과 몸값 협상을 할 거 아니오."

라스는 대수롭잖다는 듯이 말함으로써 라이온의 속을 떠보려 했다. 하지만 라스가 모르는 사실이 있었다. 라이온도 상당히 정치적인 인간이었던 것이다. 라이온은 싱긋 웃으며 다만 이렇게 대답했다.

"저도 그렇게 생각할 수 있으면 좋겠군요."

라스는 의아한 표정을 지었지만 라이온은 계속 말했다.

"화물실의 출입 권한을 드리겠습니다, 라스."

"뭐요?"

"거기 『제국백과사전』이 있잖습니까. 그걸 이용해서 미노 만에 대한 모든 정보를 좀 조사해 주십시오. 미노 만, 대드래곤, 800년 전 제국과 라오코네스의 협약. 관계된 것은 무엇이든 모조리 조사를 부탁드립니다. 저희들보다는 그런 조사에 훨씬 익숙하시겠지요."

내가 왜 해적에게 협조해야 되느냐고 말할 뻔했지만 라스는 간신히 말을 삼켰다. 그 제의를 받아들이면 적어도 배 안을 돌아다닐 자유를 얻게 되는 것이다. 그래서 라스는 다른 질문을 꺼내었다.

"이유가 뭔지 물어봐도 되오? 왜 미노 만에 관심을 가지는지."

"아, 마음 내키는 대로 얼마든지 물어도 좋아요. 하지만 대답은 안할 겁니다."

라스는 못마땅한 표정이 되어 물러갔다.

라스가 선장실을 나가자, 라이온은 두 손으로 머리를 받치고 책상 위에 두 다리를 얹은 채 상념에 잠겼다. 라스의 질문은 그럴 듯했다.

'이대로 페리나스 해협으로 가서 필마온 기사단과 몸값 협상을 할 거 아니오?'

라이온도 그렇게 생각하고 싶었다. 그렇잖으면 키 드레이번이 오닉스의 비위를 거슬러 가면서까지 율리아나 공주를 보호하는 이유를 또라지게 말할 수 없다.

필마온 기사단의 단장 발도 로네스는 얼굴도 못 본 신부 때문에 해적과 협상할 자는 아니다. 이 잔혹한 사내가 해적을 대하는 사교술은 서른여섯 가지이며, 그것들 전부가 처형 방식이다. 교수형, 참형, 화형, 단두형, 능지처참, 기타 등등. 하지만 필마온 기사단은 남해의 대국 카밀카르의 비위를 거스르지는 못할 것이다. 따라서 내키지 않아도 몸값을 지불하고 공주를 되찾아갈 소지가 많다. 그러면 라이온도 행복하고 율리아나 공주도 행복하고 카밀카르의 국왕 라힘턴 3세도 행복할 것이며, 어쨌든 발도 로네스를 제외한 만인들이 행복해할 것이다.

그런데, 그런 행복스러운 결과가 나오려면 선단은 남서쪽, 페리나스 해협을 향해야 한다. 하지만 자유호는 따라가는 라이온이 울화를 터뜨릴 만큼 신나게 북서쪽으로 가고 있는 것이다. 라이온은 턱을 만지작거리며 생각했다.

'율리아나 공주와 북서쪽을 향하는 선단. 이 두 가지는 어떻게 연결되는 거지?'

잠시 후, 라이온은 씁쓸한 얼굴로 자신이 추리의 대가는 되지 못한다는 사실을 인정해야 했다. 도무지 명쾌한 해답이 나오지 않는 것이다. 라이온은 머리를 벅벅 긁다가 선장실의 문을 열고 나섰다.

라이온이 레보스호의 갑판으로 올라왔을 때 늦은 오후의 태양은 하늘의 구름을 모두 검붉은색으로 물들이고 있었다. 하눈치일을 받아 팽팽하게 부푼 돛들도 모두 선홍색으로 물들어 반짝이고 있었다. 계속된 순풍 항해는 노잡이들을 행복하게 했고 노예장들을 욕구 불만에 빠트

렸으며 갑판장들을 좋게 만들었다. 따라서 선단 전체는 약간 풀어진 듯한 여유로운 모습이었다.

라이온은 그런 선원들에게 유익한 조언이나 따스한 격려 등을 던져주며 이물에 올랐다. (라이온의 등뒤로 걷어채인 엉덩이를 주무르며 눈을 흘기고 있는 선원들의 모습이 즐비하다는 사실은 특기할 필요가 없을 것이다.) 태양은 그의 왼편에서 이글거렸고 그것은 선단이 북서쪽을 향하고 있다는 것을 다시 한번 라이온에게 확인시켜 주고 있었다. 꿈꾸는 듯한 나른한 항해를 계속하는 선단에서 라이온은 혼자서 속을 부글부글 끓이고 있었다.

라이온의 귓가에 노랫소리가 들려왔다.

라이온은 고개를 오른쪽으로 조금 틀었다. 그의 오른쪽 앞을 달리고 있는 그랜드머더호의 고물 선교 쪽이었다. 그곳의 덱체어에 앉아서 조용히 류트의 현을 뜯고 있는 사람이 있었다.

그랜드머더호의 선장 킬리였다. 저 바다 위의 성채인 터릿 갤리어스를 지휘하는 선장이라고 생각하기 힘들 만큼 마른 체격에 상대방을 친구로 만들기에 좋은 처진 눈꼬리를 가지고 있는 사내. 물론 바다 사나이답게 질긴 몸을 가지고 있지만, 거친 해적들 사이에 서 있는 킬리를 보면 라이온은 항상 고래 무리에 잘못 끼인 황새치를 떠올렸다.

그 킬리 선장이 수평선으로부터 가득 번져오는 석양을 마주한 채 류트를 뜯고 있었다.

라이온은 그 연주에 특별히 심오한 의미는 없다는 것을 잘 알고 있었다. 다른 해적들이 소일거리를 찾는 것과 마찬가지다. 어떤 해적은 굽은 쇠못만을 이용하여 자신이 죽인 적의 해골에 정교한 도안을 새겨넣고, 어떤 해적은 너덜너덜해진 널빤지에 나이프를 던져대고, 어떤 해적은 밧줄 매듭의 오묘함에 감탄하다가 자기 자신을 묶어버린 다음 동료들에게 풀어달라고 애걸하고, 라이온 자신의 경우는 선단의 진로와 키의 속셈에 대해 골머리를 썩히고, 그리고 킬리는 저렇게 류트를 뜯는 것이다. 육분의 다리를 연상시키는 킬리의 가느다란 손가락들은 류트 위에서 춤을 출 때 퍽 어울린다.

라이온은 뱃전에 두 팔을 괸 채 희미하게 들려오는 류트 소리를 감상했다.

잠시 후 라이온은 놀랐다. 킬리가 연주하고 있는 음률은 싱잉 플로라의 노래였다. 하지만 라이온이 놀란 이유는 그 때문이 아니다. 킬리는 똑같은 음률을 연주하면서도 전혀 다른 느낌을 주고 있었다. 라이온은 그 음정을 뭐라고 판단내릴 수는 없었지만 싱잉 플로라의 노래에서 느껴지는 그 이상야릇한 느낌은 전혀 없다고 맹세할 수 있었다.

킬리의 연주가 갑자기 멈췄다.

킬리는 무릎 위에 류트를 세워둔 채 잠시 하늘을 바라보았다. 고개를 돌린 킬리와 라이온의 시선이 서로 마주치자, 킬리는 싱긋 웃으며 손을 들어올렸다. 오닉스 나이트 때문에 노스윈드의 해적들은 손짓이나 몸짓으로 의미를 전달하는 것에 퍽 익숙해져 있었다. 그래서 두 사람은 배 사이의 바다를 넘어 서로 손짓을 주고받았다.

'감상하는 사람이 있을 줄은 몰랐군, 라이온 선장.'

'싱잉 플로라의 노래 아닙니까?'

'글쎄. 나야 그렇게 주장하고 싶지만.'

'비슷하긴 합니다만.'

'아냐. 틀려. 밤마다 들어서 흉내를 낼 수 있을 줄 알았는데.'

라이온은 눈 주위를 조금 찡그렸다. 킬리의 말대로 싱잉 플로라는 밤마다 노래를 불러왔다. 첫날처럼 무시무시한 울음 소리는 아니었다. 라이온은 그 노래를 외로운 사내에게 들려주었을 때 가장 큰 효과를 보장할 수 있는 노래라고 정의했다. 어쩌면 선단의 해적들이 모두 게으른 고양이 같은 얼굴을 한 채 나른해하는 것은 이보레 열도에서부터 시작된 순풍 항해 때문이 아니라 밤마다 들려오는 싱잉 플로라의 노래 때문인지도 모른다.

킬리의 손짓이 계속되었다.

'물수리호 녀석들 말인데, 자기 선장도 그 소리를 듣는다고 주장하더군.'

'알버트 선장이? 진짜 그럴까요?'

'그놈들은 알버트 선장이 뭐든 다 할 수 있다고 주장하는걸. 하지만 그 말이 사실이라면 자존심 상하는 일인데.'

'자존심?'

'알버트 선장은 내 연주에는 아무 반응도 보이지 않았단 말이야.'

킬리 선장은 안타까워하는 표정을 지었고, 그런 그를 향해 야유의 손짓을 조금 보내던 라이온은 갑자기 궁금해졌다. 밤마다 그 꽃의 노랫소리를 들으며 잠드는 키 드레이번은 어떤 기분일까? 라이온은 멀리 앞쪽을 바라보았지만 이 거리에선 자유호의 고물에 있는 선장실을 똑바로 보긴 어려웠다.

라이온의 호기심의 대상인 키는 그때 선장실에서 식스 1등 항해사를
상대하고 있었다.

"그래서?"

식스는 탐탁찮은 목소리로 대답했다.

"그 추측에 대한 확인을 받고 싶습니다. 정말 미노 만으로 가는 겁
니까?"

키는 간단히 고개를 끄덕였다. 식스는 그 대답에 당황하다가 더듬거
리며 말했다.

"하지만, 무엇 때문입니까. 그곳에 괜찮은 기항지가 있는 것도 아니
고…… 무엇보다도, 레보스호와 그 화물을 빨리 처분해야 될 텐데요.
레보스호의 선원들과 포로들의 동태는 아무리 낙관적으로 말하려 해
도 온순하다고는 할 수 없는 편입니다. 조속히 처리하는 것이 좋을 것
같습니다."

식스는 절대로 미노 만에는 드래곤이 있다던데요? 하는 식의 말은
꺼내지 않겠다고 결심했다. 그건 너무나도 창피스러운 일이었으니까. 하
지만 키는 잔인무도한 해적이었다.

"게다가, 미노 만에는 대드래곤이 있으니까?"

식스는 불편한 표정으로 헛기침을 몇 번 한 다음 말했다.

"선원들은 두려워할 겁니다. 그들은 제가 시트 한 장 뒤집어쓰고 나타나도 그림 리퍼(Grim reaper, 죽음의 신)가 나타났다고 떠들어댈 겁니다."

"설령 그림 리퍼가 나타난다 하더라도 놈들은 크게 신경 쓰진 않을 거야."

"그렇긴 할 겁니다만, 어쨌든 어수선한 분위기가 되는 건 달갑잖습니다."

"누가 자네에게 그걸 가르쳐주던가."

"예?"

"아니, 대답할 필요 없네. 라이온이겠지. 우리 선단에서 그런 걸 고민할 정도로 앞날에 대해 관심 있어하는 건 그 친구뿐이니. 그 똑똑한 친구에게 찾아가서 미노 만 북쪽에 뭐가 있는지 생각해 보라고 전하게."

식스는 의아한 얼굴로 키를 쳐다보았다. 미노 만 북쪽이라니. 해변 위쪽에 뭐가 있단 말인가. 땅 이외엔 아무것도…… 순간 식스는 아차 하는 표정이 되었다. 키는 그런 식스의 표정을 보며 엄한 얼굴로 말했다.

"자네도 마찬가지군. 수부들은 다 비슷하지. 하긴, 땅개들도 마찬가지일 테지. 대륙의 사람들에게 남쪽에 뭐가 있느냐고 물어보면 지금 자네 같은 표정을 지으며 거긴 물밖에 없잖냐고 말하겠지. 그러나 우리에겐 그냥 물이 아니지. 일항사. 가끔은 육지에도 관심을 가져보는 것이 좋을 걸세."

식스는 미노 만 북쪽에 뭐가 있는지 키에게 물어볼 엄두는 나지 않았다. 이미 충분한 망신을 겪었다고 생각했기 때문이다. 그래서 식스는 키에게 인사를 보내고는 선장실을 나왔다.

식스가 나가자 선장실은 고요해졌다. 물론 바람을 가득 안고 파도를 가르며 나아가는 배 안인지라 소음들은 계속해서 들려왔지만, 키 드레이번이 인식할 수 있는 소음은 아니었다. 익숙해진 소리들이었기에. 그래서 키는 의자에 몸을 깊이 파묻은 채 고요함 속으로 들려오는 킬리의 류트 소리를 들으려 했다.

하지만 그것은 식스와 이야기를 나누는 사이에 멈춰 있었다. 키는 고개를 돌렸다. 선장실 뒤쪽으로 난 창 문턱에 놓인 싱잉 플로라의 화분이 보였다. 선장실에서 유일하게 햇빛이 들어오는 장소에서 싱잉 플로라는 배의 움직임에 따라 그 가는 줄기를 조금씩 기웃대고 있었다.

"어떤가, 킬리의 연주는."

싱잉 플로라의 줄기가 왼편에서 오른쪽으로 조금 기울었다. 키에겐 고개를 가로젓는 것처럼 보였다.

"그래. 녀석이 연주하는 것은 그저 소리일 뿐이지. 노래가 아냐. 하지만 우습군. 너는 꽃이다. 어떻게 사람의 노래를 부르는 것이지?"

싱잉 플로라의 줄기가 이번엔 반대로 움직였다. 키는 고개를 끄덕였다.

햇살이 들어오는 유일한 창문에 있는 싱잉 플로라는 검은 그림자로 보였다. 싱잉 플로라는 검붉은 하늘을 배경으로 가느다란 줄기를 힘없이 흔들고 있었다. 방 안의 사물들이 색깔을 잃어감과 동시에 방 안의 공기는 검은색을 띠는 듯했다. 키는 문득 고개를 떨어뜨려 자신의 손을 내려다보았다. 검붉게 물든 손은 피에 젖은 것 같았다. 배는 천천히 좌우로 흔들리며 한시도 멈추지 않고 나아가고 있었다. 하지만 그 안에서 키는 멈춰진 사물들과 어두운 공기를 바라보았다. 키는 메마른 입술을 굳게 다문 채 붉은 손을 내려다보았다. 하늘은 이미 검푸른색으로 변해 가고 있었다.

키의 입술이 조금 움직였다.

"노래해."

싱잉 플로라의 줄기가 멈췄다. 아니, 멈춘 것이 아니다. 배의 흔들림과 반대로 움직이기 시작한 것이다. 그렇게 싱잉 플로라는 배가 어떤 각도로 있든 항상 그 봉오리는 하늘을 향하도록 자신을 고정시켰다. 이미 선장실을 가득 메운 채 침침하게 가라앉던 검은 공기들이 주춤거리며 내키지 않는 듯이 떨리기 시작했다.

일몰을 향하는 선단에서 밤의 문을 열듯, 싱잉 플로라의 노랫소리가 울려퍼지기 시작했다.

율리아나 공주는 차분히 천정을 바라보며 유사 이래의 어떤 죄수들에게도 항상 보장되었던 자유를 향유하고 있었다. 공상의 자유는 감옥에 가둔다고 해서 사라지는 것이 아니다.

그녀의 공상은 주로 이 선실에서의 탈출과 해적들과의 사투, 자유호의 점거, 슈마허와 라스의 해방, 위대한 승리 등에 관한 것들이었다. 그 일련의 드라마틱한 공상의 클라이맥스는 비명을 지르며 바다에 떨어지는 키 드레이번의 모습이었다. 공상 속으로 정수리까지 빠져 있던 율리아나 공주는 자신도 모르게 히죽 웃었다.

끽끽끽.

하지만 그런 공상들이 아무런 가치도 없다는 사실은 그녀 자신이 잘 알고 있었다. 혹시 이 감옥에서 빠져나갈 수 있을지는 모른다. 그녀는 이미 식사에 따라나오는 생선 가시와 그녀의 속치마에서 뽑아낸 실을 잘 조합한 다음 낚시처럼 사용하여 문의 빗장을 연다는 계획까지 세워보았고, 그 계획을 위해 가시에 손가락을 찔려가면서까지 탈출 도구를 만들어보았다. 하지만 그 '대탈주의 열쇠'의 제작이 끝났을 때, 공주는 그것을 침대 밑에 던져버리고는 침대 위에 벌렁 쓰러졌다. 문은 열고 나갈 수 있다. 하지만 그 다음엔? 안타깝게도 이곳은 바다 위였고 따라서 공주는 어디로도 달아날 수 없었다. 해적들과의 사투? 공주는 검을 다룰 줄 모르며 그에 준하는 어떠한 살인 도구에 관한 교육도 받은 적이 없다. 물론 머릿속의 지식과 우수한 변론술조차도 때론 살인 도구로 사용될 수 있으며, 그 두 가지에 한해서라면 공주 또한 상당한 능력을 갖추고 있었다. 하지만 거친 해적들을 상대로 그들의 존재론적 약점을 자극하여 필연적 자살로 이끈다는 것은 변론의 황제 린타가 부활한다 하더라도 불가능한 일일 것이다. 따라서 자유호의 점거는 말이 안 되며, 레보스호에 있는 슈마허와 라스를 해방시켜 그녀를 돕게 한다는 것은 더욱 어불성설이며, 위대한 승리는 논할 가치조차 없다. 따라서 키 드레이번은 품위 저조한 비명을 지르며 바다에 떨어지는 난처한 지경에 빠지지 않아도 되는 것이다.

속상해.

침대에 드러누운 채 속상해하던 공주는 싱잉 플로라의 고운 노랫소리에 귀를 기울였다. 멍한 얼굴로 그 노래를 듣던 공주는 무의식중에 가시에 찔려 화끈거리는 손가락을 입안에 집어넣었다. 잠시 후 공주는 흠칫하며 손가락을 뺐지만 이곳이 카밀카르의 왕궁이 아니라는 사실, 즉 공주가 품위 없는 행동을 취할 경우 바람처럼 나타나 끝없는 잔소리로 그녀를 제지할 궁인들이 득시글거리는 곳이 아니라는 사실을 깨닫고는 싱긋 웃었다. 그리고 율리아나 공주는 고운 입술 사이로 손가락을 집어넣은 다음 마음 내키는 대로 빨아대며 다시 공상에 빠져들었다.

자유호의 승객이면서도 자유롭지 못한 공주가 자신의 자유를 쟁취할 방법들에 대해 공상하는 동안, 자유호의 또다른 노예는 자유호에서는 가질 수 없을 것이라 생각했던 자신의 자유에 대해 난감해하고 있었다. 오스발은 멋쩍은 표정으로 노예장을 바라보며 말했다.

"저, 노예장님. 불편하시다면 쇠사슬을 채우세요. 저는 상관없습니다. 어디로 갈 것도 아니고."

"약올리는 거냐? 선장님께서 채우지 말라고 하셨는데 내가 널 묶는다고?"

"아, 그럴 의도는 없었습니다. 저, 그럼 마음 편하게 주무세요."

노예장은 끙! 하는 소리를 내었을 뿐 아무 대답도 하지 않았다. 하지만 잠들 준비를 취하지도 않았다. 노예장은 벽에 등을 기대어 앉은 채 번쩍이는 눈으로 오스발을 바라보고 있을 뿐이었다. 아무 말도 없었지만 노예장의 얼굴이나, 간혹 옆에 놓아둔 갈자루를 발작적으로 움켜쥐는 그의 손은 수십 마디의 말들을 외치고 있었다. 왜 안 자고 있는지 안다. 내가 잠들면 넌 내 목을 딸 거지? 그리고 노예들을 모두 풀어준 다음 반란을 일으킬 거지? 그래서 잠들지 않고 있는 거 누가 모를 줄 알아? 어림 반푼 어치 없다. 네녀석이 잠들 때까지 나는 절대로 잠들지 않을 것이다.

하지만 불행한 노예장이 모르는 사실이 있었다. 그의 추리의 시작, 즉 '왜 안 자고 있는지 안다' 부분에서부터 그의 추리는 완전히 어긋나고 있었다. 오스발이 잠들지 못하고 있는 이유는 오직 한 가지, 뚫어지게 쏘아보고 있는 노예장의 시선이 거북스러웠기 때문이다. 오스발은 몸을 옆으로 돌려보았지만 곧 노예장의 삼엄한 고함에 질겁하며 똑바로 누워야 했다.

"똑바로 누워! 두 손 모두 내 눈에 보이는 곳에 놓고 얼굴도 보이게 하란 말이다!"

오스발은 할 수 없이 쇠사슬에서 풀려난 이후로 매일 밤 그래왔던 것처럼 눈을 꼭 감은 채 잘 들리지 않는 싱잉 플로라의 노랫소리를 들어보려 애쓰면서 잠을 청했다. 자유의 이불은 그에게 결코 편친 않았다.

"이건…… 기발한데……"

라스는 홀린 표정으로 서류와 책더미에 코를 박은 모습이었다. 침대에 다리를 올린 채 팔굽혀펴기를 하고 있던 슈마허는 힐끗 고개를 들어 라스를 불만스러운 표정으로 바라보았다.

라이온과의 싸움에서 입은 상처는 이제 아물고 있었다. 아직 정상적으로 움직일 정도는 아니었지만 슈마허는 고통을 참아내며 빨리 제 몸을 만들기 위해 무리를 하고 있었다. 그런데 그 동안 그를 충실히 간호하던 그의 감방 동료 라스는 갑자기 라이온으로부터 이상한 부탁을 받고는 저렇게 책더미만 뒤지고 있는 것이다. 슈마허는 침대에 도로 앉아 땀을 닦아내며 말했다.

　"로드 라스. 잠시 이야기 좀 나눌 수 있겠습니까?"

　"응? 어, 그래. 말해 보시오. 서 슈마허."

　슈마허는 못마땅한 기분을 애써 억누르며 라스의 정수리를 향해 말했다. 라스는 고개도 들지 않은 상태였기 때문이다.

　"로드 라스. 로드께서는 그 미친 놈으로부터―슈마허는 라이온을 이렇게 불렀다―그놈이 생각해 낼 법한 이상한 조사 임무를 받으셨기에 함내를 자유로이 오가실 수 있습니다. 그 점에서 뭔가 떠오르시는 바가 없습니까?"

　"아, 미안해요. 내가 서 슈마허 생각도 하지 않고 너무 흥겨워하는 것처럼 보인 모양이군. 하지만 나도 이 상황을 즐거워하고 있는 것은 아니고……"

　슈마허는 신음을 내뱉고 싶었지만 다시 한번 꾹 참았다.

　"아뇨. 로드 라스. 저는 지금 로드를 부러워하거나 질투하는 것이 아닙니다. 포로들의 동태나 노잡이들의 분위기를 여쭙고 싶은 것입니다."

　라스는 그제서야 머리를 들어 슈마허를 쳐다보았다. 슈마허는 날카로운 눈빛으로 라스를 마주보았다.

"어떻습니까. 이 배의 선원들의 동향은? 혹 엘리엇 선장을 만나보셨습니까? 해적들의 경계 태세는 어떻습니까?"

라스는 한숨을 내쉬며 책장을 덮었다. 솔직히 책을 덮는 것에 대한 아쉬움이 있었지만 라스는 차분하게 말했다.

"서 슈마허. 탈출을 생각하는가 본데, 여긴 바다 한가운데이고 우리는 적수공권의 지경이오. 해적들의 경계? 대단치 않소. 왜냐하면 그들도 우리가 어디로 달아나지는 못한다는 것을 잘 알고 있으니까. 그래서 그들은 밤이면 저 노래에 취해 잠들고 낮이면 하품을 생산하는 것이 전부요. 내게 이렇게 쉽게 배 안에서의 거동의 자유를 준 것을 보면 모르겠소? 혹여, 만에 하나 이 레보스호를 점거할 수 있을지도 모르오. 하지만 자유호에 계신 공주님은 쉽게 인질이 될 것이오. 혹 다른 수단이라도 떠오르시오?"

슈마허는 이를 갈며 잠시 생각에 잠겼다.

"태양이 뜨고 지는 것을 관찰했습니다. 이 선단은 지금 북서쪽을 향하는 것 같은데, 정확히 해상의 어느 지점인지 알 수 없겠습니까?"

"아, 그거라면 도와줄 수 있겠군요. 내일 저녁이나 모레 아침 정도면 우린 미노 만에 다다를 것 같소."

슈마허의 눈이 번쩍 뜨여졌다.

"미노 만? 해안가라는 말이겠군요?"

라스는 황당한 표정을 지었다.

"물론 해안가요. 그런데 당신은 미노 만이라는 이름에서 다른 건 전혀 생각나지 않는 거요?"

"다른 것? 유명한 장소입니까?"

"하긴 당신은 선원이 아니지. 그렇다 하더라도 대륙의 아홉 불가사의 중 하나이기도 한 미노 만을 어떻게 모를 수 있는 거요?"

"저는 그런 이야기는 좋아하지 않습니다."

약간 딱딱하게 대답하는 슈마허를 보며 라스는 순간적으로 카밀카르 기사단의 '모범생'이었던 서 슈마허의 모습을 그려볼 수 있을 것 같다고 생각했다. 라스는 빙긋 웃었다.

"혹시 다섯 수레와 한 권이시오?"

"예? 무슨 말씀이신지?"

슈마허의 어리둥절해하는 얼굴을 보며 라스는 자신의 짐작이 맞았음을 알 수 있었고, 그래서 다시 한번 미소 지었다. 라스가 한 말은 '다섯 수레에 달하는 무기를 배워 익혔고, 소지한 책은 그 무기 목록 한 권'이라는 길다란 뜻의 농담이다. 라스는 선선히 미소 지으며 말했다.

"신경 쓰실 말은 아니오. 그래, 미노 만의 이야기를 하고 있었지. 흐음. 선원들은 미노 만을 다른 이름으로 부르기도 하오."

"어떻게 부릅니까?"

"그들은 그곳을 대드래곤의 성지라고 부르지. 그리고 내가 조사하고 있는 것도 바로 그것에 관련된 것들이고."

1024년 전, 대륙은 한 불요불굴의 사내에 의해 무릎을 꿇고 마침내 제국이라는 이름을 얻게 되었다. 그러나 기실 몇십 년 전부터 열국의 왕은 한 사내의 강권 아래 사고 전환을 강요당하고 있었고, 마침내 그들과 동격인 왕이 아닌 그들 위의 황제가 존재한다는 사실을 인정하게 된 것은 그보다 훨씬 전인 1055년 전의 일이었다. 하지만 대륙의 정신적 지배자인 법황이 자신과 동격의 권한을 가진 한 명의 인간을 인정하기까지는 31년의 시간이 더 필요했다.

오랫동안 인내한 황제는 마침내 기회를 포착했다. 황제에게 가벼운 조롱을 보낸 사내가 법황 직할령인 펠라론으로 도망친 것이다. 이 이름도 남지 않은 역사적인 사내는 황제의 행진을 구경하다가 황제의 마차를 향해 그다지 품위 있지는 않은, 그러나 역사적인 손짓을 했다고 한다. 이 사내가 황제의 충복이라는 주장은 지금까지도 끈질기게 전해져 내려온다.

'신의 대행인인 법황의 권위를 인정하여 펠라론에는 절대로 발을 들여놓지 않겠으나, 중대 범죄자가 펠라론 이외의 다른 지역으로 달아나는 것을 막기 위해선 어쩔 수 없는 잠정 조처'라는 이름으로 취해진 황제의 조처는 70만의 제국 군대를 동원하여 법황의 직할령인 신성 펠라론의 국경을 완전히 둘러싸는 것이었다. 이 인상적인 시위에 대하여 법황 역시 품위 있는 항복을 보내어왔다. '그의 허물이 비록 많으나 우리 모두의 아버지인 신 아래 그 또한 당신의 형제인즉, 제국의 황제에게 아우의 허물을 용서하는 형의 관용을 바라겠소'라는 내용의 법황이 보낸 5매짜리 서신에서, 기실 가장 중요한 대목은 '제국의 황제'라는 호칭 하나뿐이었다. 법황이 공식 서한에서 이 명칭을 사용함으로써 제국과 황제는 동시에 법황으로부터 인정받았고, 황제는 즉각 제국 군대를 후퇴시켰다. 그래서 시니컬한 역사학자들은 농담 삼아 제국을 '편지 한 장으로 성립된 유사 이래 최대의 정치 집단'이라고도 부른다.

그러나 이러한 농담은 사실 농담도 되지 못한다. 비록 황가나 제국이나 법황은 인정하지 않지만, 제국이 성립된 정확한 시기를 추적하려면 법황의 서신이 황제에게 도달한 날로부터 238년을 더 기다려야 하기 때문이다. 제국력 238년, 대드래곤 라오코네스는 제국을 상대로 미노 만은 자신의 영토라는 주장을 피력했다. 한 야사는 당시 황제가 라오코네스의 전갈을 가져온 전령을 끌어안고 키스를 퍼부어대었다고 전한다.

라스의 설명을 듣던 슈마허는 이 대목에서 어리둥절한 표정으로 질문했다.

"어째서 선황제께선 그렇게 기뻐한 거지요? 황제의 제국 일부를 드래곤에게 뺏기는 것인데?"

라스는 안타깝다는 듯이 혀를 차며 말했다.

"이봐요, 서 슈마허. 한 청개구리가 세상을 상대로 이건 나의 제국이라고 말한다면 당신은 뭐라고 하겠소? 그 청개구리를 찾아가서는 '죄송합니다. 다른 곳은 당신의 제국일지 모르겠지만 저곳만은 제 집으로 인정해 주시길 바랍니다'라고 부탁하겠소? 아마도 밟아버릴 기분도 들지 않아 그냥 코웃음을 칠 거 아니오. 여기서 청개구리와 당신을 선황제와 라오코네스로 바꿔보시오. 제국의 일부를 잃는 것은 중요치 않소. 대드래곤, 위대한 라오코네스가 제국으로부터 자신의 영토를 인정받아야겠다고 생각하게 된 것 자체가 중요한 것이오. 대드래곤이 황제의 인정을 필요로 한다는 것은, 그가 황제를 자신과 동격으로 봐줄 수도 있다는 것을 의미하기 때문이오."

슈마허의 얼굴에 떠오른 경악은 노대신을 즐겁게 만들었다. 라스는 마치 자신이 대드래곤 라오코네스라도 된 것처럼 으스대며 말했다.

"그래서 황제는 즉각적으로 라오코네스의 주장을 수용했소. 물론 미노 만을 라오코네스에게 하사한다는 식은 불가능했지. 하사라는 표현을 섣불리 사용함으로써 라오코네스의 비위를 건드릴 수는 없으니까. 그래서 제국과 라오코네스 사이에 오간 협정 문서는 상당히 모호한, 정치 문건에는 잘 쓰이지 않는 용어들로 점철된 문서가 되었소. 하지만 그 내용을 요약해 보면 이렇소. 미노 만은 라오코네스의 것. 그 외에는 전부 황제의 것. 양자는 이에 동의함."

"아하. 그렇습니까."

슈마허는 감탄한 표정으로 고개를 끄덕였다. 법무대신이자 법학자이기도 했던 라스는 신이 나서 말했다.

"물론 당시의 법학자들은 라오코네스와의 협정의 많은 부분에서 골머리를 아파해야 했던 모양이오. 이것을 동등한 지위를 가진 두 개의 정치 집단의 탄생이라고는 볼 수 없거든. 라오코네스의 영토는 전혀 정치적 성격을 가진 것이 아니니까. 그건 차라리 생물학적인 영토였소. 따라서 비록 당시 법학자들의 지배적인 견해는 그러했지만, 그것을 라오코네스 하나의 법인체를 유일한 구성원으로 하는 정치 집단으로 보는 것은 사실 무리가 많……"

"죄송합니다만 어려운 이야기는 좀 넘어갔으면 합니다. 제 관심 분야가 아닙니다."

"아, 좋소. 어쨌든 이 이상한 협정의 결과로 제국의 신민은 라오코네스의 영토인 미노 만에 출입할 수 없게 되었소. 그리고 800년이 흘렀고,

결국 아무도 갈 수 없기에 거꾸로 갈 필요가 없는 땅, 전혀 유명하지 않은 땅인 미노 만이라는 것이 우리 시대에 남게 된 거요. 서 슈마허가 미노 만에 대해 아무것도 모르는 것 역시 당연하지."

슈마허는 잠시 머쓱한 표정을 지었다. 하지만 곧 떠오른 생각에 슈마허는 계면쩍음도 잊은 채 달려들듯이 말했다.

"아니, 그럼 이 선단은 법적으로 출입 불가인 지역에 들어간다는 말입니까?"

"그렇지. 설마 해적들이 준법 정신에 투철할 것을 바라는 것은 아니실 텐데?"

"그게 아닙니다! 미노 만이 법적으로 출입 불가인 지역이라면, 거기에서 탈출하더라도 어떤 조력을 구하기가 어렵잖습니까. 아무도 없는 땅일 테니까요."

라스는 다시 한번 실소했다. '역시 다섯 수레와 한 권이군. 이토록 놀라운 이야기를 듣고 떠올리는 것이 고작 그것인가'에 해당하는 표정을 잠깐 지어보인 라스는 곧 고개를 가로저으며 말했다.

"그렇진 않아요. 미노 만 안쪽 깊숙이 들어가면 골디란 강을 만나게 됩니다. 그 강을 거슬러 올라가면 테리얼레이드가 나오지요."

"예? 그 무법 지대 말입니까? 이런! 그럼 키 드레이번은……"

"테리얼레이드에서 레보스호의 재물들을 처리하실 생각이셨군요. 젠장."

라이온은 해도를 보며 머리를 딱 쳤다. 식스는 그럼 그렇지, 우리 선장님께서 아무 생각 없이 선단을 지휘하겠느냐 등의 표정을 얼굴 가득히 지어보이며 득의만면하게 라이온을 바라보았다.

테리얼레이드는 악명 높은 무법 지대이며, 바로 그런 점에서 다른 유서 깊은 나라나 도시만큼 복잡한 과거를 가지고 있는 도시다. 악명도 역사가 없으면 생기지 않는다. 수많은 영웅들이나 필사의 도망자들의 전설이 곳곳에 남아 있는 테리얼레이드의 가장 최근의 악명은 주로 마법사 하이낙스와 관련된 악명이다. 테리얼레이드는 그 광포한 무법성 때문에 하이낙스가 제국을 모조리 휩쓸다시피 했을 때 반하이낙스파의 거점이 되었다. 하지만 거꾸로 하이낙스의 몰락 이후 이 도시는 하이낙스파 부흥의 핵심 도시가 되는 아이러니컬한 모습을 보여주었다. 테리얼레이드의 뒷골목과 지하로 숨어버린 하이낙스파의 잔존 세력은 아직까지도 건재하다는 소문이 있을 정도다.

식스는 기세좋게 말했다.

"이 배에 실려 있는 그 엄청난 재물이라도, 테리얼레이드에서는 반드시 처분할 수 있겠지. 사실 그곳이 아니라면 어디서 이 많은 재물을 처리하겠나. 그렇잖은가, 라이온 임시 선장?"

식스는 그것이 점잖은 행동이 아니라는 것을 잘 알고 있었지만, 비꼬는 어투를 사용하고 싶은 유혹을 뿌리칠 수 없었다. 하지만 라이온은 별 반응을 보여주지 않았다. 오히려 라이온은 고개를 가로저으며 말했다.

"하지만 테리얼레이드에 도착하려면 우리는 대드래곤의 성지를 지나야 합니다. 식스."

잠깐 동안 식스는 대드래곤의 성지라는 말보다는 식스라는 호칭에 대해 정신을 잃을 정도의 분노에 휩싸였다.

"대드래곤의 성지라고? 안개의 성지라고 하지, 그래."

미노 만의 짙은 안개를 마주 대하고 있는 한 척의 롱 갤리어스 위에서, 애꾸눈의 사내가 남아 있는 한쪽 눈을 잔뜩 찡그린 채 투덜거렸다.

롱 갤리어스는 자유호처럼 이상할 정도로 좁은 선체를 가지고 있었다. 하지만 자유호가 거의 터릿 갤리어스라고 착각될 정도로 긴 선장 때문에 선폭이 좁아보이는 것에 비해 볼 때 이 배는 통상적인 롱 갤리어스의 선장을 가지고 있으면서도 좁은 선폭을 가지고 있다. 눈밝은 뱃사람이라면 이 롱 갤리어스가 대륙에서 가장 빠른 배를 만들어내는 전통을 가진 자마쉬의 조선소에서 설계되었음을 알아볼 것이다. 그리고 숙련된 함선 설계가가 본다면 이 배에서 30여 년 전 위명을 떨치던 한 함선 설계가의 손길을 느낄 수 있을 것이다. 로드니 라일름 리드클리프. 이 속도에 미친 설계가의 서명인 3L은 함명인 '질풍' 바로 아래에 작은 글씨로 새겨져 있다.

질풍호의 선장 트로포스는 인상을 찌푸리며 자신의 안대를 만지작거렸다. 처음 왼쪽 눈을 잃고 안대를 착용하게 되었을 때 익숙지 않은 느낌 때문에 만지곤 하던 것이 그만 버릇이 된 것이다. 트로포스는 배 앞의 해원 가득히 깔린 안개를 바라보며 다시 투덜거렸다.

"정말이지, 드래곤 한 마리가 숨어 있어도 흔적도 없겠는걸. 아니, 수십 마리가 숨어 있다고 해도 난 믿겠어."

그의 등뒤에 있던 질풍호의 해적들은 소름 끼친다는 표정을 지어보였다. 노스윈드의 선단을 가로막고 있는 미노 만의 안개는 농밀한 정도를 넘어서 차라리 하얀 산처럼 보였다.

선단에서 가장 빠르다는 이유로 척후선의 역할을 맡았건만, 까마득한 높이로 바다 전체를 뒤덮은 미노 만의 안개 앞에서는 질풍호의 그 놀라운 속도도 아무런 도움이 되지 못했다. 그래서 질풍호는 미노 만의 입구에서 어영부영하다가 후발대에 따라잡히는, 척후선으로서는 꽤나 창피스러운 지경에 빠져 있었다.

트로포스는 씁쓸한 표정으로 뒤를 돌아보았다.

질풍호의 뒤쪽으로는 노스윈드의 선단을 구성하는 거함들의 나머지 일곱 척과 레보스호까지 합쳐 여덟 척의 배가 미노 만의 입구를 가득 메운 채 정렬해 있었다. 장관이라 하지 않을 수 없는 것이, 총배수량만 6,000,000파운드에 달하는 위용인 것이다. 그런 굉장한 광경을 보던 트로포스의 시선이 흑기사호의 검은 선체에 이르렀을 때였다. 트로포스는 문득 오른쪽 눈을 꿈틀거렸다.

그는 고개를 갸웃거리며 주위의 선원들에게 말했다.

"이봐, 저기 흑기사호 좀 봐주게. 무슨 연기 같은 것이 보이는데?"

눈밝은 선원 하나가 대답했다.

"예. 오닉스 나이트 선장님께서 부적을 태우고 있습니다."

"논다, 놀아."

트로포스는 혀를 차고는 다시 다른 배로 시선을 옮겨갔다. 흑기사호 왼쪽의 페가서스호의 이물에는 하리야 선장이 그 특유의 찌푸린 얼굴을 더욱 찌푸린 채 서 있었다. 그랜드머더호에서는 킬리 선장이, 그랜드파더호에서는 돌탄 선장이 각자 이물에 서서 트로포스의 머리 너머 안개를 바라보고 있었다. 보급선인 물수리호와 바다사자호는 조금 뒤로 쳐진 상태였다. 노스윈드의 전투함들이 그 뱃머리에 각자의 위대한 선장들을 세우고 나란히 서 있는 모습은 장관이라면 장관이라고 불러줄 수 있는 광경이었지만 부적을 태우고 있는 오닉스의 모습 때문에 풍경은 을씨년스럽기만 했다.

그리고 전투함들의 한가운데에는 자유호와 레보스호가 떠 있었다.

자유호에는 항상 그렇듯이 키 드레이번 대신 식스 1등 항해사가 근엄한 얼굴을 한 채 서 있었고, 레보스호의 선상에서는 벼락출세한 라이온이 턱을 만지작거리고 있었다. 트로포스는 식스의 모습에 주목했다. 잠시 후, 식스의 입이 뭐라고 움직였다. 자유호의 기수는 재빨리 기를 휘저었고 트로포스는 그 깃발 신호에 얼굴을 더욱 찡그렸다.

'조심스럽게'라는 단서가 붙긴 했지만, 어쨌든 전진 명령이었다.

"제기랄! 이 안개 속으로 들어가라니."

미노 만은 정규 항로가 아니기 때문에 트로포스호에는 미노 만의 물길을 아는 사람이 아무도 없었다. 암초나 곶이 어디서 튀어나올지 알 수가 없는 것이다. 더군다나 이런 지독한 안개 속에선 미리 발견하기도 힘들다. 자칫하면 해안 절벽에 배를 가져다 박을 수도 있는 것이다. 선원들은 불안한 얼굴로 트로포스를 바라보았다.

"어떡하죠?"

트로포스는 찡그린 표정으로 생각에 잠겼다. 잠시 후 그는 선원들을 돌아보았다.

"할 수 없군. 죽는 것이 싫냐, 마법이 싫냐."

"마법이 싫습니다." 대답은 이구동성으로 터져나왔고, 그래서 트로포스는 히죽 웃었다. 질풍호의 선원들이 불안한 표정으로 그들의 선장을 바라보았다. 그리고 잠시 후 트로포스가 입을 열었을 때 선원들의 표정은 공포로 바뀌었다.

"그런데 난 죽는 것이 더 싫어. 내 지팡이를 가져와."

레보스호 선상의 라이온은 눈을 가늘게 뜬 채 질풍호의 갑판에서 일어나는 일을 바라보았다. 진귀한 광경이라 하지 않을 수 없는데, 질풍호의 갑판원들은 갑판을 텅 비워둔 채 배의 양쪽 뱃전에 바싹 붙어 있었다. 그들은 소리 없이 아귀다툼을 하며 조금이라도 더 뒤로 물러나려 노력하고 있었기에 잘못하면 그대로 바다에 떨어질 것 같았다. 그리고 갑판 가운데로는 한 불행한 선원이 동료들을 사열하는 듯한 모습으로 외롭게 이물을 향해 걸어가고 있었다. 오만상을 찌푸린 채 걸어가는 선원의 앞으로 내밀어진 손에는 길다란 지팡이가 공손히 들려져 있었다.

라이온은 피식 웃었다. "그건가? 흐음. 난 찬성이야."

트로포스는 선원에게 건네받은 지팡이를 짚고는 질풍호의 이물에 당당히 섰다. 그리고 질풍호의 선원들은 몇몇 호기심이 과도한 선원들을 빼놓곤 모두 고물 쪽으로 후퇴하기 시작했다. 트로포스는 헛기침을 몇 번 하고는 지팡이를 두 손을 쥐고는 앞으로 내밀었다.

트로포스는 나직한 목소리로 주문을 외우기 시작했다.

질풍호의 선장 트로포스가 마법을 쓸 결심을 한 것이다. 술에 취했을 때 트로포스는 술주정 삼아 자신이 하이낙스에게서 마법을 배웠느니 어쩌니 하지만, 선단의 그 누구도 그 말을 믿지는 않는다. 하지만 트로 포스가 마법을 쓸 줄 안다는 것은 사실이며, 지금 쓰려고 하고 있다. 라이온은 트로포스가 어쩌다 포로로 잡은 마법사에게 마법을 배우고 그의 지팡이를 빼앗은 것이 아닌가 의심해 보곤 한다. 트로포스라면 그럴수 있다. 그렇게 잔인하다는 의미가 아니다. 겁도 없이 단순히 호기심만으로 마법을 배워볼 정도로 무모한 성격이라는 의미다. 트로포스의 마법은 될 때와 안 될 때가 불규칙하기 때문에 라이온의 의심은 타당하다 하겠다.

자유호의 선상에서, 식스는 눈살을 찌푸렸지만 트로포스를 제지하지는 않았다. 트로포스가 굳이 마법을 선택하는 이유를 짐작할 수 있기 때문이다. 충분한 주의와 약간의 행운만 있다면 트로포스에게는 저정도의 안개라도 뚫고 지나갈 능력이 있다. 그럼에도 불구하고 굳이 마법을 쓴다면, 그가 마법을 사용하여 걷어내려는 것은 저 엄청난 안개라기보다는 대드래곤의 성지로 들어가게 된 해적들이 느끼는 불안 심리일것이다. 그래서 라이온과 마찬가지로 식스 또한 트로포스의 행동에 무언으로 찬성을 보내었다.

하지만 트로포스의 행동에 반대표를 던지는 사나이가 있었다.

"저놈! 또 불법 마법을 쓰는 게냐! 그 흉측한 흑마법 멈추지 못해!"

페가서스호의 선상에 우뚝 서 있던 하리야 선장이 노성을 터뜨렸다. 하리야는 선단 전체에 자신의 목소리가 들리게 하기 위해 확성기를 사용할 필요가 없었다. 그의 목소리는 말 그대로 쩌렁쩌렁 울렸다. 하지만 곧 그의 목소리에 화답한 것은 트로포스가 아니었다.

"이봐, 신푸! 흑마펍으로푸터 우릴 치켜야치? 우리 선탄을 위해 키토라토 촘 올려추케나. 커헐헐!"

이 함대에서 저렇게 지독한 자마쉬 사투리를 쓰는 건 한 사람뿐이다. 하리야 선장은 고개를 홱 돌려 그랜드파더호를 바라보았다. 그랜드파더호의 선장 돌탄과 그 선원들은 한결같이 사나운 미소를 지은 채 하리야 선장을 바라보고 있었다. 하리야 선장은 끙! 하는 신음을 내고는 입을 다물었다. 그러고는 고개를 숙였다. 라이온은 안타까운 표정으로 하리야의 옆모습을 바라보았다. '그러지 말아요. 하리야. 당신이 그런다고 해서 이 막돼먹은 놈들 중 누구 하나 감사라도 할 줄 압니까? 이놈들은 당신을 더욱 놀릴 뿐이라고요. 젠장, 나도 놀리고 싶어진단 말입니다! 하지 말아요!'

하지만 하리야는 기도를 올리기 시작했다.

라이온은 고개를 돌려버렸다. 명석하고 침착하며 존경할 만한 무수한 장점을 갖추고 있음에도 불구하고, 하리야가 노스윈드 선단의 조롱거리가 되는 것은 바로 저 버릇 때문이다. 고개를 돌린 라이온은 다시 트로포스를 바라보았다.

어쩐지 이번에는 성공한 모양이다. 라이온은 그렇게 판단했다.

트로포스는 부들부들 떨고 있었다. 두 손에 쥐어진 지팡이는 마치 살아 있는 것처럼 진동하고 있었고, 트로포스는 안간힘을 다해 그것을 고정시켜 두고 있었다. 그의 눈은 천천히 뒤집히고 있었고 입가로는 걸쭉한 타액이 흘러내렸다. 트로포스는 침방울을 튕기며 계속해서 주문을 외우고 있었고 자신들의 선장의 그런 모습을 본 질풍호의 선원들은 모두 허옇게 질린 얼굴로 무릎을 꿇거나 고개를 돌리거나 하고 있었다. 그때 트로포스가 찢어지는 목소리로 외쳤다.

"바람아, 불어라!"

라이온은 무의식중에 상체를 뒤로 눕혔다. 누군가가 등뒤에서 떠미는 느낌을 받았던 것이다. 주춤거리며 중심을 회복한 라이온은 위를 바라보았다. 구름이 휘몰아 움직이며 갈가리 찢어지고 있었다. 그 빠른 움직임을 보던 라이온은 상공에 불고 있을 바람의 세기를 추측해 보곤 헛바람을 삼켰다. 곧이어 수면 위로도 거센 바람이 불어닥쳤다. 배가 롤링을 시작하자 라이온은 다시 비틀거려야 했다.

그러나 선단을 덮친 돌풍은 앞으로 휘몰아치는 거센 바람의 후류풍 정도였을 뿐이다. 질풍호의 선수에 꼿꼿이 선 트로포스는 이를 악문 채 앞으로 바람을 쏘아내고 있었다. 그의 옷은 사납게 나풀거리고 있었고 그의 지팡이에선 이제 파르스름한 빛이 번져나오고 있었다. 트로포스의 몸에서 뿜어져나오는 돌풍은 눈에 보일 정도로 거세었다.

"주여, 미혹에 물든 당신의 자손을 용서하소서. 당신의 크나큰 분노를 모르는 자를 용서하소서. 당신께 돌아갈 자손을 용서하소서……"

하리야는 선단 전체의 해적들을 위해 신 앞에 대속하고 있었지만, 그것을 고마워하고 있는 해적은 별로 없었다. 담대한 해적들은 불안감 속

에서도 트로포스를 보며 감탄하고 있었다.

"하아앗! 모두 날려버려라!" 날뛰는 야생마의 고삐를 잡아채듯 트로포스는 힘있게 바람을 끌어당겼다. 사방으로 흩어지던 돌풍은 트로포스의 손에 쥐인 장대한 채찍이 되어 안개를 후려갈겼다. 질풍호의 앞을 가로막고 있던 안개는 갈가리 찢겨져 흩어졌고, 전방 수마일에 걸쳐 푸른 바닷물과 검은 해안 절벽의 윤곽이 드러났다. 트로포스는 지팡이를 그대로 지휘봉처럼 휘두르며 씩씩하게 외쳤다.

"빌어먹을 해적놈들아, 가자!"

"예! 선장님!"

질풍호의 노예장은 즉시 북을 두드렸다. 노들이 바닷물을 때리자 질풍호는 갈라진 안개의 틈 사이로 천천히 들어섰다. 그리고 이 장대한 광경에 감동받은 다른 배의 해적들 역시 불안감을 멀리 떨쳐버린 채로 질풍호의 뒤를 따랐다.

하지만 이 굉장한 볼거리를 연출하여 다른 해적들의 불안감을 날려보낸 트로포스만은 개인적인 불안감을 느끼며 자신의 왼손을 내려다보고 있었다. 그의 왼손 손등에는 흰색의 작은 점이 다섯 개 있었다. 트로포스는 의혹이 가득한 표정으로 손등을 내려다보았고, 잠시 후 피부 밑에서부터 솟아나듯 여섯 번째의 점이 생겨나는 것을 보며 자신도 모르게 부르르 떨었다. 여섯 개의 점은 마치 시계 문자판의 1시부터 6시까지의 위치처럼 트로포스의 손등 위에 반원을 그리고 있었다.

'제기랄, 또 생겼어. 열두 개가 되면 도대체 무슨⋯⋯.'

트로포스는 불안한 눈으로 오른손에 쥐고 있던 지팡이를 바라보았다. 지팡이는 이제 평범한 보통의 지팡이처럼 그의 손에 공손히 쥐어져 있었다. 트로포스는 어금니를 사려물었다.

'쳇. 열한 번만 쓰고, 그러곤 바다에 처넣어버리는 거야. 그럼 제까짓 게 어쩔 거야.'

트로포스는 자신이 말하는 '제까짓 것'이 누군지 몰랐지만, 그래도 마음이 편해지는 것을 느꼈다. 트로포스는 불안감 없는 얼굴로 다시 전방의 바다를 응시했다.

아홉 척의 배는 일렬로 선 채 안개 사이로 난 통로를 조용히 흘러갔다. 뱃전에 와 부딪히는 물결 소리도 고요했다. 그러나 식스는 불길한 기분을 온몸으로 느끼며 배 옆의 안개를 바라보았다.

이건 도대체 어떻게 된 안개지?

안개의 통로는 변함없었다. 있을 수 없는 일이었다. 도로 흩어져 진로를 가로막는 것이 당연하겠지만, 안개는 마치 고정된 것처럼 움직이지 않았다. 트로포스가 헤쳐놓은 곳과 다른 안개더미 사이에는 마치 벽이라도 있는 것 같았다. 다른 배들의 선장들 역시 주위의 안개를 쏘아보거나 아니면 물길만을 뚫어지게 바라보고 있었다. 식스는 언짢은 기분으로 갑판에 몰려선 선원들을 바라보았다. 선원들은 모두 잡담도 없이 조용히 주위의 안개를 바라보고 있었다.

식스의 눈이 좌현 중간쯤에 이르렀을 때였다.

노잡이 오스발의 모습이 식스의 눈에 들어왔다. 오스발은 뱃전에 팔을 괴고는 다른 해적들과 같이 꿈틀거리는 안개를 멍청하게 바라보고 있었다. 저놈이 왜 갑판에 있는 거지? 식스는 당황하여 오스발을 바라보았지만 오스발 자신이나 그의 옆에 있는 해적들 모두 오스발이 그곳에 있다는 사실에 대해 신경 쓰고 있지 않았다. 식스는 어리둥절했다.

'키 선장님은 분명히 쇠사슬을 채우지 말라고 하셨지. 그렇지만 이동의 자유도 주셨던가?'

식스는 혼란스러웠다. 저놈이 갑판에 올라와도 되던가, 안 되던가? 노잡이가 왜 갑판에 올라온단 말이지? 잠깐, 노라고? 언제부터인가 노 젓는 소리가 전혀 들리지 않았다. 들려오는 것이라고는 뱃전에 와 부딪히는 잔물결 소리뿐이었다. 식스는 힘들게 자유호의 좌우를 바라보았다. 노는 움직이지 않고 있었다. 식스는 고개를 더욱 힘들게 돌려 다른 배들을 바라보았고, 선단의 모든 배의 노가 정지한 상태라는 것을 알 수 있었다.

'노가 왜 정지했을까. 그런데 노가 움직여야 되나?'

식스는 더욱 당혹했다. 노가 왜 움직여야 하지? 노가 뭐지? 노. 바닷물을 젓는 것. 노가 바닷물을 저으면? 식스는 배의 노가 바닷물을 저어야 되는 이유를 알 수 없었다. 그런데 왜 노가 움직이지 않는 것이 이렇게 신경 쓰이는 거지?

식스는 주춤거리며 위를 올려다보았다. 돛은 모두 축 늘어져 있었다. 이 고요한 안개 속에는 바람이라곤 한점도 없으니 당연한 일이다. 해적선들은 모두 돛을 늘어뜨리고 노는 정지시킨 채 조용히 안개 속을 흘러

가고 있었다. 식스는 그 사실에서 불안을 느꼈지만, 불안한 이유를 알 수 없었다. 심지어 식스는 자신이 누구인지도 알 수 없었다. 나는 왜 이 곳에 있는 걸까. 이곳은 배. 배가 뭐지? 식스는 고민하는 것이 귀찮아지기 시작했다. 배가 무엇이든, 내가 무엇이든, 그 사실이 나나 다른 사람을 괴롭히고 있는 것은 아니야. 그럼 아무런 상관이 없지. 식스는 마음속으로부터 일어나는 약간의 저항을 느꼈지만 곧 잊어버렸다.

그것은 그만의 경험은 아니었다.

아홉 척의 배는 자신을 잃은 선원들을 태운 채 유백색의 안개 사이로 끊임없이 흘러갔다. 무겁게 늘어진 돛은 움직일 줄 몰랐고, 선원들은 배의 작은 흔들림에 따라 좌우로 흔들리며 초점을 잃은 눈으로 앞을 바라보고 있었다. 식스는 눈꺼풀이 무겁다는 생각을 했지만 그것을 어떻게 해야 좋을지 알 수 없었다. 눈꺼풀을 감을 수 없었기에 식스는 좌현에서 오스발이 느닷없이 움직이는 것을 볼 수는 있었다. 하지만 그것이 무엇을 의미하는지 알 수 없었다. 오스발은 팔을 위아래로 휘두르며 고함을 지르고 있었다.

"모두들 정신 차려요! 정신 차리라고요!"

자유호의 선상에서 노잡이 오스발은 당황하여 어쩔 줄 모르는 모습으로 뛰어다녔다. 그가 아무리 고함을 질러도 해적들의 멍한 얼굴은 바뀌지 않았다. 해적들은 오스발이 부르면 고개를 돌리기도 했고, 쳐다보면 마주보기도 했다. 하지만 그것뿐이었다. 오스발이 어떤 행동을 보이든지 간에 해적들의 반응은 그 행동으로 끝났다. 오스발은 잠시 머뭇거리다가 선교 위로 뛰어올랐다.

"1등 항해사님! 1등 항해사님!"

식스는 멍하니 오스발을 바라보았고, 오스발은 그의 어깨를 붙잡으려다가 실수로 식스를 밀고 말았다. 그러자 식스는 주저앉았고, 그러고는 꼼짝도 하지 않았다. 오스발이 기막힌 심정으로 식스를 일으켜세우자 식스는 멀거니 서 있었다. 오스발은 공포스러워하며 그 모습을 바라보았다.

그때 주승강구의 문이 열리는 소리가 들려왔다. 오스발은 고개를 돌렸다.

주승강구에서는 키 드레이번이 검을 뽑아든 채 맹렬한 동작으로 뛰쳐나오고 있었다. 오스발은 키 드레이번이 그의 검 '복수'를 뽑아든 모습을 처음 보았다. 그리고 그 모습에 감탄했다. 복수는 검신 전체로부터 파르스름한 빛을 뿜어내고 있었다. 반사광 따위가 아니었다. 그것은 검 내부로부터 뿜어져나오는 빛이었다.

키는 복수를 단단히 쥔 채, 조금 전 오스발이 그러했던 것처럼, 선원들의 모습을 살폈다. 일그러진 그의 얼굴이 선교 쪽을 향했을 때 키와 오스발의 시선이 서로 마주쳤다. 키는 미심쩍은 얼굴로 노예 차림의 오스발을 보다가 그가 누군지 기억해 내었다.

"오스발? 너 거기서 무엇을 하고 있는 거냐?"

오스발은 순식간에 무릎을 꿇었다. 몸에 배인 습관이다.

"아, 저, 선장님. 미노 만을 볼까 해서 갑판에 올라왔습니다. 선장님께서 쇠사슬을 풀어주셔서 괜찮을 거라 생각했습니다. 그런데 선원들이 갑자기 이렇게……"

"잠깐. 넌 괜찮은 건가?"

오스발은 의아한 얼굴로 키를 마주보았고, 그래서 키는 대답을 들을 필요가 없었다. 하지만 키는 납득할 수 없었다. 키는 선교를 올라오며 오스발을 노려보았다.

"마법의 힘이 선단 전체를 덮친 것 같군. 노래가 들려왔다면 사이렌(Siren) 년들의 장난이라고 생각했겠지만, 아무런 노래도 없으니 그건 아니군. 그런데 넌 왜 아무렇지도 않은 거지?"

"저, 선장님께서도 괜찮으시지 않습니까?"

키는 오른손에 쥐고 있던 복수를 들어올렸다. 가까이에서 복수를 보게 된 오스발은 눈이 부실 지경이었다. 두꺼운 복수의 검신에는 무슨 글자들이 새겨져 있었지만 솟아오르는 빛 때문에 오스발은 그 글씨를 볼 수 없었다. 키는 나직하게 말했다.

"이 검이 나를 지키고 있다. 그렇잖았다면 나 역시 당했을지 모르지. 그런데 넌 왜?"

"모르겠습니다."

키는 발 앞에 무릎을 꿇고 머리를 조아리고 있는 오스발을 내려다보았다. 그의 입가가 씰룩거렸지만, 키는 아무 말도 하지 않은 채 오스발의 정수리를 쏘아보았다. 잠시 후 키는 조금 갈라지는 목소리로 말했다.

"좋다. 경험이 있나? 아니, 됐어. 어차피 너뿐이니. 가서 타륜을 잡아라."

"타, 타륜을 잡으라고 하셨습니까?"

오스발은 기겁한 얼굴로 키를 바라보았다. 돛과 노가 배의 손발이라면 타륜은 배의 머리에 해당한다. 선원들의 농담이긴 하지만, 선상에서 선장이 고주망태가 되어 난동을 부릴 때, 1등 항해사는 선장에게 두들겨 맞으며 그를 달래고 조타수는 선장을 두들겨 팬 다음 침대에 던진다고 한다. 조타수의 막강한 권한을 잘 나타내는 농담으로서, 어쨌든 조타수의 이 막강한 권한은 지금 키 드레이번이 그러는 것처럼 갈매기에게 고기 대가리 던져주는 것만큼이나 간단히 노잡이 노예에게 수여할 수 있는 성질의 그런 권한은 절대 아니다.

하지만 키는 그렇게 했다.

"선장님……?"

오스발은 일개 노예인 자신은 도저히 그런 폭거를 감행할 수 없다는 내용의 눈빛을 담아 키를 올려다보았다. 하지만 키는 강철 같은 시선으로 마주볼 뿐이었다. 오스발은 도리없다는 몸짓을 하고는 천천히 일어나서 자유호의 타륜을 향해 걸어갔다.

그리고 오스발은 다시 고개를 심하게 가로저었다.

자유호의 조타수 칸나는 타륜에 손을 얹은 채 멍한 얼굴로 하늘을 보고 있었다. 칸나의 얼굴이 순진해 보일 수도 있다는 사실에 약간의 감동을 받으며, 오스발은 칸나에게 깊이 고개를 숙여보이고는 조심스럽게 그를 밀어냈다. 만약 제정신의 칸나에게 오스발이 이런 짓을 했다면 아피르 족의 용맹한 전사 출신인 칸나는 오스발을 글자 그대로 씹어먹으려 들었을 것이다. 아피르 족은 식인종이니까. 하지만 칸나는 오스발이 미는 대로 순순히 옆으로 비켜섰다. 칸나를 밀어낸 오스발은 타륜에 손을 얹고는 비참한 표정으로 키를 바라보았다.

키는 고개를 조금 끄덕이며 말했다.

"일단은 그대로 잡고 있어."

그리고 키는 몸을 돌려 선교를 내려갔다. 갑판에 내려선 키는 이리저리 뛰어다니며 주의 깊게 다른 배들을 관찰했다. 아홉 척의 배는 유령 같은 선원들을 태운 채 나란히 한 방향으로 흘러가고 있었다. 키는 옆을 지나가고 있는 배들의 갑판원들을 향해 고함을 질러보았지만, 선원들은 고개를 돌려 그를 쳐다볼 뿐 아무런 행동도 하지 않았다. 그들의 무표정한 얼굴을 본 키는 소름이 돋는 것을 느꼈다.

"오닉스! 돌탄! 킬리! 제기랄, 다들 어떻게 된 건가. 트로포스! 하리야! 두캉가!"

키는 선장들의 백치 같은 얼굴을 보며 입술을 깨물었다. 선장들은 선원들과 마찬가지로 해초처럼 흐느적거렸다. 선단의 좌우를 둘러싼 하얀 안개는 커튼처럼 무겁게 내려앉은 채 꼼짝도 하지 않았다. 다시 선교로 돌아온 키는 오스발을 뚫어지게 바라보기 시작했다. 마치 저 강력한 사나이들도 제정신이 아닌데 넌 왜 까딱없냐고 묻는 듯한 시선이었고, 그래서 오스발은 목을 움츠렸다. 키는 한숨을 내쉬고 말했다.

"잘 들어라. 모두들 제정신이 아닌 이상, 너와 나 둘이서 아홉 척의 배와 사천여 명의 인원들을 구해야 한다. 알았나, 오스발? 노예라는 핑계는 통하지 않아. 서툰 행동은 절대로 용서하지 않겠다."

"아, 알겠습니다. 선장님."

"좋아. 타륜은 좀더 넓게 쥐어라. 내게 주의를 기울이고 있다가 명령이 내려지면 즉각 움직이도록."

오스발은 고개를 끄덕였고 키는 한심스러운 기분을 애써 누르며 지휘할 수 있는 선원이 노잡이 노예 한 명뿐이라는 이 황당한 사태에 적응하려 애썼다.

키 드레이번은 선단 전체를 세밀하게 관찰하며 동시에 이 불가사의한 현상의 원인에 대해 고민해 보았다. 그가 관찰할 수 있는 내용은 모조리 그의 마음에 들지 않았다. 선원들은 모두 무표정한 얼굴을 한 채 흐느적거렸고, 배는 돛을 늘어뜨리고 노마저 정지했음에도 불구하고 계속 떠내려가고 있었다. 키는 안개를 바라보았다. 희고 액체적인 질량감으로 꿈틀거리는 안개를 바라보던 키는 갑자기 목 뒤가 축축해지는 느낌을 받았다. 키는 급히 목 뒤를 만져보았지만 건조한 살갗만이 만져졌다. 키는 눈살을 찌푸렸다.

그의 검 복수가 파르스름한 빛을 내고 있는 것을 보지 않더라도 이것이 어떤 종류의 강력한 마법과 관련된 현상이라는 것은 자명했다. 키는 오른손에 쥔 복수를 더욱 단단히 쥐며 왼손 식지를 세워 미간을 문질렀다. 어떻게 하면 이 덫에서 빠져나갈 수 있을까. 노예 한 명의 도움을 받아, 아홉 척의 배와 사천여 명의 인원을 구출해 낼 수 있을까.

그때 오스발의 목소리가 그의 상념의 갈피를 비집고 들어왔다.

"선장님."

키는 사나운 표정으로 오스발을 돌아보았다. 오스발은 찔끔하며 고개를 떨어트렸다.

"뭔가, 오스발."

"저, 별것 아닙니다. 떨려 죽겠거든요. 그래서 그러는데, 기도 좀 올려
도 되겠습니까? 생각하시는 데 방해가 되지 않도록 조용히 기도하겠습
니다."

"기도? 기도라고? 그렇군!"

키의 눈이 번쩍 뜨였다. 하지만 오스발은 그것이 승락의 뜻인 걸로
착각하고는 고개를 숙이고 중얼거리기 시작했다. 곧 그의 정수리를 향
해 키의 노성이 내리꽂혔다.

"그 따위 집어치우고 입 다물어! 정신 바짝 차려라. 네가 드디어
6,000만 데리우스짜리 배를 움직이게 되었단 말이다!"

오스발은 눈이 휘둥그레져서 키를 바라보았지만, 키는 그가 반문할
기회를 주지 않았다. 키는 그대로 갑판을 향해 뛰어내려가며 외쳤다.

"타륜 꽉 잡아라. 좋아, 그대로 간다…… 지금이다! 타륜 좌로 3분의
2회전!"

키는 오스발을 위해 쉽게 명령을 내렸고, 명령을 받자마자 오스발은
조건반사적으로 힘껏 타륜을 꺾었다. 타륜을 꺾자마자 느껴지는 배의
움직임에 오스발은 감탄해 버렸다. 그 작은 동작으로 산더미만한 배가
움직이는 것은 누구에게나 놀라운 경험이었고, 타륜이라고는 근처에도
가보지 못한 오스발에겐 더욱 놀라웠다. 그래서 오스발은 자신이 저지
른 행동의 결과에 대해 조금 늦게 경악했다.

선수를 기우뚱하며 거체를 옆으로 튼 자유호는 페가서스호의 우현

을 향해 분명한 충돌 궤도를 그리며 다가가고 있었다. 오스발은 기겁하며 타륜을 바로잡으려 했지만, 키는 벌써 그의 움직임을 보고 있었다. 호통 소리가 벽력처럼 터져나왔다.

"움직이지 마!"

오스발은 벌벌 떨면서 타륜을 움켜쥐었고 키는 다시 전방을 바라보았다. 자유호는 페가서스호의 우현을 향해 곧장 나아가고 있었고, 페가서스호의 갑판 위로 선원들의 얼굴은 시시각각 커지고 있었다. 자유호와 페가서스호의 선원들 중 아무도 곧 일어날 파국에 대해 걱정하지 않았기 때문에 오스발은 그들 모두의 몫만큼 긴장해야 했다.

키는 복수를 쥔 손을 천천히 들어올렸다. 서서히 올라가던 검이 갑자기 떨어졌다.

"지금이다! 타륜 우로 한 바퀴!"

오스발은 타륜에 몸 전체로 매달리다시피 하며 우측으로 꺾었다. 배는 커다란 피치와 롤링을 동시에 일으켰다. 하지만 남해를 오가는 배 중 세 손가락 안에 들어간다는 자유호는 초보 조타수의 과격한 운전에도 불구하고 부드럽게 중심을 회복했다. 키는 오스발을 향해 고함 지르며 달려갔다.

"타륜 정위치! 꼼짝도 하지 마라!"

오스발은 타륜을 몇 번 놓쳐가면서도 간신히 정위치로 돌려놓았다. 키 드레이번은 뒤도 돌아보지 않은 채 뱃전을 넘어 아래로 뛰어내렸다.

"선장님?"

멍한 얼굴로 그 뒷모습을 바라보던 오스발은 키가 자살이라도 하려는 건가 하는 망상을 떠올렸다. 하지만 키는 자살과는 아무 상관이 없는 행동을 하고 있었다. 오스발은 눈을 껌뻑거리며 자신이 본 것을 의심했다.

"물 위를…… 달리고 있어?"

키 드레이번은 자유호의 측면에서 튀어나와 있는 노를 밟으며 바다 위를 달리고 있었다.

노련한 뱃사람들, 그 중에서도 특히 상대편 배로 뛰어들어야 되는 해적들과 수병들은 대개 이 묘기를 부릴 줄 알지만, 키 드레이번이 펼쳐보이는 솜씨는 대단한 것이었다. 한손에 빛을 뿜어대는 장검을 든 채 외투 자락이 뒤로 흩날릴 정도의 속도로 달리고 있는 키의 발 아래로 물방울들이 무수히 튀어올랐다. 높은 위치에 있던 오스발이 보기에는 마치 물 위를 달리고 있는 것 같았다. 오스발은 순수한 감탄으로 탄성을 질렀다.

키 드레이번은 순식간에 페가서스호의 노 위를 지나 페가서스호의 뱃전을 향해 뛰어올랐다. 뱃전을 움켜쥔 키는 발을 굴러 가볍게 갑판에 뛰어올랐다. 박수라도 쳐주면 좋으련만, 페가서스호의 선원들은 시체 같은 얼굴을 한 채 멍하니 딴 곳을 바라볼 뿐 그들의 갑판에 뛰어오른 키에 대해서는 아무런 관심도 보내지 않았다. 키 드레이번 역시 박수를 바라는 곡예사의 취향은 없었기에 잠시도 지체하지 않고 선교에 서 있는 하리야 선장을 향해 달려갔다.

하리야 선장은 기도를 드리고 있었던 듯 두 손을 가슴 앞에 깍지낀 채 시선을 내리깔고 있었다. 하리야 선장의 무표정한 얼굴을 본 키는 잠시 주춤했지만 곧 이를 악문 채 그의 품속으로 손을 집어넣었다. 잠시 하리야 선장의 겉옷 속을 더듬던 키의 얼굴이 밝아졌다. 다시 밖으로 나온 키의 왼손에는 작고 두툼한 책이 들려져 있었다. 송아지 가죽으로 만들어진 표지에 금속으로 테두리를 보강한 견고해 보이는 그 책의 정체는 상당히 멀리 떨어진 위치에 있던 오스발도 단숨에 알아볼 수 있었다.

오스발은 키의 담대함에 혀를 내둘렀다.

키 드레이번이 꺼내든 것은 제국에서 단 한 장소, 법황청이 소재한 신성 펠라론의 축복받은 출판사만이 펴내어 제국 곳곳에 배포하는 책이었다. 여러 나라의 왕과 총통과 대통령들이 그 출판권을 탐내어 왔지만 언제나 성직자들의 목숨을 건 반대에 부딪혀 포기하고 마는 책, 해적들이라면 날벼락을 맞을까 두려워 건드리지도 못하지만 하리야 선장이라면 목숨 대신이라도 가지고 다닐 책이었다.

한 손에 칼을 들고 있어서 책장을 넘기기 어려웠지만, 키는 가까스로 신성한 신의 말씀이 담겨 있는 성전(聖典)의 책장을 넘겼다. 찾던 부분을 펴든 키는 안개더미를 힐끗 바라본 다음 엄숙하게 성전을 읽기 시작했다.

"잊혀져 기억되고, 사라져 나타나며, 시작되지 않은 끝이고, 끝나지 않을 시작이신 내 주여……"

"쿠오오오오!"

키 드레이번이 성전을 읽기 시작하자, 곧 안개 속에서 야수의 울부짖음 같은 것이 터져나왔다. 오스발은 무릎이 휘청거리는 것을 느꼈지만 타륜에 매달려 간신히 쓰러지지 않았다.

안개의 포효는 사이를 두지 않고 계속 터져나왔다. 까마귀의 외침 같기도 하고 맹수의 울부짖음 같기도 한 그 소리는 어찌 들으면 상처입은 인간의 비명처럼 들려서 더욱 음산했다. 오스발은 턱을 덜그럭거리며 눈을 감았지만 곧 눈을 부릅떴다. 아무것도 보이지 않자 더욱 무서웠다. 천둥 소리 같은 포효가 선단을 뒤흔들고 있었지만, 키의 성전 봉독은 흔들림 없이 오히려 더욱 높아졌다.

"어둠으로써 어둠을 가리고, 빛으로 빛을 드러내시는 내 주여. 무위(無爲)로 창세하신 세상에 무언(無言)으로 지혜를 설파하시는 내 주여. 나의 원수 중의 원수이신 주여. 나의 고난에 고난을 선사하시는 주여……"

번쩍! 오스발은 안개 사이로 언뜻 비친 빛에 고개를 홱 돌렸다. 그러고는 일개 노예인 자신에게 이런 광경을 볼 권리가 있는 것인지 의심하기 시작했다.

안개더미 곳곳에서 포효와 함께 번개가 치고 있었다. 희게 꿈틀거리던 안개는 천천히 검붉은 색깔로 변해 가고 있었고 그 사이사이로 순백색의 빛발이 치달리기 시작했다. 느닷없이 불어닥친 광포한 바람은 돛을 두드려대었고 바람을 타고 일어난 돛줄에서는 뼛속까지 파고들 듯한 퓽퓽거리는 소리가 울려퍼졌다. 알 수 없는 그림자들이 검붉은 안개 속을 쏜살같이 날아가며 괴성을 질러대었다. 수면으로 시선을 돌린 오스발은 더욱 어이없는 광경을 보게 되었다. 바닷물은 들끓는 수프처럼 변해 진득하게 부글거렸고 거품이 터지면서 질척한 바닷물이 뱃선에 달라붙어 흘러내렸다.

그리고 바다 곳곳에서 천천히 물기둥이 솟아오르고 있었다. 바닷물은 철벅거리고 뒤엉키며 나무처럼 솟아올랐다. 금속성 광채를 띤 물기둥들은 안개의 검붉은 색깔을 반사하며 번들거렸다. 오스발은 그 모습을 보며 구토감을 느꼈다. 하지만 키는 성전에만 눈을 고정시킨 채 글자 하나하나를 파낼 듯이 읽어내렸다.

"내 영혼의 고삐를 쥐신 아버지 주님보다 더한 원수 있을 수 없음이니, 주여. 나는 이제 원수를 잊나이다!"

모든 것이 일순간에 원래대로 돌아왔다.

안개는 고요히 흐르고 있었고 바닷물은 조용히 찰박거렸다. 선원들은 어리둥절한 표정으로 사방을 둘러보았다. 그리고 오스발의 경우, 모든 것이 정상으로 돌아왔다는 느낌은 어깨로부터 다가왔다. 그는 자신의 어깨를 움켜쥐는 조타수 칸나의 손길에서 안도감을 느껴야 될지 공포를 느껴야 될지 종잡을 수 없었다. 오스발은 잘 안 되는 미소를 억지로 지으며 고개를 돌렸다. 하지만 칸나의 얼굴을 본 순간 그 미약한 미소마저 싹 달아났다.

최고로 열받은 아피르 족의 표정을 정확하게 구사하며 칸나는 더듬거리는 제국 표준어로 말했다.

"너, 조타수 아니다. 너, 타륜 잡았다. 나, 너 먹는다!"

"우아아아!"

오스발은 언젠가 그러했던 것처럼 갑판 위로 정신없이 도망치기 시작했고, 칸나는 고래고래 욕설을 퍼부으며 그 뒤를 추적했다. 하지만 모조리 아피르 족의 욕설인지라 선원들은 이해하지 못했다. 자유호에서 일어나는 이 일대 소동을 보던 키는 피식 웃고는 고개를 돌렸다. 그곳에선 하리야 선장이 어안이 벙벙한 얼굴로 키를 보고 있었다. 키는 정중한 동작으로 그에게 성전을 건네며 말했다.

"자네라면 가지고 있을 줄 알았지. 고마웠네, 하리야 선장."

키는 먼저 모든 배들은 돛을 내리고 정선할 것을 명령했다. 선단이 완전히 정지한 다음, 키는 선장들을 자유호로 소환하여 그들에게 일어났던 일을 짧막하게 설명해 주었다. 사정을 이해한 선장들은 자신들이 마법에 걸렸다는 것에 치를 떨었고, 칸나의 경우 점잖은 태도로 오스발을 요리하지 않겠다고 선언했다. 돌탄 선장은 조금 멋쩍은 표정으로 하리야 선장에게 사과했다.

"어, 차네 성천 때문에 살았쿤. 놀려탠 커 사콰하네."

"성전 때문이 아니라 신의 도움 덕분일세. 돌탄 선장."

하리야 선장은 이렇게 말하며 품 안에 있는 성전을 쓸어내렸다. 창백해진 얼굴로 안개를 바라보던 자유호의 1등 항해사 식스는 키에게 말했다.

"도대체 누가 마법을 건 것일까요? 그리고 이제는 괜찮은 걸까요?"

둘 다 대답하기 힘든 질문이었고, 그래서 키는 대답하지 않았다. 그는 찌푸린 눈으로 안개를 쏘아보며 생각에 잠겼다. 그때 레보스호에서 건너온 라이온이 불쑥 입을 열었다.

"대드래곤 라오코네스입니까?"

식스를 제외한 다른 선장들은 어리둥절한 표정이 되었고, 키는 매서운 눈으로 라이온을 바라보았다. 하지만 라이온은 어깨를 으쓱일 뿐 태연한 태도로 말했다.

"뭐, 레보스호에 실려 있던 『제국백과사전』과 라스 법무대신의 도움을 받아 조금 조사해 본 바가 있습니다."

"왜 그런 조사를 했지?"

"저도 뱃놈이고, 이곳 미노 만이 대드래곤의 성지라고 불리는 것쯤은 알고 있었으니까요. 조사해 보니 그건 별명 같은 것이 아니더군요. 쳇. 말 그대로더라구요. 대드래곤의 이름은 라오코네스, 800년쯤 전에 이곳을 자신의 영토로 삼았다던데요?"

"아니, 그럼 이곳에 정말 드래곤이……?"

킬리 선장이 경악한 목소리로 말하는 것을 무시하며 키는 라이온을 노려보았다.

"말투가 곱지 못하군."

라이온은 히죽 웃었다.

"저란 놈이 원래 그런 건 잘 아시지 않습니까. 뭐, 그래도 눈물 콧물 다 쏟아내며 우리들을 드래곤의 아가리로 끌고왔냐고 지랄을 떠는 것보다야 보기에 낫지 않습니까?"

키보다 식스가 먼저 노해 버렸다.

"라이온 임시 선장! 지금 그게 무슨 말투인가. 지금 선장님을 힐난하는 건가?"

그러나 키는 손을 들어 식스를 제지하고는 라이온에게 말했다.

"그래. 너는 원래 그렇지. 그리고 조급하고."

라이온은 멀뚱한 얼굴로 키를 보았다. 키는 여유 있는 미소를 지었다.

"네 말은 다 맞다만 충분하지는 않다. 돌아가서 카밀카르의 법무대신과 함께 백과사전을 뒤져봐라. 드래곤이 좋아하는 것이 뭔지를 말이다."

"예?"

"말하지 않았나. 드래곤이 좋아하는 것이 뭔지 조사해 보라고."

카밀카르의 법무대신이자 현재는 노스윈드의 포로 신세인 라스 카밀카르는 의자에서 반쯤 일어선 채 얼어붙은 표정으로 라이온을 바라보았다. 라이온은 멀뚱한 얼굴로 라스를 마주보다가 말했다.

"괴이한 표정입니다. 예, 좋아요. 입술을 조금만 더 뒤집으시고, 음. 코를 약간 더 격렬하게 벌름거리시면 완벽하겠습니다. 아, 훌륭합니다. 제가 지금까지 본 것 중 최악의 얼굴이 탄생하는 역사적인 순간이군요. 소감 한 마디 말씀해 주시겠습니까?"

"지금, 어, 어떻게 농담을 하는 거요?"

"저야 사정을 모르니 왜 놀라야 되는지도 모르지요. 설명해 주시면 저도 비슷한 표정을 짓도록 노력하겠습니다. 그래, 드래곤이 좋아하는 것이 뭡니까?"

라스는 라이온의 질문에 대답하는 대신 의자에 털썩 주저앉았다. 그는 두 손으로 얼굴을 가렸다.

"맙소사, 이건 안 돼…… 말도 안 돼. 그 자가 어찌 감히……"

라이온은 슈마허를 향해 얼굴을 돌렸고, 슈마허 역시 어리둥절한 표정을 짓고 있는 것을 보고는 포기하는 심정으로 라스가 진정되기를 기다렸다. 잠시 후 슈마허가 조심스럽게 말했다.

"로드 라스. 왜 그러십니까? 드래곤이 좋아하는 것이 무엇인데 그러십니까?"

"그걸 모른단 말이오? 서 슈마허 당신이나 라이온, 두 사람 모두 똑같은 얼간이군, 그래!"

졸지에 동격이 되어버린 슈마허와 라이온은 서로의 얼굴을 마주보다가 함께 라스에게로 시선을 돌렸다. 라스는 흐느끼듯이 말했다.

"옛이야기 그대로요. 서 슈마허. 어린 시절 할머니나 할아버지께 이야기를 졸라대던 시절을 떠올려보시오. 못된 드래곤이 나오는 이야기, 용감한 기사가 등장하여 드래곤을 물리치는. 그래, 그 멋지고 잘났다는 기사는 도대체 왜 드래곤을 물리친답니까? 서 슈마허, 서 슈마허. 모르시겠소?"

슈마허는 얼떨떨함 반, 한심함 반인 표정으로 입을 열었다.

"도대체 무슨 말씀인지 모르겠군요. 옛이야기라니. 그러니까 못된 드래곤은 아름다운 처녀를 잡아먹으려, 먹으려, 먹으려……!"

슈마허는 말끝을 아주 이상하게 마무리하고는 조금 전 라스가 구사하던 표정을 똑같이 흉내내기 시작했다. 이것이 일종의 새로운 전염병은 아닌가 의심하며 라스와 슈마허를 번갈아 바라보던 라이온은 자신의 이마를 딱 쳤다.

"아, 그렇다면 율리아나 공주를 대드래곤에게? 아름다운 처녀를 잡아먹는, 아아! 어, 그런데?"

라이온은 갑자기 미심쩍은 얼굴로 라스를 보다가 은근한 목소리로 질문했다.

"공주가 처녀였습니까?"

라이온은 슈마허를 용서할 수밖에 없었다. 자신의 죄를 알기 때문이다. 그래서 라이온은 슈마허에게 쥐어박혀서 퍼렇게 멍든 눈두덩이를 쓰다듬으며 속으로만 낑낑거렸다.

키 드레이번이 율리아나 공주를 대드래곤 라오코네스에게 제물로써 바칠 생각이라는 것을 라이온이 간파해 낸 것은 정오 조금 전이었고, 그 이야기가 노스윈드의 선단 전체로 퍼져나간 것은 정오 조금 후였다. 하나의 선단 내에서 소문이 퍼져나가는 속도는 상상을 초월한다. 점심 식사 시간을 이용하여 해적들은 재빠르게 이야기를 주고받았고 점심 식사가 끝날 무렵이 되자 노잡이 노예들마저도 그 이야기를 알게 되었다.

그리고 점심 시간 직후 레보스호를 방문한 식스를 향해, 라이온은 고개를 끄덕이며 말했다.

"합리적이군요? 공주와 보물을 동시에 챙긴 다음, 보물을 팔기 위해 테리얼레이드로 향하고, 공주는 그 중간의 미노 만을 통과하기 위해 이용한다. 그래서 오닉스가 그 난리를 치는데도 율리아나 공주를 태운 것이군. 쳇. 늙은 선장은 수평선 너머도 내다볼 수 있다지만, 키 선장은 도대체 얼마나 내다보는 거지요?"

식스는 우울하게 고개를 끄덕였다.

"키 선장님은 그런 분이니까. 하지만 솔직히 말해서 난 그 계획이 마음에 들지 않네. 우리들의 목적 때문에 고귀하면서도 무력한 것을 희생시키는 모양이란 말이야."

"그래도 슈마허만 하려고요. 이 눈이 이 모양이 된 것이 누구 때문인 것 같습니까? 발광을 하기에 두들겨팬 다음 방안에 가둬놓았습니다. 미노 만을 무사 통과할 때까진 아무것도 주지 않을 생각입니다."

"음. 그렇잖아도 그 말 전하러 건너왔네. 아무쪼록 잘 감시하게. 공주를 돌려주고 몸값을 받을 생각이 아니라는 사실을 알아버린 이상 포로들이 가만있을 것 같지 않군."

라이온은 울상을 지어보였다. 익살스럽게.

"너무하는군요. 레보스호의 선원들 태반은 널빤지 위에서 변절한 놈이란 말입니다. 이럴 줄 알았다면 모조리 바다에 처넣는 건데."

"그럼 레보스호는 어떻게 움직이고? 도리없네, 조심하는 수밖에. 명심하게. 만약 레보스호가 포로들에 의해 점거당하거나 하면 말짱 도루묵이야. 우리가 이런 위험을 무릅쓰고 테리얼레이드로 향하는 이유는 이 배에 실린 보물 때문일세. 이 배만 없다면 우린 굳이 테리얼레이드로 갈 필요도, 공주를 드래곤에게 바칠 필요도 없단 말이야. 포로들도 그 정도는 떠올릴 수 있을 걸세."

"아아, 잘 알겠습니다. 쳇. 이래서 임시 선장 같은 것 되고 싶지 않았습니다. 난 갑판장 체질이란 말입니다."

라이온의 투덜거림이야 어쨌든, 레보스호 내부의 분위기는 험악해질 대로 험악해져 있었다. 원래 카밀카르의 병사들이었던 자들은 눈에 살기를 띤 채 오가고 있었고, 상대적으로 소수인 해적들은 긴장한 고양이만큼이나 신경질적으로 변하고 있었다. 금세라도 칼부림이 일어날 것 같은 분위기 때문에 라이온은 우울했다. 그런 부하들을 통솔하기 위해 눈코 뜰 새 없이 바쁜 라이온에게 키의 전갈이 전해진 것은 제9시경이었다. 키의 전갈은 단순했다.

'달이 뜰 때다.'

라이온은 이해했다. 달이 뜰 때 공주를 드래곤에게 바친다. 따라서 저녁 무렵이 고비일 테니 조심하라. 그때만 넘기면 안전할 것이다. 라이온은 씁쓸한 심정으로 오늘 달이 몇 시쯤에 뜨는지를 생각해 보았다. 오늘 달은 일몰 후 5시간쯤 뒤, 자정 무렵에 떠오를 것이다.

현재 노스윈드의 선단에서 율리아나 공주만큼이나 유명해진 인물이 있다면 자유호의 노잡이 오스발이 그에 해당한다. 오스발의 기행—본인은 기행을 저지른다는 아무런 인식도 없이 저지르기에 더욱 기행다운 기행—은 해적들 사이에 무수한 루머를 만들어내고 있었다. 갑판 위로 뛰어올라오고도 오히려 칭찬을 받고, 교수형이 싫다는 이유로 노예 신분을 고수하고, 마법의 꽃 싱잉 플로라를 제멋대로 다루고, 6,000만 데리우스라는 제국에서 가장 높은 현상금이 걸려 있는 배를 거뜬히 움직였던 사내는…… 현재 자유호의 조타수 칸나가 언제 마음이 바뀌어 자신을 잡아먹으려 들지도 모른다는 공포감에 젖어 떨고 있었다. 그가 과민 반응을 보이고 있다고 치부해 버릴 수도 없는 것이, 제국 천년의 역사도 아피르 족의 식습관을 개선하지는 못했던 것이다.

오스발은 발목에 쇠사슬을 묶고 노 옆에 묶여 있었으면 얼마나 마음 편할까 하는 생각을 계속 되뇌이고 있었다. 하지만 노예장이 키 드레이번의 명령을 무시하고 그에게 족쇄를 채울 리가 없다. 오스발은 노예장을 불편하게 하고 싶지 않아서 배 아래로 내려가지는 않았다. 자신이 마음대로 다룰 수 없는 노예가 근처에 있다는 것이 노예장을 얼마나 신경 거슬리게 하는 일인지는 오스발도 짐작할 수 있었다. 그렇다고 해서 칸나의 시선이 날카롭게 빛나고 있을 상갑판으로 올라갈 생각은 더욱 들지 않았다.

그래서 오스발은 넓은 자유호의 선내에서 소속감을 잃고 이리저리 배회하고 있었다. 노예에겐 너무 힘든 일이었다. 계속 혼자말을 중얼거리며 걷고 있던 오스발은 문득 자신이 처음 보는 장소에 있다는 사실을 깨달았다.

당황한 오스발은 이곳이 어디인지 생각하기도 전에 이곳을 떠날 궁리부터 시작했다. 하지만 이곳이 어디인지 모르는 바에야 여기를 떠날 방법을 알 리 없다. 오스발은 혹시나 지나가는 해적들에게 들킬까 봐 두려워하며 무의식중에 통로 옆 벽에 바짝 붙었다. 그런데 하필이면 오스발의 등이 닿은 곳이 선실의 문이었다.

오스발의 등이 문에 부딪히자 문 저편으로부터 가느다란 목소리가 들려왔다.

"응? 누구시죠?"

오스발은 제자리에서 굳어버리고 말았다. 여자 목소리? 오스발은 자유호 내에서는 들릴 리가 없는 목소리에 놀라 경악하다가, 간신히 이 배에 타고 있는 유일한 여자를 떠올렸다. 오스발은 그 깨달음에 안도감을 느끼기보다 더 짙은 공포를 느껴야 했다. 율리아나 공주가 갇혀 있는 곳이라면 노예는 절대 출입해서는 안 되는 격리 구역인 것이다.

"왜 등을 보이는 건가요? 몸을 돌리세요."

오스발은 자신의 경악을 다스리지도 못한 상태에서 몸에 익은 대로 명령에 복종했다. 오스발은 뒤로 돌아 선실문의 감시창을 들여다보았다. 감시창 너머 선실 안쪽으로 율리아나 공주의 얼굴이 보였다. 공주는 얼굴 가득히 의아함을 담은 채 오스발을 바라보고 있었다.

"식사 시간도 아닌데 뭔가요? 음? 당신 얼굴이 왠지 낯에 익군요. 당신……?"

잠시 후 오스발과 율리아나 공주는 거의 동시에 입을 열었다.

"예. 저는." "그때 그 노예!"

오스발은 공손하게 머리를 조아렸다.

"오스발이라고 합니다. 너무 늦은 사과입니다만, 무례를 용서하십시오. 고귀하신 공주님."

하지만 율리아나 공주는 무덤덤한 표정으로 말했다.

"당신 말마따나 너무 늦어서 용서해 주려고 해도 어색해요. 그러니 다음번엔 당신이 치마 입고 내 앞에서 엉덩방아를 찧든가 해요."

오스발은 당혹한 표정으로 창살 너머의 공주를 바라보았다. 치마를 입고 어쩌라고? 하지만 공주는 별 표정도 없는 얼굴로 그를 마주보고 있어서, 오스발은 그녀가 농담을 하는 건지 진담을 하는 건지 구분할 수가 없었다. 그래서 오스발은 역시 무덤덤하게 대답할 수밖에 없었다.

"명령이시라면."

율리아나 공주의 눈이 동그랗게 변했다.

"정말 치마 입을 거예요? 노스윈드는 노예에게 치마를 지급하나 보군요. 망측하네요. 변탠가 보다. 그렇게 안 봤는데. 음음음. 그런 취미가 있어서 나를 보고서도 눈 하나 까딱하지 않은⋯⋯"

"물론 그렇지는 않습니다." 오스발은 싱긋 웃으며 발랄하게 전개되고 있는 율리아나 공주의 상상을 중단시켰다. "저, 다른 방법이면 안 되겠습니까? 저는 무지한 노예입니다. 어떻게 하면 사과드릴 수 있을지 하명해 주시면 감사하겠습니다."

"다른 방법? 모르겠네요. 천천히 생각해 봐요."

"그건 안 됩니다. 오늘 저녁까지⋯⋯"

아무 생각 없이 말하던 오스발은 흠칫하며 입을 다물었다. 하지만 그래 가지고서야 들려줄 수 없는 이야기가 있다고 광고하는 것이나 다름없다. 예상대로 율리아나 공주는 창살에 바짝 붙어서며 말했다.

"오늘 저녁이라니, 무슨 말이죠? 가만! 물러나지 말아요. 이야기해요. 그렇잖아도 아까 식사를 가져다준 해적도 퍽 이상한 표정으로 날 쳐다보더군요. 무슨 일이냐고 물어보니 꼭 지금의 당신 같은 얼굴을 하던 걸요. 오늘 저녁에 내게 무슨 일이 일어나는 거죠?"

오스발은 슬픈 눈으로 공주를 바라보았다. 하지만 그의 입은 쉽게 열렸다. 그의 성격이다.

"공주님께서는 오늘 저녁 만찬에 초대됩니다."

"만찬?"

"물론 공주님께서는 많은 만찬에 초대되셨을 듯합니다만, 오늘 만찬에서 공주님이 맡을 역할은 생전 처음이실 것 같군요."

율리아나 공주는 잠깐 미간을 찌푸렸다. 공주가 만찬에서 맡은 적이 없는 역할이 뭘까? 잠시 후 율리아나 공주는 의심스러운 표정으로 말했다.

"테이블의 말석인가 보죠?"

"아뇨. 음식입니다."

율리아나 공주는 잠깐 동안 말문이 막힌 채 오스발을 바라보았다. 그녀는 오스발이 무슨 말을 하는지 알 수 없었다. 하지만 오스발은 자신이 무슨 말을 하는지 잘 알고 있었고, 그래서 체념 섞인 태도로 말했다.

"공주님은 키 드레이번 선장님이 대드래곤 라오코네스를 주빈으로 개최하는 만찬에 메인 코스의 음식으로 초대되실 겁니다."

이해는 느렸지만 비명은 빨랐다. 율리아나 공주가 소리 높이 비명을 지르는 동안 오스발은 풀죽은 얼굴을 한 채 선실 문 앞에 서 있었다. 뭐라고 위로할 말도 떠오르지 않았고, 게다가 율리아나 공주가 전혀 위로받고 싶어하지도 않았기 때문에, 오스발은 비명을 들은 해적들이 빨리 달려와 자신을 끌고가 주길 바라며 묵묵히 서 있었다.

안개에 파묻힌 미노 만 위로 밤의 옷자락이 흘러내렸다.

별빛도 제대로 보이지 않는 암흑 속에서 해적들은 손에손에 횃불을 든 채 갑판에 도열했다. 그리고 그 사이로 노스윈드 선단의 사나운 선장들이 모두 단정한 옷차림을 한 채 자유호의 갑판 위에 꼿꼿이 서 있는 모습이 보였다. 하리야 선장은 손에 성전을 펴든 채 조용히 기도문을 읽고 있었고, 다른 때라면 조롱을 보내었을 해적들은 오늘만은 하리야 선장의 그런 모습에 감사했다. 지독한 안개와 암흑 속에 그들은 주눅들 대로 주눅들어 있었지만, 하리야 선장만은 온화한 태도로 기도문을 읽고 있어 주위의 해적들에게 커다란 위안이 되었다.

그때 승강구로부터 키 드레이번이 올라왔다. 새옷이 불편해서 계속 꿈지럭거리고 있던 돌탄 선장은 재빨리 허리를 폈다. 키는 해적들을 주욱 둘러보았다. 키의 시선이 오닉스의 마스크 위에서 잠시 멈췄다. 횃불 빛밖에 없는 암흑 속에서 오닉스의 눈빛은 알아보기 힘들었다. 하지만 키는 오닉스를 똑바로 쳐다보았고 잠시 후 오닉스가 시선을 돌리는 것을 보며 희미하게 웃었다. 키는 트로포스를 향해 명령했다.

"트로포스 선장. 시작하세."

트로포스는 왼손엔 그의 지팡이를 들고 오른손엔 횃불을 든 채, 자유호의 이물을 향해 걸어갔다. 이물에는 특별히 준비해 둔 신호용 대포가 놓여 있었다. 트로포스는 엄숙한 동작으로 심지에 불을 당겼다. 잠시 후 미노 만이 통째로 진동할 듯한 무시무시한 포성이 울려퍼졌다.

같은 시각, 레보스호의 선실에선 잘 깨지는 화물이나 된 것처럼 정성스럽게 묶여 있던 슈마허와 라스가 이를 갈고 있었다. 대포 소리를 들은 라스가 신음처럼 말했다.

"라오코네스를 부르려는 것이군. 미련하고 무례하고 무식한 해적놈들, 대드래곤께 대포를 쏘다니!"

자유호의 갑판 위에서 트로포스는 속으로 쉰까지 센 다음 다시 대포를 장전하고 불을 붙였다. 다시 한번 안개를 뚫고 무시무시한 포성이 울려퍼졌다. 류트를 다루기에 음감이 남달리 좋은 킬리는 대포의 반향음을 들으며 이맛살을 찌푸렸다.

"백년 전에 빠졌던 시체도 떠오를 지경이군."

킬리는 수면 가까이에서 대포를 쏘면 익사한 시체가 떠오른다는 이야기를 인용했다. 옆에서 듣고 있던 라이온이 피식 웃었다.

"그 정도로는 모자라죠. 800년 전의 대드래곤을 깨워야 하니까."

킬리는 아무 대답 없이 조금 창백한 얼굴이 되었고, 말을 꺼낸 라이온 역시 섬뜩한 기분이 되었다. 하지만 일곱 번째인가 여덟 번째의 대포가 발사될 때까지도 아무 일이 일어나지 않자, 라이온은 맥빠지는 기분을 느꼈다. 엄정한 자세로 서 있던 해적들 역시 자세를 흐트러뜨리며 웅성거렸다. 키는 꼼짝도 하지 않고 밤바다를 바라보고 있었고 오닉스는 그런 키를 노려보기 시작했다.

더 이상 참지 못한 오닉스가 앞으로 한발 내디뎠을 때였다.

"하늘이다!"

식스의 고함에 해적들은 아연한 기분을 느끼며 고개를 들어올렸다.

키 드레이번도 입술을 깨물었다. 왜 위로부터 올 거라는 생각은 못했지? 키는 턱을 한껏 쳐들었다.

그리고 해적들은 자신들이 대드래곤의 크기에 대해 심한 착각을 하고 있었다는 사실을 깨달았다.

머리를 들어올렸던 해적들은 자신이 아직 고개를 반도 들어올리지 않았다는 사실에 당혹해하며 머리를 더욱 힘껏 젖혔다. 그러곤 안개 너머로 보이는 밤 하늘에 지금껏 한번도 보지 못했던 별 두 개가 떠 있는 것을 발견했다. 그 별은 가장 밝은 별보다 훨씬 더 환하게 타오르고 있었고 어떤 별보다 거대했다. 아래턱을 덜덜 떨며 그 별을 바라보고 있던 라이온은 문득 자신이 스스로를 기만하고 있다는 사실을 깨달았다. 저걸 어떻게 '두 개의 눈'이라고 부를 수 있단 말인가, 저건 별이다! 하지만 검은 안개더미 위에서 형언할 수 없는 엄숙함으로 그들을 굽어보고 있는 그것은 두 개의 눈이었다.

"오, 신이여!"

하리야의 손에서 성전이 털썩 떨어졌다. 오닉스는 숨을 헐떡거리며 마스크를 벗고 싶은 지독한 충동을 느끼며 그것을 움켜쥐었다. 요란한 소리에 고개를 돌린 킬리는 갑판에 주저앉아 입을 뻐끔거리고 있는 돌탄을 발견했다. 미리 경고를 받았던 횃불잡이들마저도 몸을 심하게 떨어 횃불이 춤을 추었다. 그때 까마득한 곳으로부터 '목소리'가 전해져 왔다.

"나는 일몰의 왕 라오코네스⋯⋯"

목소리를 들은 순간 키는 발작적으로 복수의 칼자루를 움켜쥐었다.

아슬아슬한 순간에 간신히 자제력을 회복한 키는 간신히 검을 뽑지 않을 수 있었다. 만약 그가 칼을 뽑았다면 제국은 마침내 가장 큰 시름을 덜 수 있었을 것이다. 키는 칼자루를 꽉 움켜쥔 채 위쪽을 향해 외쳤다.

"일몰의 왕 라오코네스! 순간을 지배하기에 영원을 지배하는 위대한 존재여! 나는 키 드레이번이오!"

라오코네스는 한참 동안 말이 없었다. 키는 라오코네스가 그의 목소리를 들었는지 의심스러웠다. 마치 산꼭대기 위의 사람에게 고함을 지르는 기분이었으니까. 하지만 잠시 후―노스윈드의 해적들에게 그것은 절대로 '잠시'가 아니었다―라오코네스의 목소리가 다시 들려왔다.

"인간은 그의 제국을 넘을 수 없다. 이곳은 너희들의 제국이 아니다. 돌아가라."

라오코네스의 대답을 듣는 순간, 키는 가슴이 뻥 뚫리는 통쾌함을 느꼈다. 라오코네스는 800여 년 전의 약속을 아직 기억하고 있었던 것이다. 키는 칼자루를 놓으며 외쳤다.

"나는 제국과 상관없소! 나는 제국의 공적 제1호 키 노스윈드 드레이번이란 말이오! 하하하!"

"나는 그 이름을 알지 못한다."

높은 곳에서 빛나고 있던 두 눈에 갑자기 지금까지와는 다른 빛이 떠오르기 시작했다. 라오코네스는 사실을 말하는 차분함으로, 하지만 판결을 내리는 단호함으로 말했다.

"내가 알고 있는 것은 네가 아무런 허락도 없이 나의 영토에 들어왔다는 것이다. 돌아가라. 일몰의 왕이 두 번씩이나 권고했음에도 불구하고 감사하며 물러나지 않는다면, 넌 전세계를 상대로 네가 스스로의 목숨을 가질 자격이 없다는 것을 선포한 것이나 다름없으리라."

해적들은 벌벌 떨며 그들의 선장을 돌아보았다. 키는 숨을 깊이 들이쉰 다음 크게 외쳤다.

"미안합니다만 나는 두 번째의 권고를 받아들일 마음도 없고, 위대한 일몰의 왕에게 세 번째의 권고를 말하는 수고를 끼쳐드릴 생각도 없습니다. 나는 당신에게 대가를 지불하고 당신의 영토를 지날 생각입니다."

"대가? 너는 드래곤에게 어떤 대가를 준비했느냐."

키는 어떻게 하면 뚜쟁이처럼 말하지 않을 수 있나를 놓고 잠깐 고민했다. 하지만 내용이 내용인지라 도리가 없었다. 그래서 키는 간단하게 말하기로 결심했다.

"처녀요, 아름다운."

말을 끝낸 키는 비참해지는 기분을 억누르며 라오코네스를 바라보았다. 하지만 대드래곤 라오코네스는 미동도 하지 않은 채 자유호를 내려다보았다. 어차피 보이는 것은 붉게 타오르는 두 개의 눈뿐인지라 라오코네스의 움직임을 볼 수는 없었지만. 라이온은 메마른 입술을 짓씹으며 라오코네스의 대답을 기다렸다.

라오코네스는 키 드레이번처럼 짧게 말했다.

"받겠다."

자유호의 해적들은 일제히 안도의 한숨을 내쉬었다. 바닥에 주저앉아 있던 돌탄은 눈물을 줄줄 흘리며 히스테릭하게 웃어대었고, 그래서 킬리는 그런 돌탄을 달래어야 했다. 괜찮아. 울지 마. 코풀어. 흥. 윽! 그건 농담이었단 말야. 진짜로 코를 푸냐? 그리고 키는 고개를 돌려 식스에게 명령했다.

"일항사. 율리아나 공주를 데리고 오도록."

식스는 대답한 다음 승강구를 달려내려갔다. 이제 한결 안심하게 된 라이온은 키 드레이번에게 다가서며 낮게 속삭였다.

"그런데 선장님. 왜 이런 깊은 밤을 선택하신 겁니까? 간덩이가 부은 소리일지 모르겠습니다만, 낮이었다면 제국의 누구도 보지 못했던 것을 똑똑히 볼 수 있었을걸 하는 아쉬움이 듭니다만."

키는 잠시 침묵했다. 조바심을 느낀 라이온이 다시 질문하려 했을 때 키는 나직하게 말했다.

"너는 율리아나 공주가 잡아먹히는 광경을 보고 싶으냐."

라이온은 입을 다물었다. 키는 그 모습을 보고 싶지 않았을 뿐만 아니라 그 모습을 부하들에게 보여줄 수도 없었던 것이다. 라오코네스의 공포에 질려 있는 해적들이지만 언젠가는 그들의 선장이 드래곤에게 공주를 넘겼다는 사실에 실망하게 될지도 모른다. 키는 그 광경을 해적들에게 각인시키는 위험을 감수하고 싶지는 않았으리라. 라이온은 고개를 숙였다.

"죄송합니다."

그때 승강구 쪽에서 재빠른 발자국 소리가 들려왔다. 라이온은 의아한 표정으로 고개를 들었다. 왜 이렇게 급하게 돌아오는 거지? 승강구에서 나타난 것은 조금 전 아래로 내려갔던 식스 1등 항해사였다. 식스는 혼자였고, 어둠 속에서도 알아볼 수 있을 만큼 창백한 얼굴을 하고 있었다.

해적들이 의아한 표정으로 바라보는 가운데 식스는 키에게 다가섰
다. 그러고는 키의 귓가에 입을 가져가서 낮게 소근거렸다. 키의 표정이
험악하게 바뀌었다. 키는 즉각 몸을 돌려 승강구 쪽을 향해 달려갈 자
세를 취했다. 그러나 그대로 달려가는 대신, 키는 제자리에 멈춰 서서는
라오코네스를 향해 고함 질렀다.

"대드래곤 라오코네스여! 죄송합니다. 사정이 생겨서 시간이 좀 필요
하겠습니다. 기다려주시겠습니까?"

다시 찰나가 영원이 되는 희한한 시간의 흐름이 있은 후, 대드래곤은
대답했다.

"기다리겠다."

라오코네스의 허락이 떨어지자마자 키 드레이번은 즉시 승강구로 뛰
어들어갔다. 라이온은 키의 뒤를 따라가는 식스의 어깨를 붙잡으며 낮
게 속삭였다.

"무슨 일입니까?"

식스는 라이온이 지금껏 본 것 중에서 가장 끔찍한 표정을 지은 채
낮고 거칠게 말했다.

"공주가 사라졌어!"

율리아나 공주는 퉁탕거리는 가슴을 내리누른 채 통로 옆 벽에 기대

어섰다. 생선 가시와 실로 만든 낚시는 훌륭하게 작용했고 그래서 율리아나 공주는 쉽사리 빗장을 열고 감방을 나올 수 있었다. 감시가 허술했던 탓도 있었다. 망망대해 위의 배에서 공주가 어딘가로 도망갈 수 있으리라고 생각한 해적은 아무도 없었고, 공주 자신도 그렇게 생각하고 있었다. 하지만 자신이 라오코네스에게 바쳐질 것이라는 사실을 알게 되자 율리아나 공주는 불가능에 도전할 절대적 필요성을 느끼게 되었다. 율리아나 공주는 계단 옆의 어두운 그림자 속에 숨어서 필사적으로 생각했다.

보트는 분명히 갑판 위에 있다. 하지만 그녀 혼자서 보트를 내릴 수는 없을 것이다. 그것을 타고 노를 저어 도망친다는 것은 더욱 말이 안 된다. 공주는 가까스로 이곳이 만이라는 사실을 떠올렸다. 육지가 가까울 것이다. 헤엄을 친다면? 그러나 여기서 한 가지 문제가 되는 것은, 해운국 카밀카르의 셋째 공주인 율리아나 공주가 헤엄을 칠 줄 모른다는 사실이다.

'하지만 그 수밖에 없어.'

율리아나 공주는 이를 악물었다. 바다로 뛰어들 수밖에. 하지만 해적들이 득시글거리는 갑판 위로는 올라갈 수 없다. 그렇다면 바다로 뛰어들 수 있는 곳은…….

율리아나 공주는 내려가는 계단을 찾기 시작했다.

노 구멍을 통해 바다로 뛰어드는 것이다. 노예들이 있겠지만 모두 쇠사슬에 묶여 있을 것이다. 노예장만 피할 수 있다면 그쪽이 오히려 안전하다. 공주는 신발을 벗어버리고는 맨발로 통로를 달리기 시작했다. 헤엄치기에 거추장스러운 드레스는 이미 벗어던져 공주는 짧은 속옷 바람으로 달리고 있었다. 한참을 정신없이 뛰어다니던 공주는 거의 지나칠 뻔하다가 가까스로 아래로 내려가는 사다리를 발견했다. 공주는 그것이 어디로 통하는지 알 수 없었지만 아래로 내려가는 사다리였기에 주저없이 사다리 위에 올라탔다.

다행히도 그 사다리는 노갑판으로 이어지고 있었지만, 사다리를 내려선 율리아나 공주를 맞이한 것은 완전한 암흑이었기에 공주는 그 사실을 알 수 없었다. 노예들을 위해 귀한 기름이나 양초를 태울 리 없기 때문이다. 그래서 주위를 분간할 수 없었던 공주는 조심스럽게 손을 내밀어 벽을 찾아보았다. 그때 느닷없이 고함이 터져나왔다.

"누구냐! 오호라, 오스발? 네놈이 기어코!"

잠결에 공주의 발자국 소리를 들은 노예장이 내지른 고함에 율리아나 공주는 거의 까무라칠 뻔했다. 그때 또다른 방향에서 당황해하는 목소리가 들려왔다.

"어? 노예장님. 저를 부르셨습니까?"

오스발의 목소리였다. 공주는 제자리에 굳어버린 채 꼼짝도 하지 않았다. 노예장이 몸을 일으키는지 부스럭거리는 소리가 들려왔다.

"너 이 자식! 들키니까 아닌 척하고 있어? 가만두지 않겠다. 아무리 키 선장님의 결정이라도 너 따위 놈에게 자유를 주신 것은 실수셨어! 잠시만 기다려라. 모가지를 뽑아놓겠다!"

공주는 숨소리마저 죽인 채 기다렸다. 그때 바로 오른쪽에서 탁탁거리는 소리가 들려왔다. 고개를 돌린 공주는 어둠 속에서 반짝이는 불꽃을 보았다. 노예장이 부싯돌을 켜고 있는 것이었다.

노예장은 불을 켜려 했지만 조급한 나머지 불이 잘 붙지 않았다. 잠시 후 기어코 등잔에 불을 붙인 노예장은 등잔을 위로 들어올렸다. 율리아나 공주는 눈이 부셔서 자기도 모르게 손을 들어 얼굴을 가렸다. 인기척을 느낀 노예장은 등잔을 돌려 공주를 돌아보았다.

노예장은 숨이 멎을 뻔했다.

불빛 속에 드러난 것은 하늘거리는 속옷만 걸친 여자의 모습이었다. 다른 장소의 다른 시간이었다면 노예장의 입이 찢어져라 벌어졌을 것이다. 하지만 여자를 볼 리가 없는 망망대해의 해적선 위에서 그런 모습을 보게 되자 노예장은 심장이 멎을 듯한 공포를 먼저 느꼈다. 게다가 여자는 두 손으로 얼굴을 가리고 있었고, 그 모습은 공포에 질린 노예장이 보기엔 소리 없이 울고 있는 것처럼 보이기에 충분했다. 노예장이 혼절할 듯한 정신 속에서 '유령의 울음 소리' 어쩌고 하는 말을 떠올렸을 때였다.

멀리서 구슬픈 노랫소리가 들려오기 시작했다.

음…… 음음…… 음…….

"우아아아악!"

목이 터져라 비명을 지르던 노예장은 입에서 하얀 거품을 뿜어내며 기절했다. 등잔이 떨어지며 기름이 쏟아지자 불길이 치솟았다.

"어머!"

율리아나 공주는 불길을 피해 뒤로 물러나려 했지만 곧 벽에 부닛혔다. 그때 그녀의 손목을 잡아채는 손길이 있었다. 공주는 몸을 돌렸고,

그녀의 손목을 부여쥔 사람의 얼굴을 보았다. 그녀는 그 사람의 이름을 알고 있었다.

"오스발?"

"이리 오십시오! 타죽겠습니다."

오스발은 율리아나 공주를 질질 끌다시피 잡아당기며 달려갔다. 불길이 거세게 일어나자 쇠사슬에 묶여 있던 노예들은 비명을 지르기 시작했다. 불길에서 조금 멀어지자 오스발은 공주에게 다급하게 고함 질렀다.

"도망치신 겁니까?"

"그래요! 살려주세요. 제발 부탁해요!"

"어떻게 말입니까? 저는 노잡이 노예에 불과합니다. 공주님을 도와드릴 수가 없어요."

율리아나 공주는 절망적인 얼굴로 오스발을 바라보았다. 하지만 오스발은 서글프게 고개를 가로저을 뿐이었다. 공주는 입술을 질끈 깨물고는 노를 향해 달려갔다. 불빛 때문에 주위가 밝아져 공주는 쉽게 노구멍을 찾을 수 있었다. 오스발은 다시 그녀의 손목을 붙잡아야 했다.

"잠깐! 무슨 생각이십니까? 바다에 뛰어들려는 겁니까?"

"드래곤에게 잡아먹히느니 바다에 빠져 죽겠다고 말한다면 바보 같겠죠? 죽는 건 마찬가지니까. 하지만 내가 갑자기 잠재 능력을 발휘하여 헤엄을 배울 수도 있지 않을까요? 당신은 이제 내가 헤엄을 못 친다는 것, 그럼에도 불구하고 바다에 뛰어들려는 결심을 할 만큼 절박한 심정이라는 것을 짐작할 수 있을 거예요. 그러니까 부디 이 손목 놔주

188

면 좋겠어요."

이 급박한 상황에서 듣기엔 너무 침착한 대답에 오스발은 잠시 어이 없는 얼굴이 되었다. 하지만 공주가 침착한 얼굴을 유지한 채로 그의 손등을 침착하게 깨물려고 들자, 더 이상 그러고 있을 수 없게 되었다. 오스발은 공주의 입을 피하며 말했다.

"더 좋은 생각이 있습니다. 그러니까."

"찬성이에요! 시작해요!"

"……알겠습니다. 따라오십시오."

텅 빈 공주의 감방을 바라보며 아연해하고 있던 키와 식스, 그리고 라이온은 갑자기 몸을 돌렸다. 아래쪽에서부터 노예들의 비명과 함께 '불이야!' 하는 외침이 들려왔기 때문이다. 키는 이를 드러내며 짓씹듯이 말했다.

"아래쪽이군. 일항사! 선원들을 데리고 와! 라이온은 나와 함께 공주를 붙잡는다."

"이 깜찍한 공주. 불을 지를 생각을 다하다니, 대단한데?"

탄복하는 듯한 내용과는 달리 라이온은 으르렁거리며 말하고는 즉시 사다리를 향해 달려갔다. 노갑판에 내려선 키와 라이온은 치솟아오르는 불길에 주춤했다. 불길 저편으로는 쇠사슬에 묶인 노예들이 미친 듯이 비명을 지르고 있었다. 키는 재빨리 외투를 벗어서는 불을 끄기 시작했다. 역시 같은 행동을 하던 라이온은 바닥에 쓰러진 노예장을 발견했다.

"이놈! 공주에게 당한 거야? 어처구니가 없군!"

입을 꾹 다문 채 불을 끄고 있던 키는 머리 위로부터 식스와 선원들의 것으로 짐작되는 다급한 발자국 소리가 들리자 외투로 상체를 가리며 불길 속으로 뛰어들었다. 불길을 뛰어넘은 키는 외투를 팽개치고는 가장 가까이에 있던 노예의 멱살을 붙잡아 당기며 말했다.

"여자 어디로 갔나!"

경악 때문인지, 혹은 제국어를 모르는 야만족 출신이기 때문인지는 알 수 없었지만 노예는 키의 질문에 대답하지 않고 대신 부들부들 떨기만 했다. 키 드레이번이 분노한 동작으로 복수를 뽑아들었을 때였다. 그 옆의 노예가 악을 쓰듯이 외쳤다.

"저쪽입니다!"

키는 노예가 가리킨 방향을 향해 달려갔다. 이물 쪽에 거의 다다른 키는 멀리서 희끄무레한 것이 움직이는 것을 발견했다. 잠시 후 키는 그것이 율리아나 공주와 또다른 사내의 모습이라는 것을 알아차렸다.

"멈춰라!"

키의 고함에 율리아나 공주는 파랗게 질린 채 고개를 돌렸다. 그러나 그때 옆에 서 있던 사내는 율리아나 공주의 어깨를 끌어당겨 재빨리 노 위에 앉히며 말했다.

"계단 난간 타보신 적 있습니까? 비슷한 겁니다."

"그런데 난 계단 난간을 타본 적이 없……"

"잘됐군요! 이건 사실 계단 난간이 아니거든요."

키는 사내의 목소리에 충격을 받았다. 그는 그 목소리를 알고 있었다. 그때 사내는 공주의 등을 밀었고, 공주는 비명을 지르며 노 위를 미끄러져 내려갔다. 공주가 노구멍으로 사라지자 사내는 어깨를 으쓱하며 고개를 돌렸다. 키는 이를 악물며 사내의 이름을 불렀다.

"오스발! 네놈이!"

"죄송합니다, 선장님."

우아하게도 오스발은 가벼운 목례까지 보낸 다음 발 옆에 놓아두었던 물건을 집어들었다. 키는 그것이 구명 부이라는 것을 알아차렸다. 오스발은 그것을 겨드랑이에 낀 채 노구멍을 향해 몸을 날렸다.

"이놈! 멈춰라!"

급히 달려가 노구멍을 통해 밖을 내다본 키의 눈에 노의 끝에 매달려 첨벙거리고 있는 공주의 모습이 눈에 들어왔다. 키는 지체없이 노 위에 뛰어올랐다. 노를 밟으며 달려오는 키의 모습을 보자 율리아나 공주의 눈이 커다랗게 변했다. 그때 공주의 등뒤의 물 속에서 오스발이 느닷없이 솟아올랐다.

"안 돼!"

키는 고함을 지르며 손을 뻗쳤지만, 그 전에 오스발이 먼저 공주의 허리를 끌어안았다. 키의 손이 공주에게 닿기 직전, 두 사람은 그대로 물 아래로 사라졌다. 공주를 놓친 키는 균형을 잃고 바다에 빠졌다. 재빨리 노를 움켜쥔 키는 사나운 눈길로 사방을 둘러보았다. 잠시 후, 멀찌감치 떨어진 곳에서 요란한 소리와 함께 무언가가 솟아오르는 것이 키의 눈에 보였다. 구명 부이에 매달린 공주와 오스발이었다. 오스발은 구명 부이를 끌며 안개 쪽을 향해 헤엄쳐 가고 있었다. 노의 물갈퀴에 매달린 채, 키는 포효하듯 외쳤다.

"오스바아아알!"

노의 물갈퀴에 매달린 채 오르락내리락하고 있는 키 드레이번을 발견한 라이온은 재빨리 구명 부이를 집어던졌다. 다시 배 위로 올라온 키는 젖은 옷에서 물방울을 뚝뚝 떨어뜨리며 갑판 위로 달려올라갔다. 갑판 위에선 선장들과 해적들이 당황에 빠진 모습으로 웅성거리고 있었지만, 키는 그쪽으로는 시선도 보내지 않은 채 곧장 이물로 달려갔다. 이물에 선 키는 고개를 한껏 꺾어 대드래곤의 얼굴이 있을 것으로 짐작되는 곳을 쳐다보며 외쳤다.

"라오코네스! 안개를 거둬주시오!"

대드래곤 라오코네스는 말없이 키를 내려다보다가 마땅찮은 어투로 말했다.

"이유는?"

"당신에게 바칠 처녀가 방금 배 밖으로 뛰어나갔소! 안개를 거둬주셔야만이 수색이 가능하오."

해적들은 경악했다. 율리아나 공주가 배 밖으로 뛰쳐나갔다고? 해적들 중 몇몇은 뱃전을 향해 달려가 먹물 같은 바다를 향해 횃불을 비춰보기도 했고 어떤 선장은 보트를 향해 달려가기도 했다. 그때 그들의 머리 위로부터 라오코네스의 나직하지만 힘있는 목소리가 울려퍼졌다.

"그렇다면, 너희들은 나에게 바칠 대가를 잃은 것이군?"

라오코네스의 목소리에는 약간의 유쾌함 같은 것도 섞여 있었다. 하지만 그 말을 들으며 정말로 즐거움을 느끼는 해적은 아무도 없었다. 그것은 개구리를 앞에 둔 뱀의 유쾌함 같은 것이었다. 키는 눈살을 찌푸렸고 그런 키를 향해 라오코네스는 침착하게 말했다.

"나로선 처녀를 고집해야 할 이유가 별로 없다."

라이온은 숨이 턱 막히는 기분을 느꼈다. 안타깝게도 재료가 떨어져서 특급 요리인 '율리아나 공주'는 드실 수 없겠군요. 대신, 맛은 좀 떨어질지 몰라도 포만감을 드릴 것이 분명한 '사천 명의 해적' 풀 코스는 어떨까요? 순식간에 허무맹랑한 말을 만들어낸 라이온은 자신의 생각에 웃어야 할지 울어야 할지 모르게 되어버렸다. 하지만 대부분의 해적들은 라오코네스의 말에 심장이 떨어지는 기분을 느꼈다.

키는 안간힘을 다해 말했다.

"대드래곤 라오코네스여……"

"그 검의 장인을 봐서, 이대로 돌아가는 것은 허락하겠다. 물러가라."

라오코네스는 키의 말을 끊으며 말했고, 그래서 키 드레이번은 그의 말을 빨리 이해하지 못했다. 그러나 잠시 후 라오코네스의 말을 이해한 키는 눈을 부릅뜨며 자신의 허리를 내려다보았다.

"검…… 이 복수 말이오?"

허공 속에서 불타고 있던 라오코네스의 두 눈이 서서히 벌어지기 시작했다. 안개가 더욱 짙어지며 폐를 적셔오는 것 같은 습한 공기 속에 키 드레이번과 해적들은 헐떡거렸다. 라오코네스의 말은 머나먼 메아리처럼 들려왔다.

"인간이여. 너는 그 검의 소유자인 만큼 그 검의 검신에 있는 글귀를 알 테지. 800년 만에 처음 찾아온 손님에 대한 선물로서 그 글을 주고 싶군."

키는 거친 숨소리만 낼 뿐 대답하지 않았다. 라오코네스의 모습은 이제 안개 속으로 완전히 사라지고 있었다. 그 안개와 어둠 속에서 라오코네스의 목소리는 둔한 울림으로 전달되어 왔다.

"복수는 복수를 원하는 자에게 복수한다."

그리고 라오코네스는 사라졌다.

희끄무레한 안개를 뚫고 보트들이 천천히 노를 저었다. 보트장들은 어디에 있는지 알 수 없는 암초와 절벽 때문에 신경을 곤두세우고 있었다. 공주와 오스발을 찾기 위해 출동한 보트들이 먼저 길을 잃을 지경이었기에 노스윈드 선단의 아홉 척의 배에는 랜턴과 횃불을 활활 지펴 놓았다.

선단의 보트를 모두 출동시켜 오랜 시간에 걸쳐 안개 속을 뒤졌지만 해적들은 아무것도 발견하지 못했다. 지리한 시간이 흘러 마침내 새벽이 되었을 때, 그랜드머더호의 보트들을 지휘하고 있던 킬리 선장은 수면 위를 떠다니는 물건을 발견했다. 날카로운 휘파람 소리가 교환된 후 미노 만을 수색하던 보트들은 모두 킬리 선장의 보트 주위로 몰려들었다. 몰려든 보트들을 향해, 킬리는 바다에서 건져낸 구명 부이를 들어올렸다.

그랜드파더호의 보트를 지휘하고 있던 돌탄 선장은 구명 부이를 보며 이맛살을 찌푸린 채 말했다.

"파쳐 죽은 컬까?"

킬리는 대답 대신 보트를 전진시켰다.

해가 떠올랐을 때 그들은 안개를 뚫고 느닷없이 나타난 해안 절벽에 깜짝 놀랐다. 해안 절벽을 바라보던 돌탄은 절벽이 갈라진 틈 사이로 흘러나오는 조그마한 시내를 발견했고, 잠시 후 해적들은 강 하구에 형성된 좁은 모래톱을 발견했다. 조심스럽게 해안에 상륙한 해적들은 모래톱 위에 찍힌 발자국도 발견할 수 있었다. 트로포스는 우울한 얼굴로 모래톱 위에 찍힌 발자국을 관찰했고 그것이 크고 작은 두 종류의 발자국이라는 것을 알아차렸다. 트로포스는 한층 더 우울한 얼굴로 돌탄을 돌아보았다.

"자네가 하겠나?"

"왜 내카? 식…… 1등 항해사에게 시켜. 크케 일항사의 일이야."

그래서 자유호의 보트들을 지휘하던 식스 1등 항해사는 밤새 한숨도 자지 않아 눈에 핏발이 선 모습으로 기다리던 키 드레이번에게 돌아가서는 율리아나 공주와 노예 오스발이 상륙하는 데 성공한 것 같다는 소식을 전하는 꺼림칙하기 짝이 없는 임무를 받게 되었다. 식스의 보고를 들은 키는 아무 말 없이 선장실로 돌아간 다음 조용히 문을 걸어 잠갔다.

아무런 사후 대책을 듣지 못한 식스는 한층 더 꺼림칙한 기분을 느끼며 수색중이던 해적들을 모두 철수시켰다. 태양이 정오의 위치를 지날 무렵, 밤새도록 수색에 나섰던 해적들은—그것도 대드래곤의 성지 바로 앞인지라 머리끝까지 긴장된 상태에서 수색하던 해적들은—녹초가 되어 잠들었다. 하지만 라이온은 난동을 부리지 않도록 꽁꽁 묶어두었던 슈마허와 라스를 풀어주기 위해서 피로한 몸을 이끌고 그들을 찾아갔다. 거의 하루 동안 묶여 있었던 라스 법무대신과 슈마허는 분통을 터뜨릴 기운도 없이 축 늘어진 모습으로 일어났다.

라이온은 그런 두 사람을 우울한 눈으로 바라보다가 짤막하게 말했다.

"공주는 탈출했습니다. 어떻게 그럴 수 있었는지 모르겠습니다만, 그녀는 바다를 가로질러 상륙하는 데까지 성공한 거 같군요. 덕분에 우리는 현재 미노 만 앞에서 발이 묶이고 말았습니다."

두 사람은 말 그대로 펄쩍 뛰어올랐다. 그리고 라이온은 두 사람의 열렬한 호기심을 뿌리치지 못했기에 피곤함을 무릅쓴 채 사태의 전말을 대충 설명해 줄 수밖에 없었다. 감탄의 시간이 지나고 머리가 좀 차가워지자, 라스는 800년 만에 일어났던 대드래곤이 너무나 짧은 시간 동안, 그것도 어둠과 안개 속에 몸을 거의 가린 채 인간과의 회견을 마쳤다는 사실에 안타까워했다.

"어떻게 들릴진 모르겠지만, 제국의 학자들이 이 사실을 알았다면 당신네들의 5대 조부까지 비난의 향연장으로 끌어내었을 거요."

라이온은 우울한 얼굴로 라스를 바라보았다. 라스는 점잖은 얼굴로 말했다.

"800년 전의 역사, 800년 전의 약속, 800년 동안 쌓여왔을 그의 철학과 무한의 지혜. 우리가 거기서 무엇을 배울 수 있었는지는 짐작도 할 수 없군. 그런데 우리 시대의 마지막 현자와 나눈 이야기가 그런 시시껄렁한 이야기들뿐이라니."

배부른 소리 하고 있네, 집어치워, 라고 말하는 대신 라이온은 핏 웃었다.

"라오코네스와 고담준론이라도 나눠보지 못한 것에 대해서는 저 역시 퍽 아쉽습니다. 지혜로운 라오코네스라면 희희낙락하고 있는 법무대신의 입을 한번에 다물어지게 만들 수 있는 말이 뭔지 알고 있을지도 모르지요. 지금 제겐 그런 마법의 말이 꼭 필요하거든요."

라스는 입을 다물었고, 라이온은 그런 라스에게 잔인한 미소를 지어준 다음 말했다.

"공주가 달아났다는 이야기에 몹시 즐거운 모양입니다만, 잘못 생각하신 겁니다. 이 황량한 미노 만에서라면 노련한 뱃사람도 생존할 수 있다고 장담하기 어렵습니다. 하물며 공주가 어떻게? 공주에게 사냥 기술이 있습니까, 야영 기술이 있습니까? 그녀는 부러진 칼토막 하나도 가져가지 않았습니다. 미련하기 짝이 없는 탈출이죠."

라스는 여전히 아무 말도 하지 않았다. 대신 슈마허가 말했다.

"노예 하나가 같이 달아났다고 들었다만."

"흐응. 그렇네, 슈마허. 노잡이지. 꼬마였을 때 배에 팔려서 이날 이때까지 노만 저은 녀석이지. 사람이 넘치는 도시에 던져놔도 굶어죽을 녀석이고, 어쨌든 절대로 모험가 타입은 아니지. 거친 황야에서의 생존 확률을 비교한다면 공주와 막상막하일걸. 나라면 그런 녀석에게 희망을 걸진 않을 거야."

슈마허는 라스를 흉내내기 시작했다. 입을 꽉 다물고 언짢은 표정을 지었다는 말이다. 라이온은 그런 두 사람을 바라보며 배부르게 웃었다.

"공주는 살아나기 힘들 거요. 그녀는 대드래곤을 피해서 훨씬 더 비참한 죽음을 찾아간 것이오."

라이온은 자리에서 일어나 문을 향해 걸어갔다. 그때 그의 등을 향해 슈마허가 말했다.

"한 가지 알려줄까."

라이온은 제자리에 멈춰서 고개만 돌렸다. 그리고 슈마허의 눈 속에 재미있어하는 감정이 담겨 있는 것을 보고는 의아해졌다. 슈마허는 팔짱을 끼며 천장을 올려다보았다.

"잘 알겠지만 율리아나 공주께서는 애서가시지. 공주께서 부러진 칼한 자루 가져가시지 않았다고 했나? 허나 대신 그분께서는 만 권의 책에 달하는 지식을 가져가셨다. 그것은 수십 명의 조력보다 더 강력한 힘일 거라고 생각하는데, 자네 생각은 어떤가?"

"뭐? 책?"

"그래, 책. 그분께서는 천문학의 지식으로 밤하늘을 그분의 나침반으로 삼으실 것이며, 박물학의 지식을 통해 낯선 사물을 파악하실 것이며, 지리학의 지식을 통해 지평선과 언덕 너머의 앞길을 예측하실 것이며, 다른 무엇보다도 역사학의 지식을 통해 그보다 훨씬 어려운 길을 걸어갔던 영웅의 지혜와 용기를 이끌어내실 수 있으실 것이다. 자, 어떤가. 라이온? 실로 수십 명의 조력에 값하지 않을까?"

슈마허는 빙긋 웃었고, 라스는 탄성을 질렀고, 라이온은 조금 전 그들이 짓고 있던 표정을 짓기 시작했다.

"추, 추워 죽겠어요."

율리아나 공주는 나무 밑둥에 기대어 앉은 채 온몸이 부서져라 떨면서 말했다. 얇은 속옷 하나만 걸치고 차가운 바다를 가로질러 데다가 하루 종일 아무것도 먹지 못하고 맞이한 밤이기에 그것은 당연한 일이었다. 오스발은 들고 있던 나무 꼬챙이를 내려놓으며 실망스러운 목소리로 말했다.

"말씀대로 해보았습니다만, 공주님. 아무래도 불이 안 붙는데요."

율리아나 공주는 부들부들 떨면서도 겸연쩍어하는 목소리로 말했다.

"이, 이상하네…… 책에 보면 나무를 비벼서 불을 붙일 수 있다고 하, 하던데…… 에츄!"

"책에 보면 강철로 칼을 만든다고도 나와 있겠죠. 하지만 대장장이가 아니라면 누가 칼을 만들 수 있겠습니까. 이것도 그것과 비슷한 일이 아닐까 생각됩니다."

"다, 다른 방법도 읽었어요. 돌멩이를 부딪쳐서 불을 붙일 수도 있다더군요."

오스발은 잠시 율리아나 공주를 바라보다가 아무 말 없이 단단한 돌멩이를 찾아들었다. 그러고는 그것을 부딪치기 시작했다. 결국 공주가 그만두라고 말했을 때, 오스발은 손바닥에 생긴 물집을 처량한 시선으로 내려다보고 있었다. 그리고 두 사람은 한참 동안 아무 말 없이 앉아 있었다.

잠시 후 공주는 한숨을 내쉬며 말했다.

"안아주세요."

"그게 낫겠군요."

오스발은 공주에게로 다가앉아서 그녀의 가냘픈 몸을 살짝 안았다. 율리아나 공주는 오스발의 품속에서도 무섭도록 떨고 있었다. 더 이상 떨 기력도 남아 있지 않은 것 같았지만 공주의 몸은 계속 떨렸다. 몽롱한 정신 속에서 공주는 머릿속에 떠오르는 아무 말이나 꺼내었다.

"제가 지, 지금 무슨 생각 하는지 아세요?"

"차라리 얌전히 라오코네스에게 잡아먹힐걸, 하는 생각이겠죠."

"어? 맞았어요. 어떻게 알았죠?"

"저도 비슷한 생각을 하고 있으니까요. 공주님이 달아나든 말든 내버려두고 자유호에 있었으면 지금쯤 부른 배를 안고 편하게 자고 있었을 겁니다."

율리아나 공주는 잠시 아무 말도 하지 않았다. 아무런 불빛도 없는 숲속의 밤이었기에 오스발은 코앞에 있는 공주의 표정도 분간하기 힘들었다. 잠시 후 공주는 궁금하다는 듯이 말했다.

"하, 하지만 자유가 없는 노예 생활이잖아요."

"자유? 글쎄요. 공주님은 자유 의사에 따라 필마온 기사단장 발도로네스에게 시집 가시는 것이었습니까?"

"그건······"

"자유는 환상입니다. 세상에 자유로운 사람은 아무도 없습니다."

율리아나 공주는 다시 입을 다물었다가 불만스럽게 말했다.

"그럼 절 버리고 그 해적들에게 돌아가지 그래요? 가서 늙어 죽을 때까지 노나 젓다가 죽어요."

"그럴까요?"

"너, 너, 너무 쉽게 대답하는군요?"

"어려울 것은 아무것도 없습니다만."

오스발은 무뚝뚝하게 대답했고 공주는 울고 싶어졌다. 그를 떠밀어버리고 싶었지만 추워서 도저히 그럴 수가 없었기 때문이다. 그래서 공주는 아랫입술을 깨물며 다른 행동을 취했고, 그래서 오스발을 실소하게 만들었다. 율리아나 공주는 오스발의 팔을 시트 자락이나 되는 것처럼 목 위로 끌어올렸기 때문이다. 오스발은 짐짓 목소리를 진지하게 바꾼 다음 말했다.

"아, 참. 그리고 공주님."

"뭐죠?"

"제가 반항할 기운도 없다는 것을 틈타서 제게 이상한 짓 하지는 마세요."

밤하늘을 향해 공주의 웃음 소리가 맑게 퍼졌다.

미노 만의 입구에 정박한 자유호의 선상에서, 식스는 고개를 갸웃거리다가 불확실한 어투로 말했다.

"글쎄요. 어쨌든 율리아나 공주는 대륙에 소문이 자자한 미녀인 만큼……"

"말이 안 돼. 오스발 놈이 공주의 미모에 혹해서 그녀를 탈출시켰다고? 이 선단에 넘쳐나는 미친 해적놈 중에 한 놈이 그랬다면 믿을 수 있어. 하지만 그놈은 아냐."

키 드레이번은 단정짓듯이 말했다. 식스는 입을 다물었다.

"놈은 싱잉 플로라의 노래도 듣지 못해. 그런 놈이 공주의 미모를 느낀다고? 교수대가 싫어서 평수부가 되는 것을 거절했어. 그런데 탈출을 감행해? 그놈은 둔하고 게으른, 보통의 버러지야. 그런 녀석들은 자기 처지에 만족하기 때문에 절대로 이런 큰일을 벌이지 않아. 룰이 깨진 세상의 소용돌이에 휘말려 비명을 지르기야 하겠지만, 절대로 세상의 룰을 깨지는 않아!"

"글쎄요. 오스발의 마음이야 저로선 알 도리가 없습니다. 그런데 선원들과 선장들은 앞으로의 계획을 알고 싶어하는데요. 미노 만을 통과할 수도 없고, 그렇다고 페리나스 해협으로 갈 수도 없습니다. 공주가 없어졌다는 것만으로 두 군데 항로가 모두 막히는군요. 전리품들을 처리하기 위해선 아무래도 이보레 열도나, 아니면 그보다 더 동쪽으로 되돌아가야 될 것 같습니다만."

키 드레이번은 입을 꾹 다문 채 식스를 쏘아보다가 말했다. 그리고 식스는 자신의 귀를 의심했다.

"오스발을 추적한다."

"무슨 말씀입니까! 그들은 육지로 도망간 겁니다!"

"알아. 하지만 내게도 오스발처럼 두 다리가 있다. 나는 그 다리를 이용해서 오스발 놈을 추적할 생각이야."

"사, 상륙하신다는 말입니까? 직접 추적하시겠다고요?"

키는 대답할 필요를 느끼지 못했다. 그리고 식스 역시 대답을 기다리지 않고 말했다.

"그럼 선단은 어떡하고요?"

"선장들에게 전해라. 각 선박의 선원들 중 지원자를 우선으로 10명씩 선발해라. 강인하고 젊은 선원들로. 선발이 끝나면 자네는 그들에게 무기와 야영 도구 등을 지급하여 수색대를 편성하라. 내가 그들을 지휘하겠다. 부재중 자유호의 지휘는 자네에게 맡기겠다. 피치 못할 사정이 없는 한 이곳에 정박해서 나를 기다려라."

"선장님!"

키는 주먹으로 책상을 쾅 내리쳤다. 요란한 소리에 식스는 입을 다물었다.

"나는 오스발 그놈을 내 손으로 잡고 말겠어! 그러니 아무 소리 말고 명령대로 시행해!"

키는 잡아먹을 듯한 눈으로 그의 1등 항해사를 쏘아보았다. 식스는 입술을 깨문 채 키를 마주보다가 낮은 목소리로 말했다.

"율리아나 공주 아닙니까?"

"뭐?"

"율리아나 공주를 추적해서 잡아와야 하는 것 아닙니까? 그래야 그녀를 대드래곤에게 바치고 미노 만을 통과하거나, 아니면 필마온 기사단에게 넘겨주고 페리나스 해협을 통과할 수 있을 테니까요. 그런데 선장님은 왜 오스발을 자꾸 거론하시는 겁니까. 탈출에 대한 벌을 주는 것 이외에 그를 붙잡을 필요가 따로 있습니까?"

키의 얼굴이 딱딱하게 굳었다. 식스는 조금 기다렸다가 뒤로 한 발자국 물러나며 침울하게 말했다.

"명령 받들어 시행하겠습니다. 하지만 저는 자꾸 불길한 생각이 듭니다. 제가 편성할 수색대가 과연 제대로 된 목적을 가지고 있는지 의심스럽군요. 나가보겠습니다."

선장실을 나선 식스는 자신의 말에 엄격한 사람답게 그 즉시 각 배에 전갈을 보내었다. 그리고 각 배의 선장들은 10명의 선원들을 선발하여 보내는 대신, 지금 웃기는 이야기 할 때냐는 식의 대답을 보내어왔다. 그래서 식스는 자신이 키 드레이번에게 했던 말을 조금 각색해야 했다. 미노 만이든 페리나스 해협이든 율리아나 공주가 있어야 통과할 수 있다는 식스의 설명은 선장들을 납득시켰다.

식스의 두 번째 전갈을 받아든 흑기사호의 오닉스는 마스크 속에서 생각에 잠겼다. 그 여자를 태운 것만 해도 선단이 이런 지경에 빠졌는데, 기어코 그 여자를 도로 잡아올 생각인가? 마스크 속의 오닉스의 미간이 심하게 일그러졌다. 어디 그렇게 되나 두고보자, 키 드레이번.

식스는 자신도 수색대에 참가하겠다는 오닉스의 전갈을 받고 어이가 없어졌다.

하지만 그것은 시작에 불과했다. 질풍호의 트로포스 선장이 아홉 명의 선원을 이끌고 자유호에 올라왔을 때조차도 식스는 그것을 돌아볼 겨를이 없었다. 식스는 머리끝까지 화가 나서 라이온을 노려보았다. 하지만 라이온은 히죽 웃으며 슈마허의 어깨에 팔을 걸쳐보였다.

"지원자를 우선으로 젊고 강인한 선원들로 선발하라고 하셨잖습니까? 슈마허는 그 조건을 모두 충족시킵니다. 물론 지원자고요. 뭐 잘못된 점이 있습니까?"

이를 부득부득 갈고 있던 식스는 트로포스를 돌아보았다. 그러고는 선원의 숫자를 세어보고 나서 고함을 빽 질렀다.

"트로포스 선장! 당신도 수색대에 참가하겠다는 거요?"

"물론이지, 1등 항해사. 키 선장님도 가신다며?"

그리고 트로포스는 눈을 조금 돌려 자유호에 먼저 승선해 있던 오닉스를 가리켜보였다. 하지만 식스가 그 눈짓의 의미를 알게 된 것은 키 드레이번에게 보고하러 갔을 때였다.

키는 식스의 보고를 듣자 피식 웃었다.

"나와 오닉스가 으슥한 오솔길이라도 함께 걸어가게 될까 봐 상당히 걱정하고 있나 보군."

식스는 그제서야 희미한 신음을 내며 트로포스의 눈짓을 이해했다. 그리고 식스는 모든 선장들이 수색대에 참가하겠다고 통보해 온 이유를 알아차렸다. 하지만 식스는 가일층 심해지는 파국의 예감을 느껴야 했다.

만약 수색대가 육지에서 사고라도 만나게 된다면 노스윈드 선단은 치명적인 손실을 입게 되는 것이다. 선장은 보통 선원들보다 약간 더 중요한 존재 같은 것이 아니다. 머리가 팔보다 약간 더 중요한 부위가 아닌 것처럼. 식스는 미노 만 주위의 땅이 황무지에 가깝다는 사실을 되뇌이며 자신을 위로해야 했다. 식스는 제국의 공적 제1호가 육지에 올랐다는 사실, 즉 전투함이 없는 무력한 상태로 호랑이굴에 들어간다는 사실을 제국의 국가들이 알기라도 한다면 무슨 일이 일어날지 상상도 하기 싫었다.

키는 고개를 끄덕이며 말했다.

"그럼 수색대는 출발 준비된 것인가?"

"그렇습니다, 선장님." 잠깐 말을 멈춘 식스는 억지로 말했다. "그리고…… 물수리호에서도 선원들이 도착했습니다."

키는 무표정한 얼굴로 식스를 바라보다가 고개를 돌려 창 밖을 내다보았다. 노스윈드 선단의 거함들 사이에서 물수리호를 찾아낸 키는 잠시 말을 잊은 채 그 모습을 바라보았다. 식스는 뒤통수를 긁적거리다가 말했다.

"일항사가 알버트 선장에게 물어보았답니다."

"그가 대답을 했단 말인가?"

"아니오. 대답하지 않았습니다. 하지만 선원들이 배에서 내렸을 때 반대 의사로 생각되는 어떤 행동도 보여주지 않았답니다. 저는 잘 모르겠습니다만…… 물수리호의 일항사는 알버트 선장의 의사를 정확하게 짚어낼 수 있는 모양입니다."

키는 고개를 끄덕였다.

"알았어. 그럼 내일 새벽에 상륙하도록 하지. 그 동안 자유호를 잘 부탁하네."

식스는 머뭇거리다가 말했다.

"선장님. 드릴 말씀이 있습니다."

"뭔가?"

"미노 만 바깥까지 나가지는 마시길 바랍니다. 선장님은 제국의 공적 1호입니다. 바다에서라면 제국의 어느 누구라도 선장님을 두려워하겠지만 육지는 그렇잖습니다. 어떤 나라든지 일개 중대만 파견하면 수색대는 끝장날 겁니다. 그러면 우리 함대는 키 선장님뿐만 아니라, 수색대에 참가한 다른 모든 선장님들까지 잃게 되는 겁니다. 제발 사람들이 있는 땅까지는 가시지 마십시오."

키는 식스에게 미소를 지어보이며 속마음과는 완전히 반대되는 대답을 했다.

"유념하겠네."

208

제3장

악마의 밤

커다란 가지에 걸터앉은 채 이리저리 둘러보고 있던 오스발은 나무 아래를 향해 말했다.

"골디란 강을 거슬러 올라가면 테리얼레이드에 도달할 수 있을 겁니다. 그리고 거기가 이 근처에서는 가장 가까운 도시일 겁니다. 원래 키 선장님의 계획도 그러했다고 하더군요. 공주님. 따라서 지금 가장 급한 것은 골디란 강을 찾는 것인데……"

"내 생각은 달라요, 오스발. 지금 가장 시급한 것은 내 뱃속으로부터 울려퍼지는 본능의 외침에 응답하는 거라고요."

율리아나는 나무 아래에 기진맥진한 모습으로 웅크리고 앉아 있었다. 보기 퍽 안쓰러운 모습이었지만 오스발은 그녀를 내려다보며 싱긋 웃었다.

"많이 시장하시죠? 그러길래 아침에 권해드렸을 때 드시지 그러셨습니까."

율리아나는 진저리를 쳤다. 그날 아침 오스발은 근처의 개울물에서 건져온 개구리알을 두 손바닥 가득히 담아서 그녀에게 권했다. 율리아나는 절대적인 거부 자세를 취했고 오스발이 그것을 먹는 모습조차도 보지 않으려 했다. 하지만 그녀는 지금 눈앞에 개구리알이 나타난다면 또다시 거절할 수 있을지 자신이 없었다. 오스발은 차분한 목소리로 말했다.

"어쨌든 공주님의 본능에 부응할 수 있을 거 같군요."

잠시 후, 율리아나는 오스발이 나무 위의 구멍에서 발견하여 가지고 내려온 찌르레기 알을 보고서는 환호성을 질렀다.

그들이 간신히 굶어죽지 않은 것은 시절이 봄이었기 때문이다. 많은 새들의 산란기였기에 새알을 구하기 쉬웠고 햇나물과 버섯, 새순 등도 풍부했다. 율리아나는 예전의 그녀였다면 상상도 할 수 없는 것들을 태연하게 먹어치우는 자신을 가리켜 '환경 친화적 인간형'이라고 불렀고 오스발은 조용히 미소 지었다.

"저와 함께 카밀카르로 가요. 아바마마는 당신이 원하는 것이면 무엇이든 줄 거예요."

주린 배를 끌어안고 잠드는 밤, 공주는 배고픔을 잊기 위해 말했다. 오스발은 곰곰이 생각에 잠긴 표정으로 하늘을 보다가 말했다.

"원하는 것…… 지금 당장은 두툼한 외투 한 벌만 있으면 좋겠군요. 몸을 씻고 옷을 입고 따스한 식사 한 끼만 한다면 세상이 끝장나도 상관없을 것 같습니다."

"그건 카밀카르의 공주 가격으로는 너무 싼 거 같지 않아요?"

오스발은 고개를 내려 율리아나를 바라보았다. 율리아나는 웃으려 애쓰며 말했다.

"아바마마는 저를 필마온에 보내서 남해의 제해권을 획득하려고 했다고요. 대륙 최고의 보화와 상품이 오가는 남해 말이에요. 필마온 기사단과 카밀카르가 손을 잡으면 키 드레이번도 횡포를 부리기 어렵겠지요. 그렇잖아요?"

오스발은 잠시 생각에 잠긴 얼굴로 공주를 바라보다가 그녀를 놀라게 만들었다.

"그럼, 키 선장님은 라오코네스에게 바칠 제물로서뿐만 아니라 카밀카르와 필마온의 제휴를 방해하기 위한 목적에서도 당신을 죽였어야 되는 것이군요. 그것이 어떤 것이든, 남해를 장악할 수 있는 세력이 탄생하면 키 선장님께는 껄끄러운 일이 될 테니까."

"어, 예. 그런 의도도 분명히 있었을 거라고 봐요. 똑똑한 사람이죠?"

오스발은 아무 말 없이 율리아나 공주를 바라보았다. 자신을 대드래곤의 먹잇감으로 던져주려 했던 사람을 가리켜 똑똑하다고 말하는 저 모습은…… 오스발은 싱긋 웃었다. 저건 솔직한 것이다. 대범해 보이려는 것이 아니라. 오스발은 고개를 끄덕였다.

"예. 그렇군요. 아무래도 자유호로 돌아가기는 어렵게 되었군요."

"예? 돌아가다니?"

"당신을 테리얼레이드에 모셔드리고 나서 사유호로 돌아갈까 했습니다. 물론 선장님이 불같이 화를 내기는 하겠지만 어떻게 사죄드릴 수 있지 않을까 생각했지요. 그런데 공주님의 탈주는 제 예상보다도 훨씬 더 키 선장님을 화나게 만드는 것이었군요."

율리아나는 눈을 가늘게 뜬 채 오스발을 바라보다가 말했다.

"왜 돌아가고 싶은데요?"

"당신은 왜 카밀카르로 돌아가기를 원하십니까?"

"그곳은 내 고향이고 내 집이니까요."

"비슷합니다. 자유호는 제가 할 수 있는 유일한 일을 할 수 있는 곳입니다. 노를 젓는 것 말입니다."

"하지만 노예잖아요!"

오스발은 한숨을 내쉬며 말했다.

"이 주제에 대해 꽤나 여러 번 이야기를 했던 것 같은 기분이 드는군요. 노예면 어떻단 말입니까? 저는 죽도록 노를 저어야 되는 노예와 사랑하지 않는 사람과 결혼해야 되는 공주 중 누가 더 자유로운지 말할 수가…… 죄송합니다."

어느새 소리 없이 흐느끼는 율리아나를 바라보며 오스발은 난처한 기분을 느꼈다. 게다가 공주는 자신이 울고 있다는 사실을 부정하고 있었기에 모습이 더욱 해괴했다.

"그건, 그건 책임이라고요. 와, 와, 왕족으로 태어났으니, 났으니 져야 하는 채, 채, 책임이니까, 그러니까."

"알겠습니다. 그만하세요. 눈에서 물 샙니다."

율리아나는 웃음을 터뜨렸고, 울다가 웃는 그녀를 보며 오스발은 망측스런 기분을 느껴야 했다.

"다만, 제게도 책임이라는 말을 사용하게 해주시겠습니까?"

"예?"

"그 책임이라는 말씀, 근사하게 들리는군요. 가장은 가족들에게 책임이 있고, 법황은 신도들에게 책임이 있고, 왕족은 국민에게 책임이 있죠. 그러면 저도 자유호에 책임이 있다고 말하겠습니다."

"어, 하지만."

"바꿔 말할까요? 그러죠, 뭐. 가장은 가족의 노예고 법황은 신도의 노예고 왕족은 국민의 노예라고 해두죠. 그러면 저도 자유호의 노예라고 하겠습니다."

율리아나는 눈물이 그렁한 눈을 커다랗게 떠서 오스발을 바라보았다. 하지만 오스발은 이제 밤하늘을 바라보고 있었다.

"저는 열심히 일해서 밥을 먹으며 생활을 영위하는 자유인과 열심히 노를 저어서 숙식을 제공받는 노잡이 노예의 차이를 모르겠습니다. 형이상학적인 반대급부와 형이하학적인 반대급부의 차이일까요? 글쎄요. 그 반대급부를 얻기 위해 제공하는 것이 둘 모두 노동으로 똑같잖습니까. 그럼 반대급부도 똑같은 것이어야 하겠죠. 둘 다 노예 아닐까요."

"그건 너무 극단적이에요. 모두가 노예라니."

율리아나는 고개를 가로저었지만, 오스발은 그저 웃었을 뿐이었다.

"공주님은 애서가라고 들었습니다. 노예의 정의가 무엇입니까."

"인권이 없는 인간이죠."

"인권은 뭐죠."

"인격을 유지 발전시킬 수 있는 권리죠."

"인격은 뭐죠."

"사람을 사람답게 만드는 사람만의 고유하고 보편적인 성격이죠."

"어떤 것이 사람다운 것입니까. 아니, 그런 표정 짓지 마세요. 대답하기 곤혹스러운 질문이겠군요. 이렇게 하면 어떻겠습니까. 공주님이 아시는 분 중에 가장 사람다운 사람을 한 명만 말씀해 보세요. 그럼 받아들이지요."

율리아나가 아무 대답도 못 할 거라고 생각했던 오스발은 피식 웃어야 했다. 게다가 그 대답이라는 것이 걸작이었다. 율리아나는 입술을 조금 내밀었다가 퉁명스럽게 말했던 것이다.

"오스발."

"관두지요. 빨리 주무세요."

태곳적부터 지금껏 밤이 소리를 낸 적은 한번도 없었지만, 그래도 끝까지 소리를 내는 밤이 있다고 주장하는 것 같은 시인들의 표현처럼, 밤이 소리 없이 흐르고 있는 자정 무렵, 오스발은 눈을 떴다.

어두운 숲속에서 들려올 리가 없는 소리가 들려왔다. 오스발은 어둠 속을 주시했다. 그때 조금 전 그를 깨웠던 소리가 다시 들려왔다. 오스발은 이 음향이 무엇인지 짐작할 수 있었고, 그래서 겁에 질렸다.

그것은 칼, 혹은 그에 준하는 무기들이 부딪치는 소리였다.

오스발은 공주를 끌어안으며 생각했다. 뭘까. 산적이 여행객이라도 덮치는 것일까? 그렇다면 곤란하다. 두 명이 걸치고 있는 옷가지를 다 합쳐도 다섯손가락을 채우기 힘든 비참한 몰골임에도 불구하고 그들에게는 산적들의 구미를 끌어당길 만한 것이 있었다. 오스발은 자신의 품

속에 지쳐 쓰러져 있는 율리아나를 내려다보았지만, 어둠 속인지라 그 아름다운 얼굴을 볼 수는 없었다. 오스발은 율리아나를 조심스럽게 흔들었다.

공주는 즉각 대답했다.

"저도 듣고 있어요. 그리고 무서워 죽을 지경이에요."

"잠귀가 밝으시군요. 나무를 탈 수 있겠습니까?"

"필요하다면 잊혀진 탑이라도 오를 수 있을 것 같은 기분인걸요. 올라갈까요?"

오스발은 그들이 기대고 잠들었던 나무 위로 공주를 올려주었다. 헐떡거리며 나무 위로 올라간 율리아나는 아래로 손을 내밀었지만 오스발은 그 손을 잡지 않았다.

"그대로 있으십시오. 저는 어미 물떼새가 되겠습니다."

거의 속삭이는 어조였지만 율리아나는 오스발의 말을 알아듣고는 숨소리를 낮췄다. 만약 들키게 될 경우 오스발이 상대를 유인하겠다는 말이다. 율리아나는 뭐라고 말하려 했지만 오스발은 몸을 낮게 낮추며 덤불 속에 몸을 숨겼다. 오스발의 모습이 보이지 않게 되자 더욱 겁을 집어먹은 율리아나는 나무를 꽉 끌어안았다.

율리아나는 사람처럼 생긴 나무껍질이라고 착각될 만큼 나무를 꽉 끌어안은 채 심심파적 삼아 읽었던 소설들을 모조리 되새겨보았지만 그것은 그녀에게 아무런 도움도 되지 않았다. 왜냐하면 그런 소설들에서는 대개 악당들이 '그 위에 숨어 있는 것 다 알고 있다!' 등의 대사를 외치곤 했기 때문이다. 그래서 율리아나는 죽도록 겁에 질린 채 아스라히 들려오는 칼 소리에 모든 신경을 집중했다. 칼 소리 이외에 아무 소리도 들리지 않았다. 다시 공주의 머릿속으로 소설 수십 권이 파라라락 움직였고, 공주는 칼싸움을 벌이고 있는 자들이 상당한 '고수'라고 제멋대로 생각했다. 고수는 쓸데없는 기합이나 함성을 지르지 않으니까……

바로 그 순간 무시무시한 고함이 울려퍼졌다.

"으아아악!"

율리아나는 머릿속으로 불이 번쩍하는 것을 느꼈다. 나무를 와락 끌어안다가 단단한 옹이에 이마를 부딪친 것이다. 가까스로 기절하지 않은 율리아나는 불쌍하게도 이마를 문지를 생각도 하지 못한 채 바들바들 떨었다.

잠시 후 몇 개의 고함이 더 들려왔다. 모두 비참한 비명이었다. 누가 죽은 것일까? 잠시 후 율리아나는 더 이상 칼 소리가 들리지 않는다는 것을 깨달았다. 싸움이 끝난 것일까. 공주는 몇 번이나 질문을 던졌지만 대답을 얻지 못해 욕구 불만에 빠진 채로 한참 더 기다렸지만 들려오는 것은 가벼운 밤바람 소리였다. 공주는 조심스럽게 나무 아래를 향해 말했다.

"오스발……?"

대답은 없었다. 당연하지. 나도 들리지 않을 정도인걸. 하지만 율리아나는 큰 소리를 낼 용기가 없었다. 그래서 율리아나는 울먹거리며 다시 낮게 속삭였다.

"오스바알?"

여전히 대답은 없었다. 공주는 미칠 것 같은 기분이 들었지만, 나무 아래로 내려갈 자신도, 더 큰 소리를 낼 자신도 없었다. 그래서 율리아나는 그대로 나무를 끌어안은 채 죽어도 내려가지 않겠다고 다짐했다. 그대로 내버려두면 율리아나는 아침이 다가올 때까지라도 나무 위에 있었겠지만 다행히도 잠시 후 오스발의 낮은 목소리가 들려왔다.

"내려오십시오, 공주님."

물론 율리아나는 내려가지 않았다. 어쩌면 그 칼잡이들 중 누군가가 오스발의 목소리를 흉내내고 있을지도 모른다는, 말도 안 되는 걱정 때문이다. 하지만 오스발은 덤불 속에서 몸을 드러내며 어렴풋하게나마 그의 모습을 볼 수 있게 해주었다. 공주는 허벅지가 다 까질 만큼 빠른 속도로 나무 아래로 내려와서는 비틀거리며 그를 향해 달려갔다. 그에게 와락 안기며 율리아나는 다급하게 질문했다.

"갔어요? 괜찮은 거예요? 세상은 주님의 가호 아래 제대로 돌아가고 있어요? 내일 아침 메뉴는 뭐죠? 마지막 것은 그냥 한번 넣어본 질문이에요."

오스발은 대답을 잠시 보류한 채 싱긋 웃어야 했다.

"예. 굉장한 행운이라고 해야겠습니다."

"들키지 않은 거요?"

"그 정도가 아닙니다."

율리아나는 의아한 표정으로 오스발을 바라보았다. 오스발은 아무 말도 하지 않은 채 율리아나의 손목을 잡고 조심스럽게 숲속으로 걸어갔다. 더럭 겁을 집어먹은 율리아나는 '드디어 이 노예가 산적들에게 나를 팔아넘기려고 하는구나' 등의 생각을 하면서도 무력한 모습으로 끌려갔다.

그러나 조금 후 율리아나는 더 무서운 경험을 하게 되었다. 숲 저편
으로부터 구역질나는 지독한 냄새가 흘러왔다. 피 냄새였다.

"산적은 아닙니다. 이 비싼 무기들을 다 내버려두고 갔군요."

율리아나는 오스발의 말에 고개를 끄덕였지만 그건 무의미한 행동이
었다. 오스발이 아니라 나무를 향해 고개를 끄덕였으니까. 오스발은 등
을 돌리고 서 있는 공주를 향해 말했다.

"그리고 이 불쌍한 사람들도 산적 같지는 않군요. 손톱을 다듬은 것
이라든지 단정한 두발 상태하며. 어쨌든 굉장한 행운입니다."

율리아나는 그녀가 보게 될 것이 무엇인지 대충 짐작하고 있었지만
파란 달빛 속에 드러누워 있는 시체들을 본 순간 까무라칠 것만 같았
다. 시체들은 모두 네 구였고 모두 칼에 찔린 상태로 죽어 있었다. 그 중
하나는 목뼈가 허옇게 드러날 정도로 심한 상처를 입고 있었다. 하지만
오스발은 그 모습을 보며 행운이 어쩌니 하는 말만 하고 있었다. 율리아
나는 여전히 등을 돌린 채 간신히 말했다.

"이, 이 외로운 시, 시체들에게 조, 조의를 표하게 되, 된 거요?"

"아니오. 이 사람들의 옷가지와 무기 말입니다."

"예?"

그 순간 율리아나의 등뒤로부터 무언가 무거운 것이 움직이는 소리

220

가 들려왔다. 그리고 오스발의 조금 거칠어진 숨소리도. 율리아나는 그가 시체로부터 옷을 벗기고 있다는 것을 깨닫고는 비명을 지르지 않기 위해 입을 틀어막았다. 오스발은 그녀의 뒷모습을 흘끔 바라보고는 도와달라는 말을 포기했다. 오스발은 입을 꽉 다문 채 그 작업을 계속했고 율리아나는 혼절하지 않기 위해 아무 말이나 꺼내었다.

"왜, 누가, 뭣 때문에 이런 일을 했을까요?"

"공주님을 돕고 싶어서는 아니겠지요. 영차! 누군지는 모르지만 아까도 말했듯이 산적은 아닐 겁니다. 원한 관계가 아닐까 합니다. 어쨌든, 이크, 속옷 바람으로 테리얼레이드에 들어가는 난처한 상황은 면하게 되었습니다. 자, 공주님? 이게 제일 칫수가 작은 거 같군요. 입으세요."

율리아나는 머뭇거리며 몸을 돌린 다음, 오스발이 내미는 옷을 바라보았다. 검고 큰 옷으로 가죽바지와 속셔츠, 그리고 커다란 모직 셔츠과 부츠였다. 율리아나는 그 옷에 묻어 있는 굉장한 피와 복부 근처에 생긴 구멍을 보며 순간 고개를 가로저으려 했다. 가까스로 자신을 억누른 율리아나가 그 옷을 받아들자 오스발은 자신과 체격이 비슷한 시체를 찾기 시작했다. 율리아나는 셔츠의 무게에 놀라며 말했다.

"이 셔츠 무겁네요. 안에 든 것이 뭐죠?"

"그건 셔츠가 아닙니다. 갑옷이죠. 셔츠 안쪽에 수백 개의 쇠판을 촘촘히 붙인 겁니다. 브리갠딘이라고 합니다. 저희 선단의 두캉가 선장님이 그런 옷을 입으시곤 해서 압니다."

칫수가 작다고 해도 건장한 남자의 옷, 게다가 갑옷인지라 공주에겐 컸다. 율리아나는 한참 남는 바짓자락을 거창한 부츠 안으로 밀어넣느라 악전고투한 끝에 조금 진정한 모습으로 오스발을 바라보았다. 물론 도울 생각은 하지 않았다. 오스발 역시 혼자서 시체를 다 뒤진 다음 율리아나에게 건넨 것과 비슷한 갑옷 하나를 뒤집어쓰며 말했다.

"제국 최고의 무법 도시에 가까워졌다는 실감이 드는군요."

"테리얼레이드 말이군요."

"예. 그리고 그런 실감을 느낀 이상, 옷 이외에 다른 것도 챙겨야겠군요."

"다른 것?"

오스발은 아무 말 없이 그 '다른 것'을 율리아나에게 건네었다. 그리고 율리아나는 손에 든 커다란 롱 소드를 바라보며 위화감을 느껴야 했다.

"들고 있어봐야 누가 덤비면 집어던지고 도망칠 거예요."

"그걸 들고 있으면 덤빌 사람도 다시 한번 생각해 보게 될 겁니다. 그 거면 충분하죠. 저도 칼은 쓸 줄 모릅니다."

오스발 역시 커다란 롱 소드를 챙기며 싱긋 웃었다.

시체로부터 수거한 갑옷과 칼로 무장하고 그들의 배낭까지 뒤져낸 두 사람은 잠시 주저하다가 시체를 향해 사과한 다음 그 자리를 떴다. 아무래도 두 사람의 힘만으로 그들을 매장해 주기는 힘들었고, 또 금방 이라도 이런 짓을 해놓은 자들이 다시 되돌아올 것 같은 기분이 들었기 때문이다. 율리아나는 죽은 이의 배낭에서 찾아낸 딱딱한 빵을 손에 든 채 한입씩 베어물며 걷느라 걸음이 느렸지만 며칠 만에 조리된 음식을 먹게 된 그녀의 심정을 이해한 오스발은 재촉하는 것을 삼갔다.

"옷이나 칼보다는 이 지저분한 빵이 정말 저를 행복하게 만드는군요.

미칠 것 같네요."

"예……."

"깊은 생각을 하고 있다고 주장하는 얼굴이군요."

"그 사람들의 정체를 생각하고 있었습니다. 갑옷이나 무기도 그렇지만, 음식을 가지고 다녔다는 점에서 산적은 아닙니다. 그리고 습격한 쪽역시 아무것도 가져가지 않았으니 산적이 아닙니다. 단순한 범죄가 아닌 뭔가 복잡한 이유가 있는 살해인데, 골치 아픈 일에 휘말린 건 아닌가 하는 생각이 듭니다."

"그래도 우리로선 그 사람들의 정체를 알 도리가 없잖아요."

"사실 있습니다."

"예?"

"그 사람들의 짐에서 서류 같은 것을 찾아내었거든요. 아침이 되면 보여드리지요. 지금은 저 시체에서 멀리 떨어지고 싶다는 생각밖에 안 드는군요."

"저도 그래요. 다 먹었어요. 어서 가요!"라고 말하면서도 율리아나 공주는 다시 건육 한 덩어리를 꺼내어 으적거리며 씹기 시작했다. 오스발은 그 모습을 보며 조용히 웃었다.

밤새도록 걸었던 율리아나는 새벽이 다가오자 그자들의 정체고 뭣이고 간에 오래간만에 부른 배를 끌어안고 자야겠다는 표정이 되었지만, 오스발은 묵묵히 서류를 내밀있다. 크게 하품을 한 율리아나는 종이를 받아들고는 먼저 눈을 비빈 다음 소리 내어 읽었다. 아니, 읽으려 했다.

"무슨 일입니까?"

오스발은 파랗게 질린 공주의 얼굴을 보며 의아한 목소리로 물었다. 하지만 율리아나는 아무 말 하지 않은 채 정신없이 서류를 읽어내렸다. 페이노를 읽을 줄 알면 좋았을 거라고 생각하며 오스발은 그녀가 진정될 때까지 잠자코 기다렸다. 그러나 율리아나는 곧 오스발을 위해 소리 내어 읽었다.

"근계(謹啓). 통탄스러운 소식을 알려드리게 된 점, 심히 유감으로 생각합니다. 딜비움 그랜다이 레보라 아크 리 바레린 길리데아 율리아나 카밀카르 공주께서 귀 기사단으로의 여정중 제국의 공적 제1호 키 '노스윈드' 드레이번의 습격을 받았습니다. 신이여, 이건 우리나라에서 필마온 기사단으로 보내는 서신이에요!"

공주는 외교용 문건을 수놓는 화려한 외교 용어들을 대충 생략하며 그 골자만을 읽었다. 그녀의 손에 들린 서신은 카밀카르의 외무대신이 필마온 기사단에 보내는 것으로서 키 드레이번의 습격 당시 레보스호와 함께 있던 배 중 달아났던 두 척의 배의 선장들로부터 보고받은 것들을 토대로 하여 정황을 설명한 내용이었다. 카밀카르의 외무대신은 현재 공주의 생사가 불명확하며 이에 남해에 대한 필마온 기사단의 수색을 요청하는 것으로 서신을 마무리하고 있었다. 율리아나는 서신의 마지막에 있는 카밀카르의 문장을 보며 눈물이 왈칵 쏟아질 것만 같았다.

하지만 고개를 든 율리아나는 오스발이 실망스러운 표정을 짓고 있는 것을 발견했다.

"행운이라고 생각했더니, 그게 아니었군요."

224

"예?"

"그렇다면 그 시체들은 카밀카르의 전령들이었을 겁니다. 조금만 더 일찍 그들을 만났더라면 공주님께서는 그들의 보호를 받으며 귀국하실 수 있었을 겁니다. 겨우 몇 시간 차이였는데, 유감스럽군요."

"아아! 그런데 이상해요."

오스발은 묻는 시선을 보내었고 율리아나는 이맛살을 잔뜩 찌푸린 채 말했다.

"그 사람들이 전령이라면 내가 알아보지 못할 까닭이 없잖아요. 제복을 입었을 테니까. 하지만 지금 입고 있는 이 옷을 보면 알겠지만 여기엔 신분을 나타내는 것이 아무것도 없어요."

"그야 비밀리에 서신을 전달하기 위해 위장한 것이겠죠. 카밀카르의 공주가 해적에게 납치당했다는 창피스러운 사실을 제국 사람들에게 숨기려고 말입니다."

"그렇군요. 그럼 하나 더 이상할게요."

"이상하세요."

"누가 카밀카르의 비밀 전령을 죽인 거죠? 당신은 산적이 아닐 거라고 했고 나 또한 찬성. 내가 찬성해 주니까 기쁘죠? 어쨌든 그렇다면 한 가지 이유밖에 남지 않는걸요."

"뭔가요?"

"전령을 죽이는 것은 대개 전갈이 도달하지 못하도록 방해하는 거예요. 하지만 이 가능성도 채택하기 어려운 것이, 이렇게 서신이 남아 있잖아요. 전갈의 도달을 막기 위해서라면 서신은 당연히 챙겨갔을 텐데요."

"그렇군요. 정말 이상하군요."

두 사람은 한참을 고민해 보았지만 결국 이 사태를 설명해 내지 못했다. 그래서 두 사람은 산적들이 카밀카르의 비밀 전령들을 습격했으나 그들이 비밀 전령이라는 사실을 알아차리고는 놀라서 손끝 하나 대지 않고 도망갔다는 좀 억지스러운 결론을 내렸다. 물론 실제로 산적들은 정치적 문제에 휘말릴 것 같으면 줄행랑을 놓기에 그 점에는 이상한 면이 없다. 그것이 억지스러운 까닭은—.

"그들의 주변에는 산적처럼 보이는 시체가 하나도 없었습니다. 비밀 전령이라면 최소한 기사들일 텐데, 카밀카르의 기사가 네 명이라면 그 주위에도 몇 명의 산적들이 쓰러져 있어야 정상일 텐데요. 산적들이 시체를 다 수거해 간 것일까요?"

율리아나는 오스발의 말에 고개를 끄덕이며 깊은 생각에 잠겼다. 한참 기다리던 오스발은 율리아나의 얼굴을 들여다보았고, 그리고 한숨을 쉬며 그녀를 눕혔다. 공주는 업어가도 모를 정도로 깊은 잠에 빠져 있었다. 최소한 배고파하는 얼굴은 아니라는 점이 오스발을 미소 짓게 만들었다.

키 드레이번은 땅바닥에 한쪽 무릎을 꿇은 채 검지와 엄지로 쥔 조그마한 알껍질을 바라보았다. 자신이 약탈했던 어떤 귀중한 보석들을 볼 때보다도 더 진지한 눈길이었다. 라이온은 안도의 한숨을 내쉬는 슈마허를 째려본 다음 모든 이들이 짐작하고 있던 말을 꺼내었다.

"노예와 공주로 구성된 풋내기 여행자들이지만, 최소한 그들은 자연의 선물을 이용할 줄은 아는군요."

키는 라이온의 말을 듣지 못한 것처럼 미동도 하지 않은 채 알껍질을 바라보았다. 그의 머리 위 새집에서는 어미 찌르레기가 소리 높이 깍깍거리고 있었다. 마치 키 드레이번이 새알을 깬 범인이라는 듯이. 키는 천천히 일어나서는 알껍질을 힘껏 집어던졌다.

"출발한다."

키의 목소리는 음산했다. 율리아나와 오스발이 감히 도망친 주제에 굶주리지도 않는다는 사실이 참을 수 없다는 기세였다. 키는 명령을 내리자마자 그대로 앞으로 걸어가기 시작했고, 소속 함선별로 흩어져 쉬고 있던 해적들도 다급히 일어났다. 하지만 100여 명이나 되는 해적들이 선장들의 구령에 따라 출발 준비를 갖추는 데는 시간이 좀 걸렸다. 키 드레이번은 그들을 기다리지 않았고, 그래서 한참 앞서게 되었다.

숲속을 걸으며 키는 끓어오르는 분노를 삭히느라 입을 꾹 다문 채 빠르게 걸었다. 그의 거침없이 내딛는 발 아래로 풀들이 아우성을 질렀다. 그런 돌진에 가까운 걸음걸이로 키가 모퉁이를 돌았을 때였다.

키는 사람들을 발견했다.

다섯 명의 사내들이 맞은편에서 걸어오고 있었다. 모두 산사람 같은 옷차림을 하고 있었지만 등이나 허리에 매달린 병장기들이 키의 눈을 잠깐 사로잡았다. 산사람에게는 어울리지 않는 무기들. 그들의 면면을 훑어보던 키는 재빨리 결론을 내렸다. 칼잡이의 눈이다.

제3장 악마의 밤 227

선두에 서 있던 사내가 날카로운 눈으로 키를 훑어보고는 말했다.

"멧돼지라도 오는 줄 알았더니…… 사람이었군. 안녕하슈."

키는 아무 말 없이 사내들을 마주보았다. 사내들의 인상이 험악해졌다.

"왜 그런 눈으로 사람을 보는 거요?"

"내 눈빛이 마음에 안 든다고 말하는 사람들이 많더군."

"그럴 거 같군."

"그리고 그 말은 대개 그자들의 유언이 되었지."

사내들의 표정이 더욱 험악해졌지만 키는 아랑곳하지 않았다. 그들을 살려둘 생각은 없었다. 키 드레이번이 상륙한 것을 본 목격자를 보내줄 수는 없었으니까. 그러나 키는 마음속으로 자신을 부정했다. 아니, 내가 피를 보고 싶기 때문이야.

그때 사내들 중 하나가 키의 허리에 매달린 복수를 보며 의아한 표정을 지었다.

"잠깐. 그 칼……"

키는 미소를 지었지만, 사내들에게는 아무래도 이를 드러내는 것으로 보였다. 키는 허리 쪽으론 손도 가져가지 않은 채 오히려 팔짱을 끼며 말했다.

"이 검에 대한 이야기를 어디서 들었는지 모르겠지만, 단번에 알아볼 정도로 상세하게 말해 준 그 작자를 원망해야겠군."

사내의 눈이 튀어나올 정도로 팽창했다.

"맙소사! 보, 복수! 노스윈드다!"

다음 순간 사내들의 반응은 키 드레이번을 미치게 만들었다. 사내들은 환한 얼굴이 되어 각자의 무기를 뽑아들었던 것이다. 선두의 사내는 아예 좋아 죽겠다는 얼굴로 말했다.

"신이여, 감사하나이다. 이런 행운이 다 있나! 저놈 목에 걸린 현상금이 얼마더라?"

"그놈들 처리하고 받기로 한 돈의 수백 배는 될걸."

옆의 사내 하나가 시시덕거리며 대답했다. 그놈들? 키는 그놈들이 누군지 알 수 없었지만 이 자들에 대한 정보 하나는 알게 되었다. 키는 방자하게 떠드는 사내들을 물끄러미 바라보다가 차갑게 말했다.

"인간 사냥개들이었군."

선두의 사내가 껄껄 웃으며 앞으로 걸어나왔다.

"아아, 그래. 해적 나리. 듣던 대로 대가 세군. 하지만 여긴 육지야. 키 드레이번이 자유호를 떠나다니. 죽으려고 작정한 것으로 알고 감사히 네 목을 받기로……"

사내는 말을 끝내지 못했다. 땅바닥을 뒹구는 사내의 얼굴은 아직도 웃고 있었다. 그리고 그때까지도 꼿꼿이 서 있던 사내의 몸은 조금 늦게 피를 뿜어내며 쓰러졌다. 다른 사내들이 눈 깜짝할 사이에 일어난 이 어이없는 사태에 경악하는 동안, 키는 사내의 목을 날리고도 피 한 방울 묻지 않은 복수를 천천히 세워들며 말했다.

"목이 어쨌다고?"

"으아아아! 죽여어!"

라이온은 앞쪽에서 고함이 들려온 순간 괴성을 지르며 그대로 돌진하기 시작했다. 그리고 그것은 명백한 실수였다. 1등 항해사감은 되더라도 선장감으론 아직 좀 모자란 놈이라고 생각하며 하리야 선장은 고함을 질렀다.

"전원 제자리에! 경계 태세!"

라이온을 따라 무턱대고 달리려던 해적들은 하리야 선장의 우렁찬 고함에 멈춰 섰다. 하리야 선장이 해적들을 패닉 상태에서 구제하는 동안에도 라이온은 곧장 달렸다. 모퉁이를 돈 라이온은 네 명의 사내들과 대치중인 키의 모습을 발견했다. 키는 악귀 같은 얼굴을 한 채 사내들을 공격하고 있었고, 사내들 역시 무서운 기세로 키를 공격하고 있었다. 라이온은 사내들의 주의를 끌어들이기 위해 힘껏 외쳤다.

"가슴을 펴라! 죽음은 양해를 구하지 않고 찾아오는 불청객인 법!"

언제 목이 떨어질지 모르는 치열한 싸움 도중이었지만, 키는 머리끝까지 치밀어올랐던 분노가 빠르게 사라지며 대신 한숨을 내쉬고 싶어지는 것을 느꼈다. 저 빌어먹을 자식. 키를 후려치려던 사내들 중 일부도 당황하며 고개를 돌렸다. 그리고 그런 그들을 향해 라이온은 싱긋 웃으며 검을 뽑아들었다.

"라이온 가라사대, 너희들의 고독했던 방랑에 라이온이라는 종지부를 찍을 때가 도래했노라!"

키는 갑자기 눈앞의 사내들보다 라이온을 두드려패는 것이 화를 푸는 데 더 도움되지 않을까 하는 생각을 떠올렸다. 싸움의 한복판으로 뛰어들며 라이온은 세 번째로 외쳤다.

"난 인도주의자야. 나 자신에 대해서만!"

그리고 라이온은 자신의 발언에 대해 책임지는 건실한 모습을 보였다. 그 자신에게 일어났다면 미쳐 날뛰었을 행동을 상대방에게는 아낌없이 베풀었던 것이다. 라이온의 검에 사타구니를 찔릴 뻔했던 상대는 정신이 번쩍 드는 것을 느꼈다. 이놈은 보통이 아니다. 보통을 훨씬 뛰어넘는…….

"완전히 미친놈이잖아, 이거?"

"껄껄껄! 사춘기 때는 다 그런 거야. 주위의 모습이 불합리해 보이고 세상이 미쳐 돌아가는 것처럼 보이는 거란다. 너희들이 폭력적으로 바뀐 것도 그 때문이겠지!"

키는 라이온의 말에 신음을 토하며 중얼거렸다.

"……좀 갑작스럽지만, 저놈의 입을 뭉개준다면 너희들과 우호를 나누는 문제를 고려해 보겠다."

네 사내들은 키와 라이온이 번갈아 던지는 화두에 곤혹스러워했다. 그러나 정작 그런 화두를 중얼거리던 두 사람은 자신들의 말에 아무 영향도 받지 않은 채로 검을 휘둘러대었다. 결과적으로 두 사람의 포위 공격에 의해 네 명의 칼잡이가 발이 묶이는 희한한 상황이 발생했다.

그리고 그 상황은 한번의 반전도 없이 결말까지 유지되었다.

세 명의 사내는 각자 치명상의 교본 같은 모습을 한 채 땅을 뒹굴게 되었고, 마지막 사내는 부러진 칼자루를 집어던지고 무릎을 꿇었다. 조금 늦게 도착한 하리야 선장은 참극의 현장을 보고는 고개를 가로저었다. 돌탄 선장에게 해적들의 지휘를 맡긴 하리야는 세 구의 시체 옆에 서서 기도를 시작했다. 키는 그런 하리야의 모습을 흘끔 바라본 다음 라이온에게 명령했다.

"신문해. 소속과 목적, 그리고 의뢰인. 사냥개로 보이더군. 그리고 돌탄은 저 시체들을 처리하고. 머리카락 하나 남겨두면 안 돼. ……하리야 선장의 기도가 끝나고."

기도중이었기에 하리야는 감사의 표시를 보내지는 않았다. 라이온은 씩 웃으며 마지막 사내의 겨드랑이를 붙잡아 일으켰다. 하지만 사내는 주위를 둘러싼 해적들의 숫자에 질려 반송장이나 다름없는 꼴을 하고 있었다. 라이온은 몇 명의 해적들을 시켜 사내를 통째로 들어올리게 한 다음 으슥한 숲속으로 끌고 들어갔다.

라이온이 사라지자, 키는 나무 등걸에 주저앉아서 복수를 손질하기 시작했다.

손수건으로 복수의 검신을 닦아내는 키의 손길은 차라리 관능적이었다. 검이 아파할 거라고 믿는 것처럼 키는 섬세하고 꼼꼼하게 피를 닦아내었다. 해적들은 자신도 모르게 고개를 돌려버렸다. 뭔가 보아서는 안 되는 것, 침대 속에 있는 자신의 부모를 보는 것 같은 느낌은 모든 해적에게 똑같이 다가왔다. 하지만 오닉스는 불만 가득한 표정으로 시체들에게 다가섰다. 기도를 올리고 있던 하리야가 잠시 이맛살을 찌푸렸지만 오닉스는 아랑곳하지 않고 시체들을 관찰했다.

오닉스의 시선이 한 사내의 어깨 부분에 이르렀을 때였다.

사내의 어깨 부분의 옷자락은 칼에 맞아 크게 잘려져 있었다. 그리고 그 잘린 틈 사이로 오닉스는 무엇인가를 발견했다. 오닉스는 손을 뻗어 옷을 벌리고는 피를 닦아내었다. 하리야는 호통을 치려 했지만 그때 그 역시 사내의 어깨에 있는 문신을 발견했다.

오닉스는 사내의 옷을 아예 찢어버린 다음 찢어진 옷가지로 어깨를 쓱쓱 닦아내었다. 이윽고 드러난 문신은 푸르스름한 새의 모습이었다. 하리야는 어처구니없는 표정이 되어 키를 돌아보았다.

"선장님. 여기 문신이 있는데…… 푸른 까마귀 같습니다."

복수의 칼날을 닦고 있던 키의 손이 멈췄다. 키는 고개를 들어 하리야를 보았다. 하리야는 자신의 말에 놀라서 당황하고 있었다. 키는 다시 고개를 숙이며 혼자말처럼 말했다.

"애져버드(Azurebird) 놈들이라고? 그놈들이 이곳에는 왜?"

"그 친구는 많은 것을 말했고, 그래서 제가 침묵의 미덕을 가르쳐주었습니다." 신문을 끝내고 죽였다는 말을 이렇게 표현한 라이온은 얼굴을 긴장시키며 나직하게 말했다. "놀랍게도 놈들은 애져버드의 병아리들이었습니다!"

아무도 놀라지 않았고, 그래서 라이온은 퍽 무안해졌다. 하리야는 언제나처럼 찌푸린 표정으로 고개를 끄덕였다.

"푸른 까마귀 문신은 이미 확인했네. 배덕한 이단자 놈들이 이곳에 온 이유는 뭐지?"

하리야의 표현은 정확하다고는 할 수 없다. 원래 애져버드는 법황의 직접 지배를 받는 교회 기사단이었다. 그들 자신이 이단과 싸우고 이교도들과 싸우며 신앙을 지키는 자들인 것이다. 한때 제국 곳곳의 요충지에 애져버드의 푸른 까마귀 깃발이 날리지 않는 성이나 관문이 없었다.

하지만 제국의 강국들은 교회의 세력 강화를 두려워했다. 모함과 모략. 그것들은 체계적이지도 않고 일괄적이지도 않았지만 모든 나라에서 동시에 터져나왔다. '이단자와 이교도와 맞서 싸우는 동안 애져버드는 오히려 그에 동화되고 말았다'는 요지의 모함이 뚜렷한 형체를 지니고 애져버드를 공격하게 된 것은 법황령의 실질적 팽창을 기도하던 '은혈의 법황' 오펠 2세 시절의 일이었다.

기실 그런 모함은 많은 진실을 내포하고 있기도 했다. 애져버드는 연대감을 다지기 위한 목적으로 어깨에 푸른 문신을 새겼지만, 교회는 신으로부터 받은 육신을 훼손하는 것을 용납하지 않았다. 또한 이 푸른 까마귀의 문신은 우상 숭배의 혐의를 받을 수도 있다. 그 외에도 많은 이단의 증거가 있었기에 은혈의 법황 오펠 2세도 더 이상 애져버드를 편들 수 없게 되었다. 결국 제국의 수도 란셀에서 이단 재판이 열렸다. 이 점이 시사하는 바는 크다. 법황 직할령인 펠라론이 아니라 제국의 수도에서 열린 이단 재판은 개정되기도 전에 애져버드에게 사형 선고를 내린 것이나 마찬가지였다.

애져버드는 소환에 불응했고, 각국에 산재한 애져버드의 기사단 지부들은 철저한 습격을 받았다. 하지만 애져버드의 재산 중 법황에게 반환된 것은 극히 드물었다. 각 나라는 법황의 버릇을 고쳐줬다고 생각했고, 법황은 진노 외엔 할 것이 없었다.

그러나 애져버드는 용병단으로 성격을 바꾸어 살아남았다. 제국의 강국들을 자극하는 것은 무모한 일이었기에 애져버드는 '아이언블러드'라는 새 이름을 사용했고, 자신에 대한 변호나 빼앗긴 재산에 대한 소유권 주장 등은 일체 하지 않았다. 그래서 각국은 그들을 묵인해 주었고 사람들은 아직도 아이언블러드라는 낯선 이름보다는 애져버드라는 옛이름을 사용했다. 어쨌든 이들의 정식 명칭은 아이언블러드였고 이단자인 애져버드는 이제 존재하지 않으므로, 하리야가 그들을 이단자라고 부른 것은 정확한 호칭은 아닌 것이다.

라이온은 이번에야말로 놀라봐라! 하는 표정으로 말했다.

"예. 놈들은 카밀카르의 전령들을 추적하여 이곳에서 그들을 포착, 살해한 후 귀환하는 중이었습니다."

"카밀카르의 전령?"

"그게 재미있습니다. 그건 바로 우리 소식이라고 하더군요."

라이온은 뜸을 들이기 위해 말을 잠깐 끊었지만, 곧 키의 살벌한 시선을 대하고는 황급히 입을 열었다.

"그 전령은 율리아나 공주가 우리들에게 잡혔다는 소식을 필마온 기사단에 전하기 위해 달려가던 중이었다고 합니다."

"이상하군. 그 소식이 전달되는 것을 방해하고 싶어한 것이 누구란 말이야?"

"그건 당연히 모르더군요. 자객답게."

"흐음."

괴이한 일이군. 키는 생각에 잠겼다. 공주가 납치된 사실을 숨긴다는 것은 말이 안 된다. 그런 사건들은 숨긴다고 해서 숨겨지는 성질의 사건이 아니므로. 그렇다면 애져버드의 자객들이 원한 것은 카밀카르의 협조 요청이 필마온에 도달하는 것을 방해하는 것인가?

"시체를 둔 곳이 어디라던가?"

236

"저 앞쪽으로 보이는 산 있잖습니까? 저기 중턱쯤이라고 하더군요."

"뭐 챙겨온 것은 없고?"

"그런 것은 없는 모양입니다. 아마도 의뢰자가 명령하지 않았겠지요."

"응?"

키는 고개를 돌려 라이온을 바라보았다. 라이온은 어깨를 으쓱이며 말했다.

"의뢰자는 놈들에게 소지품을 뒤지라는 명령은 내리지 않았을 거라고 했습니다. 당연하잖습니까?"

"뭐가 당연하다는 거지? 난 잘 모르겠는데."

"그거야 소지품, 그러니까 서신이나 서류 같은 것을 가져오라는 명령을 내린다면 자객들이 틀림없이 그 서류를 훔쳐볼 테니까 그런 명령은 처음부터 내릴 수 없는 겁니다. 그런 서류 같은 것을 자객들이 본다면 의뢰자의 신원을 추측해 볼 수도 있으니까요. 그건 자객들을 고용할 때의 상식 중의 하나……"

라이온은 주위의 해적들 대부분이 이상한 동물을 보는 시선으로 그를 바라보고 있다는 것을 알아차리고는 말꼬리를 흐렸다. 짧은 순간 몇 번이나 바뀌던 그의 안색이 최종적으로는 약간 창백해졌다. 라이온은 그 창백한 얼굴을 들어 하늘을 쳐다보았고 그런 라이온을 향해 돌탄 선장이 질문했다.

"어, 라이온. 차네……"

"출발."

키 드레이번이 갑자기 일어나며 외쳤다. 해적들은 당황하여 고개를

돌렸지만 키는 이미 걸음을 떼고 있었다. 몇 발자국을 걸어간 키는 눈
살을 찌푸리며 말했다.

"두 번 말해야 되나?"

테리얼레이드는 독특하게 생긴 도시였다.

오래된 건물들은 너무 오래되었고, 새 건물들은 지나치게 새것들이
었다. 폐가 바로 옆에 시장의 떠들석함이 공존하고 있었고, 도시를 관통
하는 옛성벽의 그늘 아래에서는 거지와 양떼가 함께 오가고 있었다. 양
떼를 몰고 있는 것은 분명히 양치기였지만 그들의 발 아래에는 풀밭 대
신 포석이 깔려 있었다. 말라버린 강바닥에 마련된 좌판에서는 노점상
들이 고래고래 고함을 지르며 다리 위를 걸어가는 시민들을 불러세우
고 있었다. 구역이라 불릴 수 있는 최소한의 구분점은 보이지 않았고 반
마일 이상 계속되는 대로는 어디에서도 찾아볼 수 없었다. 어떤 요인이
작용해야 도시가 저렇게까지 무계획하게 성장할 수 있는 것인지 오스발
로서는 상상도 할 수 없었다. 그래서 오스발은 테리얼레이드에 대한 해
석을 포기하고는 고개를 돌려 율리아나 공주를 바라보았다. 얼굴에 진
흙을 바르던 율리아나는 숨을 몰아쉬며 고개를 들어올렸다.

"푸아!"

그 얼굴을 본 오스발은 폭소를 터뜨리지는 않았다. 다만 고개를 조
금 가로저으며 말했다.

"턱과 목에도 바르세요. 얼굴에만 바르시니 색깔이 서로 달라보이지 않습니까."

"꼭 이런 독특한 화장이 필요할까요?"

"저는 공주님을 지킬 수 없지만, 그 진흙은 공주님을 지킬 것입니다."

율리아나는 포기한 듯한 얼굴로 옷 속으로까지 진흙을 발라넣었다. 잠시 후 건조된 진흙이 떨어지고 나자 대륙에서 손꼽히는 미녀의 모습은 온데간데없이 사라졌다. 오스발은 그제서야 공주와 함께 테리얼레이드에 들어섰다.

먼곳에서 볼 때 희극적이던 테리얼레이드의 모습은, 그 안으로 들어서자마자 바뀌었다.

오스발이 가장 먼저 안 사실은 무장한 사람이 너무 많다는 사실이었다. 거리를 걷고 있는 남자들 중 둘에 하나는 무장을 하고 있었다. 큰 칼을 가진 사람은 별로 없었지만 단검은 수도 없이 많이 보였다. 잠시 더 주위를 관찰하던 오스발은 무장한 사람이 둘에 하나라는 견해를 수정할 필요를 느끼게 되었다.

오스발이 보기에 분명히 무기가 없어보이던 청년 하나가 갑자기 왼손 소매 속으로부터 단검을 뽑아들어 마주 오던 사내들 가운데로 뛰어든 것이다. 짧은 비명과 함께 사내들 가운데 한 명이 쓰러질 때까지도 사내들은 무의미한 말들을 외칠 뿐 막을 생각도 못했다. 암살자는 찔린 사내만큼이나 창백해진 얼굴로 더듬거리며 외쳤다.

"코, 코딜리어를 기억하라, 개록스!"

습격당한 케록스는 땅바닥에 벌렁 쓰러졌고, 케록스의 동행으로 보이던 사내들은 그제서야 괴성을 지르며 습격자에게 달려들었다. 그 광경을 정면으로 보게 된 공주는 비명도 지르지 못한 채 새파랗게 굳어버렸지만, 오스발은 재빨리 그녀를 이끌며 옆쪽의 골목 속으로 숨어들어 갔다.

공주를 가리며 밖을 바라보던 오스발은 눈이 튀어나올 듯한 모습을 목격했다. 암살자는 하필이면 그들이 숨어든 골목으로 달려오고 있었던 것이다. 이런, 맙소사! 오스발이 암살자의 다리라도 걸어 추격자에게 건네어주고 달아날까 하는 생각을 떠올렸을 때였다. 그의 등뒤에서 날카로운 고함이 들려왔다.

"코리! 어서 와!"

골목 안쪽으로부터 들려온 고함에 고개를 돌린 오스발은 웬 젊은 여자가 골목 안쪽의 술집으로부터 뛰어나오는 모습을 발견했다. 그녀의 손에는 커다란 대야 같은 것이 들려 있었다. 대야를 들고 달려오던 여자는 오스발과 공주를 흘끔 바라보았지만 아무 말도 하지 않았다. 그때 코리라고 불렸던 암살자가 골목 안으로 뛰어들었다. 여자는 코리의 옆을 재빨리 지나쳐서는 그 뒤를 따라오던 추적자들을 향해 대야를 집어던졌다. 대야 속의 물을 뒤집어쓴 사내들은 기겁하며 외쳤다.

"푸아아! 뭐야, 이건?"

"네놈들보단 훨씬 깨끗한 설거지 물이야, 이 강간마 놈들아!"

사내들에게 설거지 물을 뒤집어씌운 젊은 여자는 씩 웃으며 코리의 어깨를 강하게 붙잡으며 말했다.

"얼간이 녀석, 결국 해냈군!"

"아, 세실, 세실. 그러니까 내가, 내가……"

"코딜리어의 일은 나도 벼르고 있었어. 자, 기다려!"

세실이라는 그 여자는 곧 몸을 돌렸다. 오스발은 그녀의 입 안으로 손가락 두 개가 들어간 것과 날카로운 휘파람 소리가 들려온 것 중 어느 것이 먼저인지 알 수 없었다. 세실은 낭랑하게 외쳤다.

"코딜리어의 복수다! 외상 모두 지워줄 테니 외상 있는 놈들은 다 튀어나와!"

느닷없이 사건에 휘말려 꼼짝도 못한 채 관객의 역할을 강요당하고 있던 오스발과 율리아나의 눈이 커다랗게 떠졌다. 술집 안쪽으로부터 거친 함성이 튀어나오더니 곧 사람의 물결이라 불릴 만한 것이 우르르 쏟아져나왔다.

"우와아아!"

끝이 없을 것 같은 인파의 손에는 거의 대부분 단검이 들려져 있었지만 간혹 깨진 술병이나 의자 다리, 부지깽이 같은 것도 보였다. 술에 취한 데다가 너무 많은 인원이 골목을 메우는 바람에 인파는 자기들끼리 밀고 밀리면서 대로에 있던 사내들을 향해 달려갔다. 설거지 물을 뒤집어쓴 사내들의 황당한 얼굴이 공포에 질린 얼굴로 바뀐 것은 순식간이었다. 사내들은 칼을 맞아 땅에 쓰러져 있던 케룩스를 들어올리고는 필사적으로 달아나기 시작했다. 그리고 술집으로부터 달려나온 주당들은 그 뒤를 따라 끝없이 달려갔다. 짧은 순간 오스발은 저렇게 많은 외상 손님이 있다면 영업이 가능할 것인가에 대해 우려했다.

세실은 달려가지 않았다. 주당들이 사라지자 세실은 곧 코리를 바라보았다. 방금 사람을 찌른 코리는 그 흥분으로 온몸을 떨고 있었고, 그 모습을 본 세실은 온화한 미소를 지은 다음 코리의 뺨을 세차게 후려갈겼다.

"정신차려!"

"어, 어, 세, 세실. 내가, 내가 찔렀어. 찔렀어요. 그놈을……"

"그래, 알아! 죽어라 책만 파던 놈에게 이런 배짱이 있을 줄은 몰랐군. 자, 이젠 도시 밖으로 튀어야 되는 차례야. 칼 있어? 없어? 아차, 제길. 그놈 배에 꽂아놨구나. 이거 가져."

세실은 갑자기 치마를 걷어올리더니 종아리에 묶어두었던 단검을 풀어 코리의 혁대에 꽂아주었다. 그리고 세실은 주머니 속을 뒤져 손에 잡히는 대로 돈을 꺼내어 코리의 손에 쥐어준 다음 다시 코리의 뺨을 후려갈겼다.

"정신차려!"

결국 코리는 벌컥 화를 내었다.

"그만 좀 때려요, 아프잖아!"

"얼씨구? 음. 이젠 기합이 좀 들어갔군. 좋아! 자, 죽어라고 뛰어. 알았지? 아무도 만나지 말고 누가 물어보든 이름, 나이, 고향 모두 바꿔! 책 많이 읽으니 그 정도는 알겠지? 자, 몇 년 동안 안녕이로군. 이젠 뛰어!"

세실은 코리의 엉덩이를 힘껏 갈겼다. 코리는 비슷한 일을 당한 말이 그러하듯 죽어라고 뛰기 시작했다. 달려가던 코리는 갑자기 멈추더니 고개를 돌렸다. 그러고는 소매로 눈가를 쓱 닦으며 울먹이는 목소리로 외쳤다.

"고마워요, 세실!"

"얼어죽을 새꺄! 헛소리 할 시간 있으면 달려!"

코리는 다시 달려갔고 그 뒷모습을 보고 있던 세실은 허리에 손을 얹고는 통쾌하게 웃기 시작했다. 그 웃음 소리를 들으며 오스발과 율리아나는 누가 더 황당한 얼굴을 할 수 있는가 내기라도 하는 것처럼 서로를 바라보기 시작했다. 그때 세실이 고개를 돌린 채 말했다.

"남자는 속여도 여자는 못 속여. 그쪽 미녀는 뭐지?"

세실이 율리아나를 지적하고 있다는 사실을 깨달은 오스발은 몸속에서 뭔가가 떨어지는 것 같은 기분을 느꼈다.

세실이 고개를 돌렸다. 그녀의 얼굴 아래쪽엔 아직 웃음기가 남아 있었지만 코 위쪽으로는 빈말로라도 즐거워 보인다고는 말할 수 없는 날카로운 두 눈이 드러나 있었다. 세실은 율리아나를 본격적으로 쏘아보기 시작했고, 율리아나는 오스발의 등뒤로 숨을 것인지 세실의 시선을 마주 볼 것인지를 놓고 고민했다. 갑자기 세실은 피식 웃었다.

"사연이 있으시겠지, 딴엔 말야. 흥. 따라와. 나 오늘 기분좋아. 도와줄 테니 빨리 들어와."

세실은 그대로 가게 안으로 걸어들어가 버렸다. 오스발은 고개를 숙여 율리아나를 바라보았다.

"진흙도 가리지 못한 아름다움에 찬탄을 보내고 싶지만, 그것보다는 먼저 저 여자를 따라갈 것인지 말 것인지를 여쭙고 싶군요."

"……가요. 난 조금 전 저 여자가 여동생의 복수를 한 오빠를 돕는 걸

봤어요. 너무 순식간에 일어난 일이긴 하지만, 어, 내가 제대로 본 거죠?"

오스발은 어깨를 으쓱한 다음 세실의 뒤를 따라 술집 안으로 들어갔다. 먼저 들어왔던 세실은 벌써 주당들이 쓰러뜨리고 나간 테이블과 의자를 정리하고 있었다. 세실은 문가로 들어서는 오스발과 율리아나를 보더니 어이없는 얼굴이 되었다.

"진짜 따라오네?"

"예?"

"이봐요들. 당신들 도망자로선 실격이군. 아무 말이나 믿다니. 못살겠군. 오늘 본 머저리는 코리로 충분할 줄 알았는데 이젠 둘이나 더 보게 되는군. 오늘이 머저리를 가호하시는 성 이디오테우스의 축일이었나? 일단 거기 아무데나 엉덩이 붙이고 있어. 청소 좀 하자."

율리아나와 오스발은 앉으라는 말에 무턱대고 앉았다간 다시 머저리로 취급당하는 것은 아닌가 하는 의심 속에서 쭈뼛거리며 의자에 앉았다. 다행히도 세실은 그들을 머저리로 취급하는 대신 휘파람을 휘휘 불며 테이블과 의자, 땅바닥을 뒹구는 술잔 등을 치웠다. 율리아나는 그런 그녀를 향해 조심스럽게 말했다.

"저, 성함이 세실이라고 하셨나요?"

세실은 청소하던 손을 멈추더니 율리아나를 바라보았다. 그러고는 입술을 비죽거리며 말했다.

"아니오, 공주님. 미천한 소녀는 세실리아라고 한답니다. 세실은 제 추종자들이 부르는 애칭이지요. 아, 제 추종자들이 모두 술주정뱅이에 깡패에 불량배라는 사실은 굳이 거론하진 않겠어요."

오스발은 '공주님'이라는 말에 다시 기겁할 뻔했지만, 세실이 단순히 비아냥을 보내고 있다는 사실을 간신히 깨달았다. 율리아나는 힘없이 웃으며 말했다.

"저는 유리라고 합니다. 이쪽은 발이고요."

"그렇게 기억해 드리지요. 까먹을 때까지는."

세실은 우아하게 절을 한 다음 다시 청소를 시작했다. 그 틈을 타 오스발은 율리아나의 귓가에 입을 가져갔다.

"유리? 발이라고요?"

율리아나는 생긋 웃었다. 하지만 다음 순간, 그녀로부터 나온 소리는 입이 아니라 뱃속에서부터 나왔다. 꼬르륵. 율리아나는 자신의 뱃속에서 난 소리에 당황하다가, 이곳이 술집이라는 사실을 떠올렸다.

술집, 술도 팔지만 음식도 팔지. 음. 와본 적은 없지만 아마 그럴 거야.

그 순간 율리아나는 너무나 급격한 사건 때문에 알아차리지 못했던 사실을 떠올렸다. 자신은 노예 한 명과 함께 해적선을 탈출한 후 헐벗은 채로 황야와 숲과 산을 가로질러 마침내 사람들이 사는 도시에 들어와 사람이 만든 의자에 몸을 앉히고 있는 것이다. 율리아나는 곰곰이 생각했다. 이럴 땐 어떻게 하는 것이 적합한 행동일까. 아마도, 음. 기쁨의 함성을 질러야겠구나.

"우와아아아!"

청소하던 세실은 갑자기 들려온 괴성에 기겁하며 엉덩방아를 찧었다. 고함이 들려온 쪽을 향해 얼빠진 얼굴을 돌린 세실은 오스발의 목에 매달려 미친 듯이 감격하고 있는 율리아나를 발견하게 되었다.

"해냈어요! 우와아아앗! 우리는 드디어 해냈어요! 끼야아아앗!"

세실은 율리아나를 향해 '나는 당신의 정신 상태에 대해 퍽 회의적이다'라고 말하는 듯한 시선을 보내었다. 그도 그럴 것이, 율리아나는 목을 놓아 울다가 다음 순간 테이블을 쾅쾅 두드리며 웃어대고 있었다. 기어코 의자째로 뒤로 넘어진 율리아나는 땅을 구르며 웃어대었다. 오스발은 멋적게 웃었다.

"아, 저, 두 사람이서 이 도시까지 오느라 고생을 심하게 했거든요."

"고생이 상당했던 모양이군. 저런 미친 짓을 할 정도면."

"예. 그러고 보니 배도 많이 고프군요. 음식 좀 부탁할까요."

땅을 구르며 좋아하고 있던 율리아나는 음식이라는 소리에 벌떡 일어났다.

"음식! 그래, 벼슬이 달린 거! 아니면 쿵쿵거리며 땅을 파는 거! 아냐, 지금 심정 같아서는 갈기를 휘날리며 달리는 거라도 좋아요. 음식, 사람의 음식, 불고문을 겪은 음식!"

세실은 킬킬거리다가 대답했다.

"흐음. 당장 준비할 수 있는 건 풀을 우적거리며 슬픈 눈으로 지평선을 바라보는 것뿐이군. 아, 불고문? 바싹 구워줄 테니 좀 기다려."

잠시 후 율리아나는 세실이 가지고 나온 스테이크에 저돌적인 자세로 달려들었다. 오스발 역시 스테이크 접시에 대해 만만찮은 터프함을 발휘했고, 세실은 두 사람의 식사 광경을 보며 어이없는 웃음을 참지 못했다. 광란스러운 식사를 마무리한 율리아나와 오스발이 배를 문지르며 의자에 길게 늘어지자, 세실은 접시가 깨지지 않은 것에 안도하며 말했다.

"개업 이래로 당신들만큼 내 음식을 맛있게 먹어주는 손님들은 처음이군. 헷. 난 지금 이 업종이 사실은 내 천직이 아니었을까 하는 착각에 빠져 있어."

율리아나와 오스발은 입을 모아 너무나도 맛있는 음식이었다는 둥, 이런 음식을 맛본 것만으로도 태어난 의미를 획득했다는 둥 함으로써 세실을 실소하게 만들었다. 세실은 식기들을 설거지 통에 던져넣은 다음 두 사람에게 와인 잔을 내놓으며 말했다.

"그래, 당신들이 좇는 별은 뭐야? 도와주겠다고 한 말은 책임질 테니 말해 봐. 뭘 도와줄까, 발?"

오스발이 세실의 질문에 대해 대답하는 데 조금 머뭇거린 것은 두 가지 이유 때문이다. 첫째로 공주가 너무도 행복한 표정으로 와인 잔을 들여다보면서 그녀가 대답할 것이라고 생각했던 오스발을 배신했기 때문에, 둘째로 사실을 말해야 될지 근사한 거짓을 말해야 될지 몰랐기 때문에. 결국 오스발은 사실을 말하기로 결심했다.

"저, 세실. 만일 우리가 지금 당장 카밀카르로 가야 한다면 어떻게 하면 좋을지 조언해 주시겠습니까?"

"카밀카르? 농담하는 거야? 휘이유! 당신들 두 명이서? 어려워. 거기까지 안전하게 가려면 우호적인 쇠붙이가 꽤나 많이 있어야 할걸."

율리아나와 오스발 모두 당황스러운 표정을 지었고, 두 사람이 못 알아듣는다는 것을 알아차린 세실은 보다 보편적인 말로 바꿔 말했다.

"칼이나 돈 말이야. 돈으로 사든 우정으로 사든 어쨌든 무장한 동료들이 꽤 있어야 될걸. 산적, 노상 강도, 국경 통과는 또 어떨까. 야수들, 괴물들. 흐음. 말도 안 되는 소리야. 가장 안전한 길은 뱃길이지만 요즘은 키 드레이번 때문에 뱃길 안전하다는 말도 못하겠군."

오스발은 황급히 고개를 숙여 와인 잔 속을 노려보았다. 키 드레이번이라는 말에 자신의 표정이 어떻게 바뀔지 몰랐기 때문이다. 그리고 율리아나는 반대로 천장을 쏘아보았다. 그래서 두 사람은 오히려 세실에게 이상한 인상을 주고 말았다. 세실은 고개를 갸웃하다가 말했다.

"그리고 뱃길을 타려면 항구로 가야 하는데 그것도 쉬운 일은 아니야. 여기서 가장 가까운 항구는 미노 만이고 거긴 대드래곤의 성지야. 실격. 그 다음 가까운 항구는 동남쪽의 다림. 거기는 이보레 열도를 오가는 화물선들의 종착항이지. 하지만 다림까지 가려면 아피르 족의 땅을 지나가야 해. 아피르 족은 조금 전 당신들이 스테이크를 먹어치우던 모습 그대로 당신들을 먹어치울걸. 역시 실격."

자유호의 조타수 칸나를 떠올린 오스발은 오싹해지는 느낌을 받았다. 하지만 율리아나는 열성적인 얼굴로 말했다.

"저, 세실 양. 이곳에 교회가 있나요?"

세실의 얼굴이 확 바뀌었다. 세실은 눈을 몇 번 심하게 깜빡거리더니 곧 가늘게 뜬 눈으로 율리아나를 바라보며 말했다.

"이봐요, 교회라니? 물론 이 빌어먹을 테리얼레이드에도 교회는 있어. 대륙의 열 번째 불가사의가 아닐까 생각되긴 하지만. 그런데 거긴 왜?"

"저희들은 교회에 도움을 청할까 생각하고 있어요."

"유리 당신…… 설마 귀족인가? 교회에 도움을 청한다고?"

세실은 의심스러운 눈으로 율리아나를 바라보았지만, 율리아나는 대답 대신 애매모호한 미소를 지었다. 그 미소를 보던 세실은 끙 하는 소리를 내었다. 쳇. 다벨이나 팔라레온에서 도망친 귀족 부스러기 정도 되는 모양이군. 이 남녀에게 가르침을 좀 베풀어볼까? 관둬, 쳇. 이 작자들에게 테리얼레이드가 그들이 생각해 오던 낭만적인 도피처가 아니라는 사실을 가르쳐줄 사람은 나 외에도 많겠지. 파킨슨에게 맡기면 되겠군.

세실은 자리에서 벌떡 일어났다.

"좋아, 뭐. 그러지. 교회야 원래 만인을 도우니까. 아, 그렇게 주장하는 걸 들었다는 말이야. 그럼 서두르지. 조금 더 늦어지면 미사 시간이 될 테니까 그 전에 만나봐야겠지?"

세실은 대답을 기다리지 않고 곧장 몸을 돌렸다. 그리고 벽에 있는 옷걸이에서 모자를 하나 들어올렸다. 엄청나게 챙이 넓은 푸른색의 모자였다. 그리고 바 뒤로 돌아간 세실은 그곳에서 커다란 지팡이 하나를 꺼내었다. 노인들이 힘없는 다리를 의지하기 위한 종류가 아니었다. 곧고 똑바르며 묵직한 것으로서 무기로 써도 무방할 듯하며 여차하면 텐트의 기둥으로도 쓰임직한 지팡이였다. 모자를 쓰고 지팡이를 짚은 세실이 두 사람 앞에 서자 율리아나는 눈을 커다랗게 떴다.

"당신……?"

세실은 빙긋 웃으며 말해 보라는 듯이 턱을 조금 내밀었다. 율리아나는 휘둥그레진 표정으로 말했다.

"마법사(witch)예요?"

"하! 유리 양. 당신 재수좋았어. 만일 마녀(hag)라고 불렀다간 당장

개구리로 만들어서 내 설거지통 속을 헤엄치게 만들 생각이었거든. 그래. 난 마법사야. 일어나시지요, 젊은이들."

오스발은 젊은이라는 호칭에 당황하지 않았다. 마법사라는 말이 사실이라면 이 겉보기에 젊고 예쁘장한 아가씨는 어쩌면 백 살이 넘은 할머니일지도 모르는 것이다. 아이고 맙소사. 어쩐지 이런 조그만 술집의 주인 치곤 거리의 깡패들을 제멋대로 다루더라. 하지만 율리아나는 겁을 잔뜩 집어먹은 얼굴이 되었다. 그녀는 혼잣말처럼 더듬거리며 말했다.

"자, 잠깐만요. 이곳은 테리얼레이드고, 그러니까 제국의 공적 1호 하이낙스의 마지막 본거지였고, 그리고 당신이 마법사라면……?"

율리아나는 세실의 시선 때문에 말꼬리를 흐릴 수밖에 없었다. 공주의 질문이 계속되면서 세실의 표정은 점점 어두워졌기 때문이다. 끝내 세실은 무시무시해 보이는 미소를 지으며 율리아나의 말을 받았다.

"어쩌면 하이낙스의 제자일지도 모르며, 그의 몰락을 바라보며 복수를 다짐했을지도 모르며, 무법의 도시 속에서 주점이나 경영하며 정체를 숨겨왔을지도 모르는, 제국의 마지막 반역자일지도 모른다?"

율리아나의 목에서 울려나온 소리는 오스발을 놀라게 만들었다. 저게 침 삼키는 소리 맞나? 오스발은 고개를 돌려 하얗게 변한 율리아나의 얼굴을 보다가 다시 세실을 돌아보았다. 그의 입이 천천히 열렸다.

"음식값은 얼마죠?"

잠시 동안 두 여자는 형언키 어려운 표정으로 오스발을 바라보았다. 오스발은 어깨를 으쓱였다.

"전 이곳 물가는 몰라서요."

세실은 간신히 숨을 골랐다.

"이, 이봐. 발. 당신은 보기 드문 용감한 성격의 소유자인가, 아니면 보기 드문 얼간이인가?"

"글쎄요. 제가 만일 '정말 그러십니까?'라고 물었다면 당신은 당장 나를 보기 드문 얼간이 쪽으로 판단하셨을 거라는 점은 짐작되는군요."

세실은 자기 이마를 딱 소리나게 친 다음 웃음을 터뜨렸다.

"180데리우스. 그리고 당신이 보기 드문 사내인 건 확실하군. 유리 양, 발 군에게 감사해요. 당신은 얼간이로 취급될 위험을 벗어났어. 아, 다음번 얼간이 짓을 할 때까지 말이야."

"어째서 그런지 설명해 주시겠어요?"

"내가 지금 당신들을 어디로 안내하려 하고 있는 거지? 교회야. 불법 마법사가 교회를 찾을 수 있을까? 그럴 리는 없지. 그럼 난 교회로부터 인정받은 적법한 마법사겠지? 그럼 하이낙스와 어떤 관계가 있을 리가 없지."

율리아나는 가엾게도 자기 혐오에 빠져버렸다.

테리얼레이드의 교회는 세실의 가게에서 한 10분쯤 걸리는 곳에 있었다. 교회는 테리얼레이드의 지나치게 낡은 건물과 지나치게 새것 분위기가 나는 건물 중 후자에 속하는 모습이었다. 율리아나는 건물이 깨끗해 보인다고 말했지만 세실은 씩 웃었다.

"아, 얼마 전에 웬 주정뱅이가 불을 질렀거든. 그래서 새로 만든 건물이야."

"예? 교, 교회에 불을 지, 질러요?"

"뭐가 이상해? 주정뱅이가 들어오도록 허락해 주는 곳이 교회밖에 어디 있어? 그러니까 예배당에서 자다가 불을 질러버린 거지. 그 녀석은 교회에서 타 죽었으니 직통으로 천국에 갔을 거야."

율리아나는 말문이 막혀버렸다. 세실은 지팡이 끝으로 교회의 문을 밀어젖히며 안쪽으로 들어섰고 두 사람들도 그 뒤를 따라들어갔다. 예배당 안으로 들어선 두 사람은 천장을 향해 고함을 지르는 세실의 뒷모습을 보게 되었다.

"파킨슨! 파─킨슨!"

오스발은 천장의 들보에 앉아 망치질을 하고 있는 중년 남자를 볼 수 있었다. 남자는 아래를 향해 말했다.

"아아. 세실? 잠깐 기다리시오. 곧 내려가겠습니다."

오스발은 사다리가 어디에 있나 살피며 주위를 둘러보았다. 그때 천장으로부터 밧줄이 떨어져내렸다. 망치질을 하던 남자는 익숙한 동작으로 밧줄에 매달린 다음 빠른 속력으로 아래로 내려왔다. 세실은 씩 웃으며 말했다.

"신부야, 곡예사야?"

"사다리가 있었는데 어떤 벼락 맞을 형제가 훔쳐가서 말이오. 하하. 이 짓도 익숙해지니 할 만하군요."

세 사람 앞에 선 테리얼레이드의 신부는 머리에 백발이 희끗희끗하지만 키가 크고 강단 있어뵈는 모습이었다. 혁대에 망치를 꽂고 소맷자락을 걷어올린 모습이긴 했지만, 파킨슨 신부는 인자한 표정으로 세 사람을 맞이했다.

"아아, 주님의 집을 찾아드신 형제 자매님들께 큰 실례로군요. 건물을 새로 지은 지 얼마 안 되어서 아직 손질할 곳이 많거든. 그래서 이 모양 이 꼴이오."

세실은 비웃음을 지으며 말했다.

"이 도시의 빌어먹을 깡패놈들에겐 새 교회 같은 건 아까워. 도대체 펠라론으로부터 어떻게 건축 자금을 타내었나? 법황이 몸소 오더라도 이 도시를 계도할 수는 없어, 이 친구야."

파킨슨 신부는 난처한 표정으로 말했다.

"세실 자매님. 내 입도 온화하다고 말할 순 없지만, 부디 그런 불경한 말은 좀 삼가주시오. 다른 곳도 아닌 신성한 교회 안이란 말이오."

"내 입은 분위기를 잘 타지 않거든. 어쨌든 소개하지. 이 사람들은 발과 유리고, 도움이 간절히 필요한 모습으로 내 가게에 들어와서는 교회의 도움을 바란다고 하기에 여기로 데려왔으니까 이야기 나눠."

모든 용무를 한 문장으로 표현해 버린 세실은 율리아나와 오스발이 뭐라고 인사를 하기도 전에 휙 나가버렸다. 문을 닫고 나서는 세실의 뒷모습을 향해 파킨슨 신부는 고개를 설레설레 저어보였다.

"원 참, 바람 같은 분이로고. 하긴 바람의 도시에 바람의 마법사면 어울리긴 하시."

그리고 파킨슨 신부는 고개를 돌려 율리아나와 오스발을 바라보았다.

"자, 저 바람의 마법사가 바람처럼 해치워버린 소개도 소개이긴 하겠지만, 그래도 정식으로 소개하지요. 이 만남을 인도하신 주님을 찬양할진저. 테리얼레이드 교회의 파킨슨 신부올시다."

"주님을 찬양할진저. 유리입니다."

"발입니다. 어, 주님을…… 예? 아, 찬양할진저."

오스발은 율리아나 공주의 귓속말을 들어가며 인사를 마칠 수 있었다. 파킨슨 신부는 얼굴 가득히 미소를 지으며 말했다.

"자, 시작해 볼까요."

"예?"

"두 사람 모두 보통에서 크게 벗어나지 않는 체격이군요. 퍽 다행입니다."

"예?"

"아아. 마침 결혼 예복 중에 불타지 않은 것이 몇 벌 있습니다. 두 분께 잘 맞겠군요. 뭐 예복이 없어도 결혼 서약이 무효가 되는 건 아니지만 그래도 입는 편이 좋잖습니까. 절 따라오십시오."

오스발은 세 번째로 '예?'라고 말하는 대신 당황하여 입을 뻐끔거렸지만, 율리아나 공주는 피식 웃으며 말했다.

"어떻게 아셨죠?"

파킨슨 신부는 득의만면한 표정으로 말했다.

"그 정도야 머리 위로 결혼 서약 천사의 나팔 소리가 울려퍼지지 않아도 짐작할 수 있을 만큼 간단한 것이죠. 어쨌든 여러분의 눈앞에 있는 이 작자는 이 바람의 도시에서 10여 년 동안이나 신부 노릇을 하고 있었으니까요. 두 분은 절대로 테리얼레이드의 주민은 아니군요. 여행자의 복장을 보지 않아도 두 분의 얼굴만 보면 알 수 있습니다. 다벨입니까, 팔라레온입니까? 아, 그건 제가 상관할 바 아니죠. 어쨌든 여행, 흐음. 사랑의 도피 행각이라고 할까요? 바람의 도시 테리얼레이드로 도망친 두 남녀가 이 도시에 들어오자마자 다른 곳도 아닌 교회를 찾는다면 목적이야 뻔한 것 아니겠습……니…… 아닙니까?"

파킨슨 신부는 배를 잡고 웃어대는 율리아나 공주와 난처한 미소를 짓고 있는 오스발을 번갈아 바라보며 말꼬리를 흐렸다. 고개를 갸웃거리는 신부를 향해 노예는 고개를 가로저었다.

"퍽 인상적인 추리셨습니다만, 아닙니다. 신부님."

"아아, 선입견과 헛된 추측을 벌하시는 주님이여. 이 미욱한 놈을 용서하소서. 죄송합니다. 그럼 두 분은 무슨 용무로?"

간신히 웃음을 멈춘 율리아나는 눈물을 닦아내며 말했다.

"하아, 하아. 저, 예. 그러니까 저희들은 교회의 가호를 얻고자 이 성스러운 곳을 찾았습니다."

"두려움을 버리고 말씀하십시오. 말씀하신 대로 이곳은 교회입니다."

"예. 먼저 제 이름은 조금 전에 소개된 이름과 다르다는 사실부터 말씀드려야겠군요."

파킨슨 신부는 이 무법 도시에서 신부 생활을 하고 있는 사람답게 별로 놀라지도 않았다. 그는 선선히 웃으며 말해 보라는 몸짓을 했고 율리아나는 침을 삼키고서 말했다.

"제 원래 이름은 딜비움 그랜다이 레보라 아크 리 바레린 길리데아 율리아나 카밀카르. 카밀카르 왕국의 공주입니다."

순간 오스발은 고개를 조금 갸웃했다. 파킨슨 신부의 눈에서 어떤 번 득임 같은 것이 지나쳤다는 느낌을 받았던 것이다. 하지만 자세히 본 신 부의 얼굴엔 놀라움만이 떠올라 있었고, 그래서 오스발은 자신이 착각 했겠거니 생각했다. 파킨슨 신부는 단도직입적으로 질문했다.

"탈출하신 겁니까?"

율리아나 공주는 크게 놀라며 말했다.

"제가 납치당한 것을 알고 계셨어요?"

"물론입니다. 법황의 눈은 탄젤론의 미궁에서도 신의 자녀를 바라보 고 계시며, 법황의 손은 사무이다크의 고원에서도 신의 자녀를 끌어올 리는 법입니다. 하지만 지금은 이런 자랑을 할 때가 아니군요. 공주님께 베풀어진 신의 크나큰 은혜를 본다면 말입니다. 오오, 공주님. 도대체 어떻게 키 드레이번의 손아귀에서 탈출하신 겁니까?"

잠시 종교계의 발넓음에 경탄하던 율리아나는 더듬거리며 자신의 탈 출 과정을 설명했고 이번에는 파킨슨 신부가 감탄을 연발했다. 파킨슨 신부는 크게 고개를 끄덕이며 말했다.

"어떤 바람도 완전히 걷어낼 수는 없다는 미노 만의 안개 덕분에 탈 출에 성공하신 것이로군요. 주님의 은혜에 감읍할 따름입니다!"

'주님의 은혜가 아니라 대드래곤의 은혜인데요'라는 말이 혀를 간지 럽게 했지만 율리아나는 간신히 말을 삼켰다. 파킨슨 신부는 자신의 이 마를 딱 치며 말했다.

"아, 이런! 죄송합니다. 테리얼레이드에 살다 보니 예법이고 뭐고 다

256

잊어먹었군요. 들어오시지요. 차라도 하시면서 귀향길에 대해 의논해 보도록 하시지요. 아, 귀향길. 음. 그런데 공주님께서는 어디로 가실 생각이십니까?"

"어디라니요?"

"어, 그러니까 고국 카밀카르로 돌아가실 생각이신지 아니면 필마온 기사단으로 가실 생각이신지를 여쭙고 있는 것입니다."

"아, 예…… 따져보자면 저는 혼사길에서 봉변을 당한 어린 신부이고, 따라서 시댁보다는 본가로 달려가고 싶을 거예요, 아마. 이 경우 보통이라는 말은 쓸 수 없겠지만, 보통 그렇게들 하잖나요?"

어느덧 공주의 어법에 익숙해져 버린 오스발은 별 이상한 느낌을 받지 못했지만 파킨슨 신부는 어리둥절한 얼굴이 되어버렸다. 율리아나는 생긋 미소 지었다.

"카밀카르로 가야겠지요. 저는 카밀카르의 배에 타고 있던 시점에서 납치당했으니까요. 항해중인 선박은 그 소속 국가의 영토와 마찬가지인 점은 아시겠지요?"

율리아나 공주가 너무나 당연해서 별로 설명할 필요를 느끼지 못했다는 점은 파킨슨 신부에게나 오스발 모두에게 불행이었다. 두 사람은 그런 사실을 도통 몰랐던 것이다. 하지만 파킨슨 신부는 더 이상 묻지 않았다.

"아, 예. 잘 알겠습니다. 자, 이리 오십시오."

파킨슨 신부가 율리아나와 오스발을 데려간 교회 안쪽의 수도원은 너저분한 예배당과는 달리 깨끗하고 단정했다. 파킨슨 신부는 화재가 이곳까지는 이르지 않았다고 설명했다. 오스발은 아무 말 없었지만 율리아나는 이상한 것을 느꼈다. 신부가 내놓은 찻잔을 들어올리며 율리아나는 조심스럽게 질문했다.

"신부님? 복사(Acolyte)도 한 명 보이지 않는군요?"

"하하, 여기 있잖습니까. 제가 바로 테리얼레이드 교회의 복사며 부제이고 사제며 골디란 교구의 주교인 셈이죠."

율리아나는 가슴이 철렁하는 것을 느꼈다.

"어머. 혼자서 이 교회를 담당하시는 건가요?"

"그렇습니다. 하지만 걱정 마십시오. 저 혼자서도 공주님의 귀환을 충분히 도울 수 있습니다."

하지만 걱정이 된다고요, 라는 말을 꺼내는 대신, 율리아나는 찻잔을 들어올려 우울한 얼굴을 감추었다.

파킨슨 신부의 말은 사실 그 자체였다. 그는 테리얼레이드 교회의 하나뿐인 사제였으며 다른 신부를 만나보기 위해선 말을 타고 며칠을 달려가야 되는 상황에서는 주교나 다름없었다. 펠라론의 법황청은 무법도시 테리얼레이드 주민들을 대상으로 포교 활동에 정진하는 파킨슨 신부의 노력을 높이 사서 테리얼레이드 교회를 정식으로 인정했지만 그 외의 다른 지원은 하지 않았다. 율리아나 공주와 오스발은 아연한 기분으로 서로를 바라보았고, 그들의 얼굴을 보며 파킨슨 신부는 히죽 웃었다.

"저는 원래 선교사였지요. 이곳에 찾아든 것을 우연이라고 부르셔도 좋고 신의 섭리라고 하셔도 좋습니다만 어쨌든 전 이곳에 왔고 이 도시의 사람들이 성전보다는 단검을, 주님의 이름보다는 대마법사 하이낙스의 이름을 더 무서워하는 모습을 보고는 커다란 충격을 받았습니다. 그리고 법황청에 문의해 보고서 테리얼레이드에 교회를 건설할 계획은 없다는 것을 알게 되었을 때 스스로 사제가 되기로 결심했죠."

율리아나는 참으로 고귀한 일이라고 생각한다는 내용의 말을 대충 중얼거렸다. 그 모습을 보던 파킨슨 신부는 너털웃음을 터뜨렸다.

"하하, 공주님. 죄송합니다. 제 이야기나 하고 있을 때가 아니었군요. 공주님께서는 이 무법 도시의 하나뿐인 신부가 과연 어떻게 공주님을 도울 수 있을지 심히 걱정되시겠군요."

"교회 안에서 거짓말은 못하겠군요. 솔직히 걱정됩니다."

"이해합니다. 하지만 저는 이래 보여도 신의 사도입니다. 아, 그렇군요. 제가 재미있는 것 하나 보여드릴까요?"

두 사람이 의아한 표정으로 바라보는 가운데 파킨슨 신부는 두 팔을 천천히 구부렸다. 잠시 팔짱을 긴 채 두 사람을 바라보던 파킨슨 신부는 갑자기 흡! 하는 소리와 함께 두 손을 앞으로 뻗었고 조금 전까지 비어 있던 신부의 두 손에 육중하고 투박해 보이는 단검들이 들려 있는 것을 본 율리아나는 소스라치게 놀라며 몸을 뒤로 핵 젖혔다. 하지만 파킨슨 신부는 미소 지으며 단검을 쥔 두 손을 옆으로 벌렸다.

"제가 이 도시에 와서 가장 먼저 배운 기술입니다. 겨드랑이 부분에 틈을 내고 등에 찬 단검을 넣었다 뺐다 하는 이 기술은 이 도시에서는 어릴 때부터 배우는 기술이지만, 저는 성인이 되어 손이 이미 굳어버렸던지라 익히기 퍽 힘들었습니다. 어쨌든 신부의 손에 단검은 어울리지 않죠?"

파킨슨 신부는 싱긋 웃으며 다시 팔짱을 꼈다. 다시 앞으로 나온 두 손은 조금 전처럼 비어 있었다. 율리아나는 쿵쾅거리는 가슴을 내리누르며 칼날이 사라진 겨드랑이 쪽을 유심히 보았지만 아무런 이상한 점을 발견할 수 없었다. 율리아나는 무의식중에 질문했다.

"사람을 찌른 적도 있나요?"

파킨슨 신부의 손이 허공에서 멎었다. 그리고 질문을 꺼낸 다음에야 자신이 어떤 질문을 한 건지 알아차린 공주는 화들짝 놀라서는 파킨슨 신부의 얼굴을 바라보았다. 파킨슨 신부는 잠시 생각에 잠긴 표정으로 찻잔을 내려다보다가 혼자말처럼 대답했다.

"글쎄요. 주님 앞에 부끄러운 행동은 하지 않았다는 모호한 대답밖에 할 수 없군요."

"아, 신부님. 저, 그러니까 제 말은, 아니, 전 단지 궁금해서 아무 생각 없이……"

"괜찮습니다. 공주님. 누구나 할 수 있는 질문이지요. 어쨌든 저는 이 도시에서 10년 가까이 살아왔습니다. 신학교에서는 가르치지 않는 무수한 삶의 테크닉들을 배워 익히면서요. 하지만 신학교에서 배운 정신은 아직 잃지 않았습니다. 고난에 빠진 자를 돕는 정신도 그 중 하나겠지요."

무슨 말을 하려던 율리아나는 그냥 고개를 끄덕이며 말했다.

"신부님을 믿겠습니다."

"아깐 정말 놀랐어요. 신부님의 손에 그런 단검이라니. 카밀카르에선 상상도 할 수 없는 일이었어요. 만일 어떤 신부님이 그런 모습을 하고 있는 것이 신도들에게 목격된다면……"

"어떻게 됩니까?"

"글쎄요. 어쩌면 유황 냄새 풍기는 이야기가 오가게 될지도 모르지요."

율리아나와 오스발은 테리얼레이드 교회 내의 수도원 안에서 쉬고 있었다. 이 또한 다른 교회에서라면 상상도 할 수 없는 일이었지만 파킨슨 신부는 아무 거리낌 없이 세속인인 그들을 수도원에서 쉬도록 했다. 물론 바깥의 무법 천지보다는 수도원 내에서 공주를 보호하는 것이 훨씬 타당하긴 했지만. 율리아나의 말을 듣던 오스발은 잠시 고개를 갸웃하다가 율리아나를 놀라게 만들었다.

"유황 냄새…… 악마 말씀이군요. 악마의 사역, 악마의 유혹."

"물론 내가 그걸 말한 것은 맞아요. 하지만 당신은 너무 쉽게 그 참렬한 이름을 입에 담는군요?"

질린 얼굴로 말하는 율리아나를 보며 오스발은 빙긋 웃었다.

"용서하시긴. 천한 노예는 단지 천하다는 이유만으로도 대악마 나리들의 관심거리는 되지 않겠지요."

"그럴까요?"

농담처럼 말하던 오스발은 율리아나 공주의 진지한 표정에 놀랐다.

"예?"

"그 사악한 존재가 사람이 정한 신분 차이를 인정할까요? 어쨌든 그가 사람에게 애정을 가지고 있을 것 같지는 않고, 그렇다면 그가 사람이 정한 규칙을 따르고 싶어하지도 않을 것 같은데요."

"글쎄요."

"저는 정말이지 그 사악한 존재에 비교될 만한 사람을 봤어요. 키 노스윈드 드레이번. 그자의 흉포함을 말하려는 것이 아니에요. 그가 나를 라오코네스에게 바치려고 했던 것 기억하죠? 그때 키는 나를 오로지 객체로만 대우했어요. 내 꿈, 내 희망, 하다못해 내 신분 등 나를 구성하는 것들에 대해서는 정말 철저하게 무관심한 채 오로지 내 용모, 여성으로서의 내 용모에만 관심을 뒀어요. 게다가 그것은 남성으로서 여성에게 가질 수 있는 그런 관심도 아니었죠. 그는 드래곤에게 바칠 제물로서만 나를 평가했던 거였어요. 그렇죠?"

오스발은 고개를 끄덕일 수밖에 없었다. 율리아나는 차근차근히 말했다.

"그렇게 사람을 구성하는 모든 사람적인 것들을 싹 무시해 버리고 자신이 원하는 것만 보고 이용하는 모습은 오히려 사람들에게서는 보기 힘든 모습이에요. 나는 언제든지 키 드레이번을─주여, 용서하소서─악마라고 말하겠지만 그때 나는 사악하다거나 못됐다는 의미로 그렇게 말하지는 않을 거예요."

"그럼 어떤 의미입니까?"

"사람이 스스로 소중하게 생각하고 다른 사람들에게도 소중하게 대하는, 그런 인간적인 것들에 완전히 무관심한, 인간 아닌 존재로서 악마라고 부를 거예요."

무겁게 말하던 율리아나는 갑자기 자신의 볼을 탁탁 두드리며 말했다.

"심지어 그자는 나를 자신에게 제공할 필요가 없다고 말했다고요. 요렇게 이쁜 나를. 악마!"

오스발은 웃어야 되는 시점이라고 느꼈고, 동시에 뱃속으로부터 웃음이 치밀어올랐기에 시원하게 웃어버렸다.

"법황이야."

모닥불 옆에 앉아 있던 키는 이를 악문 채 말했다. 모닥불을 감시하며 꾸벅꾸벅 졸고 있던 라이온은 갑자기 들려온 키의 목소리에 놀라 정신을 차렸다.

"예? 무슨 말입니까? 법황이라니?"

"그 애져버드 놈들의 의뢰인."

라이온은 눈을 비비며 주위를 둘러보았다. 해적들은 모두 잠들어 있었고 깨어 있는 것은 그들 둘뿐이라는 사실을 확인한 라이온은 목소리를 낮추며 말했다.

"퓨아리스 4세가 애져버드를 사주해서 카밀카르의 전령들을 살해했다는 말씀입니까? 법황이 왜 율리아나 공주의 납치 사실을 은폐하려 든단 말이죠?"

키는 고개를 가로저었다.

"은폐가 아냐. 이런 종류의 사건은 숨긴다고 해서 숨길 수 있는 종류의 사건은 아니니까."

"그럼?"

"생각해 봐. 라이온. 그리고 그런 종류의 추리라면 자네에겐 상당한 소질이 있을 텐데."

라이온은 입술을 깨물었다. 그의 얼굴을 노려보던 키는 모닥불로 시선을 옮기며 말했다.

"좀더 조심하게. 아까 낮에는 위험했어."

"주의하겠습니다."

잠시 동안 두 사람은 가느다란 모닥불을 쳐다보며 고요히 앉아 있었다. 키는 장작 하나를 들어올려 부러뜨리며 말했다.

"그래. 어쨌든 추리해 보세. 그 습격이 없었고 카밀카르의 전령들이 무사히 필마온에 도착했을 경우, 어떤 일이 일어날까."

라이온은 어리둥절한 표정이 되었다. 키는 모닥불을 노려보며 으르렁거리듯 말했다.

"카밀카르의 전령들이 무사히 필마온에 도착하게 되면, 카밀카르의 공식적인 협조 요청이 필마온에 도착하는 거야. 그러면 필마온이 취할 행동은 어떻게 되나?"

"모르겠는데요. 신부를 빼앗겼다고 울음을 터뜨립니까?"

"얼간이. 필마온의 갈가마귀들이 페리나스 해협 바깥으로 기어나오는 거야."

라이온은 눈살을 크게 찌푸렸다. 키의 말을 곰곰이 생각하던 라이온은 고개를 가로저었다.

"불가능합니다. 필마온 기사단은 페리나스 해협 바깥으로 1마일도 나올 수 없어요. 빼앗긴 신부의 수색이라는 명분은 다른 모든 이들에겐 사용될 수 있을지 몰라도 필마온 기사단에게는 적용할 수 없습니다. 그들이 페리나스 해협 바깥으로 진출할 수 있는 경우는 단 한 가지뿐이잖습니까. 법황과 교회의 적을 상대로 싸워야 할 때."

"지금이 바로 그 경우야. 제길! 그걸 생각 못했군."

라이온은 다시 고개를 가로저었다. 키는 짓씹는 듯한 목소리로 말했다.

"생각해 봐. 혼인은 성사(聖事)야. 그렇지? 법황은 신앙의 수호자이며 성사의 수호자. 혼인 같은 성스러운 일은 말할 것도 없지. 그래서 모든 결혼식에서는 신부의 확인이 필요하지."

이 당연한 이야기에 잠시 당혹해하던 라이온은 조금 늦게서야 키의 말을 이해할 수 있었다. 경악하는 라이언의 얼굴을 향해 키는 차분한 어조로 설명했다.

"필마온 기사단은 자신의 신부를 빼앗긴 것 때문이 아니라 법황의 축복을 받아 마땅한 성스러운 혼례를 수호하기 위해 페리나스 해협 바깥으로 뛰쳐나올 수 있다는 거지. 그리고 그 경우 법황은 그들을 제재하기는커녕 축복을 내려야 되는 입장이 되는 것이고."

"이런, 젠장! 그렇다면?"

"필마온 기사단은 카밀카르의 요청서를 명분 삼아 그들의 금제를 풀고 페리나스 해협 바깥으로 출동할 수 있게 된다. 신부를 빼앗긴 신랑으로서가 아니라 성사의 수호자인 교회 기사단의 자격으로. 법황은 바로 그걸 막고 싶었던 것이고!"

다음날 아침, 파킨슨 신부는 율리아나 공주와 오스발을 예배당으로 불러 한 사나이를 소개시켜 주었다. 민첩하게 생긴 그 사나이는 먼저 율리아나 공주의 얼굴을 향해 정면으로 휘파람을 불어젖힌 다음 씩 웃으며 말했다.

"본인은 데스필드라고 하지. 이쁜이 당신."

율리아나는 이 호칭에 대해 뭐라고 말해 주려 했지만 그보다 앞서 파킨슨 신부가 무쇠 같은 주먹을 휘둘러 데스필드의 뒤통수를 응징했다.

"이놈! 무엄이 하늘을 찌를 지경이다!"

데스필드는 자신의 뒤통수를 움켜쥐고 끙끙거리다가 말했다.

"으흑, 신부가 힘도 좋아. 제길. 아, 아닙니다. 눈꼬리 내리쇼. 본인이 자주 말하는 건데, 이 본인도 신부님 당신이 공경해야 할 신의 자녀라는 것 모르십니까?"

"아하! 네놈이 우리 주님의 자녀라고? 악마의 사생아라면 혹 모르지."

"어이구, 정말 신부 입 치곤 걸지기도 하다. 쳇. 어쨌든 이제 바쁜 본인을 부른 용건을 말하쇼."

파킨슨 신부는 흉포한 눈으로 데스필드를 쏘아준 다음, 그를 싹 무시한 채 율리아나에게 말했다.

"보시기에 우리 주님의 은혜보다는 악마의 은혜를 더 많이 받은 녀석으로 보이시겠지만, 그래도 우리 주님의 손길은 이 가련한 놈을 지나치지 않으셨지요. 사악하고 교활하고 게으르고 우둔하지만, (데스필드가 점점 더 희희낙락하는 것을 보며 오스발은 고개를 갸웃했다.) 만약 맨몸으로 사무이다크의 고원에 던져졌을 때 살아나올 수 있는 사람이 있다면 바로 이 녀석일 겁니다. 패스파인더로는 최고급이죠. 이놈이 우리들을 다림까지 안내할 겁니다. 다림에는 카밀카르의 상관이 있으니 그곳에 가시면 될 겁니다."

율리아나는 다시 말할 기회를 놓쳤다. 데스필드가 깜짝 놀란 표정으로 말했다.

"우리라니? 신부님 당신도 다림으로 간다고? 테리얼레이드 교회를 비워놓고?"

"그 정도 추리를 가지고 머리가 좋다고 말해 줄 수는 없군, 그래."

"신부님 당신 미쳤소? 신부님 당신이 여기를 비우면 교회가 어떻게 될지 짐작 못하슈? 당장 결딴날 거라고. 깡패와 도둑놈 당신들이 우르르 달려들어와서 집기와 성물을 다 들고 나갈 거란 말이야."

"나도 우리 주님의 은혜로 어깨 위에 머리라는 부위를 얹고 다닌다, 이놈아."

"원 참. 본인은 이해할 수가 없군. 저 이쁜이 당신이 그렇게 중요한 사

람인가 보지? 어허! 또 끔찍한 눈짓 한다. 알았어요, 알았어. 안 묻지. 본
인은 입 닫겠습니다. 언제 출발이오?"

파킨슨 신부는 다시 데스필드를 무시한 다음 율리아나에게 말했다.

"당장이라도 출발할 수 있습니다만, 괜찮습니까?"

"하지만 신부님, 저분의 말대로라면 신부님께선 이곳에 계셔야……"

율리아나의 머뭇거리는 질문에 대해 파킨슨 신부는 너무나 시원시원
하게 대답했다.

"상관없습니다. 제가 어제까지 하던 일이 무엇이었습니까? 교회가 박
살나면 다시 지으면 되죠."

율리아나는 안타까운 시선으로 파킨슨 신부를 보았지만 파킨슨 신
부는 허허 웃을 뿐이었다. 율리아나는 할 수 없이 고개를 끄덕이며 말
했다.

"정말 감사합니다, 신부님. 당장 출발하겠습니다. 배낭과 무기를 가져
오겠습니다."

예배당을 나서는 율리아나와 오스발의 등뒤로 데스필드의 낄낄거리
는 웃음 소리가 들려왔다.

"낄낄낄. 신부님 당신, 본인을 웃겼어. 아무리 미녀라지만 신부님 당
신 나이의 반도 안 될 당신에게 그렇게 다정다감하게 말하다니, 엉큼하
기 짝이 없는…… 퍽!"

오스발은 누군가의 후두부가 퍽이나 아프겠다고 생각하며 고개를 가
로저었다.

두 사람이 각자의 짐을 들고 돌아오자, 파킨슨 신부와 데스필드 역시

배낭을 멘 채로 두 사람을 기다리고 있었다. 파킨슨 신부는 신부복 대신 여행에 편할 것 같은 평상복을 입고 있는 데다가 길고 튼튼해 보이는 지팡이들도 들고 있었다. 신부는 지팡이를 들어보였다.

"여행길엔 소중한 물건이죠."

"글쎄. 내일만 되면 당장 내팽개치고 싶을…… 어억!"

이죽거리는 데스필드를 다시 한번 응징한 신부는 엄숙한 동작으로 율리아나와 오스발에게 지팡이를 건네었고, 그래서 두 사람 역시 경건한 기분을 느끼며 지팡이들을 받아야 했다.

지팡이를 받아들던 오스발은 신부의 허리에서 이상한 것을 발견했다.

오스발이 보기에 신부가 허리에 차고 있는 것은 검대처럼 보였다. 그러나 오스발은 곧 의아해해야 했는데, 파킨슨 신부가 착용한 검대엔 검집 대신 작은 가방 같은 것이 달려 있었다. 그러나 율리아나는 곧 환한 표정이 되었다.

"신부님! 그건?"

파킨슨 신부는 자신의 허리를 내려다보더니 껄껄 웃었다.

"그렇습니다. 이것이면 제가 신의 사도임을, 그리고 공주님을 도울 수 있음을 증명할 수 있을까요?"

"놀랍습니다. 저희 고향에서도 카밀카르의 대주교님만이 그 성물을 소지하셨는데."

"법황께선 지혜로우신 분입니다. 테리얼레이드에서 포교중인 신부를 도우려면 뭐가 필요하신지 잘 판단하신 거죠."

두 사람은 그렇게 고의적으로 목적어를 생략한 대화를 나누며 오스발을 흘끔거렸지만 원래 호기심을 표현하는 일이 별로 없는 오스발은 신부의 허리에 달린 물건이 뭔지 묻지 않음으로써 두 사람을 김빠지게 만들었다. 신부와 공주는 데스필드에게도 눈길을 보내었지만 데스필드 는 눈을 껌뻑거리며 고함을 질렀을 뿐이었다.

"신부님 당신, 유리 당신, 왜 그렇게 쳐다보는 거요. 빨리 출발 안할 거요?"

같은 시각, 멀리 테리얼레이드의 전경이 보이는 산허리에서 키 드레이 번의 해적들은 짧은 휴식을 취하고 있었다. 바위 위에 서서 테리얼레이 드를 바라보던 키는 고개를 돌려 하리야 선장을 보았다.

"하리야 선장. 테리얼레이드에 교회가 있나?"

하리야 선장은 잠시 생각에 잠겼다가 말했다.

"없다고 알고 있습니다. 하지만 한 열성적인 선교사가 테리얼레이드 에 교회를 세우기 위해 10년째 노력하고 있다는 소문을 들은 적은 있습 니다. 교단에서는 제법 유명한 소문입니다."

"아직 살아 있나?"

"예. 살아 있으며 아직까지 노력중이라고 하더군요. 그리고 펠라론의 법황청은 테리얼레이드를 포기한 셈치고 있지만 선교의 포기를 인정할 수는 없는 만큼 그 선교사의 요청을 거부하지 못한다고 들었습니다. 저 는 그것이 선교사들의 놀라운 열정을 은유하는 가공의 전설인지, 아니면 사실에 입각한 이야기인지는 모릅니다. 그런데 왜 그런 질문을 하시는 겁니까?"

키 드레이번은 다시 고개를 돌려 산 아래로 아스라이 보이는 테리얼레이드를 보며 말했다.

"자네가 공주라면 저 지옥 같은 도시에서 누구에게 조력을 구하겠나."

"그렇군요. 당연히 교회겠지요."

하리야 선장의 대답에 라이온은 고개를 끄덕였다.

"뭐, 다른 도시라도 그건 마찬가지겠죠. 교회는 대륙 곳곳에 발이 닿아 있는, 초, 초, 초…… 슈마허?"

슈마허는 퉁명스러운 어투로 짤막하게 대답했다.

"초국가적 단체."

"아, 그래. 그거. 대륙 곳곳에 거미줄처럼 퍼져 있는 교회의 연락망을 이용하는 것이 당연하겠지요."

키 드레이번은 라이온의 말을 한귀로 흘려들으며 생각에 잠겼다. 그는 얼마 전 그와 싸웠던 사내들, 애져버드에 대해 생각했다.

애져버드의 출현은 이 사건에 대한 교회의 개입을 의미할 것이다. 교회는 무슨 일이 있어도 필마온 기사단에게 페리나스 해협을 나설 빌미를 주고 싶지는 않을 테니. 아이로니컬한 일. 교회와 법황을 수호하는 필마온 기사단을 교회와 법황 스스로가 억누르려고 애쓰고 있는 것이다. 키는 쓰게 웃으며 혼자말처럼 말했다.

"교회를 도와야 되나."

하리야 선장만 놀란 것이 아니었다. 어젯밤 키의 말을 들었던 라이온은 키의 말을 이해하고는 고개를 끄덕일 수 있었지만 다른 선장들과 해적들은 키의 말에 크게 놀랐다. 킬리 선장의 경우에는 아예 더듬거리며 말했다.

"무, 무슨 말씀입니까, 서, 선장님?"

"말 그대로야. 성하께서는 애져버드 놈들까지 동원해서 필마온과 카밀카르의 결합을 막으려들고 있잖아."

"좀 빠른데요. 천천히 가면 안 되겠습니까?"라는 항의는 트로포스에게서 나왔다. 키는 무거운 표정으로 트로포스를 돌아보았고 짜증스럽게 말하던 트로포스는 흠칫했다. 하지만 키의 입에선 불벼락 대신 차분한 설명이 흘러나왔다.

"애져버드 놈들은 카밀카르의 전령을 살해했다. 만일 그 전령이 살아서 도착했다면? 필마온은 카밀카르의 협조 요청을 받아들여 페리나스 해협을 나서게 된다. 성사 중의 성사인 결혼이 방해받은 사실에 대해 분노하며 그것을 수호하기 위해. 법황은 그것을 막을 수 없다. 그래서 아예 연락이 가지 않도록 한 거지. 그 애져버드 놈들의 배후에 있던 것은 다름아닌 법황 퓨아리스 4세야."

하리야 선장의 얼굴이 하얗게 질렸다. 하지만 그의 목소리는 여전히 침착했다.

"성하께서 살인 청부를 의뢰하셨다고 말씀하시는 겁니까."

"모든 정황이 설명하고 있다."

키는 말을 조금 끊었다가 자신의 추리를 차분히 설명했다.

이 모든 사태는 애져버드의 몰락에서 시작되었다. 애져버드의 몰락으로 법황은 충성스러운 교회 기사단을 잃게 되었다. 하지만 제국 내에서 국가를 초월하여 교회를 수호하는 교회 기사단이 없는 것은 용납될 수 없는 일이다. 그러나 제2의 애져버드를 원하지는 않았던 제국이 찾아낸 것이 바로 필마온의 해적들이다. 필마온의 해적들을 교회 기사단으로 임명하라는 제국의 권유를 받은 것은 '폭우의 법황' 라우스 5세였다. 펠라론에 3일 동안이나 계속된 폭우를 내렸던 전대미문의 기적을 보였던 라우스 5세였건만 제국의 권유를 거절할 수는 없었다. 법황청이 이끌어낸 최대의 타협은 필마온 기사단은 오로지 법황과 교회를 위해서만 움직일 수 있다는 조건이었다. 그래서 필마온의 해적들은 필마온 기사단으로 개칭하고 '모든 국가를 초월하여 교회와 법황을 수호하는' 교회 기사단이 되었다.

하지만 필마온 기사단은 곧 제국조차도 상상할 수 없었던 발전을 이룩했다. 해적이었을 때부터 그들이 자리잡고 있었던 페리나스 해협은 무수한 배들이 오가는 바다의 관문이었고 이제 교회 기사단이 된 필마온 기사단은 아무 거리낌 없이 지나가는 배들을 공격해 대었다. 각국이 보내는 격렬한 항의에 대한 필마온의 해명은 오로지 한 가지뿐이었다. '그들은 이단의 혐의를 가지고 있었소.' 도저히 반박할 수 없는 해명이다. 미신 한두 가지쯤 믿지 않는 선원은 없으므로 필마온 기사단이 노략한 배에서 이단의 증거를 찾아내는 것은 극히 용이한 일이었다. 조그마한 부적, 우스꽝스러운 우상, 선원들이 기념품 삼아 주워모은 야만인들의 토산품들.

그래서 바야흐로 바다의 왕자로 군림하게 된 필마온 기사단은 이제 그들을 묶고 있던 족쇄, 즉 '필마온 기사단은 페리나스 해협을 나설 수 없다'는 조건을 벗어던지려 하고 있는 것이다.

키 드레이번은 담담하게 말했다.

"이해했나. 만일 필마온과 카밀카르, 이 강력한 해양 세력들이 결합하면 제국 최대의 군사 세력이 탄생하게 되지. 대마법사 하이낙스가 제국을 유린한 이후 현재 육상에는 강국이라는 것이 사실상 존재하지 않는다. 전통적인 강국들은 하이낙스의 공격을 가장 심하게 받았다. 따라서 육상은 무력 부재의 상태지. 그들은 바다로부터 제국을 치고 들어갈 수 있다. 간단한 일은 아니겠지만, 야심가에겐 매력적인 계획이겠지. 그리고 카밀카르의 라힘턴 3세는 모르겠지만 필마온의 발도 로네스는……"

라이온이 키의 말을 받았다.

"확실히 야심가 타입이죠. 게다가 메르데린 공작과는 달리 능력도 겸비한 야심가죠."

돌탄 선장은 입을 벌린 채 놀라워했고, 오닉스 선장 역시 말은 하지 않은 채 몸으로 놀라움을 표시하고 있었다. 하지만 돌탄 선장이 키의 추리에 대해 놀라워한 것에 비해 볼 때 오닉스 선장은 필마온 기사단장 발도 로네스의 야심에 대해 놀라워하며 분노하고 있었다. 비록 말은 없었지만 페리나스 해협이 있는 방향을 향해 점잖지 못한 손짓을 해대는 오닉스를 보며 다른 해적들은 그의 마음을 쉽게 짐작했다. 하리야 선장은 우울하게 말했다.

"말씀 이해됩니다. 주여, 피치 못할 선택을 해야 했던 법황을 용서하소서. 그럼 키 선장님의 말이 맞군요. 우리들은 교회를 도와서라도 율리아나 공주가 안전하게 카밀카르로 돌아갈 수 있도록 해야겠군요."

키는 싱긋 웃었다. 그 미소를 보며 하리야 선장은 갑자기 불안을 느꼈다. 그리고 곧이어 키의 입에서 흘러나온 말은 그의 불안을 공포로 바꿨다.

"싫어."

"키 선장님!"

하리야는 비명처럼 외쳤다. 하지만 키 드레이번은 가볍게 고개를 저었다.

"나는 교회의 속셈이 어떻든 필마온의 갈가마귀 놈들의 계획이 어쨌든 신경 쓰지 않는다. 내가 알고 있는 것은 단 하나, 감히 내 손에서 도망친 놈은 절대로 용서할 수 없다는 것이 내 성격이라는 것뿐이야."

"하지만 안 됩니다! 필마온이 카밀카르와 결합한다면……"

"닥쳐! 어차피 율리아나 공주가 필마온으로 시집가게 되었을 때부터 그 결속은 시작되게 되었다! 율리아나 공주가 카밀카르로 안전하게 돌아간다고 해서 필마온이 포기할 것 같나? 다시 결혼식이 시작되고, 교활한 제휴는 반복될 것이다! 바뀌는 것은 없어!"

하리야 선장은 욱하는 얼굴로 키를 바라보았다. 하지만 잠시 후 그의 입에선 엉뚱한 질문이 나왔다.

"그럼 그 때문에 율리아나 공주를 라오코네스에게 던져주려 하신 겁니까?"

키는 대답하지 않았다. 그리고 하리야 선장은 자신의 말에 고개를 끄덕이며 말했다.

"그렇군요. 키 선장님께서도 법황 성하와 같은 생각으로 카밀카르와 필마온의 제휴를 막기 위해 공주를 대드래곤에게 넘겨주려 하신 것이군요."

입을 꽉 다문 채 하리야를 노려보던 키는 잠시 후 한숨을 내쉬었다.

"그때는 모든 문젯거리를 한꺼번에 해결할 수 있는 괜찮은 생각이라고 믿었지. 공주가 확실히 없어지면 필마온과 카밀카르의 결속이 불가능할 테니. 라오코네스의 먹이가 되는 것만큼 확실히 없어지는 방식이 어디 있겠나. 하지만 공주는 실종되었다. 그래서 사태가 이 지경이 되었다."

키의 눈빛이 갑자기 험악해졌다. 그는 눈앞에 있지 않는 자를 노려보며 말했다.

"빌어먹을 노예놈……"

예상치 못한 채 키의 눈빛을 정면으로 받게 된 하리야 선장은 침을 삼킨 다음 조심스럽게 말했다.

"오스발 말씀이십니까."

키는 하리야의 말에 퍼뜩 정신을 차렸다. 키는 갑자기 주먹을 불끈 쥐고는 그것을 입으로 가져가 힘껏 깨물었다. 선장들과 해적들은 뭐라 말할지 몰라 입을 다문 채 키를 쳐다보았다. 잠시 후, 키는 잇자국이 선명하게 난 주먹을 주머니 속에 꽂아넣으며 낮고 강하게 말했다.

"모두 일어나. 테리얼레이드로 전진."

해적들은 주섬주섬 일어났다. 그들이 일어나며 낸 소음 때문에 키의 다음 말은 가장 가까이 있던 라이온에게만 들렸다.

"아니, 테리얼레이드까지가 아냐. 오스발 놈이 있는 곳이라면 지옥까지라도."

라이온은 잠시 자신의 귀를 의심했다. 율리아나 공주가 아닌가? 하지만 키는 이미 성큼성큼 걸어가고 있었고 그를 불러세워 물어볼 수도 없었다. 라이온은 잠시 고개를 갸웃거리다가 자신이 뭘 잘못 들었거나 아니면 키가 뭘 잘못 말했을 거라고 생각했다. 자신의 칼집을 고쳐매던 라이온은 슈마허를 흘끔 쳐다보고는 말했다.

"이봐, 그만 웃어. 슈마허."

슈마허는 날카롭게 미소 지었다.

"웃고 싶은데, 라이온 선장? 공주님은 잘 달아나고 계시고, 교회도 공주님을 도우려 하고 있어. 지금 내 기분을 물어온다면 최고로 행복하다고 대답하겠어."

라이온은 코방귀를 뀌며 말했다.

"글쎄. 언제까지 행복할 수 있을지 두고보지. 한 가지만 명심해 두시지. 슈마허. 키 선장님이 제국의 공적 1호라 불린다는 것은, 그를 상대하기 위해선 제국 전체가 덤벼야 된다는 뜻이기도 하지."

"이봐. 테리얼레이드의 얼간이쯤 모조리 덤벼도 본인을 상대할 수는 없소. 파킨슨 신부 당신은 자신이 테리얼레이드에서 10년이나 버텼다는 것을 자랑삼지만, 본인은 그 세 배가 넘는 기간을 테리얼레이드에서 살아왔단 말씀. 그러니 발 당신은 그런 쓸데없는 짓 안해도 된단 말이오."

오스발은 의아한 표정으로 데스필드를 쳐다보았다.

"쓸데없는 짓이라뇨?"

"왜 자꾸 사방을 쳐다보냐고! 테리얼레이드에는 눈빛이 마음에 안 든다고 상대를 찔러버릴 당신도, 그리고 그런 당신의 행동을 술자리의 이야깃거리로도 삼지 않을 이웃들도 너무 많단 말이오. 시선은 땅에 두든가 본인의 등에만 둬요! 발 당신이 주의한다고 해서 뭘 알아볼 수 있는 건 아니니까!"

오스발은 기죽은 태도로 고개를 끄덕였다. 그리고 데스필드는 이제 어처구니가 없는 얼굴이 되었다.

"본인이 발 당신에게 말하는 것을 못 들으셨소, 유리 당신?"

주위를 정신없이 살피고 있던 율리아나 공주는 깜짝 놀라서 말했다.

"예? 아, 예. ……그런데 뭐라고 하셨는데요?"

"관둡시다, 관둬. 앞길이 막막하우, 신부님 당신."

파킨슨 신부는 살짝 웃은 다음 율리아나에게 주위를 두리번거리지 말라고 주의를 줬다. 그래서 율리아나와 오스발은 잠시 입도 벙긋하지 않은 채 데스필드의 등만 보며 걸었다. 하지만 그런 침착함은 오래가지 못했고 율리아나와 오스발은 곧 사방을 두리번거리기 시작했다. 그들은 바로 어제 그들이 목격했던 살인 사건을 잊지 않았다. 더군다나 데스필드의 훈계 속에 들어 있던 내용은 오스발을 더욱 긴장하게 만들었다. 누군가가 내 눈빛이 마음에 들지 않아서 소매 속의 단검을 꺼낼지도 몰라. 그런데 그게 누굴까? 용의자가 너무 많았다. 오스발과 율리아나의 눈에는 테리얼레이드의 도로 위를 걸어다니는 사람들 전부가 잠재적 살인광으로 보였다. 예를 들어, 지금 저기서 걸어오는 허리에 롱 소드를 찬 사내는 어떨까.

"이봐, 거기!"

롱 소드를 찬 사내는 데스필드를 향해 갑작스럽게 외쳤다. 율리아나와 오스발은 기겁하며 각자의 무기를 뽑아들 뻔했지만 파킨슨 신부가 재빨리 손짓으로 그들을 제지했다. 데스필드는 고개를 삐딱하게 젖힌 채 사내를 바라보았다.

"본인을 불렀나?"

사내는 고개를 가로저었다.

"아니. 거기 신부. 장례식이 있는데."

"장례식?"

"그래. 어제 돌아가신 우리 형님 장례식이야. 케록스 이드거." 말을 잠시 끊었던 사내는 설명이 더 필요하다고 느낀 듯했다. "뭐, 생전에 말씀하길 자기 장례식에는 반드시 신부를 입회시키라고 했거든."

율리아나와 오스발은 서로의 얼굴을 마주보았다. 케록스라고? 파킨슨 신부는 난처한 얼굴로 말했다.

"미안하지만 나는 지금 바쁜 일이 있어서 안 되겠는데."

사내의 표정이 험악해졌다.

"뭐? 제길. 테리얼레이드에 당신 말고 신부가 어디 있어! 우리 형님도 당신이 있으니까 그런 말을 했던 거 아냐! 비용은 듬뿍 지불할 테니 걱정 말고 따라와."

"비용 문제가 아니야. 지금 정말 급한 일이 있어."

사내는 고함을 지르는 대신 참으로 테리얼레이드 주민다운 행동을 보였다. 그는 허리에 찬 롱 소드의 손잡이를 움켜쥐며 낮게 말했다.

"고인의 유지보다 급한 일이 뭔지 말해 보시지?"

신부에 대한 최후의 예의인지, 사내의 검은 검집에서 반만 뽑혀나온 상태였다. 하지만 그렇다고 해서 압박감도 반만 전달되는 것은 아니었다. 햇살에 하얗게 반짝이는 칼날을 보며 파킨슨 신부는 눈살을 찌푸렸고 오스발은 재빨리 데스필드를 바라보았다. 하지만 데스필드는 자신은 알 바 아니라는 얼굴을 한 채 하늘만 쳐다보고 있을 뿐이었다. 율리아나가 조심스럽게 말했다.

"저, 신부님. 망자의 부탁인데 참석하시지요? 조금 늦어져도 상관없을 것 같은데요."

파킨슨 신부는 고개를 가로저었다.

"조금 늦어지는 것이 아닙니다. 하룻밤 동안 밤샘해야 되고 내일 매장까지 따라간다면 이틀을 테리얼레이드에 묶여 있어야 될 겁니다."

"그래도 어쩔 수가 없죠. 그분으로서는 마지막 소망이시잖아요."

벌컥 화를 내려던 사내는 율리아나의 말에 고개를 끄덕이며 자신을 억눌렀다. 파킨슨 신부는 결심한 것처럼 고개를 끄덕였다.

"주님의 이름으로."

'주님의'에서 올라간 파킨슨 신부의 오른손은 '이름으로'에서 성호를 긋는 대신 아래로 휘둘러졌다. 파킨슨 신부는 마치 파리라도 잡듯이 사내의 칼자루를 내려쳤고 사내는 타의에 의해 칼을 다시 꽂아넣으며 얼빠진 비명을 질렀다.

"어엇?"

바로 그 순간 하늘만 쳐다보고 있던 데스필드가 재빨리 앞으로 돌진하며 사내의 턱을 들이받았다. 사내는 뒤로 벌렁 넘어졌고 파킨슨 신부와 데스필드는 각자 율리아나와 오스발의 팔을 끌어당기며 도망치기 시작했다.

"뭐, 뭡니까!"

고함은 조금 늦었다. 오스발은 데스필드에게 질문했지만 데스필드는 오스발의 질문을 그대로 파킨슨 신부에게 보냈다.

"신부님 당신! 뭐한 겁니까?"

"좋은 타이밍이었네, 데스필드."

"젠장! 본인이 그런 칭찬 듣자고 손발 맞췄답니까. 도대체 무슨 생각입니까? 이제 테리얼레이드 교회는 끝장났다는 것쯤은 짐작하겠죠?"

"후후후. 사실대로 말하자면, 테리얼레이드 교회는 한번도 파괴된 적이 없고, 앞으로도 절대 파괴되지 않아. 왜냐하면……"

"그, 그래. 미쳤던 거였어. 신부님 당신……"

"……닥쳐랏! 왜냐하면 교회란 언제나 내 마음속에 있으니까!"

어쩌면 꽤나 감동적일 수도 있었을 말을 떼쓰는 어조로 말해 버리게 된 파킨슨 신부는 덕분에 꽤나 화난 얼굴로 데스필드를 쏘아보았다. 그때 데스필드의 일격에 의해 쓰러졌던 사내가 간신히 일어났다. 사내는 도망치는 네 사람의 등을 향해 험악한 기세로 외쳤다.

"이 빌어먹을 놈들, 거기 서라!"

데스필드는 뒤도 돌아보지 않은 채 외쳤다.

"본인이 정말 서면 깜짝 놀랄 거면서 쓸데없는 말 외치지 마라, 이름 모를 당신!"

데스필드의 날카로운 지적은 사내를 난처한 지경에 빠뜨림과 동시에 길을 가던 테리얼레이드 시민들로 하여금 너털웃음을 터뜨리게 만들었다. 혼자서 네 명을 뒤쫓을 수 없기에 사내가 제자리에서 고래고래 욕설을 퍼붓는 동안, 네 사람은 그들이 편히 달아날 수 있도록 옆으로 비켜주는 시민들 사이를 줄달음질쳐 사내와의 거리를 계속해서 벌려놓았다.

세실은 걱정스러웠다. 굳이 이마에 도드라진 세로 주름을 보지 않더라도 그녀가 걱정스러워하고 있다는 것은 자명했다. 그렇잖으면 접시에 술을 따를 리가 없다. 손님들이 당황한 표정으로 쳐다보았을 때야 자신의 실수를 깨달은 세실은 씩 웃으며 말했다.

"술잔이 좀 얕지?"

손님들은 픽 웃었다. "게다가 넓기도 하군요."

세실은 사과한 다음 술잔으로 바꿔 술을 따랐다. 그러고는 다시 걱정하기 시작했다.

파킨슨 신부가 애지중지하던 교회를 내팽개치고 두 명의 이방인과 함께 테리얼레이드를 빠져나갔다는 소식은 그 사건 발생 후 한 시간도 되지 않아서 세실의 귀에까지 들어왔다. 세실은 그 이야기를 믿을 수가 없었지만 그 이면에 숨은 뜻에 대해 고민하는 대신 할 일 없이 주점에 죽치고 있는 젊은이 몇 명을 급히 교회로 보냈다.

"교회에 들어오려는 사람은 그 누구도 예외 없이 정중히 돌려보내. 다짐해 두겠어. 누구도 예외 없어."

"정중히 말해서 통하지 않는다면 어떻게 할까요, 세실?"

"창자를 끄집어내어 목에 나비 매듭을 만들어주겠다고 말해. 그래도 물러나지 않으면 실제로 그렇게 해줘. 나비 매듭 묶는 법은 알지?"

젊은이들은 당황했지만 어쨌든 세실이 내어놓은 술병과 주전부리할 군음식 등을 들고는 희희낙락하며 테리얼레이드 교회를 향해 걸어갔다. 다행히도 그들은 교회의 울타리 안에서 그토록 불경스러운 언사, 혹은 행동을 취할 필요는 없었다. 세실이 젊은이들을 교회로 파견한 사실이 테리얼레이드 전역에 퍼지는 것 역시 한 시간도 걸리지 않았으며, 테리얼레이드의 깡패들과 불량배들과 범죄자들과 그들의 우두머리들은 이 사실을 세실이 테리얼레이드 교회를 보호하겠다는 의사를 표시한 것으로 해석했다. 따라서 그들은 그녀에 대한 정중한 존경을 담아 교회에 접근하지 않았다.

세실 역시 그 사실을 잘 짐작하고 있었고, 그래서 그녀는 현재 교회에 대해 걱정하고 있지는 않았다. 그녀가 걱정하는 것은 파킨슨 신부에 대한 일이었다.

도대체 왜 그런 짓을 한 걸까. 자신이 교회를 비우면 무슨 일이 일어날지 뻔히 짐작할 텐데.

세실은 자기 자신에게 질문을 던져보았지만 답은 이미 한 가지로 정해져 있었다. 파킨슨 신부에게 있어 그 남녀는 10년 동안 온갖 정성을 다 기울인 교회보다 훨씬 더 중요한 인물들인 것이다. 하지만 세실은 그 답을 받아들일 수 없었다. 도대체 어떤 세속의 남녀가 파킨슨 신부에게 교회보다 더 중요할 수 있는가. 그리고 또 한 가지,

'다벨이나 팔라레온, 심지어 록소나나 다케온에서 사고를 치고 이 도시로 도망치는 작자들은 지겹도록 많이 봤지만, 이곳에서 떠나는 작자들은 처음인데? 그 남녀가 테리얼레이드에서 떠난다면, 그러면 애초에 유리와 발은 어디서 왔다는 거지?'

결국 세실은 가게 문을 닫고 테리얼레이드 교회로 어슬렁어슬렁 걸어갈 때까지 그 문제의 올바른 대답을 찾아내지 못했고, 그래서 위 언저리가 꽤나 쑤시는 듯한 통증을 조용히 참아내며 걸어야 했다. 그녀를 알아보고 말이나 건네보려 했던 시민들은 그녀의 얼굴을 보자마자 황급히 물러나 자기 갈 길을 열심히 걸어갔다. 그래서 세실은 평소 때보다 빨리 교회에 온 것 같다고 생각하며 고개를 갸웃거렸다.

깊은 밤, 테리얼레이드 교회는 언제나 그렇듯이 쓸쓸했다.

주인이 내팽개치고 달아난 그 건물은 스산해 보이기까지 했다. 보다 건전한 사람들이 사는 도시의 교회라면 당연히 있어야 할 화려한 장식물들이나 성인의 조각 같은 것이 없는 테리얼레이드의 교회는, 바로 그렇기에 을씨년스러움을 표현하는 데 있어 아무런 어려움이 없었다. 세실은 못마땅한 표정으로 교회 건물을 흘겨본 다음 예배당 안으로 들어섰다. 들어서기 직전 세실은 교회 주위의 공기를 조금 가늠해 보았지만 수상한 점은 없었다. 당연한 일이다. 세실이 취한 조처는 충분한 영향력

을 발휘하고 있었다. 못마땅해할 작자들이 많겠지만 대부분은 교회에 대한 습격을 포기했을 것이다. 그리고 기어코 습격하겠다면 가장 터프한 친구들만 올 것이다. 그 때문에 세실은 보다 항구적인 대책을 세울 동안 이곳에서 잠을 잘 생각이었다.

예배당 안으로 들어선 세실은 우선 예배당 바닥에 쓰러져 자고 있는 젊은이들의 둔부를 가격하는 작업에 착수했다.

"일어나! 이 되어먹지 않은 꼬마들 같으니. 착한 어린이라면 잠은 집에 가서 자야지."

젊은이들은 졸음기와 취기 양쪽에 시달리며 신음을 내뱉었을 뿐 아무도 일어나지 않았다. 세실은 소매를 걷어붙인 다음 교회의 세탁장을 향해 걸어갔다. 잠시 후 예배당으로 돌아온 그녀의 손엔 커다란 물동이가 들려져 있었다. 테리얼레이드에서는 이미 유명한 '세실리아의 전설적인 처방'이 실시되자 젊은이들은 기겁하며 일어났다.

"푸아! 퍼, 뭐야? 기습이다!"

"아냐, 빌. 으이구. 우리는 방금 세실리아의 전설적인 처방에 당했다. 에취!"

"홀레붙은 개들도 아니고 왜 사람들에게 자꾸 물을 뒤집어씌우는 거예요? 그러니까 그런 이상한 별명이 붙잖아."

젊은이들은 저마다 투덜거리면서도 정신을 차렸다. 세실은 빈 물동이를 옆으로 던진 다음 옆구리에 주먹을 얹었다.

"이놈들아. 그렇게 엎어져 자고 있으라고 내가 너희들을 보냈냐? 엉? 잘들 논다, 잘들 놀아. 술 한 병에 모조리 취해 가지고는 목을 따가도 모를 정도로 쿨쿨 자고 있고. 하긴 너희들에겐 별로 필요없는 것일 테니 잘라가도 상관은 없겠지만. 어서 일어나! 한번 더 물벼락을 맞아야겠냐?"

젊은이들은 기겁하며 일어났다. 비틀거리며 일어난 그들은 바깥이 밤이 되었다는 사실을 알아차리곤 세실에게 질문했다.

"여기서 불침번 설 생각이에요?"

"그래."

"에헤, 혼자서? 우리가 도와줄게요."

"술 안 가져왔어, 인마들아."

"누가 술 달라고 그랬어요? 그냥 도와주겠다 이거죠. 혼자서 어떻게 여길 지키겠다고 그래요?"

세실은 껄껄 웃었다.

"고마워 죽겠네. 감사 표시로 누나가 뽀뽀해 줄 테니까 그거나 받고 빨리들 꺼져줘. 너희들같이 다 큰 짐승들하고 밤을 같이 보내는 건 이 요조숙녀인 누나에겐 너무 무서운 일이란다."

세실은 젊은이들의 뺨에 차례로 키스해 준 다음 그들의 엉덩이를 토닥거리며 모두들 쫓아내었다. 젊은이들은 세실을 걱정하며 같이 있겠다고 주장했지만 그녀는 완강한 자세로 고개를 가로저었다. 만약 싸움이 벌어진다면 정말 거친 싸움이 벌어질 것이 뻔했고, 그녀로선 이 거칠지만 착한 풋내기들을 다치게 만들 생각은 전혀 없었다. 물론 몇 년만 지나면 테리얼레이드의 바람이 이들 착한 젊은이들을 야비한 악당으로 만들어버릴 것임을 스스로 잘 알고 있었지만.

젊은이들을 모두 몰아낸 다음 세실은 취침의 안락함보다는 감시의 용이성을 주된 이유로 삼아 잠자리를 결정했다. 제단이나 예배당 사방의 벽엔 많은 촛불과 촛대걸이 등이 있었지만 세실은 불을 켜지 않았다. 습격이 있을지는 미지수지만, 만일 습격이 있다면 습격자들은 이 캄캄한 교회 내에서 그녀가 어디에 있을지부터 추측해 봐야 할 것이다. 예배당의 의자들 위에 나이프 몇 개와 지팡이를 던져둔 세실은 의자에 아무렇게나 누워 성소의 천장을 바라보았다.

불빛 하나 없는 예배당 내에서는 막 잘린 목재의 냄새와 향내가 아련하게 번지고 있었다.

세실은 몰려오는 잠을 쫓기 위해 애썼다. 누가 들어오든 간에 세실리아가 이곳에 있다는 것을 아는 이상 고요히 들어올 것이며, 따라서 작은 소리 하나 놓치지 않기 위해 신경을 곤두세운 채 이 밤을 세워야 할 것이다. 피곤한 밤이 될 것 같다고 생각하며 세실은 낮게 투덜거렸다.

차라리 그냥 잠들었어도 상관없었을 것이다. 그 밤의 침입자는, 그녀가 듣든 말든 상관하지 않는다는 태도로 쳐들어왔기 때문이다.

유난히 밤잠이 없는 사람일지라도 졸음을 느낄 무렵, 세실은 사방에서 들려오는 요란한 발자국 소리를 듣게 되었다. 그것도 마치 전쟁터에서나 들을 법한 거칠고 격한 발자국 소리였다. 그리고 그 발자국 소리를 배경으로 급한 명령들과 구령 소리가 울려퍼졌다. 세실은 기막힌 심정으로 벌떡 일어났다.

"이건 뭐야? 테리얼레이드의 깡패들이 모조리 몰려왔나?"

세실은 손에 잡히는 대로 나이프 하나를 집어든 다음 창문 쪽으로 달려갔다. 그러고는 더 놀랐다.

백여 개나 되는 칼들은 너무 길고 두꺼웠으며, 백여 개나 되는 어깨들은 너무 넓었다. 테리얼레이드의 도시형 불량배들이 아니었다. 거칠지만 민첩한 움직임으로 테리얼레이드 교회를 포위하고 있는 사내들의 면모에는 어딘지 군대를 방불케 하는 점이 있었다. 하지만 그 살기등등한 몰골들은 군대에서도 받아들이지 않을 것 같은 모습들이었다. 저건 도대체 뭐지? 그때 포위를 끝낸 사내들이 멈춰 섰다. 그러자 한 사내가 앞으로 걸어나왔다.

키 드레이번은 교회 정문을 향해 날카롭게 외쳤다.

"지금쯤 눈치 챘겠지. 저항은 무의미하다. 밖으로 나와, 오스발!"

당연하지. 뒤에서 듣고 있던 라이온은 고개를 끄덕였다. 이렇게 법석을 떨었는데 일어나지 않았다면 그건 귀머거리일 테지. 하지만 라이온은 동시에 고개를 가로젓고 싶었다. 왜 선장은 율리아나가 아니라 오스발을 부르는 거지?

교회 안에서는 아무 반응이 없었다. 키는 입매를 일그러뜨린 다음 나직하게 말했다.

"부수고 들어가."

"안 됩니다. 키 선장님. 이곳은 교회입니다."

모두가 예상했던 대로 점잖지만 단호한 어조로 반대하고 나선 이는 하리야 선장이었다. 키는 하리야의 얼굴을 뚫어지게 바라보다가 말했다.

"그럼 어쩔까?"

"제가 들어가서 설득해 보겠습니다."

"먼저 날 설득해 봐. 갑자기 자네의 설득력이 얼마나 되는지 궁금해지는군."

하리야는 키가 농담을 하는 것인지 알기 위해 그의 표정을 면밀히 살폈다. 하지만 그 얼굴에는 속마음을 짐작게 하는 점이 하나도 없었다. 그러나 그들이 대화를 나누는 사이에, 원래부터 대화라는 인간 생활의 크나큰 일부분과 별 관련이 없는 사내가 행동에 나섰다.

무거운 발자국 소리에 하리야가 고개를 돌렸을 때, 오닉스 선장은 이미 그 살벌한 도끼를 단단히 쥔 채 교회의 정문을 향해 뚜벅뚜벅 걸어가고 있었다.

"오닉스!"

하리야의 외침은 절절했지만 오닉스는 멈추기는커녕 오히려 속력을 더 높였다. 오닉스는 검독수리의 관문이라도 때려부술 듯한 기세로 도끼를 치켜올렸다.

그때였다. 정문을 노려보던 오닉스의 시야 한구석에서 뭔가 수상한 일이 벌어지고 있었다. 오닉스는 재빨리 고개를 돌렸고 정문 옆의 창문이 순간 불그스름하게 빛나는 것을 보았다.

요란한 소리와 함께 유리창이 박살나며 교회 안으로부터 불덩어리가 튀어나왔다.

화르르르! 공기를 불사르는 섬뜩한 소리와 함께 날아든 화염은 오닉스의 몸을 강타했다. 오닉스의 거체가 위로 떠오르는 모습은 마치 산이 움직이는 것 같은, 절대로 볼 수 없는 것을 목격하는 무서움을 해적들에게 선사했다. 콰당탕! 검은 갑옷이 땅에 부딪히며 지독한 소음이 일어났다. 몇몇 해적들이 비명을 지르며 오닉스에게 달려갔다.

그러나 다음 순간 오닉스는 상체를 벌떡 일켰다. 물론 신음하나 내지 않았다. 라이온은 오닉스가 아무런 소리도 내지 않았다는 점에는 아무런 불만도 없었지만, 저렇게 씩씩하게 일어나는 모습은 도저히 이해할 수 없었다. 그래서 라이온은 오닉스에게 진지한 어조로 묻고 싶어졌다. 이봐, 오닉스 나이트. 불덩어리에 맞아서 그렇게 나가떨어진 사람은 살아 있으면 안 될 것 같지 않나? 우리들의 이해를 돕기 위해 좀 죽어주시지? 그때 예배당 안쪽으로부터 라이온의 의문에 대한 대답이 낭랑한 목소리를 통해 들려왔다.

"그건 경고용이었어. 안 죽으니 걱정 마. 하지만 또다시 다가오면 풋내기 요리사의 음식만큼이나 새카맣게 탄 자신의 몸을 내려다보게 될지도 몰라. 그리고 요리라는 측면에서, 난 가끔 실수를 하는 편이야. 어머! 나의 실언."

그것은 어쩐지 다른 상황에서 듣고 있으면 유쾌해질 것 같은 여인의 목소리였지만 지금 테리얼레이드 교회를 포위한 해적들 중 유쾌한 기분을 느끼는 사람은 아무도 없었다. 얼빠진 얼굴을 한 채 서로를 바라보던 해적들 사이에서 기어코 비명이 터져나왔다.

"마, 마녀다! 마녀가 있어!"

"……칵! 마법사다!"

교회에선 항의의 목소리가 날카롭게 울려나왔다. 교회에 마법사라니? 하리야는 어이없는 얼굴로 교회 건물을 바라보았다. 그 동안에도 교회 안의 여마법사는 계속 말했다.

"포위를 풀고 빨리 물러나. 그쪽을 생각해서 해주는 말이야. 테리얼레이드 내에서 그런 모습을 하고 돌아다니다니, 리더가 누구인지 모르지만 제정신은 아닌 것 같군. 기회가 있을 때 빨리 물러나. 다른 곳에서라면 무슨 짓을 하고 돌아다니든 나 알 바 아냐. 하지만 테리얼레이드 교회에 대해서라면, 너희들은 이 교회의 못 하나, 벽돌 하나도 건드릴 수 없어."

세실은 기세등등하게 협박을 가하면서도 마음속으로는 가중되는 초조함을 느꼈다. 무법 도시 테리얼레이드는, 바로 그렇기에 자신을 지키는 엄격한 규칙을 가지고 있다. 내부의 서로들끼리는 서로 찔러대건 어쨌건, 외부의 세력에 대해서는 단결하여 대항하는 것이 테리얼레이드이다. 테리얼레이드의 어떤 무법자도 저렇게나 많은 무장 인력이 도시 내에 들어서는 것을 좌시하고 있지는 않았을 것이다. 분명히 저항이 있었을 것이다. 그런데 지금 저 사내들은 그런 저항 따위 받지도 않았다는 모습으로 테리얼레이드 중심부의 이 교회까지 와 있었다. 이것을 어떻게 해석해야 할까?

그러나 다음 순간, 세실은 이 상황의 불가사의함이 단숨에 사라지는 광경을 보게 되었다.

사내들의 선두에 서 있던 새카만 외투를 걸쳐입은 사내가 커다란 검을 뽑아들었다. 그런데 그 검은 지금이 밤이라는 사실을 무시하고 있었다. 사내의 손 안에서 파르스름한 빛을 뿜어내고 있는 장검을 본 순간 세실은 그 검의 전설적인 이름을, 그리고 전설적이라는 면에서 그 검에 뒤지지 않는 그 소유자의 이름을 동시에 떠올릴 수 있었다.

"복수…… 키 노스윈드 드레이번?"

키는 세실의 질문에 대해 대답하는 대신 교회의 정문을 향해 걸어가기 시작했다. 세실은 다급하게 외쳤다.

"키 드레이번이 육지에 오르다니, 도대체 무슨 생각인 거야? 잠깐! 당신, 여자들이 터프 가이를 좋아한다고 믿는 거야? 천만에. 그렇게 씩씩하게 다가오면 오히려 정나미 떨어진다고. 제길, 멈춰! 멈추지 않을 거냐!"

독한 마음을 먹게 만드는 녀석이 난 싫더라. 세실은 마법의 힘을 불러내는 순간에도 짧게 투덜거린 다음, 교회를 향해 다가오는 키 드레이번 주위의 마법장(magic field)에 접촉했다. 그러곤 짧게 혀를 찼다. 그녀의 예상대로 키 드레이번 주위의 마법장은 극히 위축되어 있었다. 정말 엘핀 마이스터가 저 칼을 만든 것일까? 그래서 세실은 다른 방법으로 키를 저지하기로 마음 먹었다.

세실의 의도는 교회에서부터 불어닥치는 광풍이 되어 키를 습격했다.

거침없이 걸어가던 키는 갑작스러운 바람의 저항에 잇소리를 내며 허리를 낮추었다. 세실은 키를 대상으로 마법을 쓰는 대신 교회 주위의 공기에 대해 마법을 구사했고 그 공기들은 돌개바람이 되어 키를 밀어붙였다. 마법이 아닌 자연적인 바람이었기에 제아무리 명검 복수라도 그 소유자를 보호하지는 못했다. 결국 키의 두 발이 뒤로 미끄러지기 시작했다.

"이런 제길!"

키는 욕설을 내뱉으며 뒤로 물러났다. 해적들은 크게 당혹해하고 무서워했지만 오닉스만은 그 마스크 속에서 히죽 웃었다. 다시 세실의 낭랑한 목소리가 울려퍼졌다.

"자, 키 드레이번. 바다에서라면 몰라도 육지에서는 당신 마음대로 안 되는 것도 있다는 것을 인정해야 할걸. 이 누님을 더 이상 귀찮게 하지 말고 꺼져."

키는 그만 눈이 뒤집힐 것 같았고, 그 사실은 다른 해적들 모두 마찬가지였다. 그래서 그중 특별히 화가 난 사내가 앞으로 나섰을 때, 해적들은 평소에 가졌던 꺼림칙함도 잊은 채 환호를 질렀다. 트로포스는 기다란 지팡이를 단장이나 되는 것처럼 휘두르며 앞으로 걸어나왔다. 그리고 그의 하나밖에 없는 눈은 분노로 번들거리고 있었다.

"자마쉬 개는 자마쉬 개로 상대하고, 마법사는 마법사로 상대하는 법이라지? 자, 마법의 저울 바늘은 누구를 가리킬지 알아보자!"

트로포스는 힘있게 쥔 지팡이를 앞으로 내밀고는 주문을 외웠다. 트로포스의 몸이 경련을 일으키자 세실은 헛바람을 삼켰다. 해적들은 느낄 수 없는 것이었지만 세실은 교회 주위의 마법장에 일어나는 변화를 눈으로 보는 것만큼이나 명확하게 느낄 수 있었다. 그것은 독기가 묻어날 것 같은 음침한 모습으로 바뀌어가고 있었다. 흑마법의 기운이었다.

세실은 신음처럼 말했다. "불법 마법사……"

그러나 세실은 공포를 느끼면서도 동시에 분노를 느꼈다. 흑마법의 모든 부분이 음험하지만, 교회의 면전에서 흑마법을 사용한다는 것은 세실에게 거의 패륜에 가까운 지독한 직업 윤리 위반으로 느껴졌다. '네

녀석이 아무리 불법 마법사라 하더라도, 어떻게 교회 앞에서!' 세실은 분노 속에서 민첩하게 주문을 영창했다.

트로포스의 지팡이가 파르르 떨리기 시작했다. 그 작은 흔들림은 곧 트로포스의 손을 뿌리치고 튀어나갈 것만 같은 격렬한 진동으로 바뀌었다. 트로포스는 허연 눈자위만 드러낸 채 숨가쁜 신음을 뱉어내었다. 키와 몇몇 담대한 선장을 제외한 해적들은 모두 뒤로 몇 발자국 물러났으며 그런 사실에 대해 창피해하지도 않았다. 그리고 교회 안에서는 세실이 고요함과 차분함으로 주문을 외워나갔다.

교회 안팎의 마법장은 각자 세실과 트로포스의 지배 하에 들어섰다. 잠시 후, 두 사람은 거의 동시에 자신이 상대방의 지배 하에 있는 마법장을 잠식하기 어렵다는 것을 알아차렸다. 자신의 마법장 내에 있지 않은 것에 대해서는 마법을 쓸 수 없다. 그래서 두 사람은 조금 전 세실이 그렇게 했듯이 자신의 마법장 내에 있는 것들에 대해 마법을 사용했다. 하지만 그 방식은 서로 달랐다.

"그 온유함으로 가인의 머리카락을 날리고 그 분노로 일천의 함대를 압도한다, 질풍!"

세실은 조금 전 키를 공격했을 때처럼 또다시 질풍을 불러내었다. 공기는 사방에 있기 때문에 바람은 다른 마법사의 지배 하에 있는 마법장을 침입하려 할 때 가장 쉽게, 그리고 강력하게 사용할 수 있는 자연력이다. 하지만 트로포스는 전혀 엉뚱한 것을 불러내었다. 그리고 트로포스가 불러낸 것에 대해 세실은 아연함마저 느꼈다.

"가장 순수한 분노여, 벼락!"

294

교회의 지붕은 높고 뾰족하지. 세실이 불러낸 바람에 의해 날려가면서도 트로포스는 씩 웃었다. 트로포스가 불러낸 벼락은 그의 의도대로 높고 뾰족한 교회 지붕에 내리꽂혔다. 짧은 순간 밤이 추방되며 해적들은 망막에 남은 빛의 잔상에 진저리쳤다. 그리고 곧 온몸을 울리게 하는 우레 소리가 울려퍼졌다. 쫘르르릉!

엉겁결에 눈을 질끈 감았던 세실은, 하지만 곧 의심 속에서 눈을 떴다. 왜냐하면 트로포스가 바보가 아닌 이상 건물 안에 있는 세실을 맞추기 위해 벼락을 불러내었을 리는 없기 때문이다. 눈을 뜬 세실은 실제로 자신이 아무렇지도 않다는 사실을 확인할 수 있었다. 바람을 다루는 것도 어렵지만 벼락은 조절이 거의 불가능하다. 마법사가 벼락을 사용한다면, 그것은 벼락을 불러내어 어딘가를 때린다기보단 벼락이 잘 떨어지는 장소가 있을 때 불러내는 것이 대부분이다. 그렇다면 저 불법 마법사는……?

그때 교회 바깥에서 하리야 선장이 노성을 내질렀다.

"이 사악한 놈! 교회에 벼락을 떨어뜨리다니, 신의 분노가 두렵지도 않은 게냐!"

"이왕이면 좀 일으켜주고 말하면 어떻겠나?"

바람에 의해 나가떨어졌던 트로포스는 낑낑거리면서도 하리야를 향해 이죽거렸다.

세실은 머릿속이 하얗게 변하는 것을 느끼며 위를 올려다보았다. 파킨슨 신부가 간신히 새로 만들었던, 그래서 피뢰 장치나 단단한 마감 공사 같은 것이 아직 더해지지 않아서 부실한 교회 지붕이 이글거리며 불

296

타고 있었다. 이런 맙소사, 저놈 날 태워버릴 생각이었군!

세실과 모든 해적들, 심지어 숨어서 이 광경을 보고 있던 테리얼레이드의 밤의 사내들까지도 넋빠진 표정으로 불타는 교회 지붕을 바라보고 있었다. 하지만 정작 그 기적을 만들어낸 트로포스만은 씁쓸한 표정으로 자신의 손등을 힐끗 바라보았다. 혹시 나타나지 않을지도 몰라. 하지만 트로포스의 소망을 무시하며 나타난 흰 점은 시계 문자판의 7의 위치에 선명하게 떠올랐다.

트로포스는 낙천적이 되기로 결심했다. 열한 번이니까 앞으로 네 번은 더 쓸 수 있군. 여덟 번째는 좀더 신경 써야겠어. 그러나 조금 후 들려온 주위의 웅성거림에 고개를 들었을 때 트로포스는 자신의 생각이 잘못되었다는 것을 알았다. 그 여덟 번째가 곧장 다가온 것이다.

"계절의 하얀 수의, 겨울 하늘의 우수, 눈꽃이여!"

"말도 안 돼!"

트로포스는 악을 쓰며 벌떡 일어났다. 하지만 말이 되고도 남았다. 봄의 향취가 물씬 묻어나는 밤하늘의 가장 어두운 갈피로부터 희디흰 눈폭풍이 쏟아지기 시작했다.

라이온은 기겁하며 온몸을 움츠렸다. 하지만 어디서부터인지 알 수 없는 곳으로부터 쏟아져내린 눈은 그 이름에서 느껴지는 차가움보다 수백 배는 더 차가웠다. 그리고 라이온이 평생 본 것 중에서 가장 거대한 눈송이들이었다. 거의 흰 꽃송이라고 착각될 만큼 거대한 눈송이들은 모두 교회 건물을 향해 수렴되고 있었다. 타오르는 불길 위로 쏟아지는 흰 눈꽃들은 발그스름하게 물들어 극히 매혹적이었지만 해적들은 공포를 먼저 느꼈다.

광포하게 일어난 흰 수증기가 교회 위로 솟구쳐오르는 가운데 눈꽃의 집중 공격을 받은 화염은 순식간에 사그러들었다. 그리고 교회 안으로부터는 웃음 소리가 들려왔다.

"정말 그 선장에 그 부하로군. 숙녀를 대하는 에티켓에 자신이 없으니 터프한 모습을 보여주는 유치함은 십대나 저지르는 귀여운 실수 아냐?"

키는 그만 실소하고 말았지만 트로포스는 그런 여유가 없었다. 트로포스는 고함을 내지르며 지팡이를 부여잡았다.

"젠장, 귀엽다고 했나? 그렇다면 애교 좀 더 떨어줄까? 벼락아, 번개여!"

트로포스의 고함은 눈폭풍 속에 번득이는 벼락이 되어 테리얼레이드 교회를 강타했다. 쾅쾅거리는 천둥 소리와 함께 내리꽂힌 벼락들은 한 점을 향해 쏟아지는 폭포처럼 테리얼레이드 교회의 뾰족한 지붕으로 수렴되었다. 하지만 어떤 강력한 벼락이라 하더라도 눈을 태울 수는 없다. 트로포스는 격노하여 지팡이를 쳐들었지만 그때 키 드레이번이 트로포스의 어깨를 잡아당겼다.

"관둬. 이젠 충분하다."

"선장님?"

트로포스는 입술을 깨물며 키를 바라보았지만, 키는 이미 몸을 돌리고 있었다. 키는 그대로 교회 정문을 향해 외쳤다.

"이봐, 마법사! 당신의 힘은 잘 알겠군. 하지만 당신도 언제까지 우리 모두를 막아낼 수는 없다. 더욱이 나는 절대로 막을 수 없을걸. 마법사들에겐 익숙지 않은 것이고, 마법사와 그걸 하는 사람도 얼간이라지만, 어때? 협상을 해볼까."

키의 말에 가장 크게 놀란 것은 다름아닌 트로포스였다. 흠칫하는 표정으로 키의 뒷모습을 보던 트로포스의 머릿속으로 하나의 생각이 형성되기 시작했다. 그리고 트로포스의 생각은 순식간에 외침이 되어 그의 입 밖으로 튀어나왔다.

"잠깐 기다리십시오!"

키는 고개를 돌려 트로포스를 바라보았다. 트로포스는 형형히 타오르는 눈빛으로 키를 바라보며 나직하게 말했다.

"나는 아직 지지 않았습니다. 내 자존심을 생각해 주실 필요는 없습니다!"

교회 안쪽으로부터 비아냥거리는 기색이 완연한 세실의 목소리가 들려왔다.

"그래? 지지 않았다고? 이번엔 얼마나 터프한 모습 보여줄 생각인데?"

"넌 상상도 못했던 것일 게다!"

트로포스는 속으로 뒷말을 이었다. 나 역시 상상도 못해 봤던 것이야. 과연 제대로 할 수 있을까? 하지만 트로포스는 곧 자신을 향해 고개를 가로저었다. 할 수 있어. 나는 마법사야! 트로포스는 이를 갈면서 지팡이를 힘껏 들어올렸다. 곧이어 벌어진 광경은 다시 한번 조롱을 보내려 들었던 세실로 하여금 그 조롱이 목구멍 어디쯤에서 걸려버리게 만들었다.

"으아아압!"

팍! 하는 소리와 함께 트로포스는 지팡이를 땅에 꽂았다. 뭉툭한 지팡이는 마치 예리한 창날이라도 되는 것처럼 땅을 파고들어 꼿꼿이 섰다. 트로포스는 한쪽 무릎을 꿇은 다음 두 손으로 지팡이를 움켜쥐고 고개를 숙였다. 그의 입에서 거침없는 주문이 흘러나왔다.

마지막 눈송이 몇 개가 트로포스의 어깨와 머리에 떨어졌지만 트로포스는 그것을 느끼지 못했다. 뱃속에서 불덩이가 굴러다니는 듯한 통증이 느껴졌음에도 불구하고 트로포스는 주문을 멈추지 않았다. 오로지 세실만이 어렴풋이 짐작했을 뿐 아무도 파악하지 못하는 사이에 트로포스의 주문은 이 세계의 경계를 뛰어넘었다. 교회 안으로부터 세실의 찢어지는 비명이 들려왔다.

"이 미친놈, 당장 멈춰! 아무리 불법 마법사라도 그런 짓은 할 수 없어!"

세실의 날카로운 비명이 들린 그 순간, 트로포스의 주문은 이 세계와 또다른 세계 사이의 장벽에 날카로운 흠집을 만들었다. 그리고 트로포스가 영창한 금단의 주문은 저 세계의 '무엇'을 포착했다. 가닿아서는 안 되는 것. 접근해서는 안 되는 것. 그러나 트로포스의 주문은 모든 금기와 모든 슬픔을 꿰뚫고 그것에 직접 가닿았다.

"됐어!"

트로포스는 눈을 번쩍 떠 핏발선 눈동자를 보이며 외쳤다. 바로 그 순간 트로포스가 붙잡은 '그것'의 분노에 찬 포효가 테리얼레이드의 하늘 위로 길게 울려퍼졌다.

"……!"

라이온은 핼쑥해진 얼굴로 하늘을 올려다보았다. 그가 바라본 하늘은 미쳐 날뛰고 있었다. 그리고 그가 들었던 포효는 불타는 증오와 폭풍 같은 분노 이외에 어떤 의미도 담겨 있지 않은 순수한 외침이었다. 그것은 소리조차 아니었다. 그때 교회 안으로부터 세실의 신음이 희미하게 들려왔다.

"프, 프, 프린스 오브 구울(Prince of ghoul)!"

하리야 선장의 눈에서 불똥이 튀었다. 하리야는 급히 트로포스를 돌아보았고 그가 눈을 뒤집은 채 하얀 미소를 짓고 있는 모습을 보며 헛바람을 삼켰다. 이 사태에 대한 어떤 설명도 가지고 있지 않았지만 주위의 해적들은 본능적으로 공포를 느끼며 뒤로 물러났다. 트로포스가 입을 열자 남성도 아니고 여성도 아닌, 그리고 아이도 아니고 노인도 아닌 기이한 목소리가 흘러나왔다.

"난…… 해냈어! 구울의 위대한…… 왕자여!"

하리야는 재빨리 키를 돌아보았다. 그러나 키는 벌써 복수를 뽑아든 채 하리야를 향해 달려오고 있었다. 키는 넋빠진 표정을 하고 있는 하리야의 얼굴을 정면으로 바라보며 말했다.

"하리야! 지금 트로포스 놈이 불러내는 것이 뭔가? 구울의 왕자라고?"

"그, 그렇습니다. 구울의 왕자, 언데드의 수호자, 판데모니엄(Pandemonium)의 하이마스터…… 막아야 합니다!"

하리야의 마지막 말은 그냥 찢어지는 비명 비슷했다. 열풍이 휘몰아치고 메스꺼운 냄새들이 진동하는 가운데 밤하늘은 암적색으로 이글거렸다. 키는 혼란스러움을 느끼면서도 침착하게 말하려 애썼다.

"신학자나 악마 숭배자놈들이나 관심 가질 멀미 나게 기나긴 호칭 같은 건 집어치우고 말해. 트로포스가 뭔가 골치 아픈 것을 불러내었단 말이지? 그런데 트로포스가 그 녀석을 알면서 불러냈다는 것은, 그 녀석을 지배할 자신이 있기 때문 아닌가?"

하리야는 침착을 되찾을 수 있었다. 너무 기가 막힌다는 것이 이유였다.

"지배한다고 하셨습니까? 인간이 판데모니엄의 하이마스터를? 차라리 고래를 지배한다고 하십시오!"

"그거면 대답이 됐어." 키는 고개를 돌렸다. 그리고 그와 동시에 외쳤다. "오닉스! 놈을 기절……"

바로 그 순간, 판데모니엄의 하이마스터는 지상에 도래했다.

아무도 그것을 볼 수 없었다. 하지만 모든 자들이 그것을 볼 수 있었다. 그것은 형상에서 빗나가 있고 색채에서 일탈해 있었으며 단지 그곳에 서 있다는 것만으로 이미 모든 신의 피조물에 대한 끔찍한 모욕이었다. 신이 창조한 어떠한 빛도 그것의 모습을 드러낼 수 없었기에 아무도 그것을 볼 수는 없었다. 하지만 그 어떤 피조물도 볼 수 없을지언정 신을 느끼는 것만큼이나 악을 느끼는 데 민감한 인간들만은 그것을 볼 수 있었다.

그것은 암흑을 덮는 암흑이었고 불을 태우는 불이었다. 그림자를 감추는 그림자였고 죽음을 죽이는 죽음이었다. 교회 속에서 세실은 경탄과 공포 중 어느 감정에 몸을 맡겨야 될지 몰라하며 덜덜 떨고 있었다.

302

세상에 어떤 마법사가 지옥의 권세를 이 땅 위에 직접 불러낼 수 있다는 말인가. 대마법사 하이낙스가 부활하지 않은 바에야.

지상에 도래한 판데모니엄의 하이마스터는 또다시 노호했다.

"……!"

신이 창조한 어떤 바람도 그것의 목소리를 전달할 수는 없었기에 테리얼레이드의 하늘 위로는 실제로 어떤 소리도 울려펴지진 않았다. 하지만 인간은 들을 수 있었다. 그것은 지옥의 일곱 지배자들의 하나인 자의 목소리였다. 고막이 터져나가는 고통에 신음하는 사람들 사이로 구울의 왕자의 목소리가 울려펴졌다.

"우둔의불꽃을넘어서이다지도무례한짓을한것은도대체어떻게생겨먹은놈인가."

아무도 입을 열 생각을 못하는 가운데, 트로포스는 두 팔을 벌리며 기성을 질렀다.

"나요, 구울의 왕자여!"

구울의 왕자는 무한한 경멸이 가득 담긴 눈으로 트로포스를 내려다보다가 천천히 말했다.

"그조그마한가슴속에자신의파멸을이끌수있을정도로치명적인용기를담을수있다는사실이경탄스럽구나미력한인간아네놈이정녕모래알을던져대양에소용돌이를만들려했다는말이더냐."

트로포스는 눈가에 흘러넘치는 눈물을 거칠게 닦아낸 다음 외쳤다.

"그렇소! 구울의 왕자여, 판데모니엄의 하이마스터여! 그리고 나는 해냈소. 바로 내가 신의 창조물들 사이에 당신을 서게 했단 말이오. 그것을 인정하시오!"

라이온은 자신의 턱이 모조리 부서져나가는 기분을 느끼면서도 이를 부딪히는 일을 멈출 수가 없었다. 구울의 왕자는 트로포스의 말에 비웃음으로 대답했다.

"인정한다어리석은놈그리고네소망역시알고있다너스스로도그진정한의미를모르는소원을."

구울의 왕자는 말을 마침과 동시에 가볍게 손을 휘둘렀다.

"기분이 이상하군."

파킨슨 신부는 테리얼레이드 방향을 바라보며 눈살을 찌푸렸다. 낮 동안의 기나긴 여정을 소화해 내는 것만으로도 이미 지쳐버린 율리아나 공주는 오스발이 만들어준 잠자리에 들어가 잠든 지 오래였다. 데스필드와 파킨슨 신부, 그리고 오스발 세 명은 모닥불 주위에 모여앉아 다른 이들의 정적으로 자신의 정적을 감추며 앉아 있었다. 파킨슨 신부가 갑자기 입을 열자 데스필드는 고개를 갸웃했다.

"지금 교회가 걱정된다는 식의 말을 하려는 거요, 신부님 당신? 설마 그렇진 않을 거 같은데. 지금 이 순간 테리얼레이드에 교회는 없고 교회 터만 남아 있을 거라는 데 본인은 뭘 걸어도 좋을 거 같소만."

"글쎄. 나도 그건 알고 있네. 다만 기분이 이상해. 상당히 불길한 기분이 드는군. 그런데 교회가 파괴되는 것보다 더 불길한 일이 뭘지 모르

304

겠군. 으음."

파킨슨 신부는 말끝을 흐리며 다시 모닥불을 바라보았다. 하지만 데스필드는 모처럼 찾아온 대화의 시간을 그냥 보내기가 아쉬웠다. 그래서 데스필드는 오스발을 바라봤다.

"발 당신, 노예였다고?"

"그렇습니다."

"아아, 어려워할 것 없수. 다른 나라는 어떨지 몰라도 테리얼레이드 사람들은 그런 것 신경 안 써. 귀족 당신이든 노예 당신이든, 에, 신부님 당신, 용서하쇼. 설령 신부님 당신이라도 칼로 찌르면 죽는 건 똑같아."

파킨슨 신부는 쓰게 웃어버렸지만 오스발은 점잖게 고개를 가로저었다.

"하지만 보복은 다르겠지요."

"뭐요?"

"노예를 죽이면 아무 처벌이 없습니다. 하지만 귀족을 죽이면 국사범으로 처형되겠죠. 하물며 신부를 죽였다면…… 신부님은 죽일 수가 없습니다."

"무슨 소리. 신부 살해라면, 본인이 기억하기로도 꽤 되는걸?"

오스발은 싱긋 웃었다.

"그리고 그분들은 모두 순교자로 추서되었죠."

데스필드와 파킨슨 신부가 동시에 이채로운 눈빛으로 오스발을 바라보았다. 하지만 오스발은 모닥불 끝에서 피어오르는 아지랑이에 눈을 고정시킨 채 조용히 말했다.

"살해자의 목적이 한 인간의 말살이라면 신부의 경우는 살해할 수 없습니다. 미개인이나 이교도들이 신부님의 육신을 죽일 수 있을진 모르지만, 그분들은 모두 순교자가 되지요. 이 경우 살해자는 오히려 신부님들에게 영생을 부여한 것 같습니다."

파킨슨 신부는 고개를 끄덕였다.

"재미있는 논법이군."

"아, 죄송합니다. 비꼬려는 의도는 없었습니다."

파킨슨 신부는 그저 고개를 끄덕였고, 데스필드는 정수리를 벅벅 긁어대다가 말했다.

"알 듯도 하고 모를 듯도 하군. 하지만 본인에게 물어본다면, 죽고 나서 무덤에 금칠해 줄 바엔 살아서 금화 한 닢 받는 것이 훨씬 행복하겠다고 말하겠어."

오스발은 다시 고개를 끄덕였다.

"물론이죠. 저라도 그렇게 말하겠습니다. 하지만 신부님의 경우와 다른 분들의 경우는 다릅니다. 신부님들은 그것을 원하시지 않습니까."

"원한다고?"

"예. 죽기를 원하는 자를 죽이는 것이 살해가 될 수 있을까요?"

밤이 그 자체의 농밀한 어둠 속으로 숨어들어갔다.

별들이 구름 뒤로 숨었다 나타났다 하기를 몇 차례. 모닥불은 작게 사그라들고 있었지만 아직 꺼지지는 않았다. 파킨슨 신부는 장작을 부러뜨리며 저녁 기도를 읊조리고 있었고 나무 우듬지에 기대어누운 데스필드는 그런 신부의 모습을 조용히 바라보고 있었다. 장작을 던져넣은 파킨슨 신부는 잠든 오스발을 돌아보며 기도하던 음조 그대로 말했다.

"노예이길 원하는 자를 노예라고 부르는 것은 모욕이 될 수 있을까?"

"어라? 신부님 당신, 왜 갑자기 앵무새 흉내를? 뭐, 원래 신부님 당신네들은 신의 앵무새라고 하지만."

데스필드의 이죽거림에도 불구하고 파킨슨 신부는 잠든 오스발을 내려다보며 깊은 생각에 잠긴 표정을 변화시키지 않았다. 대신 그의 주먹만은 그의 몸과 따로 떨어진 생물이라도 되는 것처럼 민첩하게 움직여 데스필드를 향해 날아갔다. 하지만 미리 대비하고 있었던 데스필드는 파킨슨 신부의 주먹을 살짝 피한 다음 다시 말했다.

"아까 발 당신이 했던 말을 조금 바꾼 거잖습니까?"

"그래. 저 전직 노예 친구가 하고 싶었던 말은 혹시 그게 아니었을까 하는 생각이 드는군. 혹시 자네 노예의 정의가 뭔지 아나?"

데스필드는 정색을 하며 말했다.

"모욕적이군요! 본인을 그렇게 똑똑한 놈으로 보다니. 당연히 모릅니다."

"……자비로우신 신이여, 부디 이 시련을 이겨낼 힘을 주소서. 이 빌어먹을 악마의 사생아 녀석아, 잘 들어라. 노예는 인권이 없는 인간이다. 그리고 인권은 인격을 유지 발전시킬 권리고."

"흐음. 인격은 뭐냐고 물어볼 차례인 거 같군요."

"사람을 사람답게 만드는 사람만의 고유하고 보편적인 성격이다. 물론 이런 논법은 교회가 인정하는 논리는 아니다만, 데개의 나라의 법전은 이런 논법을 따르지."

"신부님 당신은 본인에게 어떤 복음을 주시려는 겁니까?"

"뭐가 사람다운 거냐?"

아무렇게나 대답하려던 데스필드는 문득 입을 닫고는 파킨슨 신부의 얼굴을 바라보았다. 파킨슨 신부는 웃음기라곤 찾아볼 수 없는 표정으로 데스필드를 바라보며 자신이 진지한 대답을 기대하고 있음을 명확히 했다. 데스필드는 어깨를 으쓱였다.

"말씀해 보슈. 하시고 싶은 말이 뭔데요?"

"나는 뭐가 사람다운 것인지를 말하지는 않겠다. 내 대답이 네녀석의 귓구멍을 조금이라도 파고들지 의심스럽기 때문이다. 하지만 이 점을 생각해 보거라. 만약 사람을 버린 자라면, 인격이 없다 해도, 그것을 유지 발전시킬 인권이 없다 해도 뭐 불편할 것이 있겠느냐? 노예라 해도 뭐 불편할 것이 있겠느냔 말이다."

데스필드는 생각하는 것을 좋아하진 않았지만, 그렇다고 해서 자신이 생각하는 것을 좋아하지 않는다는 것을 타인에게 납득시키기 위해 애쓰는 것은 더 좋아하지 않았다. 그래서 데스필드는 대부분의 사람들이 그러하듯 깊이 생각하는 척하다가 말했다.

"하지만 어느 놈 당신이 사람을 버린단 말입니까."

"그래…… 어느 놈이 그러겠냐. 생각을 좀더 해봐야겠다."

파킨슨 신부는 뜻밖에도 순순히 고개를 끄덕였고 그래서 데스필드는 안도하며 말할 수 있었다.

"이만 주무쇼, 신부님 당신. 유령 당신도 당신이 더 이상 사람이 아니라는 사실을 인정하기 싫으니까 사람들 주위를 떠돈다고 들었습니다.

그런데 살아 있는 당신이 어떻게 사람을 버리겠습니까?"

케이윈은 테리얼레이드에는 너무 많아서 희소성도 별로 없는 칼잡이였고, 지금은 겁을 잔뜩 집어먹은 칼잡이였다. 그의 '형님'인 케록스 이드거는 생전에 버릇처럼 자신의 장례식은 반드시 신부님을 모셔와서 치르라고 말했었다. 하지만 케이윈은 그 유언을 실행할 수 없었다. 테리얼레이드에 있는 유일한 신부가 그의 눈앞에서 달아났기 때문이다. 그래서 케이윈은 땅에 무릎을 꿇으며 외쳤다.

"죄송합니다, 형님!"

반쯤 썩어가고 있지만, 관 뚜껑을 열어젖히고 일어난 케록스는 퀭한 눈으로 케이윈을 바라볼 뿐 아무 말도 하지 않았다.

케록스의 시체는 아무 말도 하지 않았다. 물론 시체는 원래 말이 없는 법이지만, 관 가운데 우뚝 서 있는 케록스의 시체가 만들어내고 있는 고요함은 장례식에 온 조문객들을 심장마비로 몰아갈 만한 정적이었다. 케이윈은 땅바닥에 이마를 찧어대며 횡설수설했다.

"형님! 살려주십시오. 나, 나는 정말이지 신부를 데, 데려오려고 했습니다. 하지만 그놈의 신부가 처음 보는 패거리들과 함께 나를 두드려패고 도망쳤습니다. 살려주십시오! 잘못했습니다. 나를, 나를, 저, 거기로 데려가려고 오신 긴 아니시죠? 에? 형님. 말씀 좀 해주십시오! 거기, 거기는 아니죠?"

케룩스는 입을 열었다. 하지만 케이윈의 질문에 대한 대답을 한 것은 아니었다. 케룩스는 문드러지기 시작하는 입술을 열었고 흐물거리는 잇몸과 핏덩어리, 끊어진 혀뿌리와 함께 괴성을 토해내었다.

"끄아아…… 아걐!"

무릎을 꿇고 울먹거리던 케이윈은 기어코 기절했다. 그리고 그 순간 케룩스의 장례식장에 모여 있던 조문객들은 비명을 지르며 도망치기 시작했다. 그들은 서로를 밀치고 짓밟으며 도망쳤지만, 움직이는 시체로부터 도망치려는 것이었다면 그들의 시도는 완전한 헛수고였다. 왜냐하면 테리얼레이드의 시내 곳곳에서 시체들이 일어나 움직이고 있었기 때문이다.

트로포스의 인도 아래 지상에 도래한 구울의 왕자가 손을 휘저은 순간, 테리얼레이드의 도시 곳곳에서 과거에 죽었던 이들이 일어난 것이다.

그리고 그것은 너무도 테리얼레이드다운 모습으로 진행되었다. 누군가에게 살해당해 하수구에 던져졌던 시체가 온몸에 오물을 묻힌 채 일어났다. 뒤뜰에 암매장되었던 시체가 땅을 헤치며 일어났다. 마른 우물 속에 던져졌던 시체가 기어나왔다. 강물 한가운데에서 시체가 강변으로 걸어나왔다. 벽의 회반죽을 뚫고 나오는 시체들을 보며 테리얼레이드 시민들은 행방불명되었던 칼잡이들이 어디로 사라진 것인지 깨달았다. 그들은 자신이 테리얼레이드의 시민임을 잘 알고 있었지만, 그들이 이렇게나 많은 시체 속에서 살고 있으리라고는 짐작하지 못했다. 그것들 중 가장 악몽스러운 것들은 절단되어 암매장된 시체들이었다. 대로 한가운데

를 걸어가는 절단된 사지들을 보며 제정신을 유지할 수 있었던 테리얼
레이드 주민들은 극히 적었다.

테리얼레이드 전체가 토해대는 비명에 하늘마저 창백해질 지경이었
다. 교회 앞에 서 있던 키 드레이번은 도시 곳곳에서 들려오는 비명에
눈살을 찌푸리며 하리야를 돌아보았다. 하지만 하리야는 넋이 빠진 표
정으로 구울의 왕자만을 올려다보고 있었다. 구울의 왕자는 음산하게
웃고 있었다. 키는 트로포스의 멱살을 붙잡아 일으켰다.

"이놈! 설명해라. 뭐가 일어난 거냐!"

그러나 트로포스가 대답할 필요는 없었다. 구울의 왕자가 먼저 조롱
하듯 말했다.

"너희들이묻었던것은이웃의시체뿐만은아닐테지."

키는 구울의 왕자를 돌아보았다. 구울의 왕자는 경멸만으로 말했다.

"너희어리석은바보놈들은도저히견딜수없었겠지그들이증거하고있는
바로너희들자신의죽음을그렇기에그들을옆에둘수없어어두운땅속에묻었
겠지너희들이죽음의공포를너희들마음속의가장어두운부분에묻어두듯
이가증스럽고어리석은벌레놈들아너희들자신을보라."

키는 다음 순간 골목 어귀어귀에서 나타나는 그림자들을 보았다. 비
틀거리고 끄덕거리고 있었지만 뚜렷한 하나의 목표, 테리얼레이드 교회
를 향해 걸어오는 시체들의 무리가 그곳에 있었다.

시체들은 마치 바퀴가 고장난 수레처럼 이리저리 비틀거리며 걸어왔
다. 시기지의 저편에서는 하늘을 찌르는 비명이 울려퍼졌고 시내 곳곳
에서 화광이 피어올랐다. 테리얼레이드 교회 앞에 서 있던 선장들은 자

신의 부하들이 제자리를 지키며 서 있다는 사실에도 위안을 받지 못했다. 그들이 비명을 내지르며 달아나지 않는 까닭은, 시체들이 사방에서 걸어오기 때문에 달아날 방향이 없기 때문이다.

주위를 둘러보던 키는 하늘을 향해 외쳤다.

"구울의 왕자! 지금 하고 있는 짓을 당장 멈춰라! 죽은 자들을 그들의 안식으로 돌려보내!"

한없는 경멸을 담은 목소리가 키의 외침에 대답했다.

"네가지금하고있는일이무엇인지아느냐너는위대한판데모니엄의하이마스터에게명령을하고있다."

"틀렸어!"

갑자기 키의 오른손에 쥐어진 복수가 삼엄한 빛을 뿜어내기 시작했다. 키는 그 끝을 들어 구울의 왕자의 거대한 몸을 겨냥하며 말했다.

"난 명령을 하고 있는 것이 아냐, 협박을 하고 있다! 지금 하고 있는 짓을 멈추지 않으면 넌 두번 다시 그리운 지옥의 유황불을 못 보게 될 것이다. 알았냐!"

구울의 왕자는 이 모독에 대해서는 아무런 반응도 보이지 않았다. 왜냐하면, 모욕은 격이 비슷한 존재들 사이에서만 가능하기 때문이다. 그래서 구울의 왕자는 다만 호기심 어린 표정으로 키의 손에 쥐어진 복수를 바라보며 말했다.

"그것은복수그렇군첫번째빛의종족이만든무기로군그것이어떻게이역겨운세계에있는진모르지만잘되었군판데모니엄의무기고에목록을추가할수있게되었군."

키는 어처구니없는 표정을 지었지만, 구울의 왕자는 그저 싱긋 웃으며 손을 휘둘렀다. 그리고 그 순간, 비틀거리며 걸어오고 있던 시체들이 일제히 괴성을 지르며 달려들기 시작했다. 키는 고개를 휙 돌렸고, 그 순간 오닉스의 마스크가 그의 눈에 들어왔다. 키는 주저없이 외쳤다.

"막아라, 오닉스!"

오닉스는 마스크 아래에서 으르렁거렸지만 곧장 다가오는 시체들을 향해 몸을 돌려 달려갔다. 그리고 명령을 내린 키는 오닉스의 행동을 확인하지도 않은 채 구울의 왕자를 향해 달려갔다.

예배당 바닥에 주저앉아 있던 세실은 자신의 어깨를 힘껏 부여잡았다. 하지만 어깨의 떨림은 멈추지 않았을 뿐만 아니라 오히려 더 심해지는 것 같았다. 세실은 주먹을 힘껏 깨물었다. 하지만 아픔은 느껴지지 않았다. 세실은 참으로 오래간만에 울고 싶다는 생각을 했다.

그날 이후, 그녀의 눈앞에서 대마법사 하이낙스가 쓰러지던 날 이후 처음으로.

'하이낙스. 당신이 여기 있었다면. 하이낙스, 난 너무 무서워요!'

더 이상 무서울 것이 없을 것 같았다. 하이낙스가 쓰러진 이후, 테리얼레이드에 숨어 살면서 세실은 자신이 모든 희망을 잃었다고 생각했다. 언제 죽더라도 아쉬울 것이 없을 것 같았기에 세실은 자신이 마법사라는 사실도 일부러 숨기려 하지 않았다.

하지만 그녀는 자신이 스스로를 속이고 있다는 사실을 깨달았다. 그녀는 살고 싶었다. 그날, 하이낙스의 죽음을 보면서 달아났을 때 그랬던 것처럼 세실은 살고 싶었다. 하지만 지상에 도래한 지옥 앞에 희망이 어디 있단 말인가. 세실은 얼굴을 파묻으며 오열했다.

그러나 그 순간, 교회 바깥에서는 세실의 예상과는 완전히 반대되는 상황이 진행되고 있었다.

"이 자식들! '죽어라!'라는 기합을 사용할 수 없는 놈들이라고 내가 살살 대해 줄 줄 알아?"

라이온은 앞으로 다가오는 시체의 목을 향해 검을 뻗었다. 칼날은 시체의 목을 정확하게 꿰뚫었지만 라이온은 검신을 타고 전해져 오는 감각에 진저리쳤다. 마치 딱딱한 나무토막을 찌르는 듯한 느낌은 그가 무엇을 상대하고 있는지를 똑똑히 알려주고 있었다. 라이온은 이를 악물며 검을 비틀어 당겼고, 그러자 피가 솟구치는 대신 시체의 목이 박살났다. 그러나 라이온은 그 모습을 보고 있을 겨를이 없었다. 두 번째, 세 번째 시체들이 거침없이 달려들고 있었다. 라이온은 비극적으로 외쳤다.

"불공평하군! 저녀석들은 날 죽일 수 있지만 난 저녀석들을 죽일 수 없잖아?"

하리야는 라이온보다는 훨씬 낙관적이었다. 살인하지 말라는 계율에 아무런 구애됨이 없다는 것을 깨달은 하리야는 주위의 해적들마저 다가설 엄두를 못 낼 만큼 난폭하게 행동했다.

"나의 주여, 내 형제를 그대의 품으로 돌려보냅니다!" 차라리 악마의 외침 같은 기도성이었다. 하리야가 뿜어대는 칼날은 어김없이 시체의 사지를 절단해 놓았다. 돌탄은 그 모습을 보며 히죽 웃었다.

"저 친쿠, 많이 쌓였었나봐."

그리고 그들의 선두에는 말 한 마디 없이 선장들을 이끄는 오닉스가 있었다. 거대한 도낏날이 춤출 때마다 달려들던 시체들은 조각나며 흩어졌다.

시간이 지날수록, 해적들에게는 어떤 자각이 다가왔다.

그들은 모두 노스윈드의 해적들이었고, 그들 앞에는 태어날 때 어머니의 뱃속에 두려움을 흘리고 나온 것 같은 선장들이 가진 기술과 용기를 모두 펼쳐보이며 달려드는 시체들을 때려눕히고 있었다. 언제나 가졌던 죄의식을 이번만큼은 뿌리칠 수 있었던 하리야의 용맹은 눈부실 지경이었고 말 한 마디 없이 시체들을 조각내는 오닉스의 모습은 그대로 지옥의 광경이었다. 라이온의 검은 살아 움직이는 뱀처럼 시체 사이를 누비고 다녔고 돌탄의 팔이 휘둘러질 때마다 최고속의 장례식이 진행되었다.

해적들의 함성은, 그 크기만 제외한다면 너무나도 자연스럽게 터져나왔다.

"와아아아!"

세실은 갑자기 들려온 함성에 깜짝 놀랐다. 그 함성은 마치 추운 겨울 아침 목덜미에 닿는 첫눈의 감각처럼 세실을 전율하게 만들었다. 세실은 빌떡 일어나 창기로 달려갔다. 밖을 바라본 세실은 시체들을 향해 달려드는 해적들의 모습에 또다시 전율했다.

거친 바다의 사내들 중에서도 가장 거친 사내들의 모습이 거기 있었다. 파도와 맞서 싸우다가 어느새 파도가 되었고 바람을 따라 움직이다 어느새 바람이 된 사내들. 노스윈드의 해적들은 함성을 지르며 시체를 향해 뛰어들었다. 세실은 그들의 눈을 볼 수 있었다. 아무도…… 두려워하지 않아?

"들었느냐, 구울의 왕자?"

키는 어깨로 숨을 내쉬면서도 싱긋 웃었다. 그의 손에 쥐어진 복수는 스스로를 불살라버릴 듯한 맹렬한 빛을 뿜어내고 있었다. 구울의 왕자는 모든 종류의 증오를 한꺼번에 섞어버린 듯한 증오로 얼굴을 물들인 채 키를 노려보았다. 그의 거대한 손에는 지금껏 키의 목을 계속 노려왔지만 그때마다 복수에 가로막혔던 거대하고 불길한 검이 쥐어져 있었다.

"봤느냐, 구울의 왕자! 기필코 싸워야 된다면, 그들은 상대방이 살아 있는가 죽어 있는가에는 신경 쓰지 않아! 기필코 싸워야 한다면, 그들은 상대방이 나의 공포이든 뭐든 신경 쓰지 않아! 판데모니엄의 개백정 녀석아. 그들은, 인간은, 거칠고 난폭한 생물이다. 죽음 따위엔 신경 쓰지 않는, 인간은 순결한 맹수다!"

"닥쳐라이미물."

판데모니엄의 위대한 지배자는 그의 무기를 휘둘러내렸다. 가장 강력한 천사들에게까지 치명상을 입히고 한없는 타락을 선사했던 지옥의 지배자의 공격이었건만, 키 드레이번은 노련하게 복수를 휘둘러 그 공격을 막아내었다. 구울의 왕자는 믿을 수 없다는 듯이 키를 바라보았고, 키는 복수의 칼날 아래에서 싱긋 웃었다.

"지옥의 지배자인 네놈에게도 지옥이 있다면……"

다음 순간 복수는 그 예리한 칼날을 번득이며 구울의 왕자의 가슴을 향했다. 구울의 왕자는 흠칫하며 뒤로 물러났지만 그때 복수의 칼날이 순간적으로 늘어났다. 키가 땅을 박차며 뛰어오른 것이었다.

"생과 사가 맞부딪치는 이곳! 이곳이 너의 지옥이다, 구울의 왕자!"

둘의 대결을 바라보고 있던 세실은 숨을 크게 들이켰다. 파도의 끄트머리를 차고 오르는 갈매기처럼 도약한 키 드레이번은 구울의 왕자의 가슴을 크게 베어내었다. 구울의 왕자는 귀가 멀어버릴 것 같은 고함을 지르며 그의 검을 앞으로 내찔렀지만, 키는 이미 뒤로 물러나고 있었다.

들어올린 검으로 키를 견제하며, 구울의 왕자는 자신의 가슴을 내려다보았다. 그곳에서는 거멓게 죽은 피가 진득하게 배어나오고 있었다. 구울의 왕자는 그 상처를 믿을 수 없었다.

"인간이 너 미물이나에게 상처를 입힌 건가."

키는 대답 대신 복수를 옆으로 힘껏 뿌렸다. 구울의 왕자의 몸에서 묻어나온 저주받은 피가 대지에 부딪히며 초록빛 연기를 피워올렸다. 그 광경을 보던 세실은 대지의 비명을 들은 것 같은 착각에 빠졌다. 구울의 왕자는 사방에 흩뿌려지는 자신의 피를 믿을 수 없다는 듯이 바라보다가 맹렬하게 포효했다.

"이놈 네 목숨으로도 대가를 치를 수 없는 일을 저질렀음을 아느냐."

노성과 함께 내려쳐진 검을 막아내기 위해 키는 복수를 힘껏 쳐올렸다. 하지만 검이 부딪히는 순간 어깨를 짓누르는 중압감이 달랐다.

"크윽!"

꽉 다물려진 이 사이로 신음이 새어나옴과 동시에 무릎이 무너져내리자, 키는 자세를 봉쇄당하지 않기 위해 옆으로 굴렀다. 그리고 그런 키를 향해 구울의 왕자의 검은 숨쉴 사이 없이 내려쳐졌다.

"멈춰요! 구울의 왕자!"

구울의 왕자는 고함보다 그 소리와 함께 날아드는 벼락에 먼저 반응했다. 쓰러진 키를 공격하려던 검을 다시 회수하며 구울의 왕자는 뒤로 물러났다. 그리고 그 자리로 하얀 벽력이 내려쳐졌다. 콰왕―쾅! 구울의 왕자는 검을 곧게 세우며 머리를 돌렸다. 그리고 느닷없는 벼락 소리에 놀란 해적들 중 일부도 고개를 돌렸다.

교회의 문이 열려 있었다. 그리고 그 문에는 한 여인이 지팡이를 든 채 서 있었다. 트로포스는 눈을 가늘게 뜨고 여인을 바라보았지만 그가 입을 열기도 전에 여마법사가 먼저 외쳤다.

"이 어리석은 바보 녀석! 모든 마법사들이 외워야 되는 기본 중에 기본을 까먹은 거야? 하늘과 땅과 해와 달과 다른 모든 사람까지 속이더라도, 자기 자신만은 속이지 말 것!"

세실은 고함을 지르면서도 손을 움직였다. 그래서 구울의 왕자는 자신에게 날아오는 불덩어리를 피하기 위해 화급하게 하늘로 솟아올라야 했다. 세실은 지팡이를 휘두르며 앞으로 성큼 걸어나왔다.

"너 스스로도 잘 알고 있겠지! 넌 지옥의 권세를 다룰 수 없어! 왜 스스로를 속이고⋯⋯"

"틀렸어."

구울의 왕자가 나타난 이후로 계속 무력한 모습으로 있던 트로포스는 갑자기 벌떡 일어나며 말했다.

"틀렸어. 나 자신은 속인 적 없어. 하늘과 땅과 해와 달과 다른 모든 사람, 그리고 당신을 속인 적은 있어도."

"뭐라고?"

세실은 의아한 표정으로 트로포스를 바라보았다. 트로포스는 지팡이를 세워들며 외쳤다.

"가라, 구울의 왕자! 내 목표는 바로 저 여자! 지옥의 권세로 그녀를 감싸고 영원한 흑암 속에 그녀를 묻어라!"

트로포스의 명령이 떨어진 순간, 하늘로 솟아올랐던 구울의 왕자는 올라갔던 것만큼이나 맹렬한 속도로 내리꽂히기 시작했다. 아래로 내밀어진 그의 검이 겨냥하고 있는 곳에는 세실의 하얗게 질린 얼굴이 있었다.

나를 끌어내기 위해서? 하지만 왜? 그때 세실은 자신이 어디에 있었는지를 깨달았다.

"나를 교회에서 끌어내기 위해서!"

구울의 왕자라 하더라도 교회의 보호 안에 있는 그녀를 공격할 수는 없었으리라. 그래서 구울의 왕자는 시체를 일으키고 키와 싸우는 모습을 보였던 것이다. 마치 트로포스의 지배력을 벗어난 것처럼. 그러나 실제로 트로포스는 자신이 소환한 구울의 왕자에 대한 지배력을 한번도 잃은 적이 없었던 것…… 분노와 좌절로 가득 찬 외침과 함께 세실은 급히 지팡이를 들어올렸다.

그러나 세실의 어줍잖은 방어 동작은 바람처럼 날아든 구울의 왕자의 검에 의해 단숨에 박살났다. 세실의 지팡이를 쪼개어놓은 구울의 왕자의 검은 다시 휘둘러져 올라갔다가 그녀의 목을 향해 거침없이 내리 꽂혔다.

다음 순간, 노스윈드 함대에서 가장 협동이 안 될 것 같은 삼인조가 움직였다.

"시체를 살아 움직이게 하는 것도, 살아 있는 자를 시체로 만드는 것도 마땅찮아!"

라이온은 고함을 내지르며 세실에게 달려들었다. 격렬한 포옹에 세실은 숨이 막힐 지경이었지만 라이온은 사과할 겨를도 없이 그녀를 껴안은 채 옆으로 굴렀다. 그리고 그와 그녀를 향해 내려쳐진 검의 궤적으로 뛰어드는 그림자가 있었다. 복수를 치켜들어 구울의 왕자의 검을 막아낸 키 드레이번은 분노한 구울의 왕자의 얼굴을 향해 사나운 미소를 지어보였다.

"경고했다. 여기가 너의 지옥이라고!"

그리고 그때 구울의 왕자의 등을 향해 달려드는 검은 그림자가 있었다. 오닉스의 거대한 몸은 그의 거대한 도끼와 하나가 된 것처럼 날아올라 판데모니엄의 하이마스터의 등을 향해 치명적인 속도로 내려쳐졌다.

그리고, 테리얼레이드의 모든 시민들은 죽을 때까지 잊지 못할 비명을 들었다.

"아뇨. 죽은 것은 아닙니다. 설령 대천사가 강림하셨다 하더라도 이

지상에서는 판데모니엄의 하이마스터를 소멸시킬 수 없습니다. 다만 선장님의 복수가 그를 억제했을 때 오닉스의 강력한 공격이 있었기에, 구울의 왕자는 지상에 서 있을 힘을 잃고 돌아간 것이겠지요. 하지만 그곳으로 돌아가더라도 약화된 그를 노리는 마귀들이 들끓을 테니, 그의 신세도 사납게 되었군요. 어쩌면 선장님께서는 린타의 사망 이후 최초로 지옥계의 권력 이동에 개입하시게 된 것일지도 모르겠습니다."

하리야 선장은 설명을 끝내곤 피식 웃었다. 아흐레 밤낮 동안 악마 아델토와 토론하여 아델토로 하여금 자승자박에 빠져 스스로를 봉인하게 만들었다는 린타의 예가 그를 재미있게 했던 모양이다. 키는 무표정한 얼굴로 질문했다.

"대충 이해했다. 한 부분만 제외하고. 복수가 그를 억제했다고?"

"그렇습니다."

"만일 복수가 아닌 다른 칼로 그 공격을 막았더라면?"

"다른 칼? 글쎄요. 악마도 죽일 수 있다는 마법의 무구나 전설적인 무기들에 대한 이야기는 들어보았습니다만…… 대부분 비슷한 결론이 나오지 않았을까 싶습니다. 복수 이외에 판데모니엄의 일곱 지배자의 공격을 막을 수 있는 무기가 지상에 있을 리 없습니다. 아마도 막아낼 겨를도 없이 무기가 부러지며 즉사하셨겠지요."

"험한 말을 하는군."

키는 우울한 미소를 지으며 부러진 자신의 팔을 내려다보았다. 하지만 하리야는 싱긋 웃으며 말했다.

"오닉스의 경우도 마찬가지입니다. 모르고 한 일이겠지만, 만일 복수가 그 저주받은 검을 막고 있지 않았다면 오닉스는 그 저주받은 몸을 건드리자마자 지옥의 권세가 줄 수 있는 모든 종류의 저주를 다 받았을 겁니다. 억세게 운이 좋았다고 할까요."

안 듣는 척하며 열심히 듣고 있던 오닉스는 거의 소리가 들릴 정도로 크게 한숨을 내쉬었다. 키는 부러진 오른팔 위로 외투자락을 조심스럽게 덮으며 말했다.

"그런 지독한 고생을 하고 얻은 결과가, 고작 율리아나 공주는 이미 달아났다는 이야기뿐인가."

키 드레이번은 우울한 표정으로 교회를 흘끔 돌아보았다. 교회 정문의 계단에는 세실이 서 있었다. 불타버린 교회 지붕을 바라보던 세실은 키의 시선을 느끼고는 고개를 돌려 그를 바라보았고, 키는 다시 고개를 돌렸다.

"돌탄! 5분 후 출발한다. 광대 노릇도 지겨워지는군."

"예?"

돌탄 선장은 당황한 표정으로 키를 바라보았지만 키는 아무 대답없이 턱을 움직였다. 그의 턱이 가리키는 곳을 본 돌탄 선장은 피식 웃으며 고개를 끄덕였다. 그곳에는 테리얼레이드의 시민들이 모두 몰려온 것이 아닌가 의심되는 군중이 교회를 둘러싼 채 그들을 바라보고 있었다.

그들 중 많은 수가 어젯밤 이루어진 노스윈드의 해적들과 지옥의 지배자의 싸움을 눈으로 목격했다. 아마도 향후 수십 년 동안 그들은 술자리의 이야깃거리가 떨어질 걱정은 하지 않아도 좋을 것이다. 그리고 대륙에 파다한 키 드레이번의 명성에는 또 하나의 무시무시한 전설이 더해질 것이다.

그랬기에 테리얼레이드의 시민들 모두가 키 드레이번과 노스윈드의 해적들에게 걸려 있는 현상금을 잘 알고 있음에도 불구하고 차마 가까이 다가오지는 못한 채 멀찌감치서 포위망(그들의 견해로는 포위망이었지만 해적들의 견해로는 그저 몰려선 군중이었다)만을 구성하고 서 있었다. 그리고 해적들 역시 선장들의 명령이 없었기에 그 시민들을 향해 짓궂은 표정이나 야유 어린 손짓을 해댈 뿐 계속해서 대치 상태(이 역시 테리얼레이드 시민들의 견해일 뿐 해적들은 그저 편한 자세로 주저앉아 있었다)를 유지하고 있었다. 돌탄 선장은 싱긋 웃었다.

"처들이 우릴 포내쫓을까요?"

키 대신 라이온이 돌탄의 질문에 대답했다.

"하하! 저 친구들은 우리들이 지옥의 지배자와 싸우고 시체들의 군대와 싸우는 것을 보았습니다. 조용히 나가겠다고 말한다면 송별식이라도 베풀어줄걸요."

돌탄은 고개를 끄덕이며 해적들에게 출발 준비를 시켰다. 돌탄의 등을 보고 있던 키는 갑자기 몸을 돌려 트로포스를 향해 걸어갔다.

트로포스는 땅바닥에 깔린 담요 위에 누워 있었다. 그의 창백한 얼굴은 시체나 다름없었지만 끊어질 듯 미약한 호흡은 계속되고 있었다. 그의 주위에는 질풍호의 선원들이 모여서 슬픈 표정을 하고 있었다. 트로포스를 바라보는 키를 향해 하리야가 말했다.

"구울의 왕자가 강제로 돌려보내어졌기 때문에 그를 불러내었던 트로포스는 충격을 받은 것입니다."

"언제 깨어나지?"

"모르겠습니다. 어쨌든 들것을 준비시켜야겠군요."

말없이 고개를 끄덕이던 키는 갑자기 고개를 돌렸다. 교회 앞에 서 있던 세실이 그들을 향해 걸어오고 있었다. 하리야와 라이온은 경계 태세를 취하며 키의 앞을 가로막았지만, 세실은 그저 미소만 지어보였다.

"아아, 걱정 마시지. 해적님들. 당신들은 당신들의 두목이 가진 칼을 잊었나 보군. 복수가 그를 지키는 이상 난 당신네들 두목에게 어떤 마법도 쓸 수 없는걸."

키는 낮게 말했다.

"난 이들의 두목이 아니오, 마법사 세실리아. 같은 선장일 뿐이지."

"그렇군. 어쩐지 당신 부하들은 당신을 제독님이 아니라 선장님이라고 부르더군. 이상하다고 생각했지."

"용건이 뭐요?"

"당신을 따라가겠어. 키 드레이번."

키는 눈살을 찌푸렸다. 하지만 세실은 그가 말하기 전에 먼저 말했다.

"알겠지만 난 마법사야. 당신들의 추적을 도와줄 수 있어. 어젯밤에 봤겠지만 난 시시한 풋내기가 아니라고. 게다가 여기 정신을 잃은 친구를 보살피려면 마법사가 있어야 될걸?" 세실은 트로포스를 가리켜보였다. "이 친구는 마법적 부작용 때문에 기절한 거라고. 그렇다면 누가 그를 돕겠어? 당연히 같은 마법사지."

"우리에게 당신이 필요하다는 것은 알겠는데, 당신에게 우리가 필요한 이유는 뭐요. 왜 우릴 따라다니겠다는 거지?"

"은혜 갚음이라고 생각해 주면 안 될까? 목숨을 빚졌잖아."

키는 찌푸린 표정 그대로 세실을 바라보며 말했다.

"흔히들 그렇게 말하지. 보답을 바라고 마법사를 돕지는 말라고. 마법사는 은혜를 잊지 않고 반드시 보답하지만, 그 보답은 저주와의 구별이 어려우므로." 세실의 얼굴에서 미소가 사라진 순간, 그 미소는 바람을 타고 옮겨진 것처럼 키의 얼굴에 떠올랐다. "난 저주를 두려워하지 않소."

세실은 웃음을 터뜨렸다. "그럼 따라가도 돼?"

"당신이 말한 대로 트로포스를 위해 필요하니까. 하지만 난 제국의 공적 1호요. 당신이 나를 따른다면 당신 또한 무사하긴 어렵다는 것은 알 텐데."

"상관하지 않아."

"그렇다면 좋소. 여기는 배 위가 아니니 오닉스도 반대하지는 않겠지. 따라오는 것을 허락하겠소. 라이온. 마법사 세실리아는 네 휘하에 두도록."

"예? 어, 예. 알겠습니다."

라이온은 꺼림칙한 표정으로 고개를 끄덕였다.

세실은 빙글 웃으며 몸을 돌렸다. 그러고는 테리얼레이드 교회를 바라보며 어젯밤의 일을 생각했다. 그녀가 키 드레이번을 따를 결심을 하게 되있을 때의 일을. 그때 그녀를 밖으로 나오게 한 것은 구울의 왕자의 횡포가 아니었다. 그것도 이유의 하나이긴 하지만, 단지 그것 때문이었다면 그녀는 바로 그 공포 때문에 끝까지 나오지 않았을 것이다. 세실은 고개를 조금 돌려 키를 곁눈질했다.

당신이라면, 어쩌면 당신이라면.

세실은 잠시 후 스스로를 비웃기 시작했다. 불가능할 거야. 좋아. 내가 잘못 봤다 하더라도 그건 내 책임이지. 여행쯤으로 생각해 봐도 되지 않을까. 가벼운…… 여행.

생각에 빠진 세실에게 라이온의 고함이 날아들었다.

"이보슈, 마법사님! 우리는 곧 출발해야 되는데, 뭐 준비하실 것 없는 거요? 언제까지 멀거니 교회만 바라보고 계실 거요!"

세실은 고개를 돌려 라이온을 향해 웃었다.

"아, 미안해. 라이온. 그리고 어제는 고마웠어."

라이온은 뚱한 얼굴로 세실을 바라보다가 갑자기 팔짱을 끼며 근엄하게 말함으로써 세실을 폭소하게 만들고 멀리 서 있던 키를 고소하게 만들었다.

"흔히들 그렇게 말하지. 보답을 바라고 마법사를……"

제4장
철탑의 인슬레이버 enslaver

기적의 도시 펠라론.

이곳은 신화가 현실과 공존하는 도시이며 기적이 일상으로 통하는 도시다. 고금을 통틀어 무수한 모방 시도가 있었건만 아직도 지상에 펠라론과 조금이라도 비슷한 도시는 건설되지 않았다. 펠라론은 펠라론이며 그곳에 고고히 서 있는 것만으로 이미 신을 증거하는 도시다. 그러나 지리학적인, 혹은 정치사회학적인 주석이 필요하다면 이곳은 신앙의 주인이자 신의 사도인 법황이 지배하는 '실질적 영토'라고 말할 수 있다.

'뜨거운 비의 법황' 유릴란드로부터 1700여 년. 펠라론은 단 한번도 침범당하지 않았다. 대륙이 제국이라는 이름을 얻게 되었을 때도, 혼족의 반란이 대륙 전역을 유린했을 때도, 그리고 가깝게는 제국의 공적 1호 대마법사 하이낙스가 대륙에서 제국을 없애버리기로 결심했을 때도 펠라론만은 끄떡없었다. 펠라론은 영원의 도시이며 기적의 도시이며 불멸의 도시이다.

그러나 펠라론 또한 인간들이 사는 도시였다. 그곳 역시 정의를 지키는 사람들이 있었다. 정의를 파괴하는 사람들이 있기 때문이다. 그곳 역시 용서하는 사람들이 있었다. 용서받아야 할 사람들이 있기 때문이다. 그곳 역시 치유하는 사람들이 있었다. 병고에 시달리는 사람들이 있기 때문이다. 펠라론 또한 울고 웃고 노여워하고 기뻐하는 사람들이 하루하루의 삶을 살아가는 도시였다.

그리고 펠라론의 중앙 유릴란드 언덕에 우뚝 서 있는 법황청의 화려한 발코니에서 영원의 도시를 굽어보고 있던 퓨아리스 4세 역시 신의 놀라운 조화보다는 인간의 개탄할 만한 죄악 쪽에 대해 고민하고 있었다.

'부활의 법황' 퓨아리스 4세. 속명, 로데인 백작.

법황으로 선출된 직후 놀랍게도 죽은 인간을 살려내는 기적을 보임으로써 기적의 도시 펠라론의 시민들마저도 경악하게 만든 남자. 펠라론의 시민들은 '폭우의 법황' 라우스 5세가 보였던 3일 동안의 폭우도 경험했고 '은혈의 법황' 오펠 2세가 은빛 피를 흘리는 것도 목격했다. 하지만 로데인 백작이 법황에 선출되었을 때, 한번도 깨어진 적 없었던 전통의 힘을 믿고 있었던 펠라론의 시민들 중에서도 신임 법황이 이렇게나 놀라운 기적을 보이리라고 예상한 자는 아무도 없었다. 하지만 로데인 백작은 대관식에서 멋대로 퇴장한 다음 선대 법황 퓨아리스 3세의 유해가 누워 있는 침대를 찾아가 그를 살려내었다.

이 전대미문의 사건은 대관식에 참석하기 위해 모여든 추기경들과 주교들과 수사들과 각국의 대사와 고위 인사로 구성된 축하객들, 거의

1,000여 명에 가까운 사람들의 눈에 똑똑히 목격되었다. 그들의 경악이 얼마나 놀라웠는지는 당시 펠라론에 체류중이었던 유명한 연대기 작가 바탈리언 남작이 남긴 수기의 다음 글귀가 잘 나타내어 준다.

"그것은 우리 시대에 넘치는 비판주의와 회의주의와 불신주의의 종언을 고하는 신화 시대로부터의 철퇴였다."

일반적으로 고귀하다고 칭해지는 무수한 사람들과 그 중 드물게 섞여 있는 진실로 고귀한 이들이 말문이 막힌 모습으로 바라보는 가운데, 로데인 백작은 부활한 선대 법황 앞에 무릎을 꿇고 법황의 홀을 바치며 말했다.

"성하. 저들이 주인의 허락 없이 멋대로 이것을 저에게 주는군요. 그래서 저는 그 주인에게 돌려드리고자 합니다."

이때 '다리 달린 붕어의 법황' 퓨아리스 3세, 즉 그의 즉위 직후 펠라론 강에서 다리 달린 붕어가 잡혔다는 기적을 보였기에 재위 기간 전체를 통틀어 제국의 여러 왕들뿐만 아니라 펠라론 시민들에게조차 조롱을 당하는 수모를 겪어야 했던 법황은 생애 최후로(혹은 죽고 나서야) 사람들을 감동시켰다. 퓨아리스 3세는 침대에서 일어난 다음 로데인 백작의 발등에 키스하며 떨리는 목소리로 말했다.

"성하. 당신은 이미 선별된 신의 대리인임을 몸소 증명하셨습니다. 저는 제 값없는 목숨의 부활 때문이 아니라 진정한 신의 대리인인 당신을 경배할 기회를 가지게 되었다는 점에서 이 기적을 찬양합니다."

당시 현장에서 이 사건을 목격한 사람들 중 감동하지 않은 자는 아무도 없었다 한다. 퓨아리스 3세는 그로부터 한 달 동안이나 더 생존하였고, 부활한 법황을 보기 위해 제국 전역에서 구름처럼 모여든 순례자와 왕족과 귀족들이 바라보는 가운데 평안한 얼굴로 두 번째 죽음을 맞이했다. 그리고 신임 법황은 존경과 사랑을 담아 선대 법황의 법명을 사용할 것임을 공표했다. 퓨아리스 4세, 부활의 법황의 탄생이었다.

긴 상념의 끝에서, 퓨아리스 4세는 혼자말처럼 말했다.

"웃기는 이야기지."

"저도 웃을 수 있으면 좋겠습니다만, 성하."

그의 등뒤로부터 잔잔한 목소리가 대답했다. 퓨아리스 4세는 여전히 창 밖만 내다보며 말했다.

"부활의 법황? 뭐가 부활의 법황이란 말인가."

"그야 성하께서 존경과 사랑을 담아 선대 법황 성하를 부활시킨 것에서 비롯된……"

"천만에. 제국을 부활시키라는 말이지."

잔잔한 목소리는 입을 다물었다. 퓨아리스 4세는 화려한 법의 대신 셔츠 한 장만 걸친 단출한 모습을 한 채 발코니에 팔을 괸 방만한 자세로 법황궁 앞의 광장을 내려다보았다. 광장을 오가는 많은 시민들이 법황의 이런 모습을 볼 수 있었지만, 펠라론의 시민들 중 당혹하거나 불쾌해하는 사람은 아무도 없었다. 법황 가까이에 살기 때문에 오히려 펠라론의 시민들은 법황 또한 한 명의 인간이라는 사실을 잘 이해하고 있었다.

"법황의 법명은 항상 제국민들의 요구를 담거나 그들의 요구를 구체화시키는 것이었어. 법황 라우스 5세의 폭우는 정화를 의미하지. 애져버드의 전횡으로 오염된 교리와 제국을 정화하라는 거야. 법황 클레인의 즉위 때 나타났던 청동뿔의 사슴은 어떤가. 혼 족의 반란에 대항하여, 제국의 양민들이여. 무기를 들라. 대충 그런 의미지. 그렇다면 부활의 법황은?"

잔잔한 목소리는 대답하지 않았고 퓨아리스 4세는 약간의 짜증스러움이 담긴 목소리로 말했다.

"하이낙스의 약간 거칠다고 할 수 있는 애무 때문에 빈사 상태에 빠진 제국을 부활시키라는 의미지. 간단해. 그렇잖은가, 플로라?"

"그 이름은 말씀하시지 말아주셨으면 좋겠습니다, 성하."

퓨아리스 4세는 고개를 돌렸다.

알몸의 여인이 그곳에 앉아 있었다. 법황의 집무실에 드나드는 고위 성직자들이나 각국 대사들이 당황하지 않게 하기 위한 헐렁한 초록색 가운이 준비되어 있었지만 여인은 그것을 옆의 테이블에 놓아둔 채 알몸으로 햇빛, 혹은 법황의 시선을 받고 있었다. 그러나 수줍음은 양자 어디에도 없었다. 법황의 눈이 아래로 떨어졌다. 건장한 사내의 손바닥 안에 감춰질 듯한 여인의 조그마한 발은 커다란 대야에 담겨 있었다. 마치 시골 처녀들이 더운 여름철 몸을 식히기 위해 시냇물에 발을 담그는 것처럼.

퓨아리스 4세는 플로라의 복사뼈 근처에서 찰랑거리는 물을 보다가 말했다.

"물이 다 되어가는 것 같은데. 더 부어줄까?"

"어찌 감히. 제가 직접 하겠습니다. 성하."

"앉아 있어. 힘들게 걷는 걸 보느니 내가 하는 편이 나아."

플로라가 당황한 얼굴로 엉거주춤 일어서는 사이, 퓨아리스 4세는 집무실 구석으로 휘적휘적 걸어가서는 커다란 물동이를 들어올렸다. 플로라에게 돌아온 법황은 그녀의 흰 다리에 물을 부었다. 하인의 행동을 묵묵하게 수행하는 법황을 보며 플로라는 고개를 숙였다.

"황공합니다, 성하. 무례를 용서하옵소서."

"관두지. 난 인간의 법황이지 식물의 법황은 아니야. 게다가 정원사의 일은 법황의 취미로는 환영받는 편이지. 적어도 부유한 성직자를 파문시켜 재산을 압수하거나 악마도 잘 이해 못할 해괴한 죄목을 만들어 내거나 과부 신도들에게 질척한 축복을 내리는 일이나…… 성직 매매보다는 훨씬 낫잖아."

역대 법황들의 악덕을 나열하던 퓨아리스 4세는 마지막 부분에 묘한 뉘앙스를 붙이며 싱긋 웃었고 플로라 역시 엷은 미소로 대답했다.

"메르데린 공작으로선 슬픈 일이겠군요."

퓨아리스 4세의 웃음의 양상이 조금 바뀌었다. 비웃음이었다. 이 웃음을 이해하기 위해선 요즈음 펠라론의 시민들에게 좋은 화젯거리를 제공해 주고 있는 한 야심 찬 사나이의 이야기를 알 필요가 있다.

사나이의 이름은 프란체스코 메르데린. 다벨 공국의 지배자인 메르데린 가문이 내어놓은 최대의 야심가다. 그러나 야심가일 뿐이었다. 능력이 수반되지 않는 야심은 그 소유주에게 심인성 질병만을 제공하며, 그 점에서 볼 때 메르데린 공작은 아파서 이가 북북 갈릴 정도의 질환에 시달리고 있다 해도 이상할 것이 하나도 없을 것이다. 이 사내의 터

334

무니없는 야심은 다벨 공국만으론 충족되지 못했고, 그 야심의 상한선은 안타깝게도 제국이었다.

"펠라론이 누대에 걸쳐 팔아온 독점 상품이 있으니, 나 여덟 자리의 금액으로 그놈에게서 그것을 사겠네, 어쩌고 하는 내용의 노래가 요즘 메르데린 공작의 애창곡인 모양이야. 여기서 말하는 '그놈'은 공작이 경의를 담아 나를 부르는 이름인가 봐. 어제 연회장에서 핸솔 추기경이 멋지게 흉내를 내는 모습을 봤어야 하는데. 그 모습을 보던 다케온 대사는 너무 웃다가 어떻게 되는 게 아닌가 걱정될 정도였어."

법황의 흉내는 그럴 듯했지만 플로라는 이름난 학자인 핸솔 추기경이 성대모사를 하는 광경을 잘 떠올릴 수 없었다. 그래서 플로라는 자신의 생각을 말했다.

"성하. 메르데린 공작을 희롱하시는 행동을 그만두시면 어떨까요."

"글쎄. 돕고 있는 것이라고 생각하면 안 될까?"

"그것이 어떻게 돕는 것이 되나요. 그의 야망이 헛된 것임은 그를 제외한 모든 이가 알 것입니다. 그렇다면 그에게 추기경의 위를 줄 수 없음을 명확히 하시는 것이 그와 다벨 공국 양자를 위해 좋지 않을까요?"

"그의 야망이 헛된 것이라 했는데, 어째서 그렇지?"

어리둥절해진 플로라는 법황의 얼굴을 조심스럽게 살폈다. 법황은 조용히 미소 지은 채 대답을 기다리고 있었다.

"성하께서는 제가 놓친 무언가를 질문으로 일깨워주시려 하시는가 보고요. 그럼 대답해 보겠습니다. 메르데린 공작이 설령 추기경의 위를 획득한다 하더라도 다케온, 록소나, 팔라레온의 3국을 병탄하지는 못할 겁니다. 공작은 추기경만 된다면 그럴 수 있을 것이라 믿는가 봅니다만. 혹여나 그 세 나라가 추기경의 권위에 굴복하여 그의 발 아래 무릎꿇는다 하더라도 그는 누대의 전략가들이 지적해 왔던 다섯 번째의 검이 아닙니다. 공작은 자신이 다섯 번째의 검이라고 믿는 모양입니다만. 가장 희박한 가능성이 현실로 이루어져 그가 오 왕자의 검을 하나로 모을 수도 있더라도 철탑의 인슬레이버가 있습니다. 공작은 그녀가 보이지 않나 봅니다만. 따라서 그의 야망은 헛된 것입니다."

"철탑의 인슬레이버라. 아피르 족은 대사라고 부르는 모양이던데."

"혐오스러운 이름입니다."

"나는 아피르 족처럼 그녀의 본명을 몰라. 그대가 나에게 그녀의 본명을 가르쳐줄 것 같지도 않고, 그러니 나 역시 대사라고 부를 수밖에. 그럼 그대의 말을 요약해 볼까. 메르데린 공작이 자신의 야망을 실현하기 위해선 추기경 지위의 획득, 삼국의 병탄, 다섯 번째 검의 획득, 대사의 격파라는 네 가지 문제를 풀어야 된다 이거지?"

"그렇습니다."

"혹여나 내 도움으로 첫 번째 문제를 해결한다 하더라도 그것은 두 번째 문제의 해답이 되지 못하며, 세 번째와 네 번째의 문제는 거론할 가치도 없다? 따라서 내가 그에게 추기경 자리를 줄 듯 말 듯하며 그를 애태우는 건 희롱하는 짓이라는 거지?"

"그런 뜻으로 말씀드렸습니다."

"그럴 수밖에 없잖아."

"예?"

퓨아리스 4세는 한숨을 내쉬며 책상 위에 엉덩이를 얹었다. 그 책상
은 희대의 가구공 질베르트의 걸작으로서 질베르트가 이 광경을 보았
다면 게거품을 물며 발광했을 것이다. 하지만 질베르트는 15년 전에 죽
었으며, 설령 그가 되살아나 이 광경을 본다 해도 퓨아리스 4세는 의자
에 앉지는 않았을 것이다. 법황이 의자에 앉는다면 플로라에게 쏟아지
고 있는 햇살을 가릴 우려가 있었기 때문이다.

퓨아리스 4세는 플로라의 발을 물끄러미 내려다보며 말했다.

"플로라. 네가 말한 대로 내가 그에게 추기경 자리를 주더라도 삼국
은 코방귀만 뀌겠지. 그러면 다벨 공국은 삼국을 상대로 전쟁을 일으킬
수밖에 없어. 처참한 꼴이 될 거야. 그러나 그에게 추기경 자리를 주지 않
겠다고 선언한다면? 그럼 그는 추기경 자리를 포기하고 곧장 전쟁을 일
으킬 거야. 결과가 똑같아. 어느 경우에라도 무익한 전쟁이 일어날 거야."

"아아."

"나는 곡예사를 흉내낼 수밖에 없어. 플로라. 내가 어느쪽으로 기울
더라도 전쟁이 일어나겠지. 나에게 남은 수단은 메르데린 공작으로 하
여금 추기경 자리가 꼭 필요한 것인 양 계속해서 착각하게 만드는 것,
그리고 그에게 추기경 자리를 줄 듯 말 듯 냄새를 피워대는 것이지. 아
직까진 성공적이었지만…… 후우. 언제까지 그를 착각 속에 묶어둘 수
있을진 모르겠군……"

법황은 말꼬리를 흐리며 한숨을 내쉬었다. 플로라는 법황을 보며 안
타까움을 느꼈다. 신앙의 구심체이자 신의 대리인인 고귀한 이가 이런
서툰 정치 곡예로서만 그의 신도들을 지킬 수밖에 없게 된 사실에서는

서글픔마저 느껴졌다. 제국에게 힘을 빼앗기고 하이낙스에게 권위를 강탈당한 지금, 펠라론은 지금껏 큰 필요를 느끼지 못했던 감각을 힘겹게 연마해야 했다. 그러나 외교관의 감각은 쉽게 체득되는 것이 아니다. 어쩌면, 플로라는 생각했다. 어쩌면 퓨아리스 3세는 바로 이런 사태를 예견했기에 성직자가 아닌 로데인 백작을 지명한 것일지도. 그녀가 그 사실을 지적하려 했을 때 퓨아리스 4세가 다시 말문을 열었다.

"그러나 그 무엇보다 중요한 것은."

법황은 다시 플로라를 바라보았고 플로라는 고개를 살짝 숙여 법황의 시선을 피했다. 법황은 플로라의 녹색 머릿결을 바라보며 나직이 말했다.

"재미있으니까. 그 천치를 가지고 노는 것 재미있잖아."

"지당하신…… 예?"

플로라는 그만 멍해진 얼굴로 법황을 올려다보았다. 법황은 손을 뻗어 그런 플로라의 볼을 살짝 꼬집어주곤 큰소리로 웃었다.

"성하!"

퓨아리스 4세는 껄껄 웃으며 뒤로 도망치는 시늉을 해보였고, 플로라는 이 고귀한 이가 보여주는 천진난만한 행동에 웃음을 지을 수밖에 없었다. 법황은 미소 짓고 있는 그녀를 향해 말했다.

"자, 내 속마음을 털어놓았으니 이젠 네 차례야."

"성하?"

"하이낙스는 어떤 작자였지?"

플로라의 얼굴이 다시 어두워졌다. 퓨아리스 4세는 두 손을 목 뒤로 돌려 손가락을 깍지끼며 말했다.

"그의 머리는 얼마나 명석했기에 제국을 박살낼 수 있었지? 그의 손은 얼마나 강력했기에 쥬르노 산을 쥬르노 평원으로 바꿔버릴 수 있었지? 그리고 그의 마음은 얼마나 뜨거웠기에 싱잉 플로라를 리포밍시킬 수 있었지?"

리포밍된 싱잉 플로라는 눈을 내리깔았다. 초록빛 속눈썹이 초록빛 눈동자를 가렸다.

"성하. 저는 그분에 대한 이야기를 하고 싶지 않습니다."

"하! 이걸로 여섯 번째인가 일곱 번째인가. 잘 모르겠군. 대단한 고집이야, 플로라."

"죄송합니다. 성하."

퓨아리스 4세는 두 손을 가슴 앞에 모아 기도하는 자세를 취해 보였다. 하지만 그의 얼굴은 밑으로 숙여지는 대신 플로라의 얼굴을 똑바로 바라보았다.

"나에겐 하이낙스의 모든 것이 필요해. 플로라."

"저를 거두어주신 것도 그 때문임을 잘 압니다."

퓨아리스 4세는 플로라의 말에 흠칫했다.

"저를 배은망덕한 꽃이라 하셔도 할말이 없습니다."

"꽃이 아니라 사람이겠지."

아냐. 사람이라면 발을 물에 담그고 햇살을 쬐고 있을 필요는 없는 건가. 법황은 악간의 혼란을 느꼈고, 그 혼란을 떨어버리려는 듯 고개를 조금 가로저었다.

"그리고 배은망덕에 대해서는 말할 가치도 없고. 나는 너에게 관상식물에게 바라는 것 이상은 바라지 않아. 이런! 내가 앞뒤가 안 맞는 말을 하고 있군. 쯧쯧."

법황은 머쓱한 얼굴이 되어 뒤통수를 긁적거렸다. 그때 문에서 가벼운 노크 소리가 들려왔다.

퓨아리스 4세는 대답하지 않았다. 잠시 후 노크 소리가 다시 들려왔을 때도 퓨아리스 4세는 꼼짝하지 않은 채 플로라의 얼굴만을 바라보았다. 플로라는 가운을 들어올리며 조심스럽게 말했다.

"성하?"

똑똑. 퓨아리스 4세는 긴 한숨을 내쉰 다음 빠르게 고개를 돌려 문을 향해 말했다.

"그 문 단단하지?"

가운을 걸치던 플로라는 킥 소리를 내며 웃었다. 잠시 후 문 저편에서 낮은 목소리가 들려왔다.

"……그렇군요. 성하. 들어가도 될까요?"

"들어와."

집무실의 문이 열리며 비서관의 복장을 완벽하게 갖춰 입은 남자가 들어왔다.

"그레이엄인가."

비서관 그레이엄은 가볍게 무릎을 꿇었다. 법황에 대한 예를 표시함과 동시에 플로라로 하여금 가운을 걸칠 시간을 주기 위한 행동이었기에 그레이엄은 천천히 일어났다. 덕분에 그가 일어났을 때 플로라는 초록색 가운으로 몸을 가린 채 미소를 지을 수 있었다.

"안녕하세요, 그레이엄."

그레이엄은 붙임성 있게 고개를 끄덕여보일 뿐 아무 말 없이 법황에게 다가서서는 몇 장의 종이를 건네었다. 그리고 그레이엄은 조용히 몸을 돌려 방을 나섰다. 문을 닫는 소리는 거의 들리지 않았다. 플로라는 그레이엄이 사라진 문을 바라보며 혼자말처럼 말했다.

"저를 싫어하시는 걸까요."

"응? 무슨 말이야?"

"한마디도 하지 않으셨어요. 제가 이 방에 앉아 있는 것이 마음에 들지 않으셔서……"

"그건 그가 번잡한 말들은 악마의 소행이라고 믿는 착한 신도라서 그래. 그리고 네 일광욕을 방해하는 시간이 길어질까 봐 쓸데없는 말을 하지 않고 곧장 나간 것이기도 하고."

"그런가요."

플로라는 다시 가운을 벗으며 문 쪽을 향해 목례를 해보였다. 그런 그녀를 보며 미소 짓던 법황은 곧 그레이엄이 가져다준 서류를 들여다보았다. 퓨아리스 4세는 서류를 읽어내리며 혼자말처럼 말했다.

"물론 그가 싫어하는 점도 없지 않아 있지. 그 친구는 나체의 여인이 법황의 집무실에 앉아 있다는 사실로 말미암아 법황에 대한 기묘한 소문이 퍼질까 봐 우려하고 있어. 그 자신이 그런 생각을 하는 것이 아니라 사람들이 오해할지도 모른다고 말하고 있지만, 글쎄, 내가 보기엔 그역시 그런 의심을 완전히 감추지는 못하고 있는 것 같아. 본인에게 물어보면 완강히 부인하겠지만. 흐음, 재미있군."

플로라는 관상식물답게 법황이 보고 있는 서류에 대한 호기심을 표현하지는 않기로 했다. 하지만 퓨아리스 4세는 왼손으로 서류를 탁 치며 말했다.

"어떻게 생각해?"

"예?"

"조금 전 우리들에게 재미있는 이야깃거리를 제공해 줬던 사나이 말이야. 메르데린 공작, 그 친구가 자신이 호언하던 여덟 자리의 금액을 만들어내기로 한 모양이군."

"어떻게 말씀이십니까?"

"메르데린 컬렉션. 그 가문의 보물이었던 고서적들 알지? 공작의 선조들이 알았다간 무덤 속에서 통곡할 일이지만, 어쨌든 그걸 경매에 붙이기로 한 모양이군. 다림의 카밀카르 상관에서."

"펠라론이나 란셀에서 경매를 실시한다면 더 많은 돈을 받을 수 있었을 텐데요."

"다림이 더 가깝잖아. 책이라는 건 부피가 크고 습기에도 약하기 때문에 대량으로 이리저리 싣고 다니기 힘든 물건이지. 그리고 다림의 카밀카르 상관이라면 다케온의 다이아몬드 졸부들이나 다벨의 철강 귀족들도 몰려올 테니 꽤 흥미진진한 경매가 가능할 거야."

"그런가요. 고민스러우시겠군요. 메르데린 공작이 정말 여덟 자리의 금액을 마련하게 되면 어떻게 추기경 자리를 거절하실 건가요? 게다가 거절을 하면 그 돈을 전쟁 자금에 보태겠다는 생각을 할 수도 있을 텐데."

법황은 플로라를 향해 고개를 끄덕이고는 혐오스럽기 그지없다는 시선으로 서류를 노려보았다.

"선배님들이었다면 사용할 수 있었던 몇 가지 방법이 있긴 하지. 경매장에 이단 심판관을 파견하는 방법이 대표적이겠군. 그 서적들 중 불온 서적이 있다는 첩보를 입수한 이단 심판관이 서적들을 모두 조사할 때까지 경매를 중지시키는 거지. 그 컬렉션이 만 권이라지?"

"만 권의 책 속에서 이단의 몇 구절을 찾아내는 일이 비록 흥미롭긴 하겠습니다만…… 그 방법은 사용할 수 없겠군요."

"그래. 메르데린 공작 자신도 달가워하지 않을 뿐 아니라 다른 나라들에서도 시대 착오 운운하며 반대하고 나설 테지. 세속에 대한 법황청의 지배권 확대 시도로 여길 테니까. 젠장, 젠장."

법황은 내키는 대로 불경스러운 말을 중얼거리며 언짢아했다. 그 모습을 물끄러미 바라보던 플로라가 지나가는 말처럼 말했다.

"그런데 다림의 카밀카르 상관이라고 하셨나요?"

"그래."

"테리얼레이드에서 가까운 곳이군요."

플로라는 그 지명을 말하며 하이낙스에 대한 추억 몇 가지를 떠올렸다. 하이낙스에게 끝까지 저항했던 도시이며 하이낙스의 몰락 이후엔 그 잔존 세력의 구심점이 된 도시.

그러나 그녀는 테리얼레이드라는 말이 나온 순간 퓨아리스 4세의 눈에서 불꽃이 번득인 것은 보지 못했다.

황혼의 골디란 강물 위로 빛의 박편들이 넘실댄다.

강가의 바위에 앉아 있던 데스필드는 속눈썹에 와닿는 노을을 뿌리듯 눈을 몇 번 깜빡거렸다. 지는 해를 바라보는 그의 심사는 이미 한밤중이었다. 물오른 들꽃 하나를 꺾어든 데스필드는 꽃잎을 하나씩 뜯어 강물을 향해 뿌리기 시작했다. 노란 꽃잎은 석양 속에서 선홍색 불티처럼 강물을 향해 날아갔다. 마지막 꽃잎을 뜯어낸 데스필드는 빈 꽃대궁을 입 속으로 던져넣었다.

꽃대궁을 깨물자 쓴 수액이 입 안을 적셔왔다. 데스필드는 꽃대궁을 질겅거리며 자신이 걸어왔던 길을 흘끔 바라보았다.

"본인은 저 꼴을 보고 싶지 않은 것 같군."

그의 푸념을 들을 수 있는 거리가 아니었기에 율리아나와 오스발, 파킨슨 신부 중 아무도 데스필드의 말에 대답하지 않았다. 그들은 기진맥진한 모습으로 걸어오고 있었고 동시에 데스필드를 향해 소리 없는 원성을 보내고 있기도 했다. 하지만 데스필드는 아랑곳하지 않는 모습으로 유유하게 강물을 바라보았다.

잠시 후 지팡이에 간신히 의지한 채 기진맥진한 몰골로 도착한 일행은 저마다 요란한 소리를 내며 땅바닥에 주저앉았다. 파킨슨 신부는 아예 흙바닥에 드러누운 채 헐떡이며 말했다.

"네가 사람이냐?"

데스필드는 별 대답 없이 석양만 바라보고 있었고, 오스발은 데스필드가 앉아 있는 바위 옆에 기대어 있는 네 개의 배낭을 보며 고개를 가로저었다.

데스필드는 다른 일행들이 더 이상 걸을 수 없다며 비명을 질러대기 시작했을 때부터, 그러니까 그날 정오 무렵부터 일행의 배낭을 모두 짊어진 채 걸어왔다. 직접 보지 않았다면 오스발은 도저히 믿을 수 없었을 것이다.

어디선가 헛구역질 소리 같은 것이 들려왔다. 고개를 돌린 오스발은 무릎 사이에 얼굴을 파묻은 채 괴로운 신음을 내고 있는 율리아나 공주를 보게 되었다. 오스발은 잘 움직여지지 않는 다리를 움직여 율리아나에게 다가갔다.

"심호흡 해보세요."

"심호흡."

"아직은 여유가 있으신 모양이군요."

율리아나는 머리를 들어올리곤 힘없이 웃었다. 그러곤 데스필드를 향해 말했다.

"이보세요, 데스필드. 도대체 어떻게 하면 그렇게 잘 걷는 거죠?"

데스필드는 대답 대신 다시 길가의 꽃 하나를 꺾더니 율리아나에게 던졌다. 꽃을 받아든 율리아나는 얼굴을 살짝 돌리며 수줍게 말했다.

"당신 마음은 고맙지만 난 당신에 대해 잘 몰라요. 만난 지 얼마 되지도 않는데 이런 프로포즈는 너무 성급한 것 같지 않⋯⋯"

데스필드는 신음처럼 말했다.

"씹어보시오."

율리아나는 어리둥절한 표정으로 데스필드를 바라보다가 조심스럽게 꽃을 입 속으로 집어넣었다. 공주의 미간이 확 찌푸려졌다. 율리아나는 조심스럽게 꽃을 씹으며 말했다.

"우―움. 이걸 씹으면 잘 걷게 되나요?"

"아니."

"그럼 힘이 나는 약초인가요? 피로를 없애주는 꽃인가요?"

"아니, 아니."

"그럼 뭔데요?"

"그냥 들꽃이오."

"그럼 왜 씹으라고 하셨는데요?"

"그럴 듯해 보일 것 같아서."

율리아나는 황당한 표정으로 데스필드를 바라보았다. 데스필드는 낄낄거리며 일어나더니 배낭들을 다시 들어올렸다. 가슴 앞뒤로 배낭을 메고 양팔에 배낭을 하나씩 든 데스필드는 입 안에 든 꽃을 어떻게 할지 몰라하는 율리아나를 보며 고개를 갸웃거렸다.

"아직도 씹고 있소, 유리 당신? 별로 맛이 없을 텐데."

"으으. 데―스―필―드!"

"하하. 그건 각성제 효과도 약간 있지만 그것보단 마른 입 안을 적셔주는 효과가 있지. 맛이 떫어서 침이 괴거든. 쉬었으면 일어나 걸어들 갑시다."

데스필드의 말에 파킨슨 신부는 몸을 꼬기 시작했고, 오스발은 뒤로 나동그라졌다. 그리고 율리아나는 먼산을 바라보며 노을이 참 아름답다느니 대자연의 품속에 안겨 있는 이의 행복이 어쩌니 하는 소리를 해대기 시작했다. 데스필드는 그들을 재촉하고 독려하고 심지어 모욕했지만 소용이 없었다.

여행 나흘째, 여행식과 약간의 물만으로 끼니를 때우며 쉼없이 걸어온 일행들은 탈진 상태였다. 파킨슨 신부를 향해 계속 그렇게 누워 있으면 낭심을 걷어차겠노라고 엄중히 경고하다가 니 뜻대로 하시라는 대답을 듣게 된 데스필드는 난처한 얼굴로 말했다.

"이거 보쇼들. 물가에서 자면 안 된단 말이야. 한밤중이나 새벽쯤에 짐승 당신들이 물 마시러 올 거라고. 여긴 지형도 더러워. 딱 한 시간만 더 걸어갑시다. 예?"

"한 시간만 더 걸으면 어디쯤에 도달할까요?"

"아, 그러니까 한 시간쯤 더 걸으면…… 젠장! 발 당신, 말 돌리려는 거야?"

"너 참 잘 걷는다. 어떻게 배낭 네 개를 짊어지고도 말만큼이나 빠르게 걷는 거냐?"

"신부님 당신 말마따나 본인이 악마 당신의 사생아인가 보지, 뭐. 말 돌리지 말고 어서 일어나쇼!"

"삶이란 무엇일까요, 데스필드?"

"유리 당신!"

넌더리를 내던 데스필드는 결국 좋은 생각을 떠올렸다. 사실 간단한 생각이기도 했다.

데스필드는 배낭 네 개를 짊어진 채 뒤도 돌아보지 않는 모습으로 성큼성큼 걷기 시작했다. 그의 등을 향해 서라는 둥, 어딜 가냐는 둥, 심지어 첫눈에 반했다는 망발까지 일삼으며 데스필드를 붙잡으려 몸부림치던 일행은 잠시 후 슬픈 얼굴을 한 채 일어나야 했다.

데스필드의 뒤를 따라 걸으면서도 일행은 저마다 설마 한 시간이나 더 걷겠느냐고 생각했지만, 데스필드는 정확하게 한 시간을 더 걸어감으로써 일행과의 약속을 지킴과 동시에 일행을 배신했다. 그래서 데스필드가 혼자서 야영터를 찾고 장작을 모으고 불을 피우고 옥수수 가루를 물에 풀어 그것을 끓이는 동안, 일행은 증오스러워하는 눈초리로 그를 노려보는 배은망덕한 짓을 계속했다. 물이 끓을 무렵, 어느 정도 제정신을 차린 오스발이 질문했다.

"도대체 왜 이렇게 서두르는 겁니까? 누군가 서둘러야 할 이유가 있다면 그건 우리 쪽이지 당신은 아닌 것 같은데요?"

"발 당신은 그래도 체력이 괜찮은 편이군."

오스발은 거의 혼수 상태에 빠져 있는 율리아나와 파킨슨 신부를 돌아보곤 피식 웃었다. 뼈대가 제대로 굳기 전부터 갤리어스의 노를 저어 왔던 그도 데스필드의 한없는 체력에는 상대가 되지 않았다. 데스필드는 모닥불의 세기를 조절하며 건성으로 대답했다.

"식량 때문이야. 다림에 도달할 때까지 제대로 보급이 안 되거든. 패신저를 굶겨 죽일 수는 없잖아."

"그것 때문만은 아닌 것 같은데요? 저희들의 배낭엔 모두 사흘은 먹을 수 있는 식량이 있고, 또 제 경험으로는 이 시기에 야외에서 먹을것을 구하는 것이 불가능하지는 않았습니다. 당신같이 숙련된 패스파인더에겐 더 쉬운 일일 텐데요?"

데스필드는 모닥불 너머로 오스발을 바라보았다. 오스발은 그 눈길을 침착하게 받아내며 말했다.

"알면 겁나는 이유가 있습니까?"

"쩝. 이 계절에 검은 황야를 어정거리는 건 위험하거든."

오스발은 세실의 이야기를 떠올렸다.

"아피르 족 때문입니까?"

"으음. 아피르 족 당신들의 성인식이 이 시기거든. 아피르 족의 성인식에서 소년 당신은 먹을것도 없이 칼 한 자루만 들고 혼자서 부락을 빠져나오지. 배가 몹시 고플 거야. 본인의 패신저들을 영양가 높고 잡기도 쉬운 먹거리로 간주할 당신들이 주위를 배회한다는 건 어떻게 봐도 기분좋은 일은 아니지."

오스발의 얼굴이 핼쑥해졌다. 데스필드는 싱긋 웃고는 안심시키듯 말했다.

"하지만 아피르 족 당신들은 괜찮아."

"괜찮다고요?"

"본인이 말한 대로 아피르 족 당신들은 소년이고 혼자 다니니까. 그렇다고 해서 덜 위험한 건 아니지. 성인식 무렵의 아피르 족 소년 당신은 이미 능숙한 사냥꾼이고, 사냥 대상에 인간이 포함된다는 점을 본다면 능숙한 암살자이기도 하지. 잘 드는 단검 한 자루로 아피르족 당신이 무슨 일을 할 수 있는지는 아무도 몰라. 하지만 그래도 혼자니까 함부로 덤비지는 못할 거야. 사실 아피르 족 당신들보다 더 큰 문제가 있지."

오스발은 데스필드가 내미는 그릇을 받아들며 되물었다.

"더 큰 문제?"

하지만 데스필드는 옥수수죽만 퍼먹을 뿐 아무 말도 하지 않았다. 오스발의 성격의 여러 면 중에서 집요함에 해당하는 부분은 없었고, 그래서 오스발은 잠자코 배를 채우는 일에만 몰두했다.

식사 후, 오스발은 데스필드가 품속에서 낡은 주머니를 꺼내는 것을 보았다. 데스필드는 주머니에서 하얀 가루 같은 것을 한 움큼 꺼내더니 야영지 주위에 뿌리기 시작했다.

"그게 뭡니까?"

"뿌려두면 좋은 거."

"어떻게 좋은데요?"

"잠도 잘 오고 꿈도 멋진 걸 꾸게 되고 아침에 일어났을 땐 피부도 고와지지."

오스발은 그냥 웃어버릴 뿐 더 이상 질문하지는 않았다. 하지만 그때 정신을 차린 파킨슨 신부가 데스필드의 모습을 보게 되었다. 파킨슨 신부는 고개를 갸웃거리더니 말했다.

"뭐야, 이건. 백반이냐?"

"정신 차리셨소, 신부님 당신?"

"그 비싼 걸 왜 땅에 뿌리는 거냐?"

"뱀 때문에. 뱀 당신이 이걸 싫어하거든. 일어나셨으면 저녁 드쇼. 아, 자기 전에 꼭 다리 주물러두는 것 잊지 말고. 그리고 발이 부어버릴지도 모르니 신발은 신은 채 주무쇼. 벗었다간 내일 아침엔 신지도 못해."

데스필드는 그 외에도 몇 가지 주의를 전달한 다음, 장작들 중 실팍한 것 하나를 들어 몽둥이처럼 다듬어놓고는 나무 등걸에 기대어앉았다. 오스발은 그가 불침번을 설 생각이라는 것을 깨닫곤 공주를 깨워서 뭐라도 드시게 해야겠다고 생각했다. 공주는 더없이 슬픈 표정으로 일어나서는 저녁을 우적거렸다.

한밤중, 오스발은 윙윙거리는 바람 소리 속에서 깨어났다. 오스발은 자신의 어깨를 흔드는 데스필드에게 미소를 지어보이며 말했다.

"얼마 못 잔 것 같은 기분이 드는데요."

"많이 잤어. 이제 발 당신이 아침까지 불침번 좀 서게. 유리 당신이나 신부님 당신은 아무래도 오늘밤은 푹 재워야겠네. 발 당신의 체력을 인정한다는 말이니 불평하진 마."

"알겠습니다. 주무시죠."

"으음. 그리고 삭정이 모아올 생각은 말아. 불씨는 본인이 잘 살려놨으니까."

"그런데 왜 꼭 '당신'입니까?"

누울 자리를 대충 매만지던 데스필드는 오스발을 돌아보았다.

"뭐라고 했나, 발 당신?"

"데스필드 씨는 2인칭이든 3인칭이든 전부 당신으로 일관하시는군요. 눈앞의 사람을 대상으로 그 말을 사용하실 때는 상대의 주의를 환기시키려는 목적인가 생각했습니다. 그런데 눈앞에 없는 사람까지도 그렇게 지칭하시는군요."

"그래서 왜? 발 당신은 2인칭과 3인칭을 잘 구별하나?"

"무슨 말씀입니까?"

데스필드는 잠자리에서 돌멩이 하나를 들어 멀리 던졌다.

"지금 발 당신과 본인이 쓰고 있는 제국 표준어에는 '우리'라는 말이 있지. 그게 무슨 뜻인지 아나?"

"예? 그거야 1인칭 복수형이잖습니까?"

"복수형 같은 소리 하고 있네. 본인이 여럿이라도 된다는 말인가? 예를 들어주면 알겠군. '우리는 그를 도와야 한다'와 '우리는 너를 돕겠다'의 두 문장을 비교해 봐. 두 문장의 '우리'는 서로 의미가 다르지. 앞의 '우리'는 1인칭과 2인칭을 합쳐서 부르는 말이야. 하지만 뒤의 '우리'는 1인칭과 3인칭을 합쳐서 부르는 말이지."

"아, 그렇군요."

"그 두 가지의 '우리'는 분명히 의미가 다른 것인데도 불구하고 제국 표준어에서는 같은 말을 사용하고 있어. 알겠나? 따라서 '우리'라는 말을 쓸 때 발 당신도 2인칭과 3인칭을 잘 구별하지 못하고 있는 거야."

"그러나 구별은 합니다. 말이 같을 뿐이지."

"본인도 구별은 해. 똑같이 '당신'이라고 부를 뿐이지."

오스발은 뭐가 뭔지 모르겠다는 표정이 되어 데스필드를 바라보았다. 데스필드는 껄껄거리며 말했다.

"숙제로 내줄 테니 본인의 말을 생각해 보게. 이건 발 당신이 불침번을 서는 동안 졸음을 쫓아줄 좋은 고민거리가 될 것 같군. 그럼."

말을 마친 데스필드는 모닥불 옆에 대충 쓰러져서는 곧 잠이 들었다. 오스발은 그를 물끄러미 바라보다가 뻐근한 목을 몇 번 돌리고는 데스필드가 앉아 있던 자리에 가서 앉았다.

숲의 정수리를 쓰다듬는 바람 소리는 제법 드세었지만 그들이 자리 잡은 야영지는 바람을 별로 타지 않았다. 노잡이의 자격으로나마 오랫동안 배를 탔기에 오스발은 별을 헤아려볼 수 있었다. 사수의 별자리 멜바골이 그 화살촉을 서녘으로 기울이고 있었다. 봄의 일출이 다가오기엔 좀 멀고 사람들은 꿈의 산 중턱을 헤매고 있을 시간이었다. 나뭇가지들 사이로 새어든 달빛으로는 잠든 일행을 알아보기 어려웠지만 오스발은 그들의 평안한 숨소리를 들을 수 있었다.

일행을 둘러보던 오스발은 암흑 속에서 반짝이는 것을 보게 되었다. 눈살을 찌푸린 채 빛의 파편을 바라보던 오스발은 그것이 데스필드가 뿌려둔 백반이라는 것을 알아차렸다. 오스발은 바다뱀 이외엔 뱀을 그다지 많이 보진 못했지만 그것이 가지는 공포에 대해서는 어렴풋이나마 알고 있었다. 뱀들이 저걸 싫어한단 말이지. 백반들이 잘 뿌려져 있는지 확인한 오스발은 나무 밑둥에 등을 기댄 채 데스필드의 말을 생각해 보았다.

"노스윈드는 뭘 하고 있는 거지? 황혼을 감상하려면 방향이 잘못되었잖아."

냄비를 젓고 있던 세실은 국사를 들이올려 키 드레이번의 뒷모습을 가리켜 보이며 질문했다. 키 드레이번은 절벽 끄트머리에 서서 시커먼 동쪽 하늘을 노려보고 있었다. 장작을 모으다가 흘끔 고개를 돌린 라이온은 심술궂은 미소를 지었다.

"화내고 있는 거죠."

"화내고 있다고?"

"바람과 파도와 해류와 간조에 대해서라면 모르는 것이 없는 사내가 언덕과 강물과 숲과…… 그리고 절벽을 맞닥뜨렸을 때 느낄 기분이 달리 뭐겠습니까?"

세실은 피식 웃을 수밖에 없었다.

지난 사흘 동안 키 드레이번은 다림이 동남쪽에 있다는 이유만으로 일행들에게 무조건적인 동남행을 명했고, 그래서 절벽 끄트머리에서 석양을 맞이하게 되었다. 본질적으로 바다의 사나이였던 키는 돌아간다는 개념에 대해서는 좀 약했다. 바람이나 해류를 타게 되면 좋은 일이고, 그렇잖다면 노잡이를 닦달하면 그만인 갤리어스는 거의 언제나 목적지를 향하는 직선 항로를 택할 수 있다. 하지만 땅에서는 고작 반 마일의 거리라도 돌아가야 할 경우가 있었다. 지금 키가 처해 있는 경우가 그러했는데, 키는 지금 몇 발자국 더 동쪽으로 전진하기 위해 내일 하루 종일 절벽을 내려가는 길을 찾아야 할 처지에 빠져 있었다.

세실은 넓은 등 전체로 석양빛을 받고 있는 키를 바라보며 혼자말처럼 중얼거렸다.

"세계의 모습에 대해 화를 낼 수 있는 자는 두 가지 부류밖에 없어. 대부분은 자신의 모습에 대해 화를 내지만."

"천치와 영웅은 세계의 모습에 대해 화를 내죠."

세실의 말을 받은 것은 율리아나 공주의 호위대장이었던 기사 슈마허였다. 세실은 슈마허에게 미소를 지어준 다음 다시 냄비를 젓는 일에 골몰했다. 하지만 슈마허는 좀더 말을 하고 싶었던 모양이다.

"마법사님께서는 키 드레이번이 그 중 어디에 해당한다고 생각하십니까?"

"흐음. 제국을 위해선 영웅이라고 생각하는 게 좋잖을까? 천치를 공적 제1호로 여기고 있다면 제국이 너무 불쌍하잖나, 서 슈마허."

슈마허는 분개한 목소리로 말했다.

"그렇다고 해서 저런 날강도를 영웅으로 여기란 말씀이십니까?"

라이온이 지휘하는 무리에는 레보스호의 선원들이 상당수 섞여 있었기에 슈마허의 이 대담한 발언에 대한 반응은 심각한 수준은 아니었다. 원래부터 해적이었던 자들 중 얼마가 으르렁거렸고 원래 카밀카르의 수병이었던 자들 중 얼마가 고개를 끄덕인 정도였다. 그리고 노성을 지르거나 엄격한 명령으로 무리의 분위기를 장악할 수도 있었던 라이온은, 그러는 대신 열심히 고개를 끄덕이며 세실을 바라봄으로써 세실을 어이없게 만들고 동료 해적들을 좌절시켰다.

"슈마허의 말이 옳지 않습니까, 마법사님? 키 드레이번 같은 바다의 날강도를 영웅이라고 부를 수 있을까요?"

"허! 글쎄. 지금 나로선 키가 영웅인지 아닌지보다 네가 미친놈인지 아닌지가 더 궁금하군. 이크! 타겠다. 일단 이거나 좀 먹자. 천치든 영웅이든 사람이 밥을 먹어야 된다는 사실에 대해서는 화를 낼 수 없단 말이다."

곧 레보스호의 선원들은 그들이 나누었던 이야기를 깨끗이 잊게 되었다.

다른 배의 선원들도 즐거운 저녁 식사에 몰두하고 있었지만 자유호의 선원들은 자신의 선장을 제외한 채 식사를 해도 되는지 몰라 당황해했다. 그들을 탓할 수도 없는 것이, 자유호의 1등 항해사인 식스는 미노만에 남아서 함대를 지키고 있었고, 그들의 갑판장이었던 라이온은 레보스호의 선원들을 지휘하고 있었다. 그래서 자유호의 선원들은 그들과 선장 사이의 명령 계통을 두 단계나 상실한 상태였다. 그래서 그들은 머뭇거리며 주눅든 모습으로 저녁 식사를 해야 했다. 하지만 해적들이 저녁 식사를 끝내고 부른 배를 부여잡은 채 행복한 고양이 흉내를 낼 때까지도 키 드레이번은 절벽에 선 채 동쪽으로 펼쳐진 검은 황야만을 바라보고 있었다.

자유호의 조타수 칸나가 그 거대한 몸을 일으킨 것은 해적들이 지핀 모닥불빛이 절벽 위를 수놓기 시작했을 때였다.

아무도 그의 움직임을 볼 수는 없었다. 오직 그를 둘러싼 암흑 그 자신만이 칸나를 볼 수 있었다. 무수한 해적들의 옆을 스쳐 지나갔지만 아무도 그를 알아보지 못하는 가운데, 칸나는 절벽 끄트머리로 다가갔다. 그가 눈을 빛내며 이리저리 둘러볼 때였다.

"칸나, 무슨 일인가."

칸나는 순간 어깨를 움츠렸다. 잠시 후 어둠 속에서 키 드레이번의 얼굴이 홀연히 떠올랐다. 그리고 그 순간 칸나는 그의 선장이 그의 바로 앞쪽에 앉아 있었다는 것을 알 수 있었다. 검은 코트 자락과, 무엇보다 그의 냉정함이 그를 가리고 있었다.

칸나는 잠시 뭐라고 말해야 될지 모르게 되었다. 그러나 키가 그를 구해 주었다.

"서 있지 말고 거기 앉거라."

칸나는 앉았지만 키가 기대하던 자세는 아니었다. 천천히 무릎을 꿇은 칸나는 키 드레이번이 앉아 있던 바위의 옆에 엎드렸다. 키는 그런 칸나를 이상스럽다는 듯이 바라보았다. 칸나는 땅에 이마를 대며 말했다.

"미안하다. 선장."

"나를 절벽으로 인도한 것 말인가?"

"그렇다. 선장."

"나는 사람이 망각할 수 있다는 사실에 대해 화를 내지는 않는다. 칸나."

"선장. 미안하다."

"신경 쓰지 마. 너로서는 참으로 오래간만에 돌아온 고향이잖은가. 그리고 나는 너에게 바닷길을 가늠하는 재주를 바라는 것이지 패스파인더의 재능을 기대하지는 않는다. 돌아가 쉬도록."

키는 다시 절벽을 바라보았다. 그러나 조금 후 키는 눈살을 찌푸리며 시선을 돌려야 했다. 칸나는 여전히 이마를 땅바닥에 댄 채 미동도 하지 않고 있었다.

"나는 너에게 가라고 명령했다. 칸나."

"그렇게 화낼 줄 몰랐다. 선장."

"무슨 말인가?"

"나 진짜로 잘못 이끌었다."

"알았어. 그러니까 이렇게 절벽 위에서 발이 묶여 있지. 됐으니까 가!"

"아니. 나 진짜로 잘못 이끌었다니까, 선장."

키는 짜증스러움을 느끼곤 고함을 지르려 했다. 그러나 호통을 치는 대신, 키는 칸나의 정수리를 가만히 내려다보았다. 이 녀석이 이럴 녀석이 아닌데? 그래서 키는 칸나의 말을 되짚어보았다.

"진짜로 잘못 이끌었다?"

"그렇다."

"의도적으로 잘못 인도했다고?"

"의도적? 그렇다."

다음 순간 칸나는 키의 얼굴을 똑바로 바라보고 있었다. 그 자신의 의지는 아니었다. 키 드레이번은 놀랍게도 왼손 하나만으로 칸나의 뒷덜미를 부여잡고는 단숨에 들어올린 것이다. 자칫하면 칸나의 목이 부러질 정도의 무서운 힘이었다. 목의 고통과 숨막힘으로 컥컥거리는 칸나의 얼굴을 향해, 키는 짓씹는 듯한 목소리로 질문했다.

"뭐라고 했지?"

"미, 미안. 커걱. 제발…… 놔줘!"

키는 칸나를 놔주었지만 칸나가 원하는 방식은 아니었다. 키는 다시 한번 괴력을 발휘하여 칸나를 앞으로 던져버렸다. 땅바닥에 엎드려 있다가 완전히 뒤집혀 날아가는 진귀한 경험의 후유증에 시달리던 칸나는 고통을 느낄 사이도 없이 일어나 앉아야 했다. 칼 뽑는 소리가 들려왔기 때문이다.

부러진 오른팔 대신 왼손으로 뽑는 것임에도 불구하고 키 드레이번이 복수를 뽑아 칸나의 목에 복수를 겨누는 데는 찰라의 시간밖에 소요되지 않았다. 얼어붙은 칸나를 향해, 키는 한마디 한마디의 말이 비수나 되는 것처럼 사나운 기세로 말했다.

"이유를 말해, 말해서 나를 납득시켜, 나를 납득시켜서 네 목숨을 구해, 당장!"

"대, 대사(Grand snake) 때문이다!"

"뭐라고?"

"대사, 대사 때문이다. 가면 죽는다. 가면 죽는다!"

"대사가 뭐야?"

"대사, 대사다. 그건 사람이 아니다. 그건, 그건."

칸나는 당장이라도 목뼈를 끊어버릴 듯이 겨눠진 복수의 검 끝에 신경 쓰느라 횡설수설하고 있었다. 다른 때였다면 칸나는 이런 칼붙이에 겁먹을 사내가 아니었다. 하지만 이번에 그의 목을 겨냥하고 있는 것은 키 드레이번이었다.

키는 치밀어오르는 분노를 억누르며 천천히 복수를 거둬들였다. 칸나는 안도의 한숨을 내쉬었고, 그런 칸나를 노려보던 키는 다시 바위 위에 앉으며 말했다.

"천천히, 생각해 가며 말해. 대사가 뭐야?"

칸나는 고개를 끄덕이고는 잠시 생각에 잠긴 표정이 되었다. 키가 자신의 분노를 더 억누르기 힘들다는 생각을 떠올렸을 무렵, 칸나는 마침내 자신이 표현하고픈 말에 해당하는 제국어를 생각해 내었다.

"인슬레이버."

"뭐?"

"철탑의 인슬레이버. 그거다. 철탑의 인슬레이버다."

짙은 먹구름 사이로 새어든 노란 햇살이 백악의 절벽 위를 비춘다. 절벽의 발치를 때리는 파도는 하늘빛을 닮아 회색. 치솟는 파도를 만들어내는 하얀 절벽은 마치 부서지는 물거품이 쌓여 만들어진 것 같다. 절벽 꼭대기에 맞춤하게 자리잡은 3층 건물의 하얀 외관은, 그래서 포말의 부서짐과 같은 허무한 아름다움을 지녔다. 그러나 다가가 보면 희게 보이는 그 외벽이 사실은 금속임을 알고 놀라게 될 것이다.

하얀 철탑의 발코니에서 흰 로브를 걸친 여인이 수평선을 바라보고 있었다.

중년의 이마 아래 노파의 눈동자, 그러나 소녀의 입술을 가진 여인의 이름은 그 자체로 하나의 전설이다. 그녀에겐 많은 시간에 걸쳐 얻은 많은 이름이 있으며 그 중엔 그녀의 적들이 증오와 저주를 담아 선물한, 차마 입에 담을 수 없는 참렬한 이름도 있다. 그녀의 얼마 남지 않은 친구들 중엔 그녀의 본명을 아는 이도 있지만 그들은 절대로 그 이름을 타인과 공유하지 않으며, 따라서 그녀를 아는 몇 안 되는 사람들은 그녀를 부를 때 대사, 혹은 철탑의 인슬레이버라고 부른다.

칸나의 더듬거리는 제국어를 들으며 키는 대사의 모습을 꽤 사실감 있게 그려볼 수 있었다. 하지만 그럼에도 불구하고 키는 그것이 무엇인지 알 수 없었다. 칸나는 힘들게 생각한 다음 그것을 말했다.

"아피르, 사람 먹는다."

"그건 알아! 제기랄."

"아피르 어떻게 사람 먹는가? 제국 사람, 사람 먹지 않는다. 그러나 아피르, 사람 먹는다."

"왜 아피르 족이 식인하냐고? 지금 너희 부족의 관습을 내게 설명해 달라는 건가?"

"제국 사람 싫어하는데, 아피르 사람 먹는다. 어떻게?"

키는 칸나의 말에 집중했다. 머리끝까지 화가 난 상태에서는 퍽 힘든 일이었지만 그의 머릿속에서 서서히 생각들이 정리되었다.

"왜 아직까지도 아피르 족이 식인종으로 남아 있을 수 있는가?"

칸나의 얼굴이 환해졌다. 키는 어이없었지만 계속 자신의 짐작을 말해 보았다.

"그래. 제국뿐이라면 모르겠지만, 법황청이 그렇게도 싫어하는데 아피르 족은 아직껏 식인종으로 남아 있지. 왜 그렇냐고? 보통 때라면 그거야 아피르 족이 그것을 원하니까라고 대답해야겠지만 지금은 그런 질문이 아닌 것 같군. 네 질문은…… 어떻게 아피르 족이 아직껏 자기 하고 싶은 대로 할 수 있는가 하는 것이냐? 저 제국이나 법황청이 싫어하는데도?"

"그렇다. 그렇다."

"제국이 아피르 족을 건드릴 수 없는 이유가 그 대사 때문이라고 말하려는 거냐?"

"그래. 그거다."

"그 대사는 너희들의 수호신이냐?"

"아니. 그렇잖다. 대사, 대사 외에 아무도 통치하지 않는다. 그리고 대사 외에 아무도 대사 통치하지 않는다. 대사, 아피르, 관계없다. 하지만 대사, 이 땅에 있다. 그래서 아무도 아피르 건드리지 못한다."

키는 이 새로이 알게 된 사실에 자신을 적응시켜 보았다. 당연히 거부감이 먼저 찾아들었다. 키는 아피르 족이 식인종인 것은 그 누구도 이 외진 땅에서 살아가고 있는 그들을 건드릴 필요가 없기 때문이며, 동시에 누구에게라도 아피르 족에게 뭔가를 강요하는 일이 쉽지 않기 때문이라고 믿어왔었다. 그리고 그것은 제국민들 대부분이 동의하는 사실이었다. 무서운 아피르 족, 사람 잡아먹는 아피르 족에 대해 모르는 사람은 아무도 없다. 만일 칸나가 아닌 다른 누군가가 이렇게 말했다면 키는 별 의심 없이 상대방이 술주정뱅이라고 생각했을 것이다.

하지만 칸나 그 자신이 아피르 족이지 않은가.

"그래, 좋아. 그 빌어먹을 대사인지 뭔지가 이 검은 황야에 있고, 그녀를 건드리는 것은 너무도 무서운 일이라서 아무도 그녀를 건드리지 않는다? 그리고 그녀 때문에 이 땅에 사는 아피르 역시 자기들 하고 싶은 대로 사람을 잡아먹으며 살아갈 수 있다고?"

362

"그렇다."

"그걸 나더러 믿으라는 거냐?"

"믿어라."

"제기랄, 대관절 그녀가 뭐기에!"

"뱀이다."

"뭐라고?"

"그녀 뱀 둔갑한 것이다. 젠장. 원래 모습, 길이 1마일 넘고, 굵기 집채 만하다. 그래서 대사라 한다. 만일 그녀 원하면……"

그 순간부터 키는 칸나의 말을 하나도 듣지 않았고, 허무한 기분 속에서 칸나가 앞에 했던 말 또한 깨끗이 잊기로 했다. 키는 이 야만인이 겁내고 있는 것은 그들 부족에 전해져 내려오는 터부나 전설 같은 것이라고 판단했고 그래서 더 이상 화낼 기분도 들지 않았다. 대사의 그 특기할 만한 모습과 놀라운 행동 양식에 관한 칸나의 황당무계한 이야기가 계속되는 동안, 키는 땅을 내려다보며 칸나를 돌려보내는 것에 대해 골몰했다.

그러나 키는 칸나가 무심결에 말한 한마디에 갑자기 고개를 들어올렸다.

"뭐라고 했나?"

"뭐?"

"조금 전에 이어졌다고 했는데, 뭐가 이어졌다는 건가?"

"아아. 과거 현새 이어진 뱀."

"응?"

"과거에서, 그래. 과거에서……"

"과거에서 현재까지 이어진 뱀?"

"그렇다."

키는 속으로 칸나의 말을 반복해 보았다. 과거에서 현재까지 이어진 긴 뱀이라.

그 이름을 되뇌이는 순간 키는 섬뜩함을 느꼈다. 그 설명은 왠지 그 본질과 유리된, 어쩔 수 없이 사용되는 근사치처럼 느껴졌다. 키는 그 미지의 두려움을 증오했고, 그것에 집중했다. 하지만 그것은 이해되는 성질의 것이 아니었다. 칸나는 다시 말했다.

"대사 때문에, 모이지 않는다."

"모이지 않는다니, 뭐가?"

칸나는 다시 생각에 잠겼다. 입술을 악문 채 초조함을 다스리던 키는, 잠시 후 그 초조함을 까맣게 잊어버릴 말을 듣게 되었다.

"오 왕자의 검 모이지 않는다."

"오 왕자의 검?"

모포 속에서 느닷없이 깨워진 슈마허는 한참 동안이나 자신을 깨운 것이 누군지 알아보지 못했다. 그러나 자신을 깨운 것이 키 드레이번임을 알게 된 슈마허는 말도 제대로 하지 못한 채 그를 바라보았다. 키는 전(前) 율리아나 공주 호위대장에게 단도직입적으로 물었다.

"오 왕자의 검이 뭐냐?"

"뭐요?"

"오 왕자의 검이 뭐냐고 물었다."

슈마허는 대답에 앞서 눈을 비비는 척하며 주위를 둘러보았다. 하지만 키의 좌우에는 라이온과 식인종 조타수가 조용히 앉아 있었다. 순간적으로 키를 제압하여 그를 인질로 삼아보면 어떨까 하는 용감한 생각을 떠올렸던 슈마허는 아쉬움을 느끼며 그 계획을 폐기했다.

"왜 내게 그걸 묻는 거요?"

"칸나가 나에게 그 사실을 말해 주려 했지만 그는 제국어가 서툴다. 그런데 그가 너에게 물어보라더군. 그가 너를 지목한 이유를 모르겠지만 그건 네게 들으면 되겠지."

슈마허는 칸나를 돌아보았다가 고개를 끄덕였다. 그는 칸나가 자신을 지목한 이유를 짐작할 수 있었다.

"그건 말해 줄 수 있을 것 같군요. 이 식인종이 나를 지적한 이유는 내가 기사였기 때문이겠지요."

"기사였기 때문에?"

지금은 아니지. 널빤지 위에서 상어가 되기로 했으니까. 그래서 너 따위 해적 녀석에게 이렇게 공손하게 대답하는 것이고. 그러나, 두고 봐. 언젠가는…….

"그것도 전략전술이나 전사학에 대해 공부했을 것이 분명한 기사였기 때문이겠죠. 그건 전략가들이 하는 말입니다."

"전략가라고 했나?"

"예. 그것도 누대의 전략가들이 공통적으로 지적해 온 이야기입니다."

"무슨 이야기인데?"

"그곳을 얻으면 반드시 대륙을 제패할 수 있는 땅에 대한 이야기죠."

"뭐라고?"

슈마허는 오 왕자의 검에 대해 설명했다.

아직까지도 새로운 것이 발견될 정도로 무수한 대륙의 여러 신비 중에서도 이 땅의 신비함은 독특한 것에 속한다. 왜냐하면 그것이 현실성 있는 신비이기 때문이다.

고대로부터 수많은 자칭 타칭 천재들이 대륙 제패의 열쇠가 되는 땅으로 지적해 온 땅이 있었으니 바로 이곳, 다벨과 록소나, 그리고 다케온과 팔라레온 지방을 잇는 거대한 사각형 모양의 땅이 그것이다. 그래서 전략가들은, 그들로서는 드문 일이지만 약간의 문학적 재치를 발휘하여 이곳을 '왕자의 땅'이라고 불러왔다.

여기서 왕자란 왕이 될 수 있는 가능성 그 자체를 의미한다. '오 왕자의 검이 하나로 모이면 왕이 탄생하리라.' 전략가들이 꿈에서라도 잊을 수 없는 말이다. 여기서 말하는 오 왕자의 검이란 다케온의 다이아몬드, 록소나의 말, 팔라레온의 밀, 다벨의 강철의 네 가지의 현실적인 검과 역사상 한번도 나타나지 않았던 다섯 번째의 검을 더하여 말하는 것이다. 수많은 불우한 천재들이 갈망과 비탄을 담아 노래해 왔던 다섯 번째의 검은 시운, 재능, 그리고 행운을 가진 '인간'을 말한다.

왜 현실적인 네 개의 검이 존재함에도 불구하고 비현실적인 다섯 번째의 검이 필요한 것일까?

오 왕자의 검이라는 말은 양면적인 의미를 가진다. 전략가들이 그 말을 통해 표현하고 싶었던 것 중에는 군주국의 정기 행사와도 같은 형제살해를 비꼬는 일도 포함된다. 비슷한 능력의 왕자가 넷 있다면 왕위 계승이 얼마나 어려울지를 생각해 보라. 마찬가지로, 이 왕자의 땅에서도 현실적인 네 검은 서로가 서로에 대한 억제력으로 작용하기 때문에 하나로 모아질 수 없다. 그렇기에 다섯 번째의 검, 나머지 네 개의 검을 그 자신에게로 모을 수 있는 천재가 있어야 한다.

많은 이들이 자신이야말로 그 다섯 번째의 검이라고 믿어왔지만 대륙의 역사가 증명하는 바 그런 천재는 단 두 사람뿐이었고, 두 사람 모두 이 왕자의 땅에서 그의 발걸음을 내딛지는 않았다는 점은 아이로니컬함을 넘어 어처구니 없을 정도다.

"아달탄 황제와 대마법사 하이낙스 말인가?"

"그렇습니다. 이 땅을 대륙의 역린, 황제의 요람 따위로 부르는 전략가들은 많지만 실제로 제국을 세운 아달탄 황제 폐하나 그 제국을 거의 전복시킬 뻔한 하이낙스 모두 이 땅에서 태어나기는커녕 이 땅을 이용하지도 않았습니다. 그래서 사람들은 그 이야기 또한 무료한 자칭 전략가들의 탁상공론 정도로 취급하고 있습니다."

잠시 침묵한 채 슈마허의 말을 소화하던 키는 진지한 어조로 질문했다.

"너도 그렇게 생각하나?"

슈마허는 잠시 갈등했다. 하지만 거짓말을 할 필요를 느끼지 못했다.

"사실 그럴 듯하긴 합니다."

"그럴 듯하다고?"

"당신도 다벨 공국의 메르데린 공작의 이야기는 들어보셨겠죠?"

"그 허풍 공작 말인가? 공개적으로 황제위를 얻겠다느니 어쩌느니 하는 얼간이?"

"예. 하지만 그가 그런 말을 하는 것이 단순한 허풍만은 아닐 수도 있습니다. 아마도 그 역시 왕자의 땅에 대한 이야기를 아는 것이겠죠. 만일 그가 그의 나라와 인접한 록소나, 다케온, 팔라레온의 3국을 얻을 수 있다면 무시 못할 힘을 발휘할 것이라는 점은 누구도 부정할 수 없습니다."

"흐음."

"만일 그것이 사실로 이루어진다면 다벨의 강철로 무장하고 록소나의 말에 올라탄 부대가 등장할 것입니다. 그리고 그 부대는 팔라레온의 밀밭을 보급창으로 삼고 다케온의 다이아몬드를 군자금으로 쓸 수 있겠지요. 강력하지 않으면 오히려 이상한 군사력입니다."

키는 이를 악물었다. 필마온의 발도 로네스는 별개로 치더라도, 정신병자 정도로 취급하고 있었던 메르데린 공작에게도 이 정도의 근거가 있었단 말인가. 제국을 뒤엎겠다는 녀석이 왜 이렇게 많아?

물론 키 드레이번은 그 이유를 알고 있었다. 그가 남해를 주인 없는 바다처럼 돌아다닐 수 있는 이유와 같다. 마법사 하이낙스 때문이다. 아무도 그것이 가능할 것이라고는 생각도 하지 못했을 때, 마법사 하이낙스는 실제로 제국 정복이 가능함을 몸소 보여주었다. 비록 레프토리아 회전에서의 패배로 그 성공 일보 직전에서 무너졌지만, 그렇기에 그는 더 강렬한 인상을 남겼다. 파멸한 영웅은 사람들을 더 흥분시키는 것이다. 비록 그들 자신은 인정하지 않겠지만 발도 로네스나 메르데린 공작은 하이낙스의 뒤를 잇는 그의 추종자인 것이다.

"좋아. 이제 메르데린 공작이 흥분하여 게거품을 뿜어대는 이유는 짐작할 수 있다. 그만한 가능성이 있단 말이지. 그렇다면 그 자가 이토록 바보 취급당하는 이유는? 실제로 제국을 정복했던 두 사내가 이 땅을 이용하지 않았다는, 단지 그 역사적 사실 때문에?"

"대륙 제패 정도의 대사건이라면 두 개 정도의 예로 충분하지 않겠습니까?"

"부족해."

"글쎄요. 전쟁이라는 것이 그렇게 말처럼 쉽게 된다면 패배하는 장수는 생기지 않을 겁니다. 그리고 오 왕자의 검 이야기에서도 네 개의 검이 하나로 모이기 위해선 다섯 번째의 검이 필요하다는 말이 있었잖습니까? 혼자서 한 나라와 맞먹는 천재가 필요하다는 말이죠. 하지만 그런 천재는 잘 등장하지 않는 법입니다. 내 생각엔 그건 그저 그럴 듯한, 하지만 현실성은 없는 이야기처럼 여겨집니다."

"그렇다면 왜 그 많은 전략가들이 그 이야기를 반복해 왔단 말인가?"

"아마도 최초로 오 왕자의 검에 대한 이야기를 했던 사람의 명성 때문이겠죠. 그래서 그의 말을 앵무새처럼 계속 반복하고 있는 것일 겁니다."

"최초로 말한 자가 누군데?"

"아날란 황세 페하이십니다."

"아달탄 황제가? 그 자신은 이 땅을 이용하지도 않았다고 했잖은가."

"그러니 그 말은 더 믿을 수 없는 거죠. 어쩌면 선황제 폐하께선 그런 말씀을 하신 적이 없을지도 모릅니다."

키는 고개를 끄덕인 다음 슈마허에게 더 이상 질문하지 않았다. 그에게는 조금 전 칸나에게서 들었던 또 하나의 이야기가 있었다.

칸나는 대사 때문에 오 왕자의 검이 모이지 않는다고 했다. 하지만 슈마허는 대사라는 것에 대해서는 아무것도 모르는 것처럼 말했다. 그렇다면 그건 역시 아피르 족의 환상인 것일까? 그러나 라스는 이 슈마허를 다섯 수레와 한 권이라고 평했고, 비록 그 평을 들어보지는 못했지만 키 역시 이 전 호위대장이 세상에 드러나지 않은 것까지 꿰뚫어보는 눈이 있다고는 생각하지 않았다. 대사라는 존재는 오 왕자의 검이 하나로 모이지 않는 이유에 대한 괜찮은 해답으로 여겨졌다. 세상에 알려지지 않은 무서운 힘을 가진 어떤 존재가 오 왕자의 검이 모이는 것을 막고 있다면…….

데스필드는 눈가를 문지른 다음 다시 땅바닥을 살펴보았다. 그는 자신이 뭘 찾는지 알지 못했지만 찾게 된다면 뭔지 알게 될 것이므로 그건 문제가 안 된다. 문제는, 반 시간 가까이 땅을 관찰했음에도 불구하고 아무것도 발견하지 못했다는 것이다. 데스필드는 두 손을 들기로 결심했다.

"아무것도 안 보이는데."

율리아나는 멍한 얼굴로 데스필드를 마주보았다. 마치 그의 말이 무슨 뜻인지 모르겠다는 것처럼. 보다 못한 파킨슨 신부가 입을 열었다.

"그가 어딘가로 갔다면, 최소한 그가 어딘가로 걸어간 발자국은 남아 있어야 하잖아."

"날아갔나 봐."

"뭐라고?"

"발 당신, 날아갔나 봐. 발자국이 안 보이는데. 아니면 발자국을 지우며 떠나갔든가."

"떠나갔다고요?"

데스필드는 자신의 말 끝에 이어지듯 튀어나온 뾰족한 목소리에 인상을 찌푸렸다. 하지만 그가 뭐라고 할 새도 없이 율리아나의 말이 계속 이어졌다.

"발이 우리를 버리고 떠났다고 의심하는 건가요?"

"그렇잖다면 왜 배낭과 지팡이도 사라진 거지? 만일 발 당신의 짐이 남아 있었다면 본인은 이 사태를 아피르 족 당신의 소행으로 여겼을 거야. 성인식을 치르기 위해 마을을 나온 아피르 족 소년 당신이 불침번을 서고 있던 발 당신을 쥐도 새도 모르게 낚아채어 갔다는 거지. 받아들이기 쉬운 추리지. 하지만 그 경우라면 발 당신의 짐은 남아 있어야 돼."

"짐도 가져갔을 수 있잖아요!"

"아피르 족 당신은 발 당신의 짐이 어느 것인지 어떻게 알았을까?"

율리아나는 말문이 막힌 채 데스필드를 바라보았다. 데스필드는 고개를 가로저었다.

"전직 노예 당신은 떠난 거야. 만일 발 당신이 떠난 것이 아니라 누군가에 의해 납치된 것이라도 흔적이 없으니 어떻게 찾아볼 수가 없어." 데스필드는 말을 잠시 멈췄다가 빠르게 말했다. "이제 떠나야겠군."

"떠난다고요? 기다리지 않고?"

"기다리지 않고."

"그럴 순 없어요. 그에게 무슨 일이 있었는지 확실하지도 않은데 이렇게 내팽개치듯 할 수는 없는 거예요. 그래요, 수색을 해봐요."

"그러지 뭐. 그럼 유리 당신은 북쪽으로, 파킨슨 신부 당신은 남쪽으로, 본인은 동쪽으로 가지. 뭐든 발견하게 되면 대포를 쏴서 신호하고, 다른 곳으로 갔던 사람들이 모일 때까지 10분 간격으로 계속 쏘면 되겠군. 아, 대포가 없나? 그럼 연기 신호를 보내지."

율리아나는 입을 앙다문 채 데스필드를 바라보았다. 데스필드는 그런 공주의 시선을 똑바로 마주보았고, 잠시 후 공주는 고개를 떨구었다.

"방법이 없다는 건가요?"

"이건 방법의 문제가 아니라 필요성의 문제인 것 같은데."

"필요성?"

데스필드는 파킨슨 신부를 흘끔 바라본 다음 말했다.

"가능성은 있지. 만약 본인이 유리 당신과 파킨슨 신부 당신을 내버려두고 전적으로 발 당신만 추적한다면, 며칠 안에 발 당신을 찾을 수 있을지도 모르지. 그러나 그 경우라면 거꾸로 당신들이 미아가 된다는 말씀. 당신들은 패스파인더의 도움 없이 다림까지 갈 수 있나?"

"당신이 그를 찾을 때까지 기다린다면⋯⋯"

372

"식량은 어떻게 조달할 건가? 게다가 아피르 족 당신은? 그건 너무 어려운 선택이야, 유리 당신. 그래서 본인은 필요성을 물어본 것이고."

"무슨 말씀이죠?"

"본인이 접수한 계약은 이러하지. 파킨슨 신부 당신과 유리 당신과 발 당신을 다림까지 안내하라. 그런데 발 당신이 없어졌지. 이 시점에서 본인은 패신저에게 묻겠어. 그 계약은 반드시 세 사람 모두를 다림까지 안내해야 되는 건가, 아니면 그 중 특정 인물만 다림까지 안내하면 되는 건가? 그리고 후자의 경우라면, 과연 본인이 다림까지 반드시 데려가야 되는 그 특정한 패신저, 가장 중요한 사람은 누구지?"

말을 끝낸 데스필드는 율리아나를 똑바로 바라보았다. 율리아나는 풀죽은 얼굴이 되었다.

"짐작하면서 묻는 거죠?"

"아아. 어려울 건 없지. 신부님 당신은 유리 당신과 발 당신을 위해 길을 나선 거야. 그러니까 신부님 당신은 제외. 발 당신은 전직 노예였다더군. 역시 제외. 남은 건 하나뿐이지. 본인의 짐작이 맞다면, 율리아나 카밀카르 공주님 당신."

율리아나 공주는 이끼 낀 나무 등걸에 주저앉았다.

파킨슨 신부와 데스필드는 묵묵히 그녀의 대답을 기다렸다. 하지만 율리아나는 아무 말도 하지 않은 채 자신의 무릎만을 내려다보았다. 나뭇가지 사이로 새어든 봄 햇살이 그녀의 무릎에 떨어지고 있었다. 문득, 율리아나는 두 손을 모아 천천히 들어올렸다. 마치 떨어지는 햇살을 담아올리듯. 그러나 조금 후 율리아나는 그 손으로 얼굴을 가리며 신음처럼 말했다.

"……난 그를 버리고 갈 수 없어요."

파킨슨 신부가 공주 앞으로 다가섰다. 신부는 오른손을 들어 공주의 어깨 위에 얹었고, 그래서 공주가 소리 없이 울고 있다는 사실을 깨달았다. 파킨슨 신부는 낮지만 단호한 목소리로 말했다.

"공주님. 데스필드의 말이 옳습니다. 우리들에게는 그를 기다려주거나 찾을 여유가 없습니다."

"신부님."

"지금은 한시라도 빨리 다림의 카밀카르 상관에 도착하시는 일만을 생각하셔야 됩니다."

"오스발은 저를 자유호에서 구출해 주었어요. 그 은혜를 잊을 수는 없어요."

"그럴지도 모른다고 생각하긴 했습니다. 내부의 조력이 있었기에 탈출하실 수 있었던 것이군요. 그렇다면…… 예, 오스발 군을 찾아보는 일은 공주님께서 다림에 도착하신 연후에 데스필드에게 부탁하시면 될 겁니다. 우리 같은 짐이 없어지면 데스필드는 훨씬 더 수월하게 그를 찾을 수 있겠지요. 그렇잖은가, 데스필드?"

말없이 고개를 끄덕이던 데스필드는 율리아나를 바라보고는 짐짓 목소리를 높여 말했다.

"당연하잖수, 신부님 당신. 추적을 하려면 추적만 해야지, 보모 노릇까지 병행해서 할 수는 없어. 어중이떠중이 추적대보다야 본인이 혼자 움직이는 편이 훨씬 낫지."

"데스필드의 말을 들으셨죠? 공주님께서 그를 찾길 원하신다면, 차라리 조금이라도 빨리 데스필드를 홀가분하게 만들어주시는 편이 나을 겁니다. 그리고 어쩌면……"

"신부님?"

파킨슨 신부는 말을 꺼낼 것인지 말 것인지를 놓고 잠시 고민했다. 하지만 율리아나는 이미 궁금해하는 얼굴로 신부를 똑바로 올려다보고 있었다.

"어쩌면 그는 스스로 원해서 우리 곁을 떠난 것일지도 모릅니다. 그렇다면 그를 찾지 않는 것이 그를 위하는 길이 아니겠습니까?"

율리아나는 뭐라고 말할 듯이 입을 열었지만 아무 말도 꺼내지 못했다. 신부의 말은 그녀 스스로도 의심해 보고 있었던 내용이었기 때문이다.

"그와 함께했던 시간이 길지는 않습니다만, 그는 명성이나 야망 같은 것과는 거리가 먼 사람처럼 보이더군요. 오스발이 과연 공주님과 함께 다림에 도착하여 포상을 받길 원할까요? 모르겠습니다. 어쩌면 그는 귀찮다는 이유로 그것을 팽개칠지도 모른다는 생각이 듭니다. 더군다나 그는 자유호의 노예였습니다. 제국의 공적 1호의 부하였다는 사실이 그를 성가시게 만들지도 모릅니다."

"노예에게는 주인의 죄를 물을 수 없어요. 단검에게 살인의 죄를 물을 수 없는 것처럼."

"물론 대개 그렇습니다. 하지만 그 주인이 키 드레이번입니다. 하다못해 자유호의 정보를 알고 싶어하는 사람들이 그를 괴롭히게 될지도 모릅니다. 카밀카르 해군이라면 오스발 군을 키 드레이번에 대한 정보원으로 생각하게 되지 않을까요? 그를 윽박지르거나 고문해서라도 노스윈드 함대의 정보를 짜내려는 사람이 한 명도 없을 거라고는 생각되지 않습니다."

율리아나 공주는 선량할지는 몰라도 바보는 아니었다. 파킨슨 신부가 말하는 가정들은 그녀 스스로 이미 오래전부터 생각해 왔던 것들이었다. 그리고 율리아나는 어떠한 경우에라도 그를 보호하겠다는 결심까지 이미 세워두었다. 그렇기에 율리아나는 신부의 말에 동요하지는 않았다. 하지만 그녀에게는 신부가 말하지 않은 가설이 있었고, 그녀를 괴롭히고 있는 것도 바로 그 가설이었다.

만일 그가 자유호로 돌아가버린 것이라면?

그 가설은 그녀에게 대단한 설득력으로 다가왔다. 그녀가 보아왔던 오스발의 모습들이 그 가설을 지지하고 있었다. 자유를 비웃기에 자유로 돌아가려는 자유에 예속된 노예.

'그럴 듯해. 진짜 그럴 듯해.'

다림이 얼마 남지 않은 이때, 데스필드라는 훌륭한 보호자가 그녀를 안전하게 다림까지 데리고 갈 것이 확실해진 순간 오스발은 부담없이 자유호로 돌아가는 것이다. 그렇다면 그녀가 이대로 다림으로 출발한다 하더라도 율리아나는 그를 버리는 것이 아니다. 오히려 오스발이 그녀를 버리고 간 것이다. 그녀가 원하는 것을 그녀에게 주고서 보답도 받지 않고. 그것은 동정일까? 그 당당한 노예는 엉터리 자유를 누리는 바보 공주를 불쌍히 여겼을 뿐, 보답 같은 것은 처음부터 바라지도 않은 것일까?

파킨슨 신부는 율리아나 공주가 한참 동안이나 말이 없자 나직이 그녀를 불러보았다.

"공주님?"

그 순간 율리아나 공주는 갑자기 고함을 내질러 파킨슨 신부와 데스필드를 기겁하게 만들었다.

"나쁜 자식! 만일 그런 것이라면, 그래서 돌아간 것이라면, 좋아. 맘 편한 노예가 되어 죽을 때까지 노나 저어! 가짜 자유나 누리고 있는 바보 공주를 비웃으며…… 당당한 노예로…… 당당…… 한…… 으흑!"

안타깝게도 파킨슨 신부나 데스필드는 공주의 말을 알아듣지 못했다. 공주가 외친 말은 카밀카르와 같은 유서 깊은 몇몇 왕가들에만 남아 있을 뿐 지금은 대륙의 대부분에서 잊혀진 말이었기 때문이다. 데스필드는 당황한 나머지 액을 쫓는 손짓까지 해버렸지만 파킨슨 신부는 자신의 추측을 확인해 보기로 했다.

"공주님? 그건 엘핀입니까?"

"가요!"

율리아나는 갑작스럽게 일어났다. 파킨슨 신부가 뭐라고 말하려 했을 때 공주는 이미 배낭까지 짊어진 채로 걸어가고 있었다. 신부는 화급히 자신의 짐을 들어올리며 말했다.

"예. 공주님. 우리들이 다림에 도착한 다음 데스필드가 그를 찾아줄 겁니다. 걱정하지 않으셔도……"

"찾지 않겠어요!"

"예? 아, 예. 공주님. 오스발이 원해서 떠난 것이라면, 그것이 더 좋겠죠. 그는 이제 한적한 곳을 찾아 자유인으로 살아갈 수 있을 겁니다. 노예에게는 크나큰 행운……"

율리아나는 아무 말도 하지 않은 채 걸어갔고, 그래서 파킨슨 신부도 공주에게 말을 거는 대신 바쁘게 걸어가야 했다. 그들의 뒷모습을 물끄러미 바라보던 데스필드는 자신의 짐을 들어올렸다. 발걸음을 떼기 직전, 데스필드는 갑자기 그들의 야영지를 뒤덮고 있는 나뭇가지들의 지붕을 바라보았다.

어지럽게 얽혀 있는 나뭇가지들 사이로 하늘 조각들이 떨어져내리고 있었다. 황금빛에 가까운 연초록색으로부터 가장 어두운 갈색까지를 망라하는 복잡한 천정화를 물끄러미 바라보던 데스필드는 고개를 약간 가로저었다. 다음 순간 데스필드는 이미 파킨슨 신부의 뒤를 따라 재빨리 발걸음을 옮기고 있었다.

세실은 잠에서 깨어났다. 희푸른 안개가 절벽 위의 사물을 휘감아돌고 있었고 그 사이로 알싸한 숲내가 은은히 흘렀다. 100여 명이나 되는 해적들 사이에서 여자 혼자 자는 것 치곤 너무 평온한 밤이었다고 생각하며 세실은 싱긋 웃었다. 무서울 것이라곤 아무것도 없는 해적들이지만, 마법사는 무서워할 줄 아는 것이다.

세실은 크게 기지개를 켠 다음 어슬렁거리며 걸어갔다.

해적들은 아직도 단잠에 취해 있었다. 세실은 이리저리 쓰러진 거구들을 피해서 트로포스에게 다가갔다. 트로포스의 곁에는 질풍호의 젊은 해적 하나가 졸린 눈을 한 채 앉아 있는 모습이 보였다. 인기척을 느낀 해적은 흠칫하며 세실을 바라보았고, 그녀가 누구인지를 알아차린 다음에도 여전히 불신감을 지우지 않은 채 세실을 노려보았다.

"야아, 좋은 아침. 자네 대장 좀 볼까 해서 왔는데, 밤새 뭐 이상한 거 없었나?"

"선장이오."

"좋아좋아. 그래. 자네 선장님에게 뭐 변화가 있었나?"

젊은 해적은 아무 대답도 없이 세실을 바라보았다. 자신이 무슨 행동을 할 것인지를 설명하려던 세실은 문득 그것이 아무 소용이 없다는 사실을 깨달았다. 받아들일 생각이 없는 사람에게 하는 설명은 무의미하다. 그래서 세실은 그냥 트로포스의 옆에 앉았다. 과연 그녀가 두 손을 펼치자마자 해적은 경련하듯 칼자루를 움켜쥐었다. 하지만 세실은 멈칫거리거나 하지 않았고 해적 역시 칼자루를 움켜쥔 채 꼼짝도 하지 않았다.

트로포스는 파리한 얼굴을 한 채 정물처럼 누워 있었다. 세실은 트로포스의 안대에 묻은 이슬을 좀 훑어낸 다음 트로포스의 주위를 감도는 마법장에 접촉해 갔다.

마법사에겐 그 자신의 지배하에 있는 마법장만큼 안온한 곳은 없다. 따라서 트로포스가 치료되기 위해선 그는 먼저 주위의 마법장을 지배해야 할 것이다. 하지만 주위의 마법장을 지배하기 위해선 트로포스가 치료되어야 한다. 이 딜레마를 해소시키기 위해 세실이 선택한 행동은—비근한 예가 용서될 수 있다면—펌프를 움직이는 것과 비슷하다고 할 수 있을 것이다.

펌프의 레버를 당기면 펌프 내부에 생긴 진공은 지하의 물을 퍼올린다. 마찬가지로 세실은 트로포스 주위의 마법장을 희박하게, 그러니까 시공 연속체상의 '밀도'가 낮은 상태로 만들어나갈 계획이다. 그녀에 의해 야기된 마법장의 진공 상태는 트로포스의 몸으로부터 마법장을 끌어낼 수 있을 것이다. 그것은 마법사 자신의 내부 마법장이긴 하지만 그 효능에선 마법사가 지배하는 외부 마법장과 같다. 따라서 사소한 문제점 한 가지만 제외한다면 세실의 계획은 순조롭게 진행되었을 것이다.

트로포스 주변의 마법장이 약화되지 않았다.

세실이 얼굴에 당혹감을 떠올리지 않은 것은 순전히 그녀의 오랜 훈련 덕분이다. 비록 다른 목적 때문이지만, 세실은 오랜 세월 동안 속마음을 숨기는 연습을 계속해 왔다. 만일 그녀의 얼굴에 당혹감의 미약한 흔적이라도 떠올랐다면 자신의 선장을 끔찍히 사랑하는 젊은 해적은 주저없이 검을 뽑아들었을 것이다. 하지만 오랜 세월의 반복 연습은 자연스레 그녀의 감정 분출을 가로막았고 그래서 세실은 천연덕스럽게 트로포스를 바라보며 속으로만 경악했다. 그녀가 느낀 경악은 첫 삽을 뜬 후에야 자신이 파내려는 것이 산이라는 것을 깨달은 사람의 경악이다.

'아니, 어떻게 이럴 수가……?'

세실이 트로포스의 마법장을 약화시킬 수 없다면, 그것은 그 마법장이 트로포스의 지배를 받고 있다는 것을 의미한다. 세실은 이미 그런 경우를 체험했다. 교회의 대결에서 세실과 트로포스는 서로 상대방의 마법장을 잠식할 수 없었다. 물론 마법사의 수준이라는 것이 마법장을 얼마나 잘 다루느냐는 것만으로 결정되는 것은 아니지만, 적어도 마법장에 대한 순간 지배력만 놓고 본다면 그들은 거의 비슷한 수준의 마법사들인 것이다. 하지만 트로포스는 현재 혼수 상태에 빠져 있으므로 세실에 대항하여 마법장을 지배할 수는 없다.

'장기 지배력? 설마. 혼수 상태에서도 계속되는 장기 지배력이 이렇게 강하다면, 순간 지배력은 더욱 대단하겠지. 그런 강력한 순간 지배력이 있다면 구울의 왕자를 불러들이거나 하지 않았어도 충분히 나를 가지고 놀 수 있었을 텐데. 그렇다면 왜 이 자식 주위의 마법장이 나를 거부하는 거지?'

"어흠. 지금 트로포스를 치료하는 거요?"

세실과 젊은 해적은 동시에 고개를 들었다. 안개 사이로 바다사자호의 두캉가 선장의 동그란 얼굴이 그들을 내려다보고 있었다. 두캉가는 하품을 하며 귀를 후비고 있었고 그 모습을 본 젊은 해적은 그만 웃고 말았다.

"두캉가 선장님. 귓구멍 늘어나겠습니다."

"음?"

두캉가는 보통 사람의 두 배는 됨직한 자신의 손가락을 바라보더니 역시 피식 웃었다. 그러고는 손을 뻗어 젊은 해적의 머리를 쓰다듬었다.

"껄껄. 걱정해 줘서 고맙구나."

세실은 잠시 젊은 해적의 목뼈가 부러지지 않나 걱정했다. 두캉가 선장이 손을 들어올렸을 때 세실은 젊은 해적의 시뻘게진 얼굴을 보고는 자신의 추측이 맞았음을 알 수 있었다.

"그래, 트로포스의 상태는 좀 어떠하오?"

"뭐라 말할 수 없군."

"어라, 그건 불길한 의미인 거요?"

"불길? 글쎄. 판데모니엄의 하이마스터를 불러낸 녀석이 불길하냐고?"

"난 그 판데모니엄 어쩌고 하는 게 무슨 말인지 모르는걸. 그게 무슨 뜻인지 설명해 주실 수 있겠소?"

"간단한 문제 한 가지. 내가 자네의 교사가 되는 것이 낫겠나, 트로포스의 의사가 되는 것이 낫겠나?"

멍한 얼굴로 세실을 바라보던 두캉가는 황급히 고개를 숙였다.

"아, 이런. 미안하오. 트로포스를 봐주셔야지. 내가 방해를 했나 보군요. 귀찮게 하지 않으리다."

두캉가는 진심으로 미안해하는 표정을 지으며 물러났고, 세실은 싱긋 웃었다. 물러나던 두캉가가 갑자기 생각난 듯 고개를 돌려 세실에게 물었다.

"근데 아가씨 몇 살이슈?"

"무례한 해적 녀석. 하하하! 내 나이? 자네 같은 늙은이를 하대해도 억울해할 건 하나도 없는 나이야."

두캉가는 벌쭉 웃고는 세실의 곁을 떠났다. 갑자기 할일이 없게 된 두캉가는 제자리에 선 채 크게 하품을 해보았다. 아침 안개를 흠뻑 들여마시던 두캉가는 그 축축함을 느끼자 물통을 찾아 목을 축이는 것이 좋겠다는 생각을 떠올렸다. 그래서 두캉가는 느릿한 걸음걸이로 물통을 찾기 시작했다. 하지만 두캉가 선장에게는 치명적인 약점이 하나 있었고, 그래서 이른 아침의 절벽은 해적들의 비명으로 얼룩지게 되었다.

"사, 살려주시오, 두캉가 선장!"

"어라? 킬리인가?"

"킬리는 맞는데 지금은 납작해진 킬리요! 아, 아침 인사는 내 배 위에서 내려와서 나눕시다!"

"아, 미안. 안개가 심해서 뭐가 보여야지."

"크어억! 주여, 내 손!"

"목소리가 좀 이상하긴 하지만…… 이건 아무래도 하리야일 것 같군. 좋은 아침이지?"

두캉가 선장은 320파운드쯤 나가는 체구였고, 거기에 덧붙여, 근시였다.

얼빠진 얼굴로 안개 저편에서 울려퍼지는 비명을 듣고 있던 세실은 피식 웃으며 일어났다. 젊은 해적은 설명을 요구하는 눈으로 그녀를 바라보았지만, 세실은 아랑곳하지 않았다. 안개와 비명 사이를 더듬던 세실은 어젯밤의 기억을 떠올렸고, 반신반의하는 심정으로 절벽 끄트머리로 걸어갔다. 그곳에 앉아 있는 키 드레이번을 보았을 때 세실은 못 말리겠다는 심정이 되었다.

키 드레이번은 땅바닥에 웅크려 앉은 채 절벽 저쪽을 노려보고 있었다. 안개 속에서 부드러운 노란빛으로 바뀐 일출은 그의 얼굴을 환하게 만들지는 못하고 있었다. 늘어진 코트 자락은 이슬을 머금어 축 늘어져 있었지만 키는 미동도 하지 않았다.

"잘 잤냐고 물어볼 생각이었는데, 꼴이 별로 그렇지 못하군. 한 가지 말해 줄까? 난 속눈썹에 이슬 맺힌 남자에게 항상 끌렸지."

"그 항상은 언젯적의 항상이오?"

"아아, 약점 찌르는군. 이 할머니를 무안하게 만드는 것이 재미있나."

"용건은?"

"밤새 뭐했어?"

그제서야 고개를 돌린 키는 세실의 얼굴을 흘끔 바라보았다. 간지럽 히는 듯한 시선이었다. 키는 다시 고개를 돌려 절벽 너머로 떠도는 안개 를 바라보며 말했다.

"용건은?"

"밤새 뭐했어?"

"꺼져."

세실은 말 그대로 어안이 벙벙해졌다. 가까스로 평정을 되찾은 세실 은 목소리를 힘껏 내리누르며 말했다. 그래도 비명 같았다.

"만약 조금 전 당신이 나로 하여금 당신에겐 두번 다시 말도 걸고 싶 지 않게 만들려 한 거라면, 그것이 성공할 뻔했다는 건 인정하겠지만, 결국 실패야. 난 지금 당신에게 내가 아는 모든 욕지거리를 다 퍼부어주 고 싶은 기분이니까. 욕설을 들어야 또 하나의 증오에 찬 하루를 시작 할 수 있는 타입인 건가, 당신은?"

"무슨 말을 하는 거야?"

제길, 난 세상에 흠집낸 다음 거기에 몸 비비며 아파하는 녀석은 취미 없는데. 역시 내 생각이 틀린 걸까? 세실은 양쪽 관자놀이를 힘껏 눌렀다가 뗐다.

"후-우, 조심하는 게 좋을 거야."

세실은 자신이 참기 어려운 국면을 잘 참아넘겼다고 생각했고, 키는 자신이 점점 더 참기 어려워지고 있다고 생각했다. 세실은 말했다.

"난 당신이 노총각 히스테리를 부려도 바다 사나이의 터프함이라고 착각하며 매료될 것이 뻔한 당신의 졸개와는 틀린 사람이야. 키 노스윈드 드레이번, 여기는 육지고, 키 노스윈드 드레이번, 나는 세실리아다. 명심해 둬. 이젠 그짓 그만해! 절벽 위에 앉아서 세상의 생긴 모습에 대해 복수할 듯이 으르렁거리지 마! 지금 내가 무슨 말을 하는 건지 알겠어?"

"모르겠어."

"평범해지라는 거야! 당신이 진짜 내가 생각하곤 하는 그런 사람이 아니라면, 그럼 나를 착각하게 만들지 마. 알았어?"

"그걸 설명이라고 하는 건가. 아니면 나를 이해시킬 생각이 별로 없는 건가."

"제기랄! 그 칼이나 내놔봐!"

키는 의아한 얼굴이 되어 세실을 돌아보았다. 그리고 그의 손은 자신의 허리에 매달린 복수의 칼자루를 움켜쥐고 있었다.

"복수를? 이걸 쥐고 싶다고 말했나?"

"내가 미쳤나? 그걸 쥐었다가 내 손으로 내 목을 베라고? 난 내 머리에 그렇게까지 염증내본 적 없어. 어느 쪽이냐면, 사실 좋아하는 쪽이지."

"스스로 좋아하는 그 머리로 생각해 낸 이유라는 게 있겠군."

"물론 있지. 트로포스의 치료에 그게 필요하다. 그 무서운 칼 들고 나따라와. 모든 마법장을 오금 저리게 만드는 그 얼빠진 칼 말이야!"

젊은 해적은 씩씩거리며 돌아오는 세실을 보자 조금 전 묻지 못했던 것을 물어보려는 생각으로 입을 열었다. 하지만 그녀의 등 너머로 다가오는 거무튀튀한 그림자를 본 순간 해적의 입은 굳었고, 잠시 후 키 드 레이번의 얼굴이 그를 물끄러미 내려다보게 되었을 때 젊은 해적은 파랗게 질려버렸다. 하지만 세실은 다시 한번 그를 무시하며 트로포스의 곁에 앉았다.

"복수를 뽑아."

키는 찌푸린 얼굴로 세실을 내려다보다가 잠자코 검을 뽑았다. 복수의 빛나는 검신이 드러나자 주위를 휘감아돌고 있던 안개마저도 뒤로 물러나는 듯했다. 이 광경에서 데자뷰를 느끼던 키는 미노 만에서의 일을 떠올리곤 이를 깨물었다. 세실에게 질문하는 키의 목소리는 그래서 무시무시하기 짝이 없었다.

"이젠 어쩔까?"

"들고 있으면 돼."

"그럼 당신은 어떻게 마법을 쓸 생각인가?"

세실은 넌더리를 내며 쏘아붙였다.

"간단한 문제 한 가지. 내가 자네의 교사가 되는 것이 낫겠나, 트로포스의 의사가 되는 것이 낫겠나?"

만들다 팽개쳐둔 동상 비슷한 모양으로 굳어 있던 젊은 해적은 세실의 말에 하마터면 실소할 뻔했다. 그러나 키는 복수로 땅을 짚으며 찌푸린 얼굴로 대답했다.

"당신이 내 교사가 될 수 없다면, 그건 당신 자신에게도 마찬가지란 말이겠지. 자신을 납득시키는 것도 힘들어하는 의사라면 반갑지 않은데. 그리고 어느 쪽이냐면, 난 자신을 설명할 수 있는 편을 믿겠어."

세실은 한방 맞은 표정으로 키를 올려다보았다.

"왜 그런 이상한 얼굴로 쳐다보는 거지?"

"아, 미안해."

세실은 힘들게 고개를 도로 내렸고, 그 순간 트로포스나 그녀의 지배를 거부하는 이상한 마법장에 대한 것을 까맣게 잊어버렸다. 이 녀석, 너무 예리한데. 내가 항상 나 스스로에게 나를 설명하기를 어려워한다는 것을 어떻게 눈치 챘지? 세실은 더듬거리며 설명했다.

"환자는…… 편안하게 해줘야 하지. 그 점에선 보통 환자든…… 마법병 환자든 마찬가지야. 그래서 난 트로포스를 편안하게 해주려는 거야. 그러니까……" 세실은 자신의 설명을 하나도 듣고 있지 않았다. "그래서…… 난 트로포스 주변의 마법장을 위축시켜, 그러니까 내가 그렇게 할 수 없으니까…… 일단 복수로 그의 주변의 마법장을 위축시켜…… 그 스스로에게서 마법장을 끌어내려는…… 알겠지? 으음."

키 드레이번은 설명할 의지가 별로 없는 사람에게서 설명을 듣는 것에 대해 언짢아하는 기색이 역력했지만, 세실은 그것도 눈치 채지 못했다. 그녀는 자신을 이곳까지 오게 만든 그녀의 느낌, 그러나 스스로 계속 의심하고 있던 느낌에 다시 매달렸다.

키 드레이번은 정말 그녀가 생각하던 열쇠인 것인가?

잠시 후 키 드레이번은 세실로부터 일이 잘되었다는 이야기를 듣게 되었다. 마법에 대해 아무것도 모르는 키였지만 세실의 말을 믿을 수밖에 없는 것이, 트로포스는 눈을 꼭 감은 채 히죽거리고 있었던 것이다. 그 모습은 괴상하게까지 보였지만 주위로 몰려든 질풍호의 선원들은 미칠 듯이 좋아했다. 그러나 키는 세실에게 질문하는 것을 빼놓지 않았다.

"확실히 좋아진 것 같군. 그런데 왜 일어나지 않는 거지? 이렇게 히죽거리고 있으니 그냥 깨우면 되는 거 아닌가?"

키의 질문에 질풍호의 선원들 전부의 눈이 세실에게 집중되었고, 세실이 고개를 가로젓는 모습을 보곤 크게 실망했다.

"그건 아냐. 그는 확실히 기분좋은 상태지. 그 복수 때문에 그의 마법장은 위축되었고 난 그 틈을 이용하여 그 자신의 내부 마법장을 이끌어내었거든. 자신의 반려에게 안겨 있는 기분이 어떨지 생각해 보도록. 하물며 지금 트로포스가 안겨 있는 것은 마법사에게라면 그 반려보다도 더 가까운 자신의 마법장이니까 기분좋을밖에. 이젠 그 칼 꽂아넣어도 돼."

키는 복수를 검집에 꽂아넣으며 질문했다.

"그런데?"

"기분좋다는 것뿐이니까. 일어날 준비는 안 되었어. 사실 지금부터가 더 어려운 일이라고 할 수 있지."

"어째서지?"

"이 친구는 그 기분좋은 상태를 계속 유지하려 들 테니까. 이번엔 사랑을 나누고 있는 두 남녀를 억지로 떼어놓는 일에 대해 생각해 봐."

"흐음."

키 드레이번과 더불어 해적들 모두가 진지한 얼굴로 고개를 끄덕이는 모습은 세실을 미소 짓게 만들었다. 쉽게 설명해 줄 수만 있다면, 사람들로 하여금 그 자신이 마법사나 된 듯한 기분을 느끼게 해주는 것은 간단하다. 세실은 간단히 마무리했다.

"일단 편안한 상태에서 그 스스로 회복하게 하고…… 그리고 준비가 되었을 때 그 기분좋은 꿈속에서 그를 일깨워야겠지. 깨어나지 않으려 반항할 테니 조심스럽게 말이야."

키 드레이번은 몇 마디 더 질문하려 했다. 예를 들자면 그것은 언제쯤이면 완료될 것인가라든지, 내가 알고 있어야 할 특별한 위험 같은 것은 없냐는 질문 같은 것. 하지만 사나운 몰골의 애꾸눈 해적이 눈을 꼭 감은 채 방싯방싯 웃고 있는 모습을 보고 있던 키는 정나미가 다 떨어져나가는 기분을 느꼈고, 그래서 간단하게 말했다.

"수고했어."

그리고 키는 몸을 돌려 성큼성큼 걸어갔다. 역시나 키가 뭔가 더 질문할 것이라고 기대하고 있었던 세실은, 그래서 꺼내려던 말을 꺼내지 못한 채 키의 뒷모습만 바라보고 있어야 했다.

아직은 오후의 나른함보다는 오전의 활력이 남아 있을 무렵, 그러니까, 정오 조금 못 미쳐, 몇몇의 부하와 함께 수색을 펼친 라이온이 절벽을 내려가는 길을 찾아내었다. 키 드레이번은 그 소식을 접하자마자 전진 명령을 내려 칸나의 얼굴이 하얗게 질리도록 만들었다.

율리아나 공주는 두 가지 행동으로 동행인 두 남자를 당혹하게 만들었다. 첫째로, 그녀는 출발한 이후로 아무 말도 하지 않음으로써 파킨슨 신부를 당황하게 만들었고 둘째로, 그녀는 오전 내내 한 번도 쉬지 않고 걸어감으로써 데스필드를 어이없게 만들었다.

"공주님 당신, 원래 잘 걸으시는 편이 아닌가 의심해 보려고 해도, 어제까지는 그렇게 걷지 않으셨잖소?"

"……"

"공주님 당신, 원래 귀머거리이신 것이 아닌가 의심해 보려고 해도, 어제까지는 말씀 잘하셨잖소?"

"……"

데스필드는 화를 내보는 일에 대해 고려해 보다가 일단 자신을 억누르며 발걸음을 빠르게 놀렸다. 율리아나 공주의 옆으로 다가선 데스필드는 그녀의 얼굴을 살폈다. 그리고 데스필드는 화를 낼 수 없게 되었다. 공주는 그의 말을 들으며 무시하는 것이 아니라 그의 말을 듣지 못해서 무시하고 있는 것이었다. 율리아나 공주는, 그로서는 무엇일지 짐작도 되지 않았지만, 깊은 생각에 빠진 얼굴로 걷고 있었다.

패스파인더들이 대개 그렇지만, 데스필드 역시 고요함을 별로 좋아하지 않았다. 직업상 여러 부류의 패신저들과 함께 긴 여정을 걷는 일이 많기 때문이다. 봄 햇살 속에서 고요히 걷는 일은 많은 상념을 조장하는 행위였고, 그래서 데스필드는 자신의 상념들 속에 빠져서 허우적거려야 했다. 데스필드가 파킨슨 신부에게 시비를 걸어서라도 이 못마땅한 고요함을 타파하고 말겠다는 난폭한 결심을 떠올렸을 때쯤, 율리아나는 갑자기 멈춰 섰다.

미처 대비하지 못해서 그녀를 한참이나 지나치게 되었던 파킨슨 신부와 데스필드는 당황해서 몸을 돌렸다. 공주는 땅바닥을 내려다보며 중얼거렸다.

"……2년 전이야."

"뭐라고 하셨습니까, 공주님?"

"2년 전. 성 요를룸의 축일 다음날. 사트로니아 국립도서관. 특수 열람실 두 번째 책장의 세 번째 칸. 흑갈색 장정. 오 왕자의 검……"

당황해하고 있던 파킨슨 신부와 데스필드가 어렴풋이 책이라는 말을 떠올렸을 때쯤, 율리아나는 갑자기 입을 틀어막으며 고함 질렀다.

"철탑의 인슬레이버!"

데스필드의 입매가 굳었다. 그의 변하는 얼굴을 보며 율리아나는 확신을 담아 말했다.

"날 속였죠? 날 속였죠? 불가피한 일이었다, 당신을 위해서였다, 배째라, 셋 중 아무것도 앞에 달지 말고, 예 아니오로만 빨리 말해요. 날 속였죠?"

데스필드는, 어울리는 일은 아니겠지만 헛웃음 소리를 낼 수밖에 없었다.

"예. 그리고 본인은 배를 어쩌라는 끔찍한 말은 별로 붙이고 싶지 않은걸. 그런데 아피르 족 당신이나 본인 같은 사람 말고는 대사 당신의 이야기를 아는 당신은 거의 없는데 공주님 당신이 어떻게 아는 거요?"

"열심히 취미 활동에 매진한 결과죠. 조금 전 말했듯이 2년 전인가 사트로니아 국립도서관에서 논문 하나를 읽었어요. 아마 그들 자신도 거기에 그런 것이 있다는 것을 모를 만큼 낡은 논문이었는데, 저자가 린타더군요. 그래서 끝까지 읽었죠. 별로 재미없는 논문이지만, 어쨌든 오왕자의 검이 모이지 않는 이유로 린타는 대사라는 것을 들고 있더군요. 난 황당한 이야기도 다 있구나 생각하고 넘어갔어요. 그런데 어젯밤, 나는 당신이 백반을 뿌리는 모습을 봤어요. 그건 그냥 보통 뱀을 막기 위해서였다고 말할 건가요?"

데스필드는 쓴 표정으로 고개를 가로저었다.

"이번엔 아니오라고 대답해야겠군. 좋아요. 인정하지. 대사 당신이 오스발 당신을 잡아갔을 거요."

"그럼 대사라는 것이 진짜 있는 것이군요?"

데스필드는 당황하여 율리아나 공주를 바라보았다. 그러곤 자신이 속아넘어갔다는 사실을 깨달았다. 공주는 그의 속을 떠보기 위해서 다 아는 척하며 물어왔던 것이다. '테리얼레이드에서라면 모르는 당신이 없는 본인이, 이 풋내기 공주 당신에게 당하다니!' 데스필드가 소리 없이 오열하는 동안에도 율리아나 공주는 추리를 계속했다.

"그렇다면, 백반을 뿌려두었는데 어떻게 그녀는 오스발을 잡아갔을까? 잠깐. 분명히 어젯밤 우리는 바람을 피하기 위해 나무가 많은 곳에서 잠들었죠. 그렇군요, 나무군요!"

"으으윽. 그래요. 백반을 뿌려두는 것이 좀 모자랐어. 대사 당신이 나무를 타고 올 거라는 생각을 못했단 말이야. 오늘밤부터는 나무가 없는 곳을 택해야겠어."

율리아나는 두 눈동자 가득히 담긴 의혹으로 데스필드를 바라보았다.

"오늘밤부터?"

"그래요."

"난 이제 그가 왜 사라졌는지 알아요. 대사가 잡아갔겠죠. 그리고 난 그가 어디 있는지도 알아요. 철탑에 있겠죠. 따라서 난 이제 내가 무엇을 할지 알아요. 그를 구하겠죠!"

"대사 당신에게서? 젠장. 오 왕자의 검이 하나로 모이기라도 했단 말인가? 아니면 공주님 당신이 다섯 번째의 검이라도 된다는 거요? 분명히 말해 두겠는데, 본인은 대사 당신의 신경을 긁을 일은 하나도 하지 않을 거요! 사실 본인은 오스발 당신만 잡혀간 것을 다행으로 여긴단 말이오."

"데스필드. 제발! 찾아가서 말이라도 해봐야죠."

"뭐라고요? 말이라니?"

"대사에게 말이에요! 대사에게 부탁해 봐요. 예?"

데스필드는 어처구니없는 투로 대답도 하지 않았고, 율리아나는 온 얼굴을 찡그린 채 그를 노려보았다. 그때 거의 간절하게 들리는 목소리가 끼여들었다.

"지금 무슨 이야기가 오가고 있는 건지 좀 말해 줄 사람 없을까요?"

"신부님!"

율리아나는 껴안기라도 할 듯한 얼굴로 파킨슨 신부를 바라보았다.

파킨슨 신부는 짧은 순간, 정말 그러면 어쩌나 하는 생각까지 떠올렸지만, 공주는 그를 껴안는 대신 빠른 어조로 말했다.

"신부님 생각은 어떠세요?"

"에, 기초적인 것입니다만, 생각을 말하려면 먼저 생각의 재료가 있어야겠다고 생각됩니다."

"대사 말이에요, 대사! 오스발은 대사에게 잡혀간 거예요. 왜 그걸 생각하지 못했을까! 그를 구해야 해요. 그렇잖아요?"

파킨슨 신부는 황당해하는 얼굴이 되었다.

"뱀에게 잡혀갔다고요? 뱀이 사람을?"

"대사라는 건, 에, 그냥 대사예요. 그게 사람인지 동물인지 반신(demigod)인지 자연이 의도한 바 없이 우연히 만들어낸 알 수 없는 피조물인지는 알 수 없어요. 하지만 그것은 사람을 잡아먹어요. 정말 커다란 뱀이 그렇듯이 몇 개월에 한 번씩. 맞죠?"

마지막의 질문은 데스필드에게 던져진 것이었다. 데스필드는 어깨를 으쓱였다.

"본인은 몰라요. 누가 대사 당신의 곁에서 식사 횟수를 체크하기라도 했단 말인가. 하지만 아피르 족 당신들은 그렇다고들 하더군."

"내가 읽은 논문에도 아피르 족의 이야기를 언급하고 있었어요. 음? 잠깐. 그럼 당신이 그렇게 서둘렀던 건?"

데스필드는 항복하는 심정으로 대사의 저번 사냥 이후로 몇 개월이 지났다고 대답해 주었다. 율리아나는 고개를 끄덕였다.

"흐음. 그렇다면 그녀는 몇 개월 더 굶어야 할 거예요. 날씬해지라죠!

철탑을 찾으려면 어떻게 해야 하죠?"

"공주님 당신!"

데스필드는 으르렁거리듯 외쳤다. 뭐라고 맞대꾸할 기세로 입을 열던 율리아나 공주는 갑자기 입을 다물곤 데스필드를 쏘아보기 시작했다. 조금 후 데스필드는 앞머리를 쥐어뜯으며 괴로워했다.

"도대체 공주님 당신 지금 뭐하는 거슈?"

"어, 그러니까 강렬한 눈빛 보내고 있는 건데요?"

"뭐요?"

"이럴 때 내 강렬한 눈빛을 바라보던 당신이 진지한 목소리로 '진심인 거요?'라고 말하면 되는데."

"……진심인 거요? 젠장. 눈빛인지 뭔지 좀 그만 보내고 말로 하쇼! 박력이라곤 하나도 없는 눈빛인데 뭘."

"히이잉. 어쨌든, 진심이에요."

"그럼 본인은 이렇게 말해야 하는 건가?"

데스필드는 과장된 동작으로 팔짱을 낀 다음 공주를 바라보며 진지하게 말했다.

"한 명의 노예 당신을 위해 스스로의 목숨을 걸 생각입니까?"

"그래요."

"하! 재미있었소이다, 공주님 당신. 이제 다림으로 출발해도 되겠소이까?"

데스필드는 대답을 기다리지 않았다. 그는 배낭을 추슬러올린 다음―오늘도 파킨슨 신부의 배낭과 공주의 배낭까지 메고 있는 상태였다—꼼짝 않는 공주의 곁을 지나쳐 앞쪽으로 성큼성큼 걸어갔다. 그의 단호하기까지 한 걸음걸이와 달리 그의 두 귀는 뒤쪽에 집중되어 있었다. 열 발자국 남짓 걸어갔을까, 데스필드는 아무리 기다려도 그가 기대하던 소리가 들리지 않자 발걸음을 멈출 수밖에 없었다.

공주는 그를 부르지도 않았고 그의 뒤를 따라오지도 않았던 것이다. 그 양쪽이 다 아니라면, 도대체 어쩌자는 거야? 데스필드는 조금 더 기다려보았지만 역시 아무 소리도 들리지 않았다.

데스필드는 화를 참으며 몸을 돌렸다. 바로 그 순간을 기다렸다는 듯이 공주의 목소리가 들려왔다.

"도와줘요, 데스필드."

데스필드는 던지기 싫은 질문을 던져야 했다.

"공주님 당신. 본인이 멈춰 설 것을 알았소이까?"

"어릴 때 고양이를 길러봤거든요."

"뭐요? 고양이?"

"뒤도 돌아보지 않겠다는 듯이 거만하게 떠나가는 고양이일수록 반드시 뒤를 돌아보지요."

이 대답에 파킨슨 신부는 폭소를 터뜨렸고, 데스필드는 얼굴을 일그러뜨렸다.

"본인이 왜 고양이요?"

"처음 볼 때부터 알았는 걸요. 고양이는 전부 '당신'이지요. 그 주인까지도."

율리아나 공주는 천연덕스럽게 대답했고, 파킨슨 신부는 이제 숨넘어가는 소리를 내기 시작했다.

불침번을 서던 오스발은 자리에서 일어났다. 나무 위에서 노려보는 눈이 그것을 원하고 있었고, 그 순간 오스발은 그 명령보다 더 강력한 것은 노스윈드 함대에서도 들어본 적이 없는 것 같은 느낌 속에서 그 명령을 따랐다. 그를 일어나게 한 나무 위의 눈빛은 다시 명령했다.

'그들을 떠나라.'

'저는 불침번입니다.'

'그들을 떠나라.'

나무 위의 눈빛이 내려다보는 가운데, 오스발은 머뭇거리며 자신의 배낭과 지팡이를 집어들었다. 지팡이를 들어올릴 때 오스발은 율리아나 공주의 얼굴을 보게 되었다. 공주의 얼굴은 종일 계속된 도보 여행의 피로 때문에 약간 창백해 보였다. 오스발은 자신의 손이 잠깐이나마 멈칫한 이유를 거의 정확하게 말할 수 있을 것 같았다. 공주의 파리한 얼굴은 나무 위의 눈빛에 거의 맞먹는 힘을 가지고 있었고 그것은 간단히 요약되었다.

나를 떠나지 마.

오스발은 당장이라도 떠날 듯한 모습으로 제자리에 정지했다. 양쪽의 명령은 서로 배치되는 것이었고, 그것은 오스발을 몹시 괴롭혔다. 오스발이 겪고 있는 갈등의 재미있는 점은 오스발 그 자신의 생각은 개입

되지 않은 갈등이라는 점이었다. 나무 위의 명령과 율리아나 공주의 얼굴이 내리는 명령은 아름다울 만큼 단순화되어 있었고 그만큼 강력했으며 그래서 심각한 충돌을 일으켰다. 평온한 얼굴로 서 있었지만 오스발은 자신의 몸이 찢어질 것 같다는 생각까지 떠올렸다.

순간, 나무 위의 눈빛이 움직였다.

오스발은 그 모습을 똑똑히 보진 못했다. 하지만 시야 한구석에서 느닷없이 나타난 흰 장막은 곧 그의 시야 전체를 가렸다. 몸무게의 상실감. 오스발은 자신의 몸이 누군가(무엇인가?)에 의해 천천히 들어올려지고 있음을 깨달았다. 오스발은 천천히, 하지만 강인한 몸짓으로 그를 휘감아 끌어올리고 있는 무엇인가의 저리도록 차가운 감촉에 진저리쳤다.

오스발은 눈을 떴고, 잠시 후 자신이 아직까지 꿈을 꾸고 있는 것이 아닌가 의심했다.

그는 하얀 건물의 바닥에 누가 던져둔 것처럼 쓰러져 있었다. 그를 둘러싼 건물의 흰빛이 그를 몹시 혼란스럽게 만들었다. 벽도 희고 천장도 희고 바닥도 하얗다. 그것만으로도 이미 고개를 갸웃거릴 만한 모습이었지만, 그 백색이라는 것이 턱없이 이질적이었다. 대리석이나 벽도제의 흰색과 달리 그 백색은 깊이 가라앉으며 동시에 겉으로 떠오르는, 마치 빙산과 같은 흰빛이었다. 초점을 맞춰보기 어려운, 짙은 흰색. 규칙적인 벽면과 무엇인지 알 수 없는 고체들(가구?)이 아니었다면 오스발은 자신이 얼음 속에 갇혔다고 생각했을 것이다.

머뭇거리며 일어난 오스발은 주위에 아무도 없다는 것을 확인하고는 천천히 벽을 향해 걸어갔다. 갑자기 벽에 부딪힐까 봐—벽의 백색은 그 정도로 짙었다─천천히 걸어간 오스발은 허공을 더듬듯이 손을 내밀어 보았다. 벽의 감촉을 느낀 순간 오스발은 안도하며 다시 당황했다. 오스발은 마치 불에 데기라도 한 것처럼 황급히 손을 끌어당겼다.

그의 손끝으로 스며드는 감촉은 차가운 금속의 느낌이었다.

오스발은 다시 손을 뻗어보았다. 확실했다. 날카로운 섬뜩함으로 시작되지만 곧 부드러운 따스함으로 바뀌는 금속 특유의 느낌이었다. 하지만 금속이 어떻게 이런 빛을 낼 수 있단 말인가. 오스발은 고개를 가로저으며 몸을 돌렸다.

흰 여자가 그를 보고 있었다.

겸연쩍음으로 오스발의 얼굴이 발갛게 변했다.

"저, 여기는 어디고…… 당신은 누구십니까, 에, 마님?"

흰 여자는 오스발이 사용한 호칭에 빙그레 웃었고, 오스발은 다시 얼굴을 붉혀야 했다. 희고 풍성한 옷 속에 파묻힌 여인은 조그마했고 그런 조그마한 체구의 사람만이 그럴 수 있는 모습으로 고고했다. 베틀에 걸린 씨실처럼 가지런한 실버블론드 속에 파묻힌 흰 얼굴은 약간 비스듬히 기울어진 채 오스발을 응시하고 있었다. 오스발은 고개를 조아렸다.

"저는 무지한 노예인지라 귀하신 분을 어떻게 불러야 될지 모르겠습니다. 에, 레이디? 데임?"

여인의 소리 없는 미소가 더욱 진해졌다. 허둥거리던 오스발은 여자가 지금껏 한마디도 하지 않았음을 깨달았다.

"혹시 말씀을 못하십니까?"

"바라미."

머나먼 변방의 야만인들이 득시글거리는 자유호의 노잡이들 중에서도, 오스발은 여인이 말한 단어를 말하는 노예를 보지 못했다. 그래서 오스발은 잠시 멍한 심정으로 여인이 무슨 말을 하는지 모르겠다고 생각했다. 그러나 조금 후, 오스발은 그녀가 자신의 이름을 말한 것임을 깨달았다.

"바라미…… 님이십니까?"

"내 이름들 중 하나다. 너에겐 그걸 줄까 하는데, 마음에 드는지."

"글쎄요. 낯설게 느껴집니다. 무슨 뜻인지요?"

바라미의 미소가 이번엔 의아한 듯이 바뀌었다.

"그 이름에 뜻이 있을 거라고 생각하는 사람은 드문데. 어떻게 뜻이 있다는 것을 알았는지 모르겠지만 물었으니 대답하지. 그건 '희망하는 자'라는 뜻의 엘핀이다."

엘핀이라는 말을 들은 순간 오스발은 어떤 가정 하나를 떠올렸다. 바라미를 유심히 관찰하던 오스발은 호기심 어린 목소리로 질문했다.

"혹시, 엘프이십니까?"

그러나 바라미는 고개를 가로저었다.

"아니다. 어떻게 그런 생각을 떠올린 거지?"

"죄송합니다. 엘핀이라는 말씀에 그만 그렇게 추측했습니다. 저는 오스발이라고 합니다. 그리고, 엘프가 아니라고 하셨지만, 그래도 '인간' 오스발이라고 말씀드리고 싶은 기분이 드는군요."

"내가 사람이 아닌 것처럼 보이나?"

"바라미 님이 사람이시라면, 사람은 제 생각보단 신에 더 가까운 존재가 아닐까 생각됩니다."

오스발의 아첨이라고 볼 수 있는 말에 바라미는 쓴 미소만 지었다.

"네가 실제의 모습보다 훨씬 더 박약하게 신을 이해하고 있는 것인지도 모르지, 오스발. 그리고 라미라고 부르면 더 좋겠구나. 바라미라는 이름은 너무 엄숙하게 들려서 나는 그 이름을 들을 때마다 무의식적으로 점잖아지려 애쓰게 되거든."

"알겠습니다, 라미 님. 그런데 저는 어떻게 이곳에 와 있는 거죠? 아니, 그것보다 먼저, 이곳이 어디인지 제게 설명해 주실 수 없을까요?"

라미는 오스발의 눈에는 그저 흰 덩어리처럼 보이는 물체에 천천히 앉았다. 오스발은 포용력을 최대로 발휘한다 하더라도 그것을 의자로 인정할 수는 없었지만, 라미가 그곳에 앉아 있는 모습이 편안해 보이고 적절해 보인다는 점 또한 부정할 순 없었다.

"나는 조금 전 네가 벽을 만지는 모습을 보았다. 그러고도 이곳이 어디인지, 그리고 네가 왜 이곳에 있는 것인지 짐작하지 못한다는 거냐?"

"짐작하지 못합니다."

"괴로운 노릇이구나."

"예?"

라미는 하얀 천장을 바라보았다.

"자신이 해야 하는 일이며, 덧붙여 하고 싶은 일이지만, 그래도 그 행위를 입밖으로 꺼내어 말하기는 싫은 경우를 아느냐?"

"잘 모르겠습니다. 아마 말을 듣는 당사자에겐 즐겁지 않은 일이 그럴—음?"

오스발은 자신의 말 끄트머리에서 잠시 머뭇거렸지만 라미는 묵묵히 그 모습을 바라보았다. 오스발은 어젯밤 잠들기 전 데스필드에게 들었던 말을 떠올렸다. 말을 듣는 당사자—2인칭? '우리'라는 말에는 2인칭과 합쳐지는 우리와 3인칭과 합쳐지는 우리의 두 가지 경우가 있다. 그것은…… 오스발은 라미와의 대화 중 자신이 뭔가를 포착했다고 생각했지만, 동시에 그것을 잃어버렸다는 것도 깨달았다. 차라리 떠올리지 말걸. 그럼 잃어버린 줄도 몰랐을 텐데.

생각의 끄트머리에서, 오스발은 또 하나의 의문을 떠올렸다. 그런데 그건 과연 어젯밤의 일인 것인가?

"아지랑이를 겨냥하는 건가?"

"예?"

라미는 친절하게 설명했다.

"너에게 다시 의심의 건덕지를 줄지도 모르지만…… 그건 엘핀 관용구의 직역이다. 떠오를 듯 말 듯한 생각에 사로잡힌 모습을 말하는 싶을 때 엘핀에서는 아지랑이를 겨냥한다고 말하지."

"아, 예. 그렇습니다. 조금 전 뭔가를 떠올렸는데 그게 뭔지 모르겠군요."

"떠올리지 못하면 슬플 것 같나?"

"아니오. 그 정도는 아닙니다. 그런데 그건 왜 물어보시는 건지."

"철탑이라는 이름을 들어보았느냐?"

라미는 엉뚱한 질문으로 대답을 삼았다. 오스발은 대답에 앞서 좌우를 둘러보았지만 이 방이 이토록 이상하게 보이는 이유를 하나 더 발견했을 뿐이었다. 문, 혹은 창문은 없었다. 그렇다면 나나 이 여자는 어떻게 이 방에 들어온 거지?

"모릅니다."

"오 왕자의 검에 대해서는 아느냐?"

"모릅니다."

"처음부터 설명해야겠군."

그러나 라미는 그녀의 말과는 달리 아무 말도 하지 않았다. 고요 속에서 오스발은 문득 자신의 숨소리가 이상하게 들린다고 생각했다. 고개를 갸웃거리며 주위를 둘러보던 오스발은 어디선가 낮고 날카로우며 떨리는 바람 소리 같은 것이 들려온다는 사실을 깨달았다. 그때 라미가 입을 열었다.

"미안하다."

"예?"

"내 목적, 내 이유…… 그런 것들에 대해 설명하려고 했었다. 너를 납득시키기 위해서였지. 하지만 그런 것들은 필요없는 것임을 깨달았다. 내가 나의 목적, 반왕(anti-king)의 도래를 막으려는 모든 나의 노력 따위를 설명해 봤자, 너는 내가 너에게 하려는 행동을 받아들일 수는 없을 테지."

"제게 무슨 행동을 하시려는 겁니까?"

그러나 라미는 오스발의 말을 듣고 있지 않았다. 그녀는 자기 자신에게 말하듯이 중얼거리고 있었다.

"금단의 사지(四肢)를 가진 무서운 맹수……. 이 왕자의 땅에서 태어날 수 있는 왕에게는 무리 중 우월하여 무리 전체를 보살필 수 있는 왕이라는 의미는 전혀 없다. 그것은 반왕. 그냥 맹포한 야수일 뿐. 그것을 막는 것은 분명히 가치 있는 일. 그러나 그것이 아무리 아름답다고 하여도…… 내가 혼자말을 하고 있었나?"

"그렇습니다."

"미안하군. 난 대개의 경우 혼자 있기에 이렇듯 다른 이와 함께 있어도 혼자말을 하곤 하는구나."

"혹시 제가 들어선 안 되는 이야기였습니까?"

라미는 희미하게 웃었다.

"그런 것은 아니다. 이젠 너를 더 괴롭혀서는 안 될 것 같구나. 내가 널 희롱했다고 생각하지 말아다오."

오스발은 뒤로 물러나다가 엉덩방아를 찧고 말았다.

그가 라미라고 여기고 있던 것은 이제 라미가 아니었다. 그러나 그것은 여전히 라미의 모습으로 말하고 있었다. 그리고 그 목소리는 쉬식거리는 목소리였지만, 지금껏 오스발이 들어왔던 라미의 목소리이기도 했다.

"나는 내 일을 계속하기 위해 살아 있어야 하고 그러기 위해선 인간이라는 자양분이 필요하다. 너에겐 아무런 유감도 없다. 단지 너는 내 손 닿는 곳을 지나고 있었을 뿐이다. 믿어줄진 모르겠지만, 나는 너를 동정한다."

오스발의 목구멍 안쪽이 급속도로 뜨거워짐과 동시에, 그의 손끝은 차가워졌다. 오스발이 등으로 벽을 밀어붙이는 무의미한 짓을 계속하는 동안 라미는 그 희고 단단해 보이는 삼각형의 머리를 천천히 들어올렸다.

뒤로 물러나던 오스발의 손이 길고 단단한 것에 닿았다. 오스발은 경련하듯 자신의 지팡이를 움켜쥐며 일어났다. 그러곤 지팡이를 앞으로 겨누며 어젯밤 자신을 나무 위로 끌어올린 것을 똑똑히 보았다.

불타오르는 것같이 창백한 거대한 뱀이 그를 향해 천천히 다가오고 있었다.

"명심하쇼, 공주님 당신. 본인은 공주님 당신이 그렇게 땅바닥에 주저앉아서 떼쓰는 모습이 보기 힘들어서 이곳까지 온 거요. 오스발 당신을 이곳에서 발견할 수도 있고 발견하지 못할 수도 있지만, 어느 경우에라도 본인은 대사의 신경을 건드리지는 않겠소. 오스발 당신이 이곳에 잡혀온 것인지 아닌지만 확인하고는 날래게 튀는 거요."

"저게 철탑이에요?"

"……본인의 말 듣고 있지 않았죠?"

"예? 어, 미안해요. 사실 당신 말 듣고 있지 않았는데, 뭐라고 물었죠?"

간단히 데스필드를 반쯤 돌아버리게 만들어놓은 율리아나 공주는 다시 덤불 사이로 머리를 내밀어 눈앞에 펼쳐진 철탑의 전경을 바라보았다.

해안 절벽 위에 높다기보다는 단단하게 자리잡은 철탑은 바라보는 눈이 아플 정도로 순수한 백색이었다. 그러나 누구라도 이 건물을 본

자가 있다면 그는 그것을 하얀 탑이라고 부르기는 어려웠을 것이다. 그것은 철탑이었다. 금속이라면 당연히 주위의 색깔들을 반사해야겠지만 그것은 아무런 빛도 반사하지 않은 채 한 가지 백색만으로 타오르고 있음에도 불구하고 율리아나 공주는 그것이 금속임을 의심할 수 없었다. 하지만 공주는 그것이 어떤 종류의 금속인지는 말할 수 없었다.

"알……."

"예?"

"알 같아요. 세워놓은 하얀 알."

"흐음. 맹독을 품은 뱀 당신이 들어 있는 알이긴 하지요."

"어떻게 들어가면 되죠?"

"현관을 찾아간 다음 노크하고 문을 열어줄 때까지 기다리면 되겠지요. 물론 문이 열리기 전에 미리 웃는 표정을 지어두는 것이 좋겠고."

아무렇게나 말하던 데스필드는 "그럴 줄 알았어요."라고 말한 다음 덤불을 헤치며 걸어가려는 율리아나 공주의 손목을 황급히 잡아당겨야 했다.

"젠장! 무례를 용서하쇼, 공주님 당신. 하지만 본인을 그렇게 격파해 대는 것이 재미있으슈?"

"새로운 취미로 발전시켜 볼까 생각중이에요. 어쨌든, 몰래 들어가야 할까요?"

"몰래든 어떻게든 들어가지 않아요! 절대로! 그건—."

데스필드의 말이 갑자기 잦아들었다. 그의 말을 싹 무시한 채 철탑만 바라보고 있던 율리아나 공주와, 자신에게도 입이 있음을 어떻게 알릴 것인가 고민하던 파킨슨 신부는 동시에 데스필드를 돌아보았다. 데스필드는 해안 절벽으로 이어지는 능선 쪽을 바라보고 있었고, 그래서 그에게 돌아갔던 공주와 신부의 시선은 다시 능선 쪽을 향했다.

데스필드가 보고 있던 능선에서 사람들의 모습이 나타났다.

거리가 멀었지만 그들이 상당히 대규모의 인원이라는 것은 알아볼 수 있었다. 파킨슨 신부와 율리아나 공주는 혹시 아피르 족이 아닌가 하는 생각에 바짝 긴장했지만 시력이 좋은 데스필드는 능선을 넘어오는 무리들의 옷차림까지 대충 알아보고 있었고 그래서 그들이 아피르 족이 아님을 알 수 있었다. 하지만 그 역시 철탑을 향해 걸어오고 있는 저 100여 명쯤 되어보이는 무리가 도대체 뭐하는 작자들인지는 짐작할 수 없었다. 그때 율리아나가 긴장한 어조로 질문해 왔다.

"데스필드, 저 사람들은 뭐죠? 아피르 족인가요?"

"아니오. 아피르 족 당신들은 부족들끼리 전쟁이라도 벌이는 것이 아니라면 저렇게 많이 몰려다니지는 않소. 게다가 옷차림이나 체격이 아닌걸."

"와! 옷차림이 보여요? 패스파인더답군요. 그런데 체격이라니?"

"저 당신들…… 체격 하나는 정말 좋은데. 마치 뱃사람들 같군. 헤? 그러고 보니 모두들 무장을 하고 있군. 하지만 이 근방엔 산적 당신 같은 건 없는데. 얼레? 저 친구 당신은 뭐야. 왜 얼굴에 마스크를 걸치고 있는 거지? 그리고 저건 도끼인가? 원 참 무식하게도 생긴 도끼로군."

데스필드는 보지 못했지만, 파킨슨 신부는 율리아나 공주의 얼굴 색깔이 변하는 모습을 보며 고개를 갸웃거렸다. "얼씨구? 저건 또 뭐야. 저

건 자마쉬 당신인 것 같은데? 그러고 보니 별의별 지방 당신들이 다 모인……"

"혹시 키 크고 검은색 코트를 걸치고 침착하게 돌아버린 듯한 얼굴의 남자 없어요?"

"음? 침착하게 돌아버린 얼굴이 어떤 얼굴이오?"

"없어요?"

"글쎄요. 얼굴은 안 보이지만 키 큰 당신은 보이는군. 음. 검은 코트도 걸치고 있어. 그건…… 음?"

고개를 돌리던 데스필드는 공주의 모습이 보이지 않음을 깨달았다. 데스필드는 당황한 표정으로 파킨슨 신부를 바라보았고, 역시나 황당해하는 얼굴이었지만 파킨슨 신부는 친절하게 손을 뻗어 땅바닥을 가리켜보였다. 신부의 손가락을 따라 시선을 옮긴 데스필드는 이해할 수 없는 모습을 보게 되었다.

"공주님 당신. 도대체 땅바닥에 엎드려서 두 팔로 머리를 감싸고 있는 이유가 뭐요?"

"당신도 빨리 엎드려요! 신부님, 신부님도 어서!"

영문을 알 수 없었지만 데스필드와 파킨슨 신부는 공주의 말에 따라 땅바닥에 엎드렸다. 파킨슨 신부는 머리만 조금 들어 다가오는 일행을 보며 말했다.

"저 사람을 아십니까, 공주님?"

율리아나 공주는 여전히 두 팔로 머리를 감싼 채 비통한 목소리로 대답했다.

"몰랐으면 좋겠어요. 만나지도 말았었다면 좋겠어요. 저렇게 저를 쫓아옴으로써 자신이 티없이 순수한 미친놈이라는 사실을 공공연하게 알리고 다닐 만한 작자가 아니었다면 좋겠어요!"

데스필드는 티없이 순수한 미친놈이라는 말에 벌쭉거렸지만 파킨슨 신부는 근심스러운 어조로 질문했다.

"어, 저 자가 누군데 그다지도 험한 말씀을?"

그리고 율리아나 공주가 신부의 질문에 대답했을 때, 데스필드의 얼굴에선 웃음기가 싹 사라졌다.

"현재 제국 최고의 유명 인사를 소개시켜 드릴 수 있어서 영광이군요. 저 신사분으로 말씀드릴 것 같으면 사전을 바꾼 사나이 키 노스윈드 드레이번이에요."

"저게 그건가."

키는 능선 아래쪽으로 뻗은 해안 절벽을 바라보며 자신의 조타수 칸나를 돌아보았다. 그리고 그 칸나는 주위의 해적들을 어이없게 만들고 있느라 바빴다. 칸나를 억세고 용감하고 난폭한 식인종으로 알아왔던 노스윈드 해적들은 지금 부들부들 떨고 있는 그를 보면서 놀릴 생각조차 떠올리지 못할 만큼 어이없어하고 있었다. 키의 질문을 받은 칸나는 하얗게 질린 얼굴을 위아래로 움직임으로써 간신히 키의 질문에 대답했다.―해적들이 보기엔 위아래로 떠는 것처럼 보였다―키는 고개를 끄덕이며 주위의 해적들이 알 수 없는 말을 중얼거렸다.

"진짜 그게 있었군."

그렇다면 저기엔 대사가 있는 것이고, 오 왕자의 검이 하나로 모이지 못하도록 하는 힘은 철탑의 인슬레이버란 말이지. 키는 갑자기 의문을 떠올렸다. 제국에서 이 사실을 알고 있는 자가 몇이나 될까. 슈마허의 예에서 알 수 있듯이, 오 왕자의 검은 전략을 배운 이라면 어쩌다 들어보았을 것이다. 하지만 그것이 하나로 모이지 않도록 억제하는 힘이 대사라는 사실을 아는 자는? 그리고 그녀가 그런 일을 하는 이유를 아는 자는?

……방문해서 물어볼 것은 아니잖은가.

키는 흠칫했다. '그러면 안 되는 이유는 뭐란 말인가.'

키 드레이번은 포악해지는 기분을 느끼며 그 느낌, 추락감과도 비슷하며 압박감과도 같은 느낌에 자신을 내맡겼다. 그의 두 눈이 철탑에 대한 초점을 잃어버림과 동시에 키는 망막에 어리는 '귀신'을 보았다. 그의 허파가 비명을 짜내기 위해 수축하는 순간, 키는 눈을 감으며 왼손으론 부러진 오른팔을 꽉 움켜쥐었다.

그의 오른손 손가락 전부가 부르르 경련하며 허공을 움켜쥐었지만 키는 증오와도 같은 감정으로 자신의 오른팔을 움켜쥐었다. 손끝에서 시작된 경련이 어깨를 지나 순식간에 그의 머릿속을 강습했다.

오스발이다. 그래. 나는 오스발을 잡아야 한다. 대사는 내 관심거리가 아냐.

"……님? 선장님! 선장님!"

410

키는 눈을 떴다. 하지만 눈앞에선 아직까지도 반딧불 같은 잔광들이 무수히 떠다니고 있었다. 간신히 시야를 회복한 키는 자신을 향해 울부 짖는 라이온의 얼굴을 보게 되었다. 라이온은 키의 왼손을 붙잡으려 했지만 키는 그의 손을 뿌리쳤다. 그제서야 키의 얼굴을 보게 된 라이온은 그 눈을 향해 말했다.

"왜 그러시는 겁니까?"

라이온의 뒤쪽에는 다른 선장들이 각자의 걱정과 우려를 담아 키를 바라보고 있었다. 키는 속눈썹에 남아 있던 눈물을 짜낸 다음 몸을 돌렸다.

"마법사 세실."

세실 역시 파랗게 질린 얼굴을 한 채 키를 바라보고 있었다.

"공주 무리는 패스파인더와 함께 떠났다고 했지. 그 패스파인더는 충분히 노련한가?"

"어, 알고 지내는 사이는 아니야. 하지만 테리얼레이드에선 최고급에 속하는 패스파인더라더군."

60로드쯤 떨어진 곳에 숨어 있던 데스필드가 들었다면 고개를 가로 저으며 '본인은 최고급에 속하는 것이 아니야. 본인은 최고야' 등으로 말했을 테지만 목소리가 들릴 거리는 아니었다.

"그런데, 당신 왜 그러는 거지?"

키는 입을 열었지만 그의 입에서 나온 말은 세실의 질문에 대한 대답이 아니었다.

"그런 최고급이라면 비록 풋내기 여행자들을 이끈다는 핸디캡이 있어도…… 누구에게도 노출되지 않고서 다림까지 갈 수 있겠지. 그렇다면 우리는 저 건물의 소유주에게 뭔가 물어볼 필요는 없다. 저 건물을 우회하여 계속 전진한다."

멀리서 해적들을 바라보고 있던 공주 일행은 다음 순간 심장이 얼어붙는 듯한 기분을 느꼈다. 해적들은 철탑을 멀리 둔 채로, 바로 그들이 숨어 있는 수풀 옆을 지나가는 길로 접어들고 있었다. 데스필드는 재빨리 뒤를 돌아보았지만 이 해안가의 땅에서 그들이 숨어 있는 덤불숲 이외에 다른 숲은 모두 반 마일은 떨어진 곳에 있다는 것만을 알게 되었을 뿐이었다. 데스필드는 배낭을 집어들었다.

"제길, 뛰어요!"

"좋아요!"

데스필드와 율리아나는 땅을 박차고 일어났다. 세월을 속일 수 없어 약간 굼뜨게 일어난 파킨슨 신부는, 그래서 상당히 불쌍한 처지에 빠지게 되었다. 제자리에 서서 발을 동동 구르던 신부는 절망적인 감정을 담아 외쳤다.

"어디로?"

신부의 고함에 고개를 돌린 데스필드와 율리아나는 서로 마주보게 되었고, 그 사실에 경악하며 역시 굳어버리고 말았다.

그들은 각자 반대 방향으로 달리고 있었던 것이다.

"꺄아아악!"—"으아아악!"—"데스필드!"—"공주님 당신!"—"왜 뒤로."—"왜 거기로."—"달리고 있어요?"—"가고 있는 거요?"

공주와 데스필드의 모습을 본 순간 몸을 경직시켰던 라이온은 이들의 외침을 듣는 순간 환호를 내질렀다.

"난 역시 저 공주님을 사랑해 버릴 것 같아!"

반대로 기쁨의 함성을 내지르려던 슈마허는 눈앞에 펼쳐진 모습에 끝없이 한심해지는 기분을 느끼며 휘청거렸다. 어떻게든 이 상황을 이해해 보려고 빈약한 상상력이나마 총동원하고 있던 해적들의 머리 위로 키 드레이번의 노성이 떨어졌다.

"잡아!"

그다지 빠르다고는 볼 수 없는 키 드레이번의 명령을 들으며 라이온은 잠시 키 자신도 얼떨떨해하고 있었던 것은 아닌가 하는 의심을 떠올려보았다. 그러나 어쨌든 해적들은 자신의 이해력을 시험할 필요가 없다는 것만으로도 키의 명령을 반겼다. 고요한 해변가는 순식간에 노스윈드 해적들의 무서운 외침으로 가득 찼다.

"와아아아앗!"

데스필드는 날아오르기라도 할 것처럼 손을 휘저어대었다. 그것은 모두 율리아나 공주를 향해 집중된 것이었고 그 의미는 간단했다. '빨리 이리 오쇼!' 하지만 그 간단한 의미가, 오스발을 구하기 위해선 철탑에 들어가야 된다고 믿고 있던 율리아나 공주에게는 도통 이해되지 않았다. 더군다나 율리아나 공주는 또 하나의 합리적인 이유도 가지고 있었다. 키 드레이번을 피하려면 어디로든지 도망쳐야 하지 않겠는가. 그런데 이 황량한 해변가에 숨어들 수 있는 건물이라고는 눈앞의 철탑뿐이다. 게다가 그것은 왜 그렇게 만들어졌는지는 알 수 없지만 어쨌든 금속으로 건설된 강력한 건물이다.

그래서 율리아나 공주는 자신이 달려가던 방향, 즉 철탑 쪽을 향해 내처 달리기 시작했다.

"어서 이리 와요! 철탑 안으로!"

데스필드는 지독한 욕을 해대었지만 방향을 바꿀 수밖에 없었다. 패스파인더는 패신저에게 강요하거나 심지어 패신저를 협박할 수는 있어도 패신저를 내버리지는 않는다. 게다가 달려오고 있는 해적들을 보며 데스필드는 공주가 떠올린 생각과 같은 생각을 하기 시작했다.

금속의 탑이라, 제기랄. 너무너무 믿음직해 보이는데?

그러나 언덕을 달려내려오는 해적들을 흘끔거리며 철탑 앞에 도달한 데스필드는 자신의 생각이 완전히, 아니 절반은 잘못되었다는 것을 발견했다. 철탑은 정말이지 외부의 적에 대한 방어 측면에서는 더 바랄 나위가 없을 정도였다. 왜냐하면…… 들어갈 문이 없는 것이다.

문처럼 보이는 곳이 아무데도 없었기에 율리아나 공주는 조그마한 주먹으로 철탑 그 자체를 꽝꽝 두드리고 있었다. 물론 금속은 단단한 것이며 철탑을 구성하고 있는 이 이상한 금속 또한 그 점에서는 예외가 아니었다.

"아우, 손이야. 열어줘요! 구해줘요! 으아앙! 손 아퍼. 열어달라고요!"

데스필드는 일단 배낭들을 집어던지곤 재빨리 출입구처럼 보이는 곳을 찾아 두리번거렸다. 하지만 노련한 패스파인더인 그의 눈에도 출입구는 보이지 않았다. 아니, 눈으로 찾을 필요도 없다. 패스파인더는 길이 없다는 것을 본능으로 느낀다. 데스필드는 몸을 홱 돌려 이제 지척까지 육박하고 있는 해적들을 바라보았다.

잇소리를 내며, 데스필드는 검을 뽑아들었다.

항상 그렇지만, 패스파인더를 죽이는 건 패스가 아니라 패신저지. 본인 또한 그 법칙에서 벗어날 수 없나. 수평으로 든 검을 눈높이까지 들어올려 흔들거리며 데스필드는 쓰게 웃었다. 그때였다.

"콰아앙!"

귀를 찢는 충격음에 데스필드는 하마터면 검을 떨어뜨릴 뻔했다. 경악으로 반쯤 감긴 그의 두 눈에 맨 앞쪽에서 달려오고 있던 해적 네 명이 지금까지의 진행 방향과 완전히 반대되는 방향으로 날아가는 모습이 들어왔다.

극적인 비행을 마친 네 명의 해적들은 동료들의 품속으로 나가떨어졌고, 해적들은 피투성이가 된 동료들의 모습에 놀라 멈춰섰다. 그리고 그들 속에서 돌탄 선장은 짧은 순간 자신이 바다로 돌아온 것이 아닌가 하는 생각에 빠져들었다. '이커 태포 소리 아냐?' 그러나 어디에도 대포는 보이지 않았다. 그의 눈에 보이는 것이라곤, 다만 철탑 앞에 서 있는 늙은이가 손에 쥐고 있는 이상한 물체뿐이었다.

늙은이는 왼팔을 가슴 앞에 수평으로 올려 받침대로 삼고는 오른손을 그 위에 얹어두고 있었다. 그 오른손에 쥐어진 물건은 검자루 같은 손잡이와 단단해 뵈는 금속 상자 같은 것으로 이루어져 있었고, 그 금속 상자 앞쪽에는 대포의 포신을 축소해 놓은 것 같은 금속관이 뻗어나와 있었다. 어울리게도 그 금속관 끝에선 흰 연기가 모락모락 피어오르고 있었다. 돌틴이 그 연기를 보며 마치 포연 같다고 생각한 순간, 하리야 선장의 외침이 들려왔다.

"핸드건(handgun)!"

파킨슨 신부는 그의 손에 쥐어진 핸드건에 놀라는 해적들을 보며 진한 연대감을 느꼈다. 그 핸드건에 경악한 사람들 중엔 그 자신도 분명 포함되기 때문이다.

테리얼레이드에서 포교 활동중인 그에게 이 볼품없는 쇳덩이를 전해주기 위해 펠라론에서 사자가 왔을 때, 파킨슨 신부는 그 사자가 추기경의 지위를 가진 인물임을 깨닫고는 기절할 정도의 충격 때문에 예법도 제대로 갖추지 못했다. 그러나 파킨슨 신부는 곧 더 놀라야 했다. 그 추기경은 자신이 가져온 물건에 비한다면 그 자신은 별로 중요치 않은 인물이라고 생각하는 듯한 언행을 보였던 것이다. 그 추기경은 자신에게보다는 핸드건에 더 예의를 차려달라고 부탁하는 듯한 동작으로 그것을 그에게 건네었다.

"당신이 이따위 쇳덩이보다 현금을 지원해 줬으면 하는 얼굴을 하고 있는 것은 충분히 이해하오."

핸솔이라고 자신을 밝힌 그 추기경은 먼저 파킨슨 신부의 속마음을 지적하여 그로 하여금 얼굴을 붉게 만들었다. 빙긋 웃던 핸솔 추기경은 곧 정색하며 말했다.

"하지만 당신이 영웅 분투중인—법황청의 공식적인 평가요. 그리고 나 역시 형제가 수행하고 있는 일이 실로 영웅 분투라 불릴 만한 일이라는 점에 동감하오—땅이 다름아닌 테리얼레이드임을 아셨을 때 법황성하께서는 당신에게 이것이 전달되기를 원하셨소. 법황청이 어떤 반응을 보였을 것 같소? 재미있는 이야기가 되겠지만, 우리들은 그 대덕고승 여러분들 중 특히 심장이 안 좋으신 분들의 건강을 걱정해야 했다는 것만을 말해 두겠소."

당연한 반응이겠지만 파킨슨 신부는 그것을 내려다보다가 그 핸드건을 쥐어보려 했다. 그러나 핸솔 추기경의 손이 재빨리 다가와 그의 손을 쳐내었다. 파킨슨 신부의 일그러지는 얼굴을 보며 핸솔 추기경은 재빨리 사과했다.

"무례를 용서하시오. 형제여. 하지만 이것은 교회의 보물이자 동시에 지극히 위험한 물건이오. 이 물건에 대해 잘 모르는 이가 쥐었을 땐 더욱 그러하고. 그래서 말인데……" 그리고 핸솔이 던진 질문은 파킨슨 신부를 퍽이나 의아하게 만들었다. "혹시 포술에 대해 아시오?"

파킨슨 신부는 핸솔 추기경이 약간 과장하는 버릇을 가진 것이 아닌가 생각했다. 세상에, 대포라니. 하지만 파킨슨 신부를 지도하기 위해 추기경을 따라온 핸드건 마이스터 죠르지오 신부의 지도 하에 처음 그것을 사용해 보았을 때 파킨슨 신부는 좀더 경고해 주지 않은 핸솔 추기경을 원망했다. 핸드건은 표적이었던 물통을 박살냄과 동시에 그의 손목을 부러뜨렸던 것이다.

파킨슨 신부가 즉사한 해적들을 위해 짧은 기도를 드리는 동안, 하리야 선장은 라이온의 야비한 강요에 못 이겨 그 핸드건에 대해 대충 설명했다.

"말해 줄 테니 허리 좀 그만 찌르게, 라이온! 저건 말 그대로 손 안의 대포야. 교회의 보물이지."

해적들은 더욱 파리한 얼굴이 되어 뒤로 물러났다. 대포라는 말에도 놀랐지만 그들을 정말 겁나게 만든 것은 그것이 교회의 보물이라는 점이었다. 그들이 느끼는 우려를 간략히 말해 보면 다음과 같다. 저걸 맞으면 직통으로 지옥행인가? 다행히도 파킨슨 신부는 그들의 의문을 해소시켜 주었다.

"이것은 신성 펠라론의 무구다! 이 무구의 무서운 위력을 똑똑히 보았음에도 불구하고 감히 나에게 대적하려 한다면, 한 가지 사실을 더 말해 주겠다. 이 무구에 명중된 이는 세상의 종말이 찾아올 때까지 안식을 얻지 못하고 방황하는 유령이 되리라!"

역시 나에게는 설교사의 재능이 있단 말이야. 바람의 도시의 벼락맞을 형제들에겐 통하지가 않지만. 파킨슨 신부는 자신의 망상에 히죽 웃었지만 해적들에겐 그 죄없는 웃음이 끔찍하게 무서운 것으로 여겨졌다. 삽시간에 파킨슨 신부와 해적들의 간격이 5로드 정도로 벌어졌다. 데스필드와 율리아나 공주는 그 틈을 타 다시 한번 철탑을 면밀히 관찰했지만 아무데도 여닫히는 곳을 발견할 수 없는 희한한 건물이라는 사실만 발견했을 뿐이었다.

하리야는 키의 활활 타오르는 눈을 훔쳐보고는 쭈뼛거리며 앞으로 나섰다.

"신부님. 이 미천한 자는……" 하리야는 잠깐 말을 끊어야 했다. 그가 앞으로 나서자마자 신부의 왼팔이 빙글 움직이며 핸드건의 포구가 그를 겨냥했기 때문이다. "하리야라고 합니다. 신부님께 감히 여쭙건대, 악마나 상대해야 할 그 끔찍한 무기를 신의 자녀에게 겨누십니까."

"파킨슨 신부다. 조금 전의 그 말을, 너희 해적들이 피로 물든 그 검을 버리고 회개하여 신의 선량한 자녀로 돌아갈 의사를 가졌음으로 해석해도 되겠나?"

뭐 씹은 듯한 하리야의 얼굴을 보며 파킨슨 신부는 다시 한번 설교사로서의 자신의 재능에 뿌듯해했다. 그때 킬리 선장이 재빨리 하리야에게 다가왔다.

'저거 재장전 시간 얼마입니까?'

하리야는 잠시 동료 선장의 호담함에 감동하고 그 무지에 슬퍼했다. 대포라면 당연히 가지는 재장전 시간을 노려보겠다는 그 의지는 가상하지만, 더군다나 무주고혼이 될지도 모르는 위험까지도 무릅쓰는 그 용기는 겁날 지경이었지만, 안타깝게도 하리야는 '저 귀한 물건은 재장전 시간이 없어. 연속으로 발사될걸'이라는 대답밖에 할 수 없었다. 킬리는 두려움 반 감탄 반의 표정으로 그 핸드건을 돌아보았다. 그때 이 대립의 핵심이랄 수 있는 인물이, 그러나 지금껏 입을 다물고 있던 인물이 비로소 입을 열었다.

"신부."

파킨슨 신부는 목소리가 들려온 쪽을 바라보았다. 그러곤 율리아나 공주의 표현에 감탄했다. 과연. 저게 침착하게 돌아버린 얼굴이라는 것인가?

키 드레이번이 신부를 노려보고 있었다. 두 눈은 어떻게 보면 착잡한 심사를 드러내는 것처럼 보이고 어떻게 보면 상대방의 명줄을 단숨에 끊어낼 급소를 찾아 신부의 몸을 더듬는 것 같았다. 검은 코트 자락 안쪽으로 부러진 팔을 숨기고 있지만, 그것은 동정을 일으키는 모습이라기보다는 그의 모습을 더 무서운 것으로 만드는 이상한 일탈이었다. 균형과 대칭이 신의 선물이라면 불균형과 파격은 악마에게서 기인한 것. 키 드레이번의 모습이 바로 그러했다.

파킨슨 신부는 물론 신앙인이었다. 하지만 겉멋의 유혹에서 벗어나기 힘든 인간이기도 했다. 그래서 그는 제국의 공적 제1호를 진감케 했다는 명예를 뿌리치기 어려웠다. 그것을 개인적인 야심이라고 치부할 수도 없는 것이, 제국의 강대국들 중 누구도 해내지 못했던 일을 교회의 일원이 해내는 것이기 때문이다. 파킨슨 신부는 무심히 그랬다는 듯이 핸드건을 돌려 키 드레이번을 겨냥했다.

"파킨슨 신부다."

두려움에 떨던 해적들도 이 대담한 도발엔 벌컥 성을 내는 기색이 역력했다. 하지만 키 드레이번 자신은 파킨슨 신부의 두 눈을 들여다보며 미동도 하지 않은 채 말했다.

"쏘지 못할 대포로 아무나 겨누지 마라, 신부."

파킨슨 신부는 씨익 웃었다. 다음 순간 신부는 석궁의 그것을 닮은 핸드건의 방아쇠를 힘껏 당겼다.

"콰아아앙!"

모든 공포는 두 번째 겪었을 때부터가 더 무섭다. 최초의 놀람이 배제되고 순수한 공포만 느끼기 때문이다. 핸드건의 포구로부터 불꽃과 포성이 울려퍼졌을 때 해적들은 늘상 들어왔던 소리임에도 불구하고 오줌을 지릴 정도의 공포를 느꼈다.

"과연 재장전이 없군." 등의 말을 중얼거릴 수 있는 킬리 같은 사람은 일부 선장들뿐이었다. 그리고 키 역시 날아간 핸드건의 포탄이 자신의 머리카락 몇 올을 자른 다음 창공으로 사라져간 후에도 물끄러미 파킨슨 신부를 바라보았다. 파킨슨 신부는 실수했음을 인정했지만 시도는 해보기로 했다.

"쏘지 못한다고 했나?"

"그래. 방금 확인된 듯이."

쳇. 아무나 제국의 공적이 되는 건 아니군. 파킨슨 신부는 경의를 담아 왼팔을 조금 내렸다.

"서툰 짓을 했음을 인정하지. 하지만 너 역시 나를 너무 밀어붙이지는 않는 것이 좋을걸."

키는 대답을 보류한 채 잠시 파킨슨 신부의 어깨 너머로 율리아나 공주를 바라보았다. 자신도 모르게 그 눈길을 피하려던 율리아나는 곧 스스로를 다잡고선 그 눈길을 똑바로 마주보았다. 키는 율리아나의 커다란 눈에서 수만 가지 생각들을 읽어낼 수 있었지만, 공주는 그러지 못했다. 공주를 바라보는 키의 시선은 그저 물끄러미 바라본다는 말에 해당하는 눈길이었다. 율리아나는 이상한 눈이라고 생각했다. 그때 키가 말했다.

"그럴 생각은 없다. 최소한 율리아나 공주가 이리로 올 때까지는. 그리고 또 한 가지." 라이온은 흠칫하며 키를 돌아보았다. "그 노예는 어디 있지?"

"네가 알 바 아니다. 그리고 공주님은 절대로 보낼 수 없다. 데스필드! 공주님을 모시고 떠나자."

"신부!"

"움직이지 마!"

그러나 키 드레이번은 움직였다. 그는 왼손으로 복수를 뽑아든 다음 앞으로 한 발자국 내딛었다. 그러나 그 이상 나아가는 것은 불가능했는데, 세실이 그의 왼팔에 거의 매달리다시피 하고 있었던 것이다.

"멈춰, 멍청아! 복수도 저건 막을 수 없어. 저건 마법이 아니라고!"

그때 겨우 세실을 알아본 파킨슨 신부는 당황했다.

"세실 자매? 그 해적놈들 사이에서 뭐하고 있는 겁니까?"

세실은 잠시 뭐라고 말해야 될지 모르게 되었다. 그러나 그 순간, 말보다 행동을 더 선호하는 몇 명의 사람들이 거의 동시라고 할 수 있는 시간에 행동에 들어갔다.

가장 먼저 움직인 것은 짐승의 울부짖음 같은 소리를 내며 왼팔만으로 세실을 내팽개친 키 드레이번이었다. 놀라운 힘이었지만 어쨌든 그건 한 팔이 부러진 사내에게 추천할 만한 행동은 아니었다. 키가 균형을 잃고 비틀거릴 때 두 번째 사내가 조금 전부터 생각하고 있던 행동에 돌입했다.

"야아아압! 공주님, 달아나세요!"

슈마허는 앞으로 돌진하여 키의 등에 매달렸다. 건장한 사내가 온몸으로 감행하는 이런 종류의 습격엔 키가 아닌 다른 자라도 도리없이 무롤을 꿇어야. 했을 것이다. 모든 해적들이 노성이나 비명을 터뜨렸을 때, 그 자신만은 어떠한 소리도 낼 필요가 없었던 자가 해적들 앞으로 뛰쳐 나왔다.

오닉스는 두 손으로 쥔 배틀 엑스를 목 뒤로 넘긴 채 앞으로 뛰어나 왔다. 파킨슨 신부의 핸드건이 허공을 움직인 짧은 시간, 오닉스는 왼쪽 다리를 뒤로 들어올리며 두 팔을 앞으로 크게 휘둘렀다. 그리고 그런 희한한 투척 자세가 요구하는 대로 앞으로 공중제비를 넘었다. 곧 오닉 스는 신부의 왼팔에 의해 생기는 사각 속으로 뛰어들게 되었고, 따라서 신부의 핸드건은 채 포착하지도 못한 과녁을 상실할 수밖에 없었다. 오 닉스의 거체가 등으로부터 떨어지는 모습은 굉장했지만 파킨슨 신부는 무서운 기세로 날아오는 배틀 엑스를 피하느라 그 모습에 감탄할 경황 이 없었다.

라이온은 오닉스의 속이 뻔히 들여다보인다고 생각했다. "오닉스 이 자식!" 신부로 하여금 키 드레이번에게 핸드건을 발사하게 만드려는 것 이냐? 그러나 무서운 회전과 함께 날아간 배틀 엑스는 신부의 어깨 너 머로 사라져 갔고 그 모습을 보며 라이온은 안도의 한숨을 내쉬려 했 다. 그러나 칸나의 경우에는 그렇지 못했다.

콰아앙!

배틀 엑스가 철탑을 강타한 순간 행동하던 자와 무의미한 고함을 지 르던 자, 그리고 그 중 아무것도 못하고 오로지 당황하고 있던 자들 모 두가 귀를 틀어막았다. 철탑은 무서운 공명음으로 진동하기 시작했다. 그리고 그 진동은 점점 더 커지는 것 같았다. 반쯤 일어나던 오닉스는 마스크를 움켜쥐며 다시 주저앉았고 키를 깔아뭉개던 슈마허 역시 그 소리 때문에 키를 놓칠 뻔했다. 시체가 되어서라도 키를 붙잡을 모진 결심을 했던 슈마허로서는 더욱 분통 터지는 일이었지만, 공주와 데스필드 역시 주춤거리느라 달아날 생각을 못하고 있었다.

ㅇㅇㅇㅇㅇㅇ!

진동은 확실히 커지고 있었다. 이제 두 발로 땅을 딛고 설 수 있는 사람은 몇 명 되지 않았다. 그것은 고막보다는 정신 그 자체를 공진시키는 진동이었다. 하리야 선장은 탑의 울부짖음이 어쩐지 싱잉 플로라의 노랫소리를 닮았다는 사실을 깨달았다. 휘저어진 물 속의 나뭇잎들처럼 무너지는 사람들 중에서 세실의 가늘고 뾰족한 목소리가 울려퍼졌다.

"복수, 복수를!"

어렴풋한 정신 속에서 하리야는 세실의 말을 들었다. 복수를 어쩌라고? 복수로 저 진동을 막는다? 두 손을 땅에 짚은 채 개처럼 헐떡거리던 하리야는 키 드레이번을 보았다. 하지만 키는 슈마허에게 붙잡혀 있었고 이 끔찍한 진동이 없더라도 오른팔이 부러진 그가 슈마허를 뿌리칠 방법은 당분간은 없을 듯했다. 그에게 기어가려던 하리야는 그의 왼손에서 떨어져나와 땅에 뒹굴고 있는 복수를 볼 수 있었다. 하지만, 주여, 저 검을 쥘 수 있는 자는 그 외엔 아무도 없나이다. 그런 미친 작자는…… 에, 한 명 있군요.

라이온은 복수를 집어들었다.

"으아아아아! 화아아—끈하군!"

저런 미친 자식! 하리야는 두려움에 가득 찬 눈으로 복수를 쥔 라이온의 손이 점점 그 자신의 목을 향하는 모습을 바라보았다. 복수의 검 끝이 라이온의 목젖에 거의 가닿았을 때, 라이온은 입술을 깨물며 외쳤다.

"라이온 가라사대, 급속도로 가까워지는 사이는 급속도로 식는 법! 우리, 약간의 멀어짐으로 우리 관계에 그리움의 색채를 더해 볼까나?"

그리고 라이온은 제자리에서 한바퀴 돌았다. 회전의 끝에서 원심력이 가득 실린 복수를 놓아버리며 라이온은 외쳤다.

"꼭 편지해!"

편지를 보낼 마음이 있는지 없는지는 모르겠지만, 라이온의 손을 벗어난 복수는 무서운 속도로 철탑을 향해 날아들었다. 그러나 오닉스의 배틀 엑스와는 달리 처음부터 탑을 겨냥했던 그 검은 대단히 높은 궤도로 날아갔다.

복수는 철탑의 중간부를 관통했다.

맞고 튕겨나오거나 꽂히는 것이 아니라 그대로 뚫고 지나갔다. 마치 그 부위에 아무것도 없다는 듯이. 소음은 오히려 복수가 철탑을 관통한 직후 들려왔다. 콰강, 캉! 키앙! 금속통 안에 돌멩이를 던져넣었을 때와 비슷한 소리를 들으며 사람들은 철탑 안에서 여기저기에 부딪히는 복수의 모습을 그려볼 수 있었다. 그리고 그와 동시에 사람들은 진동이 사라졌다는 것도 깨달았다. 하나둘씩 비틀거리며 일어나는 사람들의 머리 위로 잔뜩 겁먹은 목소리가 들려온 것은 바로 그때였다.

"으아아! 목 잘릴 뻔했잖아! 그런데…… 이건 복수?"

그 목소리는 많은 사람들에게 각자의 반응을 일으키는 낯익은 목소리였다. 사람들의 대표로 뽑힌 적은 없지만, 어쨌든 율리아나와 키 드레이번은 동시에 그 목소리의 소유자의 이름을 외쳤다.

"오스발!"

그리고 사람들은 끔찍한 광경을 보게 되었다.

철탑의 표면 위로 사람의 머리가 불쑥 나타났다.

박제해 둔 사슴 머리? 흰 금속면 위로 튀어나온 머리가 아래를 내려다보고 있을 때 대부분의 사람들은 그런 생각을 떠올리며 공포에 잠겨들었다. 그 머리가 효수되어 성벽에 걸린 사형수의 머리와 다른 점은 그것이 표정을 지었다는 점이다. 그것도 두 가지 표정을 연속해서 지어보였다.

"공주님! ……윽. 키 선장님?"

해적들은 그제서야 키를 껴안고 있던 슈마허를 뜯어내었다. 슈마허는 무섭게 반항했지만 수십 개나 되는 해적들의 손을 뿌리칠 수는 없었다. 키가 주위의 부축을 받아 일어나는 사이, 율리아나 공주는 머뭇거리며 오스발의 머리를 향해 말했다.

"아, 오스발. 잘 있었어요? 에, 보통 이 인사는 두 번 할 필요가 없지만, 그래도 두 번 해야겠는데, 당신 목 아래도 잘 있나요?"

"빨리 뛰쳐나가지 않으면 목 아래는 잡아먹히겠군요."

의외로 침착한 대답과 달리 오스발은 맹렬하게 앞으로 뛰쳐나왔다. 오스발의 몸은 조금 전 복수가 그랬듯이 철탑의 표면을 간단히 관통하여 공중으로 뛰어나왔다. 데스필드는 재빨리 두 팔을 벌려 볼품없이 떨어지는 오스발의 몸을 받아내었다. 결과적으로 두 사내 모두 땅바닥에

426

나뒹굴고 말았지만 덕분에 오스발의 목이 부러지지는 않았다. 해적들이 어쩐지 박수를 보내어야 될 것 같은 기분에 시달리던 것도 잠시, 그들은 오스발이 빠져나왔던 구멍(?)으로 또다른 것이 나오는 것을 보게 되었다.

구멍으로부터 기어나오는 뱀의 모습을 수만 배로 확대해 둔 것 같은 모습이었다.

고고히 솟은 하얀 철탑의 표면 위로 뻗어나오는 희고 굵은 뱀의 모습은 철탑이라는 나무가 그 가지를 뻗는 것 같았다. 그러나 그 가지는 무서운 힘으로 꿈틀거리며 철탑을 휘감았다. 아직껏 계속된다는 것이 믿어지지 않을 만큼 긴 몸은 철탑을 완전히 한바퀴 휘감은 뒤에도 그 끝이 나타날 기미가 보이지 않았다.

칸나는 기어코 비명을 질렀다.

"대사아앗!"

"으아아아!"

칸나의 외침이 신호라도 된 것처럼 경직해 있던 해적들이 비명을 지르며 물러났다. 데스필드와 파킨슨 신부 역시 각자의 칼과 핸드건을 하늘로 겨냥한 채 공주와 오스발을 보호하며 뒤로 물러났다. 그러나 그 어마어마한 크기의 흰 뱀은 아래에서 떠드는 조그마한 사람들을 무시한 채 철탑을 휘감는 동작만을 계속했다. 이윽고 철탑을 세 번 휘감은 뱀은—아직까지도 뱀의 몸 나머지는 철탑 속에 숨어 있었다—그 머리를 하늘 높이 쳐들어올린 다음 아래를 굽어보았다.

샛빛 하늘을 찌를 듯이 치솟아 그들을 내려다보고 있는 삼나무 굵기의 흰 뱀을 보며 고대에 기원한 공포를 느끼지 않은 사람은 드물었다.

댕댕이덩굴처럼 휘감긴 뱀의 몸 아래, 철탑은 당장이라도 부러질 것처럼 보였지만 그 금속성의 몸으로 뱀의 무게를 버티는 듯했다. 까마득한 높이에서 이리저리 흩어지는 개미떼 같은 사람들을 내려다보고 있던 대사의 시선이 약간 움직였다.

그녀의 시선이 닿은 곳엔 키 드레이번이 서 있었다.

키는 움직이지 않았다. 배짱이나 만용은 이 자리에 개입되지 않은 듯했다. 키는 약간의 호기심마저 느껴지는 시선으로 가만히 대사를 올려다보고 있었다. 초점 없는 뱀의 시선으로 키를 바라보고 있던 대사는 갑자기 머리를 조금 움직였다.

철탑의 한 부분을 뚫고 복수가 휙 튀어나왔다.

던져진 것처럼 공중을 날아온 복수는 키 드레이번의 앞쪽 땅에 꽂혀 그 칼자루를 조금 흔들었다. 키는 왼손을 뻗어 복수를 잡아 뽑고는 의아한 듯 대사를 올려다보았다. 왜 그렇게 느껴야 되는진 알 수 없지만, 키 드레이번은 대사의 이 행동을 마치 결투 상대자에게 검을 던져주는 모습 같다고 느꼈다.

확인해 볼까.

키는 복수를 뒤집어 칼집 쪽으로 가져갔다. 순간 대사의 머리가 심하게 요동쳤고 철탑을 휘감고 있던 그 몸에선 비늘끼리 부딪히는 소리가 험악하게 울려퍼졌다. 선장들을 제외한 해적들은 질겁하며 뒤로 물러났다. 그리고 각 배의 선장들은 무릎이 꺾이는 것 같은 충격을 느꼈다.

키는 희미한 미소 같은 것을 지었다. 그는 느긋한 동작으로 다시 복수를 앞으로 빼어든 다음 갑자기 위로 들어올렸다. 꼿꼿이 세워진 복수의 칼 끝은 대사를 겨냥하고 있었다.

대사의 요동이 멈췄다. 키의 미소는 더 뚜렷한 것이 되었다.

"선장님!"

"물러나라, 모두들. 그리고 선장들께서는 부하들을 간수해 주길."

그러나 언젠가 하리야가 평가했듯, 라이온은 아직까지 선장으로서의 자각이 부족했다.

"저 괴물이 원한다 하더라도, 선장님은 왜 저 괴물의 뜻을 따르는 겁니까?"

"나도 원하니까. 라이온. 그리고 레보스호의 선원들을 간수하도록."

침착하게 라이온의 말에 대답한 키는 갑자기 시선을 옮겼다. 주춤거리며 물러나던 공주 일행이 그의 시야에 포착되었다. 키의 시선을 느낀 그들 역시 제자리에 멈춰서 키를 바라보았다. 그리고 그들 모두 움직일 수 없게 되었다. 파킨슨 신부는 핸드건을 만지거리며 애써 키의 시선을 피하려 했지만 그 의미는 뚜렷이 알 수 있었다.

다음은 너희들이다. 거기서 기다리도록.

코트 자락이 거칠게 나부낀 순간, 키는 복수를 쥔 왼손을 뒤로 눕힌 채 대사를 향해 달려가고 있었다. 그리고 하늘 저편에 있던 대사의 머리는 벽력처럼 내리꽂혔다. 해적들의 신음과 비명이 요란한 가운데 파킨슨 신부는 자신의 핸드건을 들어올렸다.

〈2권에서 계속〉

폴라리스 랩소디 1

1판 1쇄 펴냄 2015년 12월 18일
1판 7쇄 펴냄 2021년 8월 17일

지은이 | 이영도
발행인 | 박근섭
편집인 | 김준혁
본문 일러스트 | 김종수, 김호용
펴낸곳 | 황금가지

출판등록 | 2009. 10. 8 (제2009-000273호)
주소 | 06027 서울 강남구 도산대로 1길 62 강남출판문화센터 5층
전화 | 영업부 515-2000 편집부 3446-8774 팩시밀리 515-2007
홈페이지 | www.goldenbough.co.kr

도서 파본 등의 이유로 반송이 필요할 경우에는 구매처에서 교환하시고
출판사 교환이 필요할 경우에는 아래 주소로 반송 사유를 적어 도서와 함께 보내주세요.
06027 서울 강남구 도산대로 1길 62 강남출판문화센터 6층 민음인 마케팅부

© 이영도, 2015. Printed in Seoul, Korea

ISBN 979-11-5888-032-3 04810
ISBN 979-11-5888-031-6 (세트)

㈜민음인은 민음사 출판 그룹의 자회사입니다.
황금가지는 ㈜민음인의 픽션 전문 출간 브랜드입니다.

이영도

1972년생. 경남대학교 국어국문학과 졸업. 1998년 여름, 컴퓨터 통신 게시판에 연재했던
첫 장편 『드래곤 라자』가 출간되어 100만 부를 돌파함으로써 한국에 판타지 시대를 열었다.
『드래곤 라자』는 일본, 중국, 대만 등에서도 출간되어 베스트셀러가 되었다.
라디오 드라마, 만화, 온라인 게임, 모바일 게임 등으로 만들어졌을 뿐 아니라,
고등학교 문학 교과서에 수록되며 그 가치를 인정받았다.
이후 『퓨처워커』, 『폴라리스 랩소디』, 단편집 『오버 더 호라이즌』을 차례로 발표하였으며,
장대한 구상 위에 집필하여 2003년 내놓은 대작 『눈물을 마시는 새』는 한국적 소재를 자연스럽게 녹여낸 판타지
대하 소설로 이영도 붐을 새롭게 했다. 2005년에는 후속작 『피를 마시는 새』가 출간되었다.
2009년에는 『드래곤 라자』와 『퓨처워커』의 뒤를 잇는 『그림자 자국』이 출간되어
문화관광부 우수 교양 도서에 선정되었다.